과거라는 이름의 외국

유종호

현대문학

과거라는
이름의 외국

유종호

현대문학

  지난해에 '연재 에세이'란 이름 아래 다달이 글 한 편씩을 『현대문학』에 발표했다. 그때그때 떠오르는 화제를 잡아 매임 없이 자유롭게 생각을 적어본 것이다. 특정 주제와 분량을 지정받고 기한 내에 납품하는 것이 대종을 이루었던 문필생활에서 드물게 편안하고 즐거운 글쓰기였다. 이 연재 에세이에 강연이나 기조연설의 형식으로 최근에 발표한 글을 합친 것이 이 책이다.

  과거사 문제가 사회적 쟁점이 된 것과 아주 무관한 것은 아니겠지만 근자에 근접과거와 집단적 기억에 대해서 관심을 갖게 되었다. 사회적 기억은 복수로 존재하게 마련이지만 삶의 현장감과 너무나 판이한 근접과거 이해나 서술을 접하게 되는 것도 계기가 되었다. 올바른 과거이해를 지향하기보다는 편의에 따라

과거를 단일한 이미지로 간소화하고 개칠하려는 경향이 있다고 생각한다.

"미래는 누구도 개의치 않는 아무래도 좋은 공터다. 그러나 과거는 생기로 차 있고 그 얼굴은 혐오스럽고 우리를 약 올리고 상처주기 때문에 우리는 그것을 파괴하거나 개칠하고 싶어한다. 우리가 미래의 지배자가 되려는 것은 오직 과거를 변경시키기 위해서다." 밀란 쿤데라의 『웃음과 망각의 책』에 보이는 대목인데 참조에 값한다고 생각한다.

각계각층의 다수 인간이 관련된 역사적 시기를 단 몇 줄로 처리하는 역사서술에서 축약과 추상은 불가피하다. 가령 축약된 역사서술 속에 숨어 있는 추상의 폭력에 반대하면서 구체적 세목으로 한 시대를 보여주는 것이 문학의 본령이 아닌가 생각한다. 문학의 기능이 그것으로 탕진되는 것은 결코 아니지만 서사문학의 주요 기능의 하나일 것이다. 편지나 일기 같은 사사로운 기록이 많지 않은 우리 처지에서는 더욱 그러하다. 이러한 역사에 대한 국외자의 시민적 소회를 적어본 것이 제1부의 글이다.

최근 들어 표절이나 모작의 문제가 심심치 않게 화제가 되곤 한다. 우리 쪽 저명시인의 작품이 일본시의 모작이라는 취지의 발표가 소장 학자 중심의 학회에서 있었다는 말도 들었다. 현역 작가의 작품에 대해서 이런저런 시비가 들리기도 한다. 표절이나 모작에 관한 원칙론을 작성하기란 사실상 불가능하다. 구체적인 사안을 놓고 텍스트 검토를 하는 수밖에 없다. 사람은 보고 싶은 것만 본다지만 사소한 유사성에만 착안하고 커다란 차이성이나 상위점相違点을 간과하는 데서 문제가 생기는 경우가 많다. 명백한 모작이나 표절이 작품으로 대접받는 경우는 드물다고 봐야 할 것이다.

이른바 '상호텍스트성'이란 말은 투명한 어휘가 아니고 쓰는 사람에 따라 뜻이 조금씩 다르다. 안정된 영속적 의미나 객관적 해석이란 개념을 타파하기 위해 최근의 유럽 이론가들이 채용한 상호텍스트성의 이론은 모든 텍스트가 다른 텍스트와의 연관 속에서 의미를 갖게 된다고 주장한다. 텍스트의 상호의존성이나 상호연관성을 강조하는 이 이론은 모작이나 표절을 거론하는 경우 중요한 참조 틀이 돼야 할 것이다. 이 점은 앞으로 본격적으로 다루어볼 생각이다.

이번에는 텍스트의 상호의존성이나 연관성의 사례를 살펴보고 아울러 모작 문제를 검토해보았다. 근자에 인터넷 공간에서 정지용의 「향수」 모작설이 크게 번지고 있다 한다. 꼭 신문에 소개해달라며 모작설을 전개한 책을 보내온 경우가 있다는 지방신문 발행인의 경험담도 들은 바 있다. 양심과 의견의 자유는 누구에게나 있다. 그러나 중학 시절부터 「향수」를 암송해온 필자에겐 한심한 비평적 추문으로 들릴 뿐이다. "「향수」가 발표된 것은 1927년, 당시의 시단 현황 속에서 이 작품은 가히 경이에 값하는 것이었"고 1962년에 발표한 「현대시의 50년」에서 적은 바가 있다. 논쟁적인 옥신각신을 즐길 나이도 심정도 아니다. 그러나 50년 전 발언에 대한 책임감에서라도 잠자코 있을 수 없어 쓴 것이 「사철 발 벗은 아내가—정지용의 「향수」가 모작인가?」이다. 비슷한 쟁점을 다룬 글이 제2부의 내용이다. 그밖에 근자에 읽은 책에 대한 소감이나 소일거리에 대해 적은 것이 제3부를 이루고 있다. 발표 현장의 성격에 따라 주석을 붙인 경우가 있다. 그런 경우에도 널리 알려져 있지 않은 출처만을 밝히는 것으로 한정했다.

벌써 21세기의 첫 10년도 지나갔다. 초음속 항공기가 등장하면서 시간도 초고속으로 나르는 것 같다. 부족한 대로 이 책은 21세기에 들어와서 내는 열 번째 책이다. 생산량이 많지 않은 처지에서 다작한 셈인데 퇴직 후 글쓰기가 부업에서 본업으로 바뀐 것과 연관된다. 그러나 늙으면 말이 많아진다는 속설과 아주 무관한 것도 아닐 듯해서 경각심을 가지려 한다. 소재나 분량에 매이지 말고 자유롭게 쓰라며 늘그막 호강을 시켜준 『현대문학』에 감사한다.

2011년 4월

柳宗鎬

차례

| 1장 |

과거라는
이름의 외국

과거라는 이름의 외국

'과거는 타국이다'란 말을 접하고 명언이라는 생각이 들어 더러 활용하기도 하였다. '역사가란 경험의 기억은행記憶銀行'이란 말과 함께 에릭 홉스봄Eric Hobsbawm의 말이라고 기억하고 있는데 역시 역사가의 입에서나 나올 수 있는 적정한 비유라고 생각했다. 근자에 로버트 스콜즈의 『모더니즘의 혼란』을 읽다가 같은 소리를 한결 분명하게 앞서 말하고 있는 작가가 있다는 것을 알게 되었다. 영국작가 L. P. 하틀리가 1953년에 발간한 소설 『중매인』의 첫 대목은 이렇게 시작하고 있다. "과거는 외국이다. 거기서 사람들은 다르게 산다" 이 대목은 그 후 자주 인용되어 격언이 되다시피 했다는데 단순히 재치 있는 수사가 아니라 과거에 대한 가장 설득력 있는 정의의 하나가 되어 있다고 생각한다.

사람은 누구나 과거를 의식하고 살게 마련이다. 조부모를 위시해서 연장자 아래서 성장하며 사회화 과정을 겪는 이상 과거를 간접경험하고 상상하지 않을 수 없다. 또 무량한 전설이나 역사 얘기를 통해서 과거가 현재와는 전혀 다르다는 것을 막연히 감지하고 있다. 또 지나간 시절의 사람들에겐 현재가 외국이리라는 것은 「립밴윙클」 비슷한 세계 도처의 설화가 실감 나게 전해주고 있다. 그러나 이것은 흔히 원격과거에 한정된 것으로 생각하기 쉽다. 근접과거에 관한 한 사람들은 그것을 낯선 외국이라 생각하지 않는다. 현재와의 연속성을 강하게 의식하며 연대年代상의 차이가 조금 날 뿐이라고 생각하기 쉽다. 그러나 현기증 날 정도의 격심한 정치적 사회적 변화를 겪은 20세기의 한국에서 근접과거는 원격과거 못지않은 '외국'이 되어 있다 해도 틀리지 않는다. 우리는 흔히 세대 간 소통의 어려움을 얘기하는데 이것은 어찌 보면 당연한 일이기도 하다. 사실상 외국인끼리의 소통에서 어려움이 생기는 것은 불가피할 것이기 때문이다.

근접과거라는 근린近隣 외국을 이해하기 위해서는 계몽된 역사적 상상력이 필요하다. 우리가 학교에서 시행하고 있는 통상적인 역사교육은 역사적 상상력의 세련에 전혀 도움이 되지 않는다. 그것은 정치적 연대기의 기계적인 입력이나 수용을 부과하고 자칫 편향된 이념의 주입을 야기하기가 첩경이다. 과거가 외국이며 거기서 사람들이 우리와 다르게 생각하고 거동하며 살고 있다는 것을 실감시키기 위해서는 정치 연대기가 아닌 사회사의 교육이 필요하다.

　사회사란 용어는 아직도 엄밀하게 사용되고 있지는 않다. 명확히 정의된 바 없는 사회사는 대충 세 가지 뜻으로 쓰였다고 홉스봄은 말하고 있다. 첫째, 빈민이나 하류계층의 역사 혹은 빈민운동이나 사회운동의 역사를 지칭한다. 더 특정적으로는 노동이나 사회주의 사상의 역사를 가리킨다. 둘째, 풍속 습관이나 일상생활이라고밖에 할 수 없는 다양한 인간활동에 관한 역사를 지칭한다. 독일어의 문화사 혹은 풍속사Sittengeschichte에 해당하는 분야다. 이 흐름의 사회사가 반드시 빈민층을 주요 대상으로 하는 것은 아니다. 셋째, 사회경제사를 지칭한다. 역사적 상상력을 세련시키기 위해서 가장 도움이 되는 것은 아마도 둘째 유형의 사회사일 것이다. 이런 사회사와 친숙해짐으로써 우리는 비로소 과거가 외국이라는 것을 실감하게 될 것이다.

　풍속 습관이나 일상생활에 관한 정보를 가장 많이 제공하고 있는 것은 근대소설이다. 모든 문학장르가 자연의 모방이라는 점에선 풍속 습관의 묘사와 무관하다 할 수 없지만 일상생활의 하찮아 보이는 세목이 작품 속에서 전경화된 것은 근대소설에 와서이다. 근대문학의 총아로 등장한 소설의 역할과 기능은 다채롭지만 사회사 증언으로서의 소홀치 않은 가치도 부가적으로 가지고 있다. 모든 문학작품이 역사적 요인을 갖추고 있는 것은 사실이다. 등장인물의 언동을 묘사하는 만큼 특정 시대의 기록이자 반영이라는 점에서 역사적이다. 그것이 소설에서는 특히 사회사와 짙은 친연성을 보여주고 있는 셈이다.

어느 자전적 소설

얼마 전 이태준의 『사상의 월야月夜』를 읽고 '과거는 외국'이라는 말을 새삼스레 절감하였다. 장편 『사상의 월야』는 일제 말인 1941년 3월에서 같은 해 7월까지 『매일신보』에 연재되었던 자전적 소설이다. 『동아일보』와 『조선일보』가 폐간된 뒤끝이라 총독부 기관지인 『매일신보』는 당시 유일한 한글신문이었다. 자전적 소설인만큼 작가 이태준을 이해하는 데 필수적인 읽을 거리라 할 수 있다. 이태준에 관한 상세하고 본격적인 평전이 나와 있지 않은 상황에서 이 소설이 얼마만큼 작가의 개인사에 충실한 것인가, 하는 점은 상고할 길이 없다. 다만 그의 출생 전후의 가족사나 유소년기의 성장과정은 대체로 사실에 충실한 것으로 추정된다. 또 좁은 바닥에서 피차간의 내력을 비교적 소상하게 알고 있던 처지라 자전적 소설을 자처하면서 허무맹랑한 허구로 포장할 수는 없었을 것이다. 뿐만 아니라 파란만장한 가족사와 고아로서의 성장과정은 그 자체로서 매우 소설적이기 때문에 군이 과장하고 덧칠할 필요도 없었을 것이다.

이태준은 "소설이란 인간사전이라고 느껴졌다"란 말을 남기고 있다. 독서와 창작의 문학경험에서 똑바로 나온 진솔한 소설관이라 생각되는데 그런 생각을 반영하듯이 『사상의 월야』에는 '사람도 여러 가지'란 소제목이 붙은 장章이 있다. 함께 상해를 거쳐 미국으로 뛰자는 부자 친척 연장자의 전보를 받고 주인공은 신의주 건너편 안동까지 간다. 그러나 낌새를 알고 뒤쫓아온 가족에게 잡혀 그 친척은 귀가하게 된다. 소년 주인공은 할 수 없이 도보로 서울을 향해 가는데 노자도 떨어진 그는 나룻배 삯을 내지 못한다.

　송빈이는 사공의 생김새부터 살펴졌다. 구레나룻 끝을 배배 꼬은 새까만 상투쟁이 영감인데 눈이 바늘구멍만 하다. 웬 승객 하나가 곡식 자루를 자기 짚세기 위에다가 벗어놓았다고 눈이 빨개져 몰아세웠다. 송빈이는 가슴이 두근거렸다. 여기서도 제일 나중 남아가지고 모자를 벗었다.

　"미안합니다만 선가가 없습니다."

　"어드레?"

　사공은 때리지는 않았다. 그 대신

　"흥, 공으루 탈랴건 한 번만 타서 되나."

하더니 송빈이를 도루 이쪽에다 건네다 놓는다. 그리고 잡담 제하고 배주인한테로 끌고 왔다. 주인은 여기 사람들이 '향장鄕長'이란 존칭으로 부르는 점잖은 이였다. 무엇보다 먼저 발이 그래가지고 어떻게 길을 걷느냐고 동정하였고, 더구나 송빈이의 사정을 듣고는 선가는커녕 발이 다 나을 때까지 저의 집에서 쉬어서 떠나라는 것이었다. 자기도 아들 하나가 노서아로 간 지가 오륙 년이 되는데 돌아오지 않는다고 하면서 송빈이의 이런 꼴에서 자기 아들의 방랑을 엿보는 듯 눈물까지 지었다.

어차피 타고 온 것이기 때문에 보통 경우라면 야단이나 한 번 치고 내려주겠지만 사공은 굳이 주인공을 도로 강 건너로 원상복구시켜놓는다. 자기 자신이 피고용인이기 때문에 함부로 관용을 행사할 위치에 있지 않다는 점을 감안하더라도 고약한 사람이란 생각을 금할 수 없다. 그러나 선주가 무던한 사람이어서 주인공에게는 전화위복이 된다. 이 작품에는 무던한 인물과 야바위꾼 같은 고약한 인물이 많이 나와 '사람도 여러 가지'란 것을 실감케 한다. 그런 의미에서 '소설이 인간사전'이라는 이태준의 소설인식은 경험의 산물이다. 이태준은 또 소설가의 소질로 '눈치'를 든 적이 있다.

나는 '눈치'가 소설가의 소질이라 본다. 눈치가 어두워선 뉴스 재료처럼 표면화되지 않는 사실을 취사해나갈 수도 없고 복잡한 이야기를 얻는댔자 거짓이 드러나지 않게 휘갑해나가지도 못한다.

여기서 '눈치'는 통찰력이나 구성능력을 말하는 것으로 보인다. 그러나 이태준은 남의 심중을 헤아리는 눈치란 말로 이것을 포괄하고 있다. 누구나 그렇겠지만 고아로 자란 그에게 있어 눈치는 각별하게 만만찮은 존명存命의 무기였을 것이다. 『사상의 월야』에서도 주인공은 눈치 빠른 인물로 나오는 것이 사실이다. 자전적 소설이 주는 각별한 재미의 하나는 작가가 일반 산문에서 피력한 견해나 생각의 기원을 보게 된다는 점이다. 동일한 경험이 소설에서는 간접적으로 형상화되어 있는 반면 일반 산문에서는 직설적으로 토로되어 있는 셈이다. 이 작품을 읽고 나서 그때껏 가지고 있던 나의 이태준 상像을 수정하게 되었다. 섬세하고 눈치 빠르고 얌전한 선비로만 생각했다. 그러나 작품을 통해서 그가 상당히 강인한 반골叛骨임을 알게 되었다. 그는 휘문고보 재학 때 학교개혁을 요구하는 단체행동에 앞장서고 진정서를 작성하여 퇴학을 당하게 된다. 또 동경유학 시절에는 신문배달 때 알게 된 미국인이 제의하는 체육학 전문의, 유리한 유학길을 단호히 거절하고 결별한다.

누구나 젊은 날의 행동을 얼마쯤 과장하고 자기를 영웅화하는 경향이 있다. 젊은 날의 도스토옙스키가 급진파 청년모임의 동아리활동을 하다가 체포되어 사형선고를 받고 형 집행 직전에 사면되어 유형을 가게 되었다는 것은 널리 알려진 전기적 사항이다. 사형 집행을 할 의사가 없던 당국의 겁주기 위한 엄포였다는 것도 잘 알려져 있다. 또 그가 동참했던 동아리활동도 독서회 비슷한 것이었지 혁명운동 같은 것과는 거리가 멀었다. 그러나 요즘 말로 극우파가 된 노년의 도스토옙스키는 급진적 혁명운동에 가담했다는 투로 자신의 청년기를 말하곤 했다는 것은 많은 전기 작가들이 지적하는 사항이다. 소설을 재미나게 하기 위해 이태준이 주인공의 반항적 행동을 다소 과장한 면은 있을지도 모른다. 그러나 큰 줄거리는 사실대로라는 심증을 갖게 하는 것이 사실이다. 가령 주인공은 고보 시절에 다음과 같은 일기를 적기도 한다.

우리 학교는 운동열이 너무 심하다. 운동선수면 남의 학교 학생이라도 몰래 꾀어 사 오다시피 한다. 시험에 빠져도 끗수를 준다. 담배를 먹어도 처벌하지 않는다. 운동정신의 타락이다!

이러한 비판은 누구나 할 수 있는 상식의 문제다. 그러나 그것을 기록하고 의식화하는 것은 누구나 하는 일이 아니다. 섬세하고 심약한 문인기질과 비타협적인 반골정신을 겸비한 선비임이 책을 통해 드러난다. 그가 스스로 걸어 들어간 북에서 일찌감치 변두리로 밀려나고 끝내 행복하지 못했던 것은 이러한 성격 탓이 아닌가 생각하게 된다. 성격이 운명이란 말은 절반은 진실이다. 그의 까다로운 심미적 안목과 함께 비타협적인 반골정신은 그로 하여금 그쪽 체제와의 원활한 관계를 불가능하게 했을 것이다. 평소 같으면 좀처럼 드러내지 않는 속내가 소설이기 때문에 드러나 있는 것도 흥미 있다. 없는 처지에 으레 그렇듯이 수모를 당해 자존심이 상할 때 주인공은 속으로 다짐한다.

"복수하자!
돈으로!
명예로!"

후분의 불행을 제외한다면 이태준의 전반생은 하나의 성공담이었다. 식민지란 열악한 상황에서 그는 문학을 통해 소싯적의 다짐을 실현했기 때문이다. 20대 초에 처녀작을 발표한 후 그는 당대 최고 수준의 단편을 발표했고 적지 않은 수효의 신문소설도 정력적으로 써서 작가로서의 지위를 공고히 하는 한편 생활 전선에서도 안정을 얻었다. 성북동에 집을 장만하고 피아노도 사고 또 추사 글씨를 위시해 골동품도 수집해서 취미생활을 할 수 있었다. 여섯에 부친을, 아홉에 모친을 여읜 고아가 그만한 자아실현을 이룬 것은 당자의 명민함이 기반이 되었지만 어린 시절의 결심, 모친과 외조모의 각별한 교육열, 전통사회 대가족 제의 허술한 미덕의 잔재 때문이 아니었나 생각된다. 그러나 일 제 말 한글신문의 폐간과 주재했던 『문장』의 폐간이 그의 생활 을 극히 불안하게 한 것은 그의 단편소설에도 반영되어 있다. 다소 이색적인 소설의 표제는 달밤이 있음으로 말미암아 인류 는 생각할 줄 알게 되었고 달밤이야말로 감성의 자모慈母라는 작가의 사사로운 소회를 반영하고 있다.

낯선 과거

이태준은 당대의 작가 가운데서 누구보다도 문체정련에 공들 인 편이지만 반세기가 훨씬 넘는 세월이 흐른 오늘 그의 문장조 차도 빛이 바래서 그 자체의 매력을 발산하지 못한다. 신문연재 라는 특수사정이 있고 우리 문학의 뒷날의 문체적 노력이 현저 해서 빚어진 상대적 취약성이라고 할 수도 있다. 그나마 잘 읽 히는 편인 『사상의 월야』는 이제 사회사적 가치와 작가 이태준 을 이해하는 데 필수적이란 점에서 의미 있는 작품이 되었다. 소설의 재미가 남의 삶을 엿보고 남의 속을 훔쳐보는 재미이고 또 살아보지 않은 시대상황을 구경하는 재미이기는 하다. 그러나 소설을 예술로 전화시키려는 의식적 노력이 희박했던 우리 풍토에서 이만큼 내구성이 있는 작품이 있다는 것은 다행한 일이다. 과거가 외국이라는 비유적 정의를 실감케 하는 요소로 우리의 주목을 끄는 것에는 어떤 것이 있을까?

주인공 송빈 부친의 망명과 사망은 20세기 초엽의 국내 미시사微視史의 희귀한 사료가 되어줄 것이다. 강원도 철원 인근에서 부유하기로 소문난 용담龍潭 이 씨 집안에서 제일가는 부잣집 소생이었던 송빈 부친은 젊어서부터 서울 출입이 잦았고 덕원감리德原監理로 원산에 부임하였다. 감리란 조선조 말에 개항장에서 통상 사무를 맡았던 관청인 감리서監理署의 수장이다. 그 후에도 서울 출입이 잦더니 땅을 처분하여 서울로 가고 일본에서 편지를 보내기도 한다. 2년 후 삭발에 방갓 차림으로 돌아온 그는 곧 삼촌을 불러 간도로 간다는 포부를 말하고 날이 밝기전에 오십 리 떨어진 산속의 절로 피신한다. 그러나 이내 의병들이 몰려와서 송빈 부친을 내놓지 않으면 온 동네에 불을 지르겠다고 위협한다. 돈과 피륙과 소 몇 마리를 잡는 잔치로써 불질은 면했으나 곧 그의 은신처도 탄로나 몰려온 의병들에게 초죽음을 당한다.

개화당은 둘째요 역적이란 이름만 붙는 날에는 전 문중이 결단나는 판이라, 의병 대장의 속이 호뭇하도록 막대한 돈을 거둬 바치고 피투성이가 된 전날의 이 감리를 들것에 담아 찾아왔다. 의병패는 한 패만이 아니었다. 또 저희끼리 무슨 연락이 있는 것도 아니었다. 다른 패가 몰려들면 다시 똑같은 변을 당해야 한다. 이 감리는 겨우 호정 출입이나 하게 되자 부랴부랴 고향을 떠났다.

그는 장모, 아내, 어린 남매, 그리고 하인 하나를 데리고 해삼위로 이주하나 건강이 악화되어 35세의 나이로 아라사 땅에서 객사한다. 여러 가지 정황증거로 보아 작가 부친의 실물 크기 초상이라 생각되는 이 감리의 정치적 입장의 세목이 어떤 것인지는 분명치 않다. 그가 개화된 일본 구경을 하고 와서 스스로 삭발하고 개화파가 되었다는 것은 분명하나 의병의 추적을 받게 된 세세한 전후사정은 알 길이 없다. 소위 합병 전야의 일인 것은 분명한데 수구적 의병들에겐 친일 역도로 비쳤는지도 모른다. 간도에서 뜻을 모아 독립적이고 개화된 민족공동체를 건설하겠다는 야심적인 그러나 비현실적임이 드러날 꿈을 가지고 있었던 것 같다. 여기서 우리의 흥미를 끄는 것은 의병패가 여러 패가 있어 번갈아가며 테러를 감행할 개연성이 컸다는 점이다. 20세기 중반에 비슷한 '의병' 활동이 방방곡곡에서 일어나 '반동분자'라 해서 혹은 '적색분자'라 해서 공격을 가한 것은 우리 모두가 익히 아는 터이다.

가장을 잃고 생활방도도 막연해진 유가족은 다시 목선을 타고 고국으로 돌아온다. 돌아오는 배 안에서 모친은 막내딸을 낳는데 그 사정은 기구하기 짝이 없다. 웅기만雄基灣 한구석의 배기미梨津란 포구에 상륙한 후 근처의 소청素淸이란 곳에서 음식

점을 연다.

여기 사람들은 아직 녹두는 심어도 청포를 해 먹을 줄 몰랐다. 청포가 쑤기가 바쁘게 별식으로 팔렸고 밀가루가 청진서 들어오나 뜨덕국이나 해 먹었지 만두나 밀칼국은 해 먹을 줄 몰랐다. 찰떡은 해 먹어도 메떡(흰떡)은 해 먹을 줄 몰랐다. 그래 또 만두와 밀칼 국과 떡국이 세가 나게 팔렸다.

비록 한반도 북단의 변방이라고는 하나 1910년대에 청포와 떡국을 모르고 수제비는 알아도 국수와 만두를 해 먹을 줄 모른 다는 것은 생소하고 기이하게 생각된다. 주민들의 생활수준이 어떠했는지 미루어 짐작할 수 있다.

송빈은 휘문고보 재학 시절 영신환 행상을 하기도 하고 교무 실의 유리창 청소를 전담함으로써 학비를 번다. 유리창 청소는 교장의 호의로 이루어진 후원 차원의 근로봉사였다. 또 입주 가 정교사로서 훈련대장을 지냈다는 '김 대장' 손자를 지도하기도 한다. 그는 그 집에서 쫓겨나고 마는데 그 자초지종은 당대 사 회상의 한 국면을 생생하게 보여준다. 손자가 학교 대항시합에 응원을 다녀온 것을 두고 '김 대장'은 호통을 친다.

"네 들어봐라. 큰놈은 그렇게 가지 말라는 응원인가 뭘 갔다가 이제야 왔구, 작은놈은 대문 밖에 나가서 제 집 하인들 자식과 공 을 던지구 받구 허니 그놈의 운동에 모두 환장을 헌 놈들이지 성헌 놈들이냐?"

자기가 맡은 아이들을 변호하기 위해서 응원은 단체훈련이며 교풍과 상무정신을 위해 학교에서 시키는 것이라고 송빈은 말한다. 김 대장은 계속 호통친다.

"뭣이라구? 학교에서 시켜? 그래 학교가 더 중허냐 제 할애비가 더 중허냐? 또 그럼 하인 자식과 공 던지기두 학교서 시켜서 허는 거냐?"

"학교선 양반 상인의 구별이 없습니다. 어느 학교 어느 반에구 양반집 애두 있구 상놈의 집 애두 섞였을 겁니다."

"이놈 듣기 싫다. 아무리 한 반 아냐 한방 안에 있더래두 양반은 양반이구 상놈은 상놈이지……. 너두 말허는 걸 보니 상놈이다. 우린 운동을 않구두 팔십을 산다. 우린 운동을 않구두 십만 대군을 거느렸다. 고현 놈 같으니."

이어 계속되는 송빈의 말은 김 대장의 격분을 사고 "냉큼 내 집에서 나가거라"는 불호령에 짐을 싸고 만다. 1920년대 서울에서 벌어지는 장면이다. 나라가 망하고 세상이 확확 바뀌는데도 옛날 훈련대장을 했다는 위인의 의식수준은 이 정도이다. 송빈이와 좋아하는 사이였던 은주는 백부와 모친의 강권으로 은행가의 방탕한 아들에게 시집을 가게 된다. 공부를 계속하겠다는 딸에게 과수 모친은 말한다.

"졸업장으루 시집가니? 인사범절이며 음식 시세와 바누질두 아 랫사람 부릴 줄 알 만친 배 가지구야 떳떳이 통혼을 받지 않니?"

사실 송빈과 은주의 어긋나는 사랑은 다분히 신파조로 흐르고 있고 상투적으로 처리되어 있으나 당대의 평균적인 과정이라 그럴 수도 있을 것이다. 아직 중학생인 송빈은 은주를 '카레데'라 부르는데 좋아하는 소설 여주인공의 이름을 따서 만든 조어이다. 『부활』의 카추샤, 『그 전날 밤』의 에레나, 『젊은 베르테르의 슬픔』의 로테에서 한 자썩 따와 합성한 것이다. '신사상'이란 이름으로 자유연애를 지칭하는 것이 당시의 풍조였던 것은 사실이다. 그러나 '카레데' 란 합성어는 연애가 르네 지라르가 말하는 "삼각형의 욕망"을 기본도식으로 하고 있다는 것을 시사한다. 사람들은 타인의 욕망을 모방하며 거동을 흉내 낸다.

휘문고보라고 명시된 중학교 교육의 실태도 흥미 있다. 교주가 산책 삼아 장충단 공원에 갔다가 넓은 마당을 접하고 팔백 명 학생이 뜰에 서 있는 것을 보고 싶다는 전화를 걸었다. 즉시 전교생이 장충단으로 향한다.

장충단에 이르자 교주께 경례를 하고, 교가를 부르고 곧 합동체조가 시작되는데 교주께서 학생들을 웃저고리는 벗기라는 분부가 내렸다. 체조선생은 곧 분부대로 호령을 내렸다.

교주는 학교에 군림하는 셈이고 교사들도 시간 중에 학교자

26

랑과 교주예찬을 일삼아 정작 수업은 흐지부지하는 경우가 많다. 체조선생은 교사라기보다 어디 십장 같다고 되어 있는데 주인공은 특히 툭하면 구타를 잘하는 체육교사와의 사이가 원만치 못하다. 학교 묘사는 한낱 옛이야기가 아니라는 감개를 안겨줄 만큼 생생하다.

흥미 있는 것은 또 영신환 판매에서 올리는 수익과 월사금의 세목이 적혀 있어 고학의 실상을 보여주고 있다는 점이다. 월사금은 4원인데 매달 초 엿샛날 아침 조례시간에 미납자들은 불려 나가고 월사금을 납부할 때까지 교실에 들어가지 못한다. 그 사정은 이렇게 적혀 있다.

책보 대신에 약봉지 뭉텡이를 끼고 이틀이고 사흘 나흘이고 4원 돈을 채우러 나서야 한다. 한 봉지에 3전씩 남으니까 140봉지는 팔아야 된다. 열 사람에 한 사람씩 사준다면, 잘 팔리는 셈이니 140봉지를 팔자면, 약을 사줄 듯한 사람만 적어도 1,400명을 만나야 한다. 서울이 넓다 하나 새 얼굴만 1,400명은 하루 이틀에 어려웠다.

일본 도쿄〔東京〕에서의 신문배달의 실상도 소상히 적혀 있다. 그곳에서의 신문배달은 서울에서와는 달리 어떤 신문이든 맡아서 파는 신문판매점이 따로 있었다. 따라서 배달부는 여러 가지 신문을 한꺼번에 돌리기 때문에 가구별 구독신문을 익히기 위해서는 여섯 차례는 돌아보아야 했다고 적혀 있다. 월급은 18원이고 침식은 신문점에서 맡고 한 달 12원을 제했다. 그러니 떨어지는 돈은 고작 6원이었다. 먹는 것보다 잠자는 것이 더 걱정거리였다고 한다. 8조방에 여섯 명의 배달부가 몰려 자니 불편이 많았다.

장래목표가 무어냐는 교장의 질문에 면서기, 헌병보조원, 군청기수가 되고 싶다고 대답하는 철원 간이簡易농업학교 학생들 얘기나 휘문고보 시절 헌병보조원 노릇을 3년이나 했다는 대머리 학생의 삽화도 우리의 눈길을 끈다. 그는 "이까짓 교과서나 배우려 우리가 학교에 왔나!"라고 투덜거리면서 도서실에 가서 "사상에 관한 책"을 읽는데 그 후일담이 궁금해진다.

20세기 초 개화파의 수난과 의병활동의 일면, 러시아 망명의 실상, 관북 변방 주민들의 식생활과 생활수준, 1920년대 초 고등보통학교의 실태, 왕조 몰락 후에도 변함없는 양반의 의식수준, 평균적 혼인관, 고학의 실상 등은 생생한 그만큼 또 과거가 외국이라는 명제를 확인시켜주기도 한다. 1941년에 발표된 작품임에도 오늘날 쓰이지 않는 말들이 많이 나온다. "살림을 족치다" "물고를 면하다" "결혼을 파방시키다" "토수를 벗다" 등의 어법이나 "토질" "이화" "도장관" "하향" 등의 낱말은 요즘 대학생도 알지 못할 것이다. 우리는 이 자전소설을 통해 국사교과서가 전해주지 못하는 20세기 초 사회사의 일면을 생생히 접하게 된다. 그리고 과거이해를 위해 진정 필요한 것은 정치사의 줄거리를 요약해 보여주는 교과서 '국사'가 아니라 사람살이와 세상살이의 세목이 생생하게 보이는 사회사일 것이다.

적정한 과거이해가 중요한 것은 그것이 현재이해에 불가결하기 때문이다. 21세기를 살고 있는 우리는 상대적인 물질적 풍요와 함수관계에 있는 욕망의 확장에 따라서 현실에 대해 많은 요구와 불만을 갖게 마련이다. 그리하여 우리의 오늘을 부정하고 거부하는 심정에 이르게 되기 쉽다. 그럴 때 우리의 바로 선대가 살았던 근접과거의 제반실상을 떠올려보는 것은 좋은 해독제가 될 것이다.

바로 얼마 전까지만 하더라도 전 국토가 붉은 산 일색이었고 보릿고개와 가뭄과 대홍수와 흉작이 우리의 달력을 온통 흉측하게 색칠하였다. 내가 『질마재 신화』에 끌리어 높이 평가하는 것도 절대빈곤의 문화와 곤곤한 기층민생활의 결이 어느 사실주의 소설 못지않게 세세하게 드러나 있기 때문이다. 그러면서 답답하지 않게 정련된 문학성을 획득했기 때문이다. 「대흉년」에는 다음과 같은 대목이 보인다.

흉년凶年의 봄 굶주림이 마을을 휩쓸어서 우리 식구들이 쑥버물이에 밀껍질 남은 것을 으깨 넣어 익혀 먹고 앉았는 저녁이면 할머님은 우리를 달래시느라고 입만 남은 입속을 열어 웃어 보이시면서 우리들 보고 알아들으라고 그분의 더 심했던 대흉년의 경험을 말씀하셨습니다.

"밀껍질이라도 아직은 좀 남았으니 부자 같구나. 을사년乙巳年 무렵 어느 해 봄이던가, 나와 너의 할아버지는 이 쑥버물이에 아무것도 곡기穀氣 넣을 게 없어서 못자리의 흙을 집어다 넣어 끄니를

에우기도 했느니라……."

이것은 물론 흉년이란 특수 상황의 얘기이긴 하다. 그러나 봄 굶주림이 마을을 휩쓰는 것은 반드시 흉년에 한한 것은 아니다. 항상적으로 봄 굶주림에 노출되는 인구 수효는 적지 않았다. 이 것이 바로 우리 근접과거의 실상이다. 물론 가족로맨스라는 가 공적 전기를 만들어내려는 심층적 충동에 사로잡힌 사람들은 무참한 과거에서도 지기만은 초연한 존재일 거라고 상상하고 싶어할 것이다. 그러나 전통사회에서 그런 지배엘리트 계층은 인구 대비 극히 소수였다는 사실을 잊어서는 안 된다. 가공적 역사 속에서 영광의 고립을 향유할 수 있는 것은 극소수이다. 국수도 만두도 청포도 만들 줄 모르거나 만들어 먹을 수 없었던 사람들의 수효는 하필 관북의 변방이 아니더라도 부지기수였 다. 과거를 미화하는 것도 과거에 대해서 환상을 갖는 것도 우 리의 현실감각을 부분적으로 마비시킨다. 그리하여 우리의 현 재이해를 덧나게 한다. 우리 바로 앞 세대의 세상을 다룬『사상 의 월야』를 읽으면서 뒤에 태어난 자의 착잡한 안도감 같은 것 이 느껴지는 것은 어쩔 수 없었다. 과거가 외국이라는 것은 우 리가 과거지사를 논할 때 꼭 한 번 음미해보아야 할 참조사항이 라 생각한다.

자기기만을 넘어서

이 저 자기기만

8·15 해방이 도둑처럼 왔다는 것은 인구에 회자되는 명언이다. 희망적 관측의 형태로 언젠가는 해방의 날이 오리라고 막연히 기대한 사람은 있었을 것이다. 오늘날 언젠가는 통일이 될 것이라고 많은 사람들이 막연히 전망하고 기대하듯이 말이다. 그러나 그런 막연한 희망적 관측은 우리가 말하는 미래예측과는 거리가 먼 것이다. 통일의 구체적 형태와 그것을 가능케 하는 상황에 대한 개괄적인 그림과 또 어느 정도의 시기적 판단을 갖추지 않은 미래예측은 허황되고 몽상적인 희망적 관측에 지나지 않을 것이다. 그런 의미에서 해방이 도둑처럼 왔다는 것은 국내 거주자라면 그 누구도 이의를 제기할 수 없는 실감일 것이다. 예외가 있다면 고급 비밀정보를 입수할 수 있었던 당시 식

민지 권력 핵심부의 주변 인사였을 것이다. 실제로 일제 권력의 상당한 고위층 인사가 학병 소집대상이 된 아들로 하여금 맹장 수술을 받게 해서 위급한 상황을 모면한 사실을 필자는 지역적 연고로 알고 있다. 소집일 직전에 멀쩡한 생배를 갈라서 맹장수술을 한 것이다. 그는 분명히 보통 사람들에게는 접근 불가능한 정보를 가지고 있었다. 그러나 그 고급정보가 일본의 패망이 저들의 식민지 포기와 우리의 해방으로 이어지리라는 것을 포함하고 있었는지는 불명이다.

대부분 국내 거주자들의 독립에 대한 기대와 소망이 점진적으로 꺼져버린 시기에 8·15가 왔을 뿐 아니라 그 해방은 연합군의 군사적 승리라는 타력에 의해서 초래되었다. 이러한 사실은 해방을 위해 이렇다 할 기여를 한 바 없는 국내 거주자들에게 당연한 자괴감과 죄책감을 안겨준 게 사실이다. 이러한 자괴감과 죄책감은 완강한 자격지심으로 굳어지고 그것은 흔히 그렇듯이 몇몇 과잉반응으로 분출되고는 하였다. 이렇다 할 행동적 기여가 없었던 터라 반일적 혹은 민족주의적 정치실천에 대한 과도한 중요성 부여와 소위 친일행위자에 대한 광범위한 규탄이 그것이다. 정치실천에 대한 중요성 부여는 그것 자체로서는 크게 문제성이 있는 것은 아니다. 그로 말미암은 문화실천의 중요성에 대한 상대적 평가절하가 형평성을 잃고 있다는 사실이 중요하다. 친일행위자에 대한 규탄은 당연한 것으로 거기에 원론적인 이의를 제기할 여지는 없다. 그러나 문자 그대로 매국행위로 작위와 거액의 상여금을 수령한 적극적 원조급과 일제 말기의 피동적 생계형 행위자를 일괄처리하고 규탄하는 것은 형평성을 잃고 있다고 할 수밖에 없다. 또 거의 반세기에 가까운 식민지체제에서 초기의 반일 실천자가 친일로 돌아설 수밖에 없었던 사정이나 엄격히 말해서 국내 잔류 인구치고 완전히 친일행위에서 자유로울 수가 없었다는 상황에 대한 이해부족도 문제이다. 고명한 민족지도자가 해방 직전에 수통스러운 기록을 남겼다는, 최근에 공개되어 널리 알려지게 된 사실은 치지도외置之度外할 개인적 사안이 아니라 당대이해를 위해서 누구나 유념해야 할 사안일 것이다.

이러한 분위기에서 사람들은 속 보이는 자기기만에서 자유롭지 못한 많은 언동을 보여주었다. 사소한 개인적 일탈행위에서 나온 반사회적 언동도 일제에 항거하는 반체제운동의 하나로 과장하는가 하면 공연한 자기 검열로 사실과 먼 과거서술을 자행하였다. 지금은 고인이 된 『불꽃』의 작가가 여럿이 모인 사석에서 들려준 얘기 중 기억에 남아 있는 것이 있다. 군에 있을 때 새 사단장이나 부대장이 부임해 와서 인사를 할 때 늘 따라붙는 소개말이 있었다 한다. "X 장군은 일찍이 조국 광복을 예견하고 이에 대비하기 위해 군에 입대하여 군사적 경륜을 쌓은 바 있고……" 하는 식으로 이어지는 소개말을 들을 때 낯간지럽고 얼굴이 화끈거려 견딜 수 없었다는 것이다. 이렇게 듣기 거북한 발언은 당시 하나의 관습으로 굳어져 있었던 것 같다. 지금 그러한 발언을 새삼 탓하거나 비판하자는 것이 아니다. 비단 군에 한하지 않고 모든 분야에서 그 비슷한 추세가 있었다고 보면 될 것이다.

처음부터 사태를 정확하고 정직하게 서술하는 태도가 우리에게 결여되어 있었다. 식민지 치하에서도 사람들은 생계를 유지하며 자기의 꿈을 키워나가고 낭만적 사랑도 실천하고 사람으로서의 여러 가지 도리를 이행해야 했다. 먹고산다는 것은 극소수의 자산가나 지주 집안의 자손이 아니라면 누구에게나 절박한 문제였다. 그들에게 열려 있는 길은 매우 한정되어 있었다. 가령 중일전쟁 당시 식민지 당국은 농촌 청년들에게 지원병 나가기를 강력히 권장하여 적지 않은 청년들이 지원병으로 나갔다. 지원병으로 나갔다가 전사한 충북 출신의 "리진샤꾸[李仁錫] 상등병"은 하도 많이 홍보되어 초등학교 때 들은 그의 이름을 지금까지 기억한다. 그가 지원병으로 간 것은 물론 식민지 당국의 감언이설에 넘어간 것이지만 이렇다 할 일자리가 없는 농촌에서 하나의 일자리를 찾아나선 것일 터이다. 많이 배우지 못한 그에게 민족의식이나 식민지 상황에 대한 투철한 인식을 기대하기는 어렵다. 요컨대 하나의 가까운 일자리로 군을 선택하고 그리하여 지원병으로 나가 원통하고 위로받지 못하는 죽음을 맞은 것이다. 그 같은 지원병이 아니라 하더라도 하나의 일자리로 군을 택한 이가 적지 않았을 것이다. 군뿐 아니라 일자리를 찾아 식민지체제 운영에 필요한 여러 기관에 참여한 사람들은 수다하다. 그런데 그런 사실을 사실대로 말 못하고 설득력도 없는 낯간지러운 자기변명을 해야 한다는 것은 어떤 개인의 정직하지 못한 허물이 아니라 사회가 공유하고 있던 자기기만에서 나온 것이다. 식민지의 구차한 주민이었다는 떳떳하지 못하나 엄연한 사실을 호도하거나 은폐한다고 해서 달라지는 것은 없다. 식민지 시절 사람들에게 열려 있던 기회나 가능성이 별로 많지 않았다는 사실에 대한 후속세대의 이해부족은 기성세대의 자기기만적 언동과 함수관계에 있다. 당시 국내외에서 특히 해외에서 전개된 정치실천과 그 주체에 대해 우리는 마땅히 경의를 표해야 한다. 그것은 역사적 기록으로 남아 있고 그 역사적·상징적 의의는 되풀이 갱신된 형태로 인지되어야 한다. 그러나 그 때문에 뒷날의 비약적 발전의 토대가 되어준 문화실천의 막강한 중요성이 평가절하되어서는 안 된다.

단일한 이미지 너머

우리는 공식적으로 일제강점기란 말을 쓴다. 그 시절을 살아보지 않아 직접적 경험이 없는 세대에게 그 말이 환기하는 이미지는 어떤 것일까? 사람에 따라 다르지만 완장을 두른 일본 헌병이나 군도軍刀를 찬 일본 순사에게 선량한 백의민족이 발길질 당하고 좌지우지되는 이미지가 주된 것일 터이다. 그러한 영화적 장면이 크게 보아 틀린 것은 아니지만 식민지 상황을 추상화하고 현실성을 배제하는 것 또한 사실이다. 이러한 단일한 이미지를 생생하고 구체적인 이미지로 바꾸는 것이 역사교육의 몫일 것이다. 그러나 정치사 중심의 역사교육은 적정한 역사적 상상력을 세련시키지 못한다. 당대 생활에 밀착한 사회사 교육만이 적정한 과거이해를 기약할 수 있다. 사회사로 무장한 역사적 상상력을 발동해야 비로소 과거가 외국이라는 충격적인 사실을 재확인하게 될 것이다. 근자에 필자는 일제하 유수한 한글신문의 사설과 보도를 한정된 범위에서나마 검토해볼 기회를 가졌다. 그리고 경험을 통해 어느 정도 알고 있다고 생각한 근접과거에 대한 이해가 얼마나 피상적이고 단편적인 것인가를 통감하였다. 그러니 그 시대를 겪어보지 못한 세대들이 그 시절을 상상한다는 것은 얼마나 어려운 일일 것인가?

가령 1938년 10월 12일자 『동아일보』의 「조선인의 생명표」라는 사설은 서울 시민의 생명표에 관한 경성대학 교수의 보고를 거론하면서 다음과 같이 적고 있다.

그리고 생존 수 즉 동시 출생한 자가 반수半數로 되는 연령을 보면 29세 내지 30세 간間으로서 외국인에 비하여 20세 내지 40세의 차이가 있다. 또다시 평균여명餘命 즉 조선인의 평균수명은 남자 32세 내지 34세, 여자 35세 내지 37세로서 일본 내지인에 비하여 10여 년, 구미인에 비하여 약 30년이나 짧다. 뉴질랜드인에 비한다면 실로 30여 년의 차가 있어 그들의 반생밖에 안 되니 인간사십고 래희人間四十古來稀를 탄하지 않을 수 없는 결론이 나온다.

이것이 불과 70년 전의 우리의 자화상이다. 유아사망율이 높아 평균수명이 짧았다는 것은 누구나 알고 있다. 그러나 위와 같은 구체적 수치를 알지는 못한다. 나이 70이 아니라 40이 고

희가 되는 시절이 불과 얼마 전이었다. 한편 화전민에 관한 통계도 우리에게 충격적인 놀라움을 준다. 1938년 총독부의 임정林政과 조사에 의하면 화전민의 수는 1백 50만 2천 명으로 1928년 당시보다 30만 명이 늘어난 것으로 돼 있다. 이 숫자는 조선 인구의 약 15분의 1이요, 농민 총수의 약 11분의 1이나 되는 숫자이다. 산속에 들어가 산등성이에 불을 지르고 밭을 일구어 서속黍粟이나 메밀을 심어 호구하면서 원시적 생활을 영위하는 화전민에 대해서 젊은 세대들은 아는 바가 거의 없을 것이다. 불과 70년 전에 그 수효가 150만에 달했다는 것은 놀랄 만한 숫자이다. 당시 한반도의 인구는 2천 6백만 정도였다.

1931년 9월 18일자 『동아일보』 사설은 '퇴학생 8만 명'이란 표제를 달고 있다. 1930년도에 관공사립官公私立 보통학교에서 중도 퇴학한 학생 수는 8만 4천 7명이었다. 해마다 중도 퇴학자가 7만 이상이었는데 1930년도에 퇴학자 수효가 1만 명이나 증가한 것은 그해 불황과 곡물가격의 폭락으로 농촌이 한결 빈곤해진 때문이었다. 그 참상에 대해 사설은 다음과 같이 적고 있다.

조선민생의 참상은 누구이 논한 바이려니와 오인吾人의 언言을 기다릴 것도 없이 '제국의회의원'인 아사하라[淺原] 대의사는 거去 의회석상에서 질문한 바에 단적으로 표현되었다. 그 일절에 왈 "작년 4월부터 10월까지 동안에 극도의 생활 궁핍의 결과, 중도 퇴학을 한 소학아동의 수는 18만 5천이라는 숫자가 나왔다. 게다가 이

소학교에서 1개월 근 50전의 월사月謝를 지불치 못하는 월사체납 아동의 수는 36만 인이라고 한다. 더욱이 조선의 의사의 언급하는 바에 의하면 조선소학아동은 생활난으로 8할 내지 9할 2분이 영양 불량에 함陷해 있다고 한다".

위의 사설에서 전반부 통계는 일본 본토에 관한 것일 터이다. 그러나 조선의 소학아동의 80퍼센트 내지는 92퍼센트가 영양불 량이라는 사실은 당시의 생활상을 극명하게 말해주고 있다. 거 의 모든 소학생들이 영양부족에 걸려 있었던 것이다. 1932년 3 월 24일자의 「우리에게 밥을 다고」란 사설에는 빈궁의 구체가 세세히 나와 있어 인상적이다.

특히 함북, 강원의 양도兩道는 전년의 수재에 의하여 전도의 약 3 할이 기근상태에 있다 한다. 종래 조선에는 춘궁이라 하여 춘절이 면 농촌이 거의 기근상태에 있는 것이 특색이거니와 근년같이 연 년年年 그 정도가 심해가서는 견딜 바 못 된다. (……) 누상동, 누 하동의 게딱지 같은 초가집들은 그만두고라도 시내서 새로 이사하 여 신축하는 행촌동의 집들은 얼마나 참혹하냐. 조선인의 빈곤상 은 도비都鄙가 마찬가지다.

이러한 옛 신문의 사설은 어려운 상황에서 사실보도와 민의 의 전달과 시책비판에 앞장섰던 문화실천의 중요성을 우리에게 상기시켜준다. 이러한 문화실천마저 없었다면 우리의 상황은 더 열악해졌을 것이요, 주민 사이의 감정소통은 불가능했을 것이다. 한정된 범위에서나마 이러한 문화실천은 희생적 노력을 통해 이루어진 것이고 많은 사람들에게 억압받는 공동체의 연대의식을 불어넣어주었을 것이다. 그러한 문화실천에 대한 경의는 우리 사이에서 별로 발견되지 않는다. 또 이러한 옛 사회사적 자료는 규격화된 단일한 이미지를 넘어서 보다 구체적이고 중층적인 과거의 실상을 떠올리게 해준다. 뿐만 아니라 이에 기초한 적정한 과거이해를 통해서 우리의 오늘을 이해하는 데 압도적인 빛을 던져준다.

역사교육이 우리 과거에 대한 환상을 조성하는 것은 백해무익하다. 우리 역사에 자랑스럽고 눈부신 부분이 없다거나 우리 역사가 어두운 검정색 일변도라는 것이 아니다. 균형 잡힌 안목에 기초한 구체적이고 정확한 과거이해를 통해서 우리 자신의 심층적 자기기만과 결별하지 못한다면 우리는 냉철한 주제파악과 내내 담을 쌓고 말 것임을 우려할 뿐이다. 오늘의 우리가 선인들과 비교하여 압도적으로 양질의 삶을 살고 있다는 사실의 인지와 자각은 괜한 과거미화나 개칠보다 한결 견고한 자긍심과 자신감 있는 미래전망을 우리에게 안겨줄 것이다. 과거라는 거울이 주는 교훈도 여러 갈래요 가지가지임을 간과해서는 안 된다.

타자의 눈으로

이사벨라 비숍*과 문일평

이사벨라 버드 비숍Isabella Bird Bishop의 『한국과 그 이웃나라들』이 전문가 아닌 일반 독자에게 알려진 것은 아마도 김수영 시편 「거대한 뿌리」를 통해서일 것이다. 그녀와 연애하고 있다며 "버드 비숍 여사를 안 뒤부터는 썩어빠진 대한민국이 괴롭지 않다. 오히려 황송하다"는 김수영의 시 대목을 접한 독자들은 그녀에 대해 강렬한 궁금증을 갖게 되었을 것이다. 김수영이 어떤 대본을 읽은 것인지는 알 길이 없지만 그녀의 책이 우리말

※ 이 글은 2005년 12월 16일 연세대 새천년관에서 열렸던 국제한국문학/문학문화학회 창립 학술대회 「경계를 넘어서」에서 읽은 기조 발제문 원고에 가필한 것임.

* 이사벨라 비숍은 결혼 후의 성명이요 결혼 전의 성명은 이사벨라 버드이다. 이 글에서는 김수영의 시편에 나오듯이 이사벨라 버드 비숍이라 적었다.

로 번역된 것은 최근의 일이라고 생각된다. 그런데 벌써 1930년 대에 재야 사학자인 호암湖巖 문일평文一平이 『사외이문史外異聞』에서 세 차례 그녀의 한국 여행과 그녀의 논평에 대해 언급하고 있다. 모두 104편의 짤막한 역사 일화를 담고 있는 이 책에서 「외인이 본 조선」 「한강의 자연미」의 두 편과 또 명성후明成后의 인상을 적은 비숍의 호의적인 대목의 언급이 그것이다. 호암은 고서점에서 『외인이 본 30년 전 조선』이란 책을 40전錢에 샀는데 비숍의 『한국과 그 이웃 나라들』을 일어로 초역한 것이라며 저자와 책에 관한 짤막한 소개를 한다. 이어서 그녀가 조선인을 비평한 일 절一節에 이런 말이 있다면서 다음과 같이 인용하고 있다. 혹 착오가 있더라도 원문 그대로 인용해본다.

조선인이 용모는 의지인意志人보다도 감정인感情人임을 표시하며 총검銃劍을 농弄함보다도 필연筆硯에 친하는 인종임을 암시하는 바 대개 세계의 우등민족에 열列할 것이라고 하였다.

이어 최초의 인상, 청일전쟁, 왕비 암살, 부인 무녀 및 기생, 1897년의 서울 등 20장으로 되어 있는 책의 목차를 열거한 뒤 다음과 같은 논평을 가하고 있다.

학식 있고 혜안慧眼 있는 외국 여자의 관찰이니만치 날카롭고 따 뜻한 동정에 넘치여 독자로 하여금 흥미진진함을 깨닫지 못하게 한 다. 역본譯本도 오히려 이러하거든 원문은 더욱 좋을 줄로 믿는다.

그다음 번 역사 일화인 「한강의 자연미」에서는 비숍이 반도의 자연미에 황홀해하였다는 것을 말하고 1894년 4월 10일 서울 교외의 정경을 그린 대목을 인용하고 또 한국의 푸른 하늘이 티베트의 하늘과 같다고 예찬한 대목을 인용하고 있다. 즉 비숍이 책 속에서 한국인을 우수민족이라 했다는 것, 그리고 한국의 자연미를 극구 찬탄했다는 것 두 가지를 적고 있는 셈이다. 이밖에 세칭 민비로 통하는 명성후를 네 차례 만났다는 것과 그녀를 40 남짓한 호리호리한 미인으로 그려놓고 있는 것을 소개하고 있다.

그러나 이사벨라 비숍 혹은 이사벨라 버드의 책 전문을 접해본 사람이면 문일평의 단편적 소개가 얼마나 그녀의 한국관과 다른 것인가 하는 것을 단박에 간파할 것이다. 서문을 쓴 초대 서울 주재 영국 총영사 월터 힐리어Walter Hillier는 "현재 조선이 나라로서 존속하기 위해서는 크건 작건 보호상태에 놓이는 것이 절대적으로 필요하다는 것은 명백하다"고 적고 있다. 그러기에 김수영도 썩어빠진 대한민국이 괴롭지 않다고 말한 것이 아닌가? ("나에게 놋주발보다도 더 쨍쨍 울리는 추억이 있는 한 인간은 영원하고 사랑도 그렇다"고 적고 있는 김수영은 우리네 뿌리 깊은 전통을 염두에 둔 것이지만 한말의 절망적인 상황에 대한 재인식이 '텍스트의 무의식'을 이루고 있다고 생각된다. 김수영 시편은 전체와의 맥락 속에서 판단해야 하지 한 시편의 축자적 해석에 의거해서 그를 반동적 전통 예찬론자로 축소시키는 것은 적절한 일이 아니다) 김수영이 「거대한 뿌리」를 발표한 것은 1964년 우리의 GNP가 100달러 미만이었던 시절의 일이다.

그러면 왜 문일평은 그녀가 기록한 한국의 부정적인 측면은 전혀 언급하지 않은 것일까? 일어 초역이 그것을 완전히 배제했다고는 생각되지 않는다. 서울이 세계에서 가장 불결한 도시에 속한다던가 한국 관리의 부패와 주민의 절망적 나태를 서술한 대목을 뺐을 리가 없으며 행간에라도 여운을 남겨놓았을 것이다. 조선인을 세계의 우등인종이라고 하는 대목에서 의심, 교활함, 불성실 등 동양의 악벽惡癖을 가지고 있다고 첨가한 것도 뺐을 리가 없다. 김수영이 시편에서 언급하고 있는 서울의 기이한 밤 풍경은 「서울의 첫인상」이란 장에 나오지만 거기서 여성은 "세탁의 노예"로 정의되어 있다. 그런데 모두 빼버리고 좋은 점만 인용하고 있다.

부정적인 측면을 얘기하는 것이 결과적으로 일본의 식민지 지배를 합리화하는 것이 될 위험성이 있다고 생각했기 때문일 것이다. 혹은 그러한 비판의 가능성을 두려워한 때문이었을 것이다. 그렇지 않더라도 암울한 식민지 상황에서 외국인이 거론한 민족의 취약점을 얘기하는 것의 자학성이 적정치 않다고 생각했을 것이다. 우리는 그의 입장을 이해하고 그의 심정을 이해한다. 그러나 어찌 됐건 그것은 역사연구가를 자임한 문일평의 자기모순이요 당착에 지나지 않는다. 있는 그대로의 사실을 기록하고 전하는 계몽적 역사가로서의 직무를 그는 유기하였다. 그것도 민족의 이름으로 그랬을 것이다. 사실 놀랍도록 세세한 관찰을 기록한 이사벨라 비숍은 우리에게 적대적인 타자는 아니다. 그러나 타자의 눈길과 직언을 감당하지 못하고 외면하거나 억압하는 우리의 나태하고 비주체적인 타성은 지금도 꾸준히 되풀이되고 있다. 잠재적 혹은 현시적인 열광적 집단주의가 여전히 이러한 퇴영적 타성을 고무하고 조장하고 있다고 생각된다.

그라거트와 선행연구

'미국의 역사 학자들이 보는 한국사의 흐름' 이란 부제가 달린 정두희 교수의 『유교 · 전통 · 변용』은 1974년부터 2001년 사이에 미국에서 출판된 열다섯 권의 한국근현대사에 대한 전문서적을 비판적으로 소개 · 검토하고 있는 노작이다. 시사하는 바가 참으로 많은 저서이지만 문외한인 필자가 논평을 가할 처지는 아니다. 모두 흥미 있게 읽었지만 특히 주목한 것은 에드윈 그라거트Edwin H. Gragert의 『식민지하 한국의 토지 소유』를 다룬 「일제의 토지조사사업에 대한 새로운 해석」이다. 우리에게 아주 친숙한 문제를 다루고 있고 그 결론도 우리의 의표를 찌르는 종류의 것이기 때문에 읽고 난 소회도 각별하였다. 아래에서 정두희 교수의 요약이나 비판을 소개하면서 거기에 의거해서 필자의 소회를 간략하게 첨가해보려 한다.

그라거트의 연구는 그때까지 국내에서 대표적인 참조본으로 되어 있던 신용하 교수의 『조선토지조사사업연구』를 위시해서 국내 연구서들이 내린 것과는 다른 결론을 내리고 있다. 일제는

1909년 말부터 본격적으로 토지조사사업을 전개하였다. 국내 연구진들은 60일 이내에 지주가 관습官習에 신고만 하면 그 소유권을 인정해준다는 소위 신고주의申告主義가 사실상 한국인들로부터 토지를 빼앗기 위한 기만정책에 지나지 않았으며 토지조사사업이 완료되자 한국인들의 토지 상당 부분이 일본인 소유로 넘어갔다고 강조해왔다. 그런데 그라거트는 토지조사사업 자체는 공정하게 진행되었으며 사유지의 경우 조선시대의 토지 소유와 일제시대의 그것 사이에는 강한 연속성이 존재하고 그것이 일제의 한국 지배의 특성이라고 지적한다. 그가 이러한 결론을 내리기까지 연구 · 조사한 실증적 세목은 여기서 군이 언급하지 않아도 될 것이다. 다만 한국 내에서의 토지매매를 일본 경제의 틀 안에서 자유롭게 만들고 그렇게 함으로써 한국의 토지 소유와 매매 처분 및 한국의 농업경제 그 자체가 일본의 자본주의적 체계에 포함되고 말았다는 그라거트의 주장은 한결 설득력이 있고 결과적으로 일본의 한국 지배가 흔히 생각하듯이 단순한 것이 아니라 훨씬 교묘하였다는 것을 단적으로 증언하고 있다고 할 수 있다.

뒤이어 나온 김홍식, 미야지마, 이영훈, 박석두, 조석곤, 김재로 등 여섯 명의 학자가 공저로 펴낸 『조선토지조사사업의 연구』는 학계의 정설이 되어온 신용하 연구를 정면으로 비판하고 있다. 그리고 김홍식은 일제의 임시 토지조사국의 국장으로부터 말단 조사원에 이르기까지 5천 명에 달하는 방대한 관료군이 정책목표를 향하여 강하고 효율적으로 조직되고 작동하였다는 사실에 강한 인상을 받았다고 실토하고 있다. 그런데 이러한 연구가 광복 후 반세기가 지나서야 나올 수 있었다는 것은 어찌 보면 기묘한 일이다. 이에 대해 정두희 교수는 신용하 연구가 실증적이기보다는 일제의 수탈에 대한 민족감정에 호소하여 큰 설득력을 발휘했다고 지적한다. 그리하여 그의 연구는 "많은 세월이 지났어도 너무나 당연하게 인정되어올 정도로 생명력이 강인하였다"는 것이다.

그라거트나 그 후의 공동연구의 강점은 실증적 연구의 방법적 세련에 있다고 생각된다. 1902년에 작성된 광무 양안量案과 토지조사사업 이후 일제에 의해 작성된 토지대장과의 비교나 더욱 많은 실증자료의 활용이 그 핵심을 이루고 있다고 할 수 있다. 그러나 신용하 연구를 비롯한 선행연구와 크게 다른 점은 선입견의 배제가 아닌가 생각된다. 다시 말해 일제의 모든 식민지 운영 형태가 극악했다는 잠재적 전제가 국내 학자들의 선행연구의 무의식적 기초를 이루고 있음에 반해서 그러한 잠재적 전제에서 상대적으로 자유로웠다는 것이 강점이겠다는 말이다. 타자의 눈이 사태의 진상을 파악하는 데 더 유효했다는 말이 된다. 모든 사실이 실은 해석된 사실이라며 사실과 해석의 동일성을 주장하는 관점주의perspectivism를 곧이곧대로 받아들이지 않더라도 우리는 일단의 진실성을 인정하게 된다.

문일평의 경우 자기에게 관대하여 타자의 비판적 시선을 감당하지 못했다면, 신용하 등의 경우 타자에 대한 편향된 시선이 보다 객관적인 실증적 연구 가능성에 장애가 되어 있다고 할 수 있다. 문일평의 경우 상처 입은 자신에 대한 연민 혹은 자애自愛 본능이, 그리고 신용하 등의 경우엔 상처 입힌 타자에 대한 적의가 냉철한 사태인지나 서술에 장애가 되어 있다. 그리고 두 경우 모두 민족주의 감정이 그 기반을 이루고 있다. 식민지 특유의 집단적 수모 경험을 겪은 우리에게 민족주의 감정은 당연한 것이지만 그것이 보다 냉철한 객관적 인지에 장애가 된다면 그것은 우리의 문화적 성숙에 대한 부정적 지표가 될 것이다.

근자에 일본에서 번역·간행한 『고려사일본전高麗史日本傳』을 읽고 느낀 바가 많았다. 『고려사』에 일본전이 있는 것은 아니지만 일본 관계 기사와 사료를 망라해서 번역하고 주석을 붙여 그런 표제로 간행한 것이다. 초기 목종이나 현종 때는 왜인들이 내투來投, 즉 귀의한다는 기록이 보인다. 그러나 14세기에 해당하는 충정왕忠定王 이후에는 왜구의 침범이 광역화하고 또 빈번해진다. 가령 공민왕 9년에는 왜구가 강화를 침범해서 주민 3백여 명을 살해하고 쌀 4만여 석을 약탈해 갔다. 공민왕 20년 봄에는 해주를 침범해서 관가를 태우고 목사의 아내와 딸을 납치해 갔고 하반기에는 예성강을 침범해서 병선 40여 척을 불태웠다. 해마다 무사한 때가 없었다. 침범 범위도 평안도 안주에서 강원도 강릉, 호남에서 충청에 이르기까지 광범위하였다. 개성에서 가까운 해주나 강화를 침범했으니 바로 집 앞마당까지 들어와 행패를 부린 것이다. 물론 해적들의 게릴라활동이니만큼 대처하기가 어려웠을 것이다. 그러나 왜구는 그치지 않고 행패의 피해는 막심하여 고려조 붕괴의 한 원인이 되었다. 그 후

조선조 세종 때의 대마도 정벌이 고려와의 차이점을 보여주지만 임진란의 참화는 고려 때의 피해 총화를 웃도는 것이었다. 신라 이후 계속적인 침범에 효과적인 방비책을 세우지 못한 것은 역사로부터 배운 바가 없다는 얘기가 된다. 우리는 평화를 사랑한다는 명분이나 구차한 이유로 이웃에게 '공격유발'의 유혹을 계속적으로 제공했다는 측면에 대해서 심각한 자기반성이 있어야 할 것이다. 앞에서 거론한 자애본능이나 타자증오가 이 공격유발성과 동전의 안팎을 이루고 있다는 사실을 우리는 속상하지만 인정해야 할 것이다. '내 탓이오'라는 개인윤리의 차원에서가 아니라 정치공동체의 안전을 위해서 '우리 탓이오'라는 책임의식이 널리 퍼져야 할 것이다. 모든 것을 사악한 타자의 탓으로 돌리는 것은 현실적인 태도도 아니고 정직한 태도도 아니다. 그것은 책임회피용 방위기제의 미숙하고 무책임한 남용이다.

지상의 쓰디쓴 소금

이러한 맥락에서 바흐친이 말하는 외재성exotopy은 우리 모두가 음미하고 내면화해야 할 개념이라 생각한다. 특정문화에의 비非소속을 의미하는 외재성은 깊이 있는 인식의 조건이라고 그는 생각한다. "이해에 있어 중요한 것은 창조적으로 이해하려는 것에 대한, 이해하려는 이의, 시간적·공간적·문화적인 외재성이다"라고 바흐친은 적고 있다. 타자의 시선에서 모욕적 대상이 된 기억을 가지고 있는 사람들에게 타자의 시선은 곧 권력의 편견으로 감지된다. 특히 강력한 타자의 시선은 곧 오리엔탈리즘적인 강자의 자기확인으로 일괄 처리될 위험성이 있다. 그러나 바흐친이 지적한 대로 진정한 외재성은 문화의 영역에서 이해를 위한 강력한 지렛대가 될 것임은 분명하다.

아주 비근하고 사소한 사례에서도 우리는 그것을 발견할 수 있다. 2대에 걸쳐 우리나라에서 장기 체재한 집안 출신인 지방 거주 미국인 의사가 한국에 관한 책을 쓴 적이 있다. 긍정적인 점도 많이 지적했지만 부정적인 국면으로 침 뱉기를 거론하였다. 함부로 아무 데나 침을 뱉고 특히 복도나 실내에서도 뱉는 경우가 허다하다며 그 비위생성과 무신경을 지적한 것이다. 이를 읽은 어떤 미국인 교수가 사석에서 그 대목을 비판하는 것을 들은 일이 있다. 유대계 미국인으로 도시역사에 관한 연구서를 내고 우리나라에서 1년 정도 체재한 인물이다. 그에 따르면 유럽인들이 실내와 실외라는 이분법적 구도로 생활공간을 파악하는 데 반해서 한국인은 신을 벗는 장소와 신을 신는 장소라는 이분법적 구도로 생활공간을 파악하고 있다. 신을 벗고 들어가는 방 안이나 마룻바닥에는 침을 뱉지 않는다. 그러나 신을 신고 다니는 마당이나 논둑에 침을 뱉는 것은 금기사항이 아니다. 농촌 사람들에겐 병원 복도나 진료소도 신을 신고 다니는 장소이기 때문에 논둑길이나 마당과 같은 범주에 속한다. 그러므로 그들이 침을 함부로 뱉는 것은 아니고 그들의 생활공간 개념에 따라 침을 뱉는다는 것이다. 이들의 관행을 변혁하자면 위생개

넘이 아니라 신 신기와 신 벗기라는 이분법적 범주의 의식화와 그 심층적 폐기를 도모하여 새로운 접근법을 제시하는 것이 효과적이라는 것이다. 미국인 의사는 실내와 실외라는 이분법적인 범주에 입각해서 한국인의 이질적인 범주를 이해하지 못하고 혹평했다는 것이다. 비근하고 사소한 사례이지만 외재성의 위력을 보여주는 탁견이라 하지 않을 수 없다. 강력한 타자의 시선이 곧 오리엔탈리즘과 같은 자기동일성의 역상으로서의 타자 생산으로 이어지는 것은 아니다. 2대에 걸쳐 한국에서 살아온 미국인 의사는 어느 사이에 신참 외래 관찰자가 누릴 수 있는 외재성이란 이점을 상실한 것이다.

여기서 문화적 우열개념을 넘어선 정신적 상품교역으로서의 세계문학을 생각해보는 것도 유익할 것이다. 19세기 초에 괴테가 발설한 '세계문학'의 이념에 대해서는 비판적인 견해도 많다. 그러나 우리는 그의 발언취지와 맥락을 당대의 실제상황에 놓고 검토해볼 필요가 있다. 문제의 발언은 에커만의 『만년의 괴테와의 대화』중 1827년 1월 31일자에 나온다. 그날의 화제는 괴테가 중국의 소설을 읽었다는 것으로 시작되고 있다. 중국인 사이에서는 모든 것이 이성적·시민적이고 격정이나 시적 고양은 보이지 않는다. 그래서 자신의 『헤르만과 도로테아』나 영국의 리처드슨 소설과 비슷한 점이 많다고 지적하고 나서 또 하나 다른 점은 그들의 세계에서는 인간 있는 곳에 언제나 외적 자연이 공존하고 있는 점이라고 말한다. 지당池塘에는 언제나 금붕어가 튀기는 물소리가 들리고 나뭇가지에서는 늘 새가 지저귀고 한낮은 늘 밝고 해가 나 있으며 밤은 맑고 달 얘기가 자주 나온다. 그리고 많은 설화가 대체로 미풍양속을 목적으로 하고 있다며 매사에 이런 엄격한 중용의 정신이 있었기 때문에 중국이라는 나라가 수천 년에 걸쳐 유지되어왔으며 앞으로도 오래 존속할 것이라고 말한다. 그 중국소설이 중국소설 중 가장 우수한 것이냐는 물음에 괴테는 그렇지 않다며 이만한 정도의 소설은 중국에 얼마든지 있으며 우리 조상들이 아직 수풀 속에 살고 있던 예전부터 있었다고 대답한다. 이어서 그는 시가 인류의 공동재산이라는 주목할 만한 발언을 한다. 시적 재능 같은 것은 그렇게 희귀한 것이 아니며 누구나 훌륭한 시를 마련했다고 해서 뽐낼 만한 이유가 되는 것은 아니라고도 말한다. 그러나 우리 독일인들은 우리 자신의 환경과 같은 좁은 시야를 벗어나지 못하면 자칫 현학적인 자부심에 빠지기가 쉽고 따라서 자신은 즐겨 다른 국민들의 책을 섭렵하고 있으며 누구에게나 그러기를 권고하고 있다고 말한다. 자주 인용되는 괴테의 유명한 발언은 바로 그다음에 토로한 것이다.

국민문학이란 것은 오늘날 그리 큰 의미가 없다. 세계문학의 시대가 가까이 와 있다. 따라서 모두가 이 시대를 촉진토록 노력하지 않으면 안 된다. 그러나 이렇듯 외국문학을 존중하는 경우에도 특수한 것에 집착하여 그것을 모범적인 것으로 생각해서는 안 된다.

나폴레옹전쟁 이후 유럽, 특히 독일을 휩쓸었던 민족주의와 전투적 애국주의의 위험을 목도했던 괴테가 계몽주의 고유의 자유정신과 보편지향의 정중함에 기초한 감수성과 이상을 정식화하려 했다는 것이 정당한 평가라고 생각된다. 편협한 시아에서 벗어나지 못한 분수 모르는 자부심에 대한 경각심을 불러일으키는 맥락에서 나온 발언이다. 프랑스군의 점령 아래서도 반反프랑스적이기를 거부한 그의 의연한 기개를 보여주는 괴테 수준의 문학적 거인만이 토로할 수 있는 발언이다. 그것은 물질 위주의 국제무역에 조응하는 개념이지만 좋든 궂든 글로벌시대로 접어든 오늘 새롭게 음미되어야 하리라 생각한다. 유럽에서 상대적으로 뒤처진 문화후진국이었던 독일에서 이런 발언이 나왔다는 것은 강력한 타자에 대해 여전한 과민반응을 보여주는 풍토에서는 시사하는 바가 많다. 우리 사회에서 잠재적 위험요소로 남아 있는 열광적 집단주의를 극복하기 위해서도 자애본능과 타자증오를 넘어선 냉철한 자기성찰이 모든 분야에서 이루어져야 한다고 생각한다. 타자의 눈으로 우리를 돌아보는 것은 어려운 일이요 때로는 속상한 일이기도 하지만 소득 있는 일이다. 울림 없이 외치는 공허한 명분보다 실리를 취하는 것은 문화부문에서도 유익한 자기신장과 성취의 방책이 될 것이다.

중·고등교육의 막강한 중요성을 확신하고 주장하면서 소르본대학의 임용장을 거부한 철학교사 알랭, 행복은 의무라고 교실에서 판서했던 철학자 알랭은 스피노자를 배운 고등학교 시절의 은사 주르 라뇨의 말을 정감 있게 인용하고는 하였다. "무신론은 신앙의 부패를 방지하고 보존하는 소금이다." 우리는 타자의 눈이야말로 감상적이고 역사 망각적이고 무책임한 민족주의의 맹목과 자기훼손을 방지하는 소금이라고 말하고 싶다. 그것은 타락한 세계에서 기필코 총명해야 한다는 우리의 도덕적 의무가 감당해야 할 지상의 쓰디쓴 소금이다.

유산이라는 굴레

원리주의적 수용

일본문학 연구자이자 번역자이기도 한 미국인 도날드 킨에게 『일본문학』이란 저서가 있다. 1955년에 나왔으니 이제는 옛 문서인 셈인데 서양독자들을 위한 간결한 일본문학 입문서로 호평을 받은 것으로 알고 있다. 필자가 1970년대 초에 입수한 미국 그로브출판사 판본이 13쇄로 되어 있는 것으로 보아 상당히 많이 나간 책이다. 일본 고전시가, 연극, 소설을 개관하고 「서구 영향하의 일본문학」이란 장에서 일본의 근대문학을 말하고 있는데 이 부분의 분량은 얼마 되지 않는다. 책 끝에 붙인 문헌목록을 보면 1880년 런던에서 출판된 B. H. 체임벌린의 『일본의 고전 시가』, 1899년 런던에서 간행된 W. G. 애스튼의 『일본문학사』 등이 올라 있어 유럽 쪽에서의 일본문학 인지와 수용이 꽤 오래되었음을 말해주고 있다. 이 책 첫머리에 이런 대목이 보인다.

　　유생儒生들이 극단적 정통주의로 기울어져 군자는 식사 때 얘기
하지 않는다는 공자가 했다는 우연한 말 때문에 한국에서는 몇백
년 동안 말 없는 식사가 계속되었다. 중국에서는 그렇지 않았고 일
본에서는 더더구나 그렇지 않았다.[*]

　그는 일본이 중국의 대륙문화를 수용함에 있어서 한국보다
한결 저항적이고 선택적이었다고 말한다. 한국에서는 유학 수
용도 한결 무조건적이었다면서 이런 말을 하고 있다. 그가 어디
에서 이러한 정보나 추론을 얻은 것인지는 알 길이 없다. 일본
인 사이에 널리 퍼져 있는 소문을 수용한 것인지도 모른다. 한
국이 중국과 인접해 있다는 지리적 조건에 대한 고려가 배제된
이러한 언급이 일본어 번역본에서는 크게 수정되어 있다.

　　우리는 중국 문명의 강력한 영향에 대한 일본인의 이러한 저항
을, 그 영향이 한국에서는 거의 무조건 수용되었다는 것과 비교해
보아도 좋을 것이다. 일본인은 어떤 중국 사상, 가령 유교란 것을
수용하려는 때에도 그것을 얼마간 변화시키지 않으면 안 되었다.
따라서 일본의 일부 유학자들은 동시에 일본 전래의 신들의 경건
한 숭배자이기도 해서 이 두 교의를 일치시키기 위해 노력하고 있

---

[*] Donald Keene, 『Japanese Literature : An Introduction for Western Readers』 (New york : Grove Press, 1955, p. 2)

다. 만약 공자와 맹자가 인솔하는 군대가 일본을 침입해 온다면 어떻게 하겠느냐는 질문을 받고 야마자키[山崎闇齊]는 될수록 두 성현을 생포할 작정이라고 말했다.*

보다시피 말 없는 식사 언급은 빠져 있고 원본에는 없는 야마자키의 일화가 첨가되어 있다. 그것이 일본인 번역자의 특수 고려에서 나온 원저자와의 양해사항인지 혹은 저자가 그러한 대목을 뒷날 자진 삭제한 것인지의 여부는 확인할 길이 없다. 말 없는 식사란 구체적 세목에 대한 전거를 찾지 못해 뺀 것인지도 모르지만 궁금한 일이다. 그러나 무조건적 수용과 변형된 수용을 비교하고 있는 것만은 틀림없다.

1992년에 나온 마르티나 도힐러 교수의 『조선의 유교화 과정』은 저쪽뿐만 아니라 국내 학계에서도 호평을 받은 역저이다. 고려를 대체한 조선왕조의 건국과 함께 진행된 유교화 과정을 고찰한 책으로 방대한 우리 쪽 참조문헌만 보더라도 저자의 노력에 외경심을 갖게 된다. 사회인류학도로서 조선조에 관심을 갖게 되어 본격적으로 연구한 저자의 이 저서를 두고 정두희 교수는 "결과적으로 적장자嫡長子 중심의 철저한 가부장 사회의 출현을 야기한 조선왕조가 같은 성리학적 이념의 토대 위에 세워진 송宋나라보다도 더욱 철저한 성리학적인 사회가 되었다고 지적하고 있다"고 요약·논평하고 있다.** 이와 관련하여 결론 부

---

* ドナルド・キーン, 吉田健一譯, 『日本の文學』(中公文庫, 1979, p. 12)

** 정두희, 『유교·전통·변용』 (국학자료원, 2005, p. 80)

분에 보이는 다음과 같은 대목은 도힐러 교수의 지적을 확인해
주는 구체 사례의 하나로 읽을 수 있을 것이다.

조선조 사회 유교화의 의심할 바 없이 가장 근본적인 특징은 부
계 친족제도의 발전이었다. 조선조의 친족제도는 중국에서보다 더
엄격히 구조화되었다. 중요한 차이점은 장자상속제—고전 속에 서
술된 고대 중국에서의 가계조직의 근간인—가 두 나라에서 시행된
정도와 범위에 있었음이 명백하다. 중국에서는 장자상속제가 여러
세기 동안 소멸되었고 오직 장자 우선권의 "명색"만이 형제 중 윗
자리임을 인정해서 흔히 주어지는 여분상속에서나 존속하였다. 상
속관행은 다양했지만 기본적 관례는 형제 간의 균등상속이었다.
이와 대조적으로 조선에서는 방계를 젖혀놓고 직계지속을 강조해
서 장자를 그 세대의 이상적이고 선호되는 대표로 선정하는 결과
를 빚었다. 의례적 장자상속제가 형제 사이의 균등한 상속의 완전
한 폐기로 직접 이어진 것은 아니다. 그러나 조선조가 후반기로 들
어서면서 설사 전면적인 것은 드물었지만 경제적 장자상속제를 선
호하는 경향은 눈에 뜨이게 현저하다. 개개 특정사례에서 관행은
다양했다 하더라도 적장자상속제라는 생각은 사회의식 속에 굳건
히 뿌리박혔으며 가계 산정을 현저히 축소시켰고 그 결과 서자뿐
만 아니라 차남도 손해를 보게 되었다.*

---

* Martina Deuchler, 『The Confucian Transformation of Korea : A Study of Society and
Ideology』(Cambridge : Harvard Univ. Press, 1992, pp. 284-285)

친족제도나 장자상속제의 엄격하고 경직된 구조화와 발맞추어 모계, 여성, 서자의 배제도 경직하게 또 철저하게 시행되는 것을 우리는 보게 된다. 사대부의 특권화나 양인과 천인 사이의 엄격한 차이도 조선조에서 한결 심하였다. 냉철한 분석으로 시종하고 있는 도힐러 교수가 그것을 반드시 부정적으로 보는 것은 아니며 적장자 중심의 강력한 가문의 존재가 왕권의 전제를 견제하는 요인이 되었음을 지적하기도 한다. 유교가 뿌리박힌 나라에서 왕조가 오랫동안 유지되었다는 것은 흔히 지적되는 사항이지만 조선조가 많은 구조적 취약성에도 불구하고 유례없을 만큼 장기간 유지된 것도 유학의 국교화와 연관된 것인지도 모른다. 중국에서보다도 더 유교적인 사회가 된 데에는 그 나름의 이유와 우리 쪽의 사정이 있었을 것이다. 원인이 어디 있든 조선조에서의 유교의 원리주의적 수용이 현실과의 점증하는 괴리를 낳으면서 반근대反近代로 흐른 것은 우리의 근세사가 보여주고 있다. 도날드 킨의 말없는 식사 언급이나 도힐러의 결론이나 유교의 원리주의적 수용을 지적하는 것이라 보아도 틀림이 없을 것이다. 제1차대전 이후 일어난 미국 기독교 신교의 종파를 가리키는 원리주의는 이제 널리 비유적으로 쓰고 있으니 유교에 적용해도 큰 잘못은 아닐 것이다.

백성 없는 논쟁

1636년 병자호란 당시 남한산성에서 있었던 척화파와 주화파의 대립, 좁혀서 얘기하면 김상헌과 최명길의 대립은 우리 '역사에서 가장 극적인 장면의 하나가 아닌가 생각된다. 근자에 나와 호평을 받은 김훈 소설 『남한산성』 이전에도 1960년대에 그 사단을 다룬 연극이 있었다고 기억한다. 해방 직후 한글을 깨치고 나서 처음으로 읽은 책다운 책이 김성칠의 『조선역사』 였는데 그 책 속의 서술이 그런 인상의 모태가 되었는지도 모른다. 최명길 등이 적의 요구를 들어서 세자를 볼모로 보내고 성을 나가 항복하자고 국서를 쓰니 김상헌이 이를 찢고 꾸짖자 그 찢어진 조각을 주워 모으면서 최명길이 찢는 사람도 없어선 안 되고 이를 줍는 사람 또한 있어야 한다고 했다는 서술은 명작 속의 한 장면처럼 오랫동안 기억에 남아 있었다. 그 무렵 홍익한, 윤집, 오달제 등 삼학사를 청사에 빛나는 의인이며 애국자라고 가르친 초등교육의 우연 때문에 그러한 생각이 굳어진 것인지도 모른다.

1627년에 정묘호란을 겪고 다시 호란을 겪는다는 것은 우매하고 한심한 일이다. 외교상의 현명한 거래로 능히 피할 수 있었던 참화를 거의 자초하다시피 했다. 오랑캐의 사신을 문전박대하고 돌려보낸 뒤에 닥칠 사태에 대한 고려가 전혀 없다. 한 번 겪어보고 나서의 일이니 답답하기 짝이 없다. 게다가 명나라에 대한 의리를 내세우며 오랑캐와 상종할 수 없다는 원리주의적이고 비현실적인 명분론이 야기한 결과였다. 김상헌과 최명길의 날 선 갈등과 논쟁에서 우리의 눈길을 끄는 것은 오랑캐의 침범으로 말미암은 백성의 고통과 난경에 대한 고려나 언급이

거의 없다는 것이다. 오로지 국왕과 그 직계가족의 안위만이 초미의 관심사가 되어 있고 빈말로라도 민초를 헤아리는 언사는 찾아지지 않는다. 오늘의 관점에서 옛일을 재단하는 것은 옳지 않다고 말할지도 모른다. 그러나 백성을 생각한다는 것은 국왕을 비롯한 지배층의 당연한 의무다. 그러한 맥락에서 『삼국사기』「신라본기新羅本紀」중 경순왕에 관한 기술은 참조가 된다. 서기 935년 경순왕 9년에 국력이 약해지고 형세가 위태롭게 되자 경순왕은 고려 태조에게 항복할 것을 신하들과 의논했다. 의견이 분분한 가운데 왕자가 말했다.

"나라가 보존되고 멸망됨은 반드시 천명이 있는 것입니다. 오직 충신과 의사들로 더불어 민심을 수습해서 스스로 굳게 지키다가 힘을 다해본 후에 그만두어야지 어찌 천년이나 전해 내려온 나라를 하루아침에 쉽사리 남에게 내어줄 수 있겠습니까?"

왕은 말했다.

"나라가 외롭고 위태함이 이와 같으니 형세는 보전될 수 없다. 이왕 강해질 수도 없고 또한 약해질 수도 없으니, 죄 없는 백성들을 참혹하게 죽임은 나로서는 차마 못할 일이다."*

경순왕은 국서를 보내어 태조에게 항복을 자청하였고 왕자는 울면서 부왕을 하직하고 개골산에 들어가 인구에 회자되는 마

---

* 『삼국사기 1』(이재호 역, 솔, 1997, p. 459)

의태자가 된다. 위에서 보듯 "죄 없는 백성無辜之民"이란 말이 나온다. "왕은 백성을 하늘처럼 받든다王者民人以爲天"란 것은 『사기』에도 나온다. 이러한 생각은 대중민주주의시대에 생겨난 것이 아니며 중국 고전에 얼마든지 있다. 고려의 관점에서 볼 때 나라를 들고 항복해 온 경순왕은 다시없는 협조자였고 따라서 김부식이 그에 대해 긍정적인 기술을 했다는 혐의를 가질 수도 있다. 그러나 무고한 백성을 불행하게 할 수 없다고 말한 자체가 지배층의 정치적·도덕적 의무를 전제한 것이다. 따라서 남한산성에서의 논쟁에서 백성이 빠져 있다는 것은 조선조 지배층의 편벽된 타락을 방증하는 것이다. 원리주의적 성리학 수용과 중독의 논리적 필연일지도 모른다. 위기 속에서 보여준 말과 행동을 견주어볼 때 인조는 경순왕보다 국왕으로서 훨씬 용렬庸劣하다고 하지 않을 수 없다. 『논어』「자로제십삼子路第十三」에 이런 대목이 보인다.

섭공葉公이 공자에게 말하기를 우리 동네에 고지식하게 행하는 자가 있으니 자기 아버지가 양을 훔쳤는데 아들이 증인으로서 나섰다 하였다. 공자 말씀하시기를 우리 마을의 정직한 사람은 이것과 다르니 애비는 자식을 위하여 숨기며 자식은 애비를 위하여 숨기나니 정직한 것이 그 가운데 있다.*

---

* 김종무, 『논어신해』(민음사, 1989, p. 280) 상세한 주석본을 따르면 여기 나오는 양양攘羊은 일부러 훔치러 나가서 훔친 것이 아니라 저쪽에서 들어온 것을 슬며시 실례하는 것을 뜻한다고 한다. 번역이 살리지 못하는 국면인데 그렇게 읽으면 전체 맥락이 더 선명해진다.

여기 보이는 것은 자연스러움에 대한 존중이다. 숨긴다는 것은 언뜻 정직하지 못한 것으로 보이지만 부자지간에는 숨기는 것이 도리어 정직한 것이 된다는 뜻이다. 그것이 자연스럽기 때문이다. 이 대목을 원리주의적으로 접근하면 곧고 정직한 것도 편의에 의해서 결정되는 코걸이나 귀걸이가 되는 셈이다. 즉 원리주의적 접근을 거부하는 대목이라 할 수 있다. '정도에 지나침은 정도에 미치지 못함과 같음過猶不及'이란 『논어』 「선진先進」에 보이는 말에 비추어본다면 원리주의적 접근이란 근본적으로 지나침의 사례일 것이다. 칼뱅 치하의 제네바에서는 부모들의 카드놀이와 같은 사소한 범칙도 자식들이 고발하도록 하였다. 이러한 가족 간의 고발이나 밀고가 전체주의 체제 아래서 적극 장려되었다는 것은 공자의 말이 정당했음을 입증하는 것이다. 이 세상의 많은 조직적 박해나 잔혹행위는 과도한 도덕적 순수의 자임에서 나온 경우가 많다. 대체로 원리주의적 과격성이 그 모태가 되어 있다.

유산이라는 굴레

우리 사회는 정치적으로 의회민주주의를, 경제적으로는 시장경제를 표방하는 사회이다. 소홀치 않은 시련과 우여곡절이 있었지만 산업화와 민주화를 이룩한 유일한 2차대전 후의 독립국가란 성가를 얻고 있다. 그러나 경제적 성장에 합당한 사회적 · 문화적 성숙엔 이르지 못했다는 자괴감을 우리 모두가 공유하고 있다. 그 가장 큰 징후가 사회구성원 사이의 소통과 이해의 부족이다. 대화와 소통은 열린 마음을 가진 주체가 상대의 존재를 인정하고 진지한 마음으로 역지사지해서 어떤 타협에 이르게 한다. 물리적 힘이 아니라 설득에 의한 타협점의 발견이 중요하고 이때 설득은 일방적인 것이 아니고 상호적인 것이 되어야 함은 물론이다. 타협은 물리적 충돌이나 폭력의 구사보다 백 번 나은 것이다. 그럼에도 우리말에서 타협이란 말은 어감 자체가 향기롭지 못하고 수상쩍어 보인다. 원리주의적 사고의 입장에서 보면 그것은 기본원리의 훼손이자 훼절이요 원칙의 포기이기 때문이다.

영국의 철학자 러셀은 일가견을 가지고 사회의 거의 모든 문제에 대해서 발언한 경험론적 사회사상가이기도 하다. 인간이 이성적일 수 있는가에 대해서 매우 회의적인 입장이지만 그럼에도 이성에 대한 믿음을 저버리지 않는 그는 「철학과 정치」라는 에세이에서 넓은 의미의 자유주의 정치이론이 상업과 상업에토스의 소산이라고 말하고 있다. 그를 따르면 그 알려진 최초의 사례는 이집트나 리디아와의 교역으로 살았던 소아시아 이오니아의 도시에서였다. 페리클레스시대에 상업이 번창하자 아테네인들은 자유주의적으로 되었다. 자유주의의 기풍은 중세의 롬바르 지방의 도시를 비롯해 이탈리아에서 떨치다가 16세기에 스페인에 의해서 꺼지고 말았다. 그러나 스페인이 재정복하고 굴종시키는 데 실패한 네덜란드와 영국이 17세기에 자유주의와 교역의 선두주자가 되었고 20세기엔 미국이 그 자리를 대체하게 되었다는 게 러셀의 역사적 개관이다.* 상업과 자유주의의 연관은 누가 보아도 분명해 보인다. 교역은 전혀 다른 종족관습과 접촉케 함으로써 우물 안 개구리의 자기중심적 독단론을 폐기시킨다. 구매자와 판매자의 관계는 자유로운 두 당사자 사이의 절충과 협상의 관계이다. 구매자나 판매자가 상대방의 관점을 이해할 수 있을 때 가장 유리해진다. 자유주의는 공적 질서가 허용하는 한 공생共生과 관용과 자유를 실천하며 정치 강령에서는 광신을 배제하고 온건을 표방한다는 것은 굳이 러셀의 말을 빌리지 않더라도 우리에게 친숙한 사실이다. 성리학을 원리주의적으로 채택하여 원산지에서보다도 더 경직하게 제도로 구조화하였고 자폐적 쇄국을 실천하였고 교역과 상업을 천시한 전통사회의 후예들이 자유주의의 핵심인 공생과 관용의 정신을 외면하고 협상과 타협을 금기시하며 이분법적 사고에서 벗어나지 못하는 것은 무자각적 전통의 압력일지도 모른다. 그것은 아마도 현재를 짓누르는 원리주의적 성향이란 유산의 굴레일지도 모른다.

무지와 확신은 함께 간다는 말도 있지만 확신에 차서 자기 회의를 모르는 징후들이 너무나 많다. 소신 있는 인사라는 말은 우리 사이에서 찬사의 하나가 되어 있다. 억압적인 분위기를 무릅쓰고 자기 신념을 표명하는 양심의 자유 실천자에게 찬사를 보내는 것은 당연하다. 건물에 불이 났다든가 누군가가 옥상에

---

* Bertrand Russell, 『Unpopular Essays(London: Unwin Books, 1968, pp. 20-21)

서 투신하려고 한다든지 하는 긴박한 비상상황에서는 일차적으로 소방활동이나 구조활동과 같은 신속한 행동이 요구된다. 그러나 비상시도 아닌 일상적 상황에서 매사에 소신을 앞세우며 즉각적 행동으로 돌입하는 것은 문제가 있다. 우리는 확신이란 것이 과연 냉철한 이성적 판단의 소산인지 그렇지 않으면 이해관계의 단순 반영일 뿐인지를 면밀하게 검토할 필요가 있다. 즉 숙고되고 계몽된 확신인가, 충동적·습관적 확신인가를 성찰해야 할 것이다. 우리 사회에서 회의라는 것은 회색인의 징표이고 우유부단한 지식인의 특성이라고 부정적으로 인식되는 경향이 있다. 그러나 원리주의적 확신이 팽배해 있는 사회에서 적정수준의 회의는 권장되어야 마땅하다. 우선 회의는 경망한 속단과 편향적 예단을 방지한다는 미덕을 가지고 있다.

의회민주주의를 표방하며 시행하고 있는 열린 사회인 이상 시민도 정당인도 회의와 확신 사이에서 많은 고민을 해야 비로소 온건과 관용의 정치가 실현될 수 있을 것이다. 시민에게도 시민운동가에게도 정치인에게도 필요한 것은 회의와 성찰을 통한 막스 베버의 "책임윤리"에 준거한 선택과 행동이며 이에 대한 이해일 것이다. 그럴 때 비로소 우리는 부박하고 선동적인 분위기가 대세를 좌우하는 경지를 넘어서 성숙한 사회로 진입할 수 있을 것이다. 그리고 그 과정에서 심사숙고와 회의를 거친 신념의 원만한 소통이 필수적임은 말할 것도 없다. 이것은 우리가 꾸준히 추구하고 이행해야 할 사회적 과제일 것이다. 그러한 맥락에서 원리주의 성향의 잔재가 혹 우리의 시야와 행동거지를 좁히고 있는 것은 아닌지 냉철한 비판적 자기 검증이 요청되야 한다고 생각한다.

어둡고 괴로워라

-1950년대의 대학가

세상 범백사가 다 그렇듯이 한 시대를 바라보는 시각도 서 있는 위치에 따라 다르게 마련이다. 가령 스탈린이 냉혈적 철권통치를 자행한 시대에 대해서 긍정적 평가를 내릴 사람은 소수 수혜층을 제하고서는 동구권에서도 많지 않을 것이다. 대륙 간 유도탄을 장착한 암흑시대였다는 어느 고명한 사회학자의 간결하나 호소력 있는 정의는 많은 사람들의 공감을 얻을 것이다. 그러나 그렇다고 그 시대를 부정 일변도로만 볼 수 없다는 것은 그대로 세계의 다양성과 이해관계의 복잡성을 말해준다. 동구권 체제가 붕괴할 수밖에 없었던 제반 사정을 말하면서도 역사가 에릭 홉스봄은 스탈린시대가 슬로바키아를 위시해 발칸반도의 후진적 지역의 보통 사람들에겐 그들의 역사에서 아마도 최고의 시대였을 것이라고 말하고 있다. 일단 극심한 사회적 동요가 없는 안정된 시기였기 때문일 것이다. 악명 높은 히틀러시대에 대해서도 그 시대에 대한 향수를 토로하는 노인들을 흔히 볼 수 있었다는 것은 1960년대나 70년대 독일 유학생들의 공통된 경험일 것이다. 그러한 반시대적 노인을 나치 잔당일 뿐이라고 간주할 수만도 없을 것이다. 이해관계의 복잡성 이외에도 한 시대를 단일한 규정이나 이미지로 파악하는 것의 부적합성을 드러내준다.

1950년대를 우리는 이승만 독재 혹은 자유당 전횡시대라고 이해하는 것이 보통이다. "어둡고 괴로워라 밤이" 길던 일제시대의 연장선상에 놓고 보는 것이다. 미증유의 전쟁을 겪고 전후 처리와 복구에 매몰된 이 시기를 단일한 정치적 언어로 포괄하는 것은 정신 경제를 위해서는 불가피하지만 그리 적정한 지적 관행은 아니다. 이승만 독재란 말이 틀린 말은 아닐 것이다. 그러나 이승만 독재시대라 할 때 마치 독재 아닌 민주주의나 순리가 지배하는 덕치德治시대가 다른 때에는 있었다는 투의 환각을 안겨주기가 쉽다. 그러한 시대가 과연 우리의 중세사나 근세사에 있었을까? 뒷날의 발전을 준비하고 도모하며 고단한 일상을 꾸려왔던 1950년대 이후의 모든 시대가 저마다의 특성과 어둠을 지니면서 그 나름의 기여를 했다는 사실을 부정할 수는 없다. 자유당 전횡시대에 정치적·시민적 자유가 극히 제한받았다는 것은 엄연한 사실이다. 그러나 모든 분야에서 획일적으로 그랬다고 말할 수는 없다. 아마도 대학에서 가르쳤던 인사들에게 그 시대는 그들 최고의 시절이었다고 말할 수도 있을 것이다. 그리고 그러한 사례는 그밖에도 얼마든지 있을 것이다.

한참 된 얘기지만 서강대학의 안소니 티그 교수가 "요즘 젊은 동료들은 딱해서 못 볼 지경이다"라고 말하는 것을 들었다. 정기적으로 일정 분량의 논문을 적어내야 하는 데다 교내 자격심사에다 학생평가로 위아래의 압력을 동시에 받는 것을 보면 그런 느낌이 절실하다는 것이다. 외국인 제3자의 눈에 그러하니 당사자들의 심정이야 오죽할 것인가. 그러나 한편으로 생각하면 보수도 옛날에 비하면 괜찮은 편이고 또 안식년도 꼬박꼬박 챙길 수 있으니 충분한 보상이 되는 것 아니냐는 생각이 드는 것도 사실이다. 벌써 몇 차례째 안식년을 맞아 외국으로 간다는 새까만 후배들을 부러워하던 터라 그런 생각은 각별하였다. 더구나 최근엔 최루탄 연기를 마시면서 학생들을 붙들고 씨도 안 먹히는 헛소리를 할 계제도 없지 않은가? 그늘보다 양지가 수두룩하지 않은가?

혼란스러운 열정

1950년대가 정치적·시민적 자유의 암흑기였던 것은 사실이다. 그러나 가르치는 것을 업으로 하는 대학인들에게는 역대 어느 때보다 자유롭고 신분보장도 안정된 시기가 아니었나, 하고 나는 생각한다. 일반화하는 것은 무리가 있지만 그러한 사례를 많이 알고 있다. 대학 2학년 때인가 불문과 손우성孫宇聲 교수의 '상징주의론'을 수강한 적이 있다. 손 선생에 대한 것은 별로 알지 못하고 있었으나 상징주의란 것이 매우 중요한 것이란 것은 어렴풋이 들은 바 있어 그리한 것이다. 중학 시절 손우성 번역의 『춘희』를 읽은 적이 있다. 세련된 문장에 끌리던 시절이어서 도무지 재미가 없었다. 내용도 비싸지 못한 내 눈물방울을 희사할 정도의 것은 결코 아니었다. 다만 '은군자'란 말을 처음 접해서 우리말 어휘를 불릴 수 있었다. '은군자'는 '은근짜'란 말의 원형으로서 창녀를 가리키기도 한다는 것을 알게 된 것이다.

1950년대의 대학 교실에서는 노트를 읽어주고 필기를 하게 함으로써 역할을 끝내는 교사들이 많았다. 당시 일본에서 교육받은 교사들이 대부분이었고 그쪽에선 노트필기가 소위 대학강의의 주종을 이루었기 때문에 배운 대로 그리 실천한 것이었다. 그 대표적인 이가 당시 연세대에 적을 두고 있던 최재서 교수였다. 1954년인가 최 선생이 '영국비평사'를 담당한 적이 있었다. 저학년에겐 수강이 허용되지 않았지만 그의 글을 읽어보았기 때문에 인간적 호기심 때문에 청강한 적이 있다. 어쩐 셈인지 그의 첫 시간째엔 당시 영문과 주임이던 권중휘 교수가 참석해서 최 선생에 대한 소개를 해주었다. 단신에 성량이 적은 권 선생과 장신에 성량이 큰 편인 최 선생이 기묘한 대조를 이룬 것이 기억에 남아 있다. 권 선생이 교실을 나서자 최 선생은 별다른 말이 없이 노트를 꺼내어 줄줄 읽어 내려가기 시작했다. 드라이든이니 뭐니 하는 인명이 나오고 중간 중간의 논평도 없이 도무지 무미건조하기 짝이 없어서 가만히 앉아 있기가 정말 힘들었다. 최 선생은 국내에서 공부한 분이지만 일본 영문학 학술지에 논문 발표도 하고 또 엘리엇의 스승이던 어빙 배빗의 『루소와 낭만주의』를 번역하여 일본 가이조[改造]사에서 출판하기도 한 처지다. 어쨌건 그의 시간은 노트강의의 고전적 형식이 아니었나 생각되는데 그 후 한 번 정도 나오고 중단하고 말았다. 학생들 사이에선 강사료 때문이라느니 뭐니 하는 추측성 발언이 나돌았지만 확실한 것은 알지 못한다.

손우성 교수의 시간은 노트강의가 아니어서 우선 시원하였다. 처음부터 끝까지 교탁 위를 오락가락하며 직접 육성을 들려주었다. 그러나 시간의 절반을 당시의 자유당 정권에 대한 비판과 규탄으로 채워서 놀랍게 생각되었다. 물론 최소한의 안전장치로 이승만 대통령을 직접 거론하는 일은 드물었지만 자유당 정권의 무능과 부패와 태만에 대해서는 가차 없이 공격하여 저래도 괜찮은가, 걱정이 될 정도였다. 그리고 이런 경우 대개 그렇듯이 프랑스의 상징주의에 대한 얘기는 별로 기억에 남아 있는 것이 없다. 그래서 시간의 절반은 원색적 정권비판으로 채웠다는 것만이 뚜렷하게 남아 있다. 손 선생은 또 미국의 조지 워싱턴도 결국 김두한 같은 인물이었다는 투의 방언放言적 발언을 많이 해서 우리의 머리를 조아리게 했다. 일반 통념을 뒤집는 소리가 꽤 있었다.

그의 교실 발언 중 기억에 남아 있는 것은 명물 '깍두기'에 관한 것이다. 1930년대에 서울엔 깍두기라는 명물이 있었다. 당시엔 붉은 넥타이를 매는 사람이 없었다. 그런데 그는 말끔한 신사복에 새빨간 넥타이를 매고 단장을 휘두르며 매일 일정한 시간에 종로에 나타나 거리를 산책하다가 사라진다 하였다. 그는 삼사십 대의 장년이었다. 그가 칸트 선생을 흠모했는지는 알 길이 없지만 매일 일정한 시간에 나타나 산보를 하니 일약 장안의 화제가 되어 그가 나타날 때쯤엔 그를 구경하려고 일부러 거리에 나오는 사람들도 많았다. 특히 종로 쪽의 기생들 사이에서도 화제가 되어 그를 보러 나오는 기생들도 많았다. 깍두기의 자기 현시 행위가 얼마 동안이나 지속되었는지는 알 길이 없다. 프랑스의 댄디를 얘기하는 맥락에서 그 짝퉁으로 거론한 것이 아니었나 생각된다. 그러나 나의 뇌리 속에 깍두기는 이렇다 할 내용물도 없이 세상 이목을 끌기 위해 기발한 언동을 하는 경박한 자기현시 행위자의 원형으로 각인되어 있다.

손 선생은 김성칠 지음의 『역사 앞에서』에서 가장 긍정적인 인물로 묘사되어 있다. 육이오 당시의 붉은 서울에서 시세에 기민하게 편승하는 사람들과는 달리 시종일관 자기의 신념을 지키며 체모를 유지하는 희귀한 인물로 나온다. 훨씬 뒷날 해방 직후 청주사범학교에서 손 선생에게 영어를 배웠다는 이를 만난 적이 있다. 당시 좌파 학생들이 주류를 이루고 있던 청주사범에서 손 선생은 우파 교사의 대표 격이었다 한다. 교내에 경성제대 철학과를 나온 김 모 교사가 있어 좌파 학생의 우상이었는데 손 선생은 툭하면 이 김 선생과 논쟁을 벌이곤 했다. 그 김 모 교사는 뒷날 월북해서 김일성대학에서 가르쳤다는 것으로 보아 강경 좌익이었던 모양이다. 손 선생은 학교 실습지 한 모퉁이에 있는 텃밭에 채소를 기르고 몸소 똥지게를 지고 다니며 거름을 주었다는 것이고 그런 일면과 함께 가식 없는 소탈한 인품 때문에 좌파 학생들도 함부로 대하지를 못했다고 한다. 이런저런 삽화를 듣고 보니 1950년대의 대학 교실에서 정권비판을 가차 없이 해대던 손 선생의 일면을 더 잘 이해할 수 있을 것 같다. 자유체제에 대한 신념이 각별했던 그에게 자유당의 사회운영상황은 불안하기 짝이 없는 것이고 거기에서 그의 진정한 우국의 목소리가 울려 나온 것으로 생각된다. 겸직금지조항이 없었던 당시 두 학교에서 전임교원으로 근무하는 일은 드문 일이 아니었다. 손 선생은 명륜동과 동숭동의 두 대학에서 전임교수로 가르쳤고 보직도 맡았던 것으로 기억한다.

손 선생의 글을 뒷날 읽으면서 전체적으로 논리정연하지 못한 '혼란스러운 열정'이란 인상을 받았다. 그러한 인상은 교탁을 오락가락하며 우국의 열변을 토하던 '상징주의론' 시간에 받은 느낌에 기초한 면도 없지 않다. 민주화가 성취되었다는 오늘 교실에서 왕년의 손우성 교수가 그랬듯이 정치적 발언을 서슴없이 할 수 있을까? 공론의 장이 활짝 열려 있는 처지에 그럴 필요성을 느끼는 이가 많지 않을 것이다. 그러나 혹 정치적 발언을 서슴지 않는 교수가 있다면 그의 위치는 자유당 시절보다 조금도 편하지 못할 것이다. 정치적 입장을 달리하는 학생들의 반발과 교수평가제를 활용한 혹종의 집단행위는 손우성 선생 같은 행태를 결코 묵인하지도 허용하지도 않을 것이다. 수강생의 20퍼센트만 사전단결하여 특정교수에게 깡그리 최하점을 주면 그는 학생평가에서 꼴찌를 면치 못할 것이다. 집단주의가 판을 치는 우리 사회에서 충분히 있을 수 있는 일이다. 그런 의미에서 자유당 시절의 대학교수가 누린 정치적 발언의 자유는 소홀치 않은 것이었다고 할 수 있다. 하기는 미국 대학에서도 교실에서의 교수 발언의 자유는 가르치는 주제와 연관된 범위 내에서 보장된다는 규정이 있는 곳도 있기는 하다.

1980년대 승가사 근처의 등산로에서 가뿐한 차림의 손 선생을 뵌 적이 있다. 학교 때처럼 불룩한 사무용 가방을 들지는 않았으나 한쪽 어깨가 처진 몸매는 여전하였다. 만년에 부지런히 지방 여행을 하며 백 세를 넘기는 수를 누리셨다고 알고 있다. 이화여대로 갔을 때 대뜸 "어이구, 여기는 뭣 하러 왔어?"라고 말해서 나를 당황하게 한 분이 손 선생의 맏자제인 손석린 교수였다. 대물림으로 불문학을 가르친 그는 얼마 안 있어 충북대학으로 옮겨가 정년을 맞고 여생을 낚시질로 유유자적하였는데 몇 달 전 신문의 '부음란'에서 소식을 접했다.

매임 없는 자유

그 시절 대학교원들이 누린 일탈과 무책임의 자유는 지금으로서는 상상할 수 없을 정도다. 툭하면 휴강을 하는 것은 대학가의 항상적인 관행이었다. 물론 개인차가 심해서 예외적으로 엄격했던 분들이 없지 않았다. 가령 영문과의 권중휘 교수가 그런 분이었다. 권 선생은 시간 정각에 시작해서 정각에 끝을 내고 그 점에서는 흐트러짐이 없었다. 휴강 같은 것은 생각도 못할 일이었다. 학교 보직을 맡은 이들 가운데는 보직수행상 부득이 휴강하는 경우도 없지 않았다. 권 선생은 대학본부의 보직을 맡은 적도 있고 과주임을 맡기도 했지만 보직을 빙자해서 휴강을 하는 법도 내 기억엔 없다. 졸업논문을 꼭 기한 내에 내야 한다고 하면서, 일본의 동경대학에서는 마감시간에서 오 분이 늦었다 해서 제출을 못하고 일 년 후에야 졸업한 사례도 있다고 말했다. 교통장애로 그리될 수도 있는데 너무 가혹한 신축성 없는 내규적용이 아니냐고 어떤 학생이 겁도 없이 말했다. 그 경우만 생각하면 가혹하다. 오 분 지체가 너무 가엾으니 접수했다고 치자. 피치 못할 사정으로 세 시간 후에 제출하러 온 학생이 있다고 치자. 이럴 경우 어떻게 해야 하나? 오 분은 허용되나 세 시간은 허용할 수 없다는 것도 이상하다. 긴 안목으로 보면 오 분이나 세 시간이나 오십보백보가 아닌가? 오 분과 세 시간이 문제가 아니라 마감시간을 넘겼다는 것이 중요하며 일단 예외를 만들면 한이 없다는 것이 권 선생의 설명이었다.

　그 당시 어떤 학과에 휴강이 많고 괴팍하기로 이름난 낭만적 기인奇人 교수가 한 분 있었다. 졸업 후 한참이 지나 동기생들이 모인 자리에서 기인 교수에게 물었다. "선생님, 그땐 도대체 왜 그리 휴강을 많이 하셨나요?" 그러자 교수는 멋쩍은 듯이 대답했다. "자네들도 짐작했겠지만 내야 워낙 공부가 얕은 사람 아닌가? 한 시간 가르치기도 여간 버겁지 않았네, 그러니 휴강을 많이 할 수밖에." 교양과목을 맡았던 어떤 교수는 아예 학기 초에 휴강일자를 공고하였다. 요즘 대학에서는 한 과목이 3학점으로 되어 있고 대체로 주당 세 시간을 공부한다. 50년대만 하더라도 2학점짜리 과목이 많았고 교양과목은 대체로 4학점짜리였다. 교수는 첫 시간에 선언하였다. "교양과목을 일 주에 네 시간씩 공부한다는 것은 시간낭비다. 공부는 스스로 하는 것이 효과적이고 중요하다. 앞으로 두 시간만 학교에서 공부하고 나머지 두 시간은 각자 자습을 하기로 한다. 자습하다가 의문점이 생기면 학교시간에 질문을 하도록. 가정학습시간은 자동적으로 출석이 되고 학교시간엔 출결을 엄격히 기록하겠다." 그러나 이 정도는 약과다. 시간만 채운다고 좋은 수업이 되는 것은 아니니 일리 있는 조치라 말 못할 것도 없다. 아주 극단적인 사례도 있었는데 내 경험담을 그대로 적어보겠다.

대학 시절 나는 제2외국어로 독일어를 택했다. 그것은 고등학교 때의 학습경험과 관련된다. 독문과 재학생이 육이오 바람에 고향에 내려와 시골 고등학교에서 독일어를 가르쳐 자연스레 독일어를 공부하게 되었다. 당시 시골에선 교사 구하기가 몹시 힘들었고 따라서 교사가 없는 과목도 있었다. 그런 상황에서 독일어 교사를 만난 것은 행운이었고 덕분에 졸업할 무렵엔 당시 독일어 교과서로서는 표준형이었던 장하구 지음의 『독일어 교과서』1·2권을 학교에서 다 떼었다. 1951년 겨울 피란 이후 문화적 황야에서 한 9개월간 생활한 터라 일종의 문화적 기갈이라 할까 문자문화에 대한 강렬한 갈증을 경험하고 있었다. 학교로 돌아온 후 동급생보다 뒤져 있던 처지라 학교 교과, 특히 영어와 독일어는 공부하는 자체도 재미있어 내 딴에 열심히 공부한 셈이었다. 고3이라 학교공부도 중요했지만 독일어 문장이 읽고 싶어서 당시 나와 있던 김기석 지음의『독일어 교과서』를 구해서 몇 과를 자습했다. 서울사대 김기석 교수가 엮은『독일어 교과서』1권은 기본문법 학습이 위주였으나 2권은 대학교재를 지향해서 편찬한 고급독일어 교과서였다. 제1과「농부는 고향을 사랑한다」는 다분히 서정적인 산문으로 우선 글로서 매력적이고 재미있었다. 또 에커만의『괴테와의 대화』에서 뽑은 대화가 실려 있어 흥미진진하였고 시골 학생의 허영심도 채워주었다. 그밖에 파울 하이제의 단편도 실려 있었으나 읽어보지 않았고 나머지 과목도 읽지 않아 지금 어떤 글이 있었는지 전혀 생각나지 않는다.

이만한 준비를 하고 대학에 들어갔던 터라 교양과목으로 독일어를 수강할 때는 정말 실망스럽기 짝이 없었다. 중급독일어를 선택했는데 당시 사범대학 소속의 김정진 교수는『알트 하이데르베르히』와 헤르만 헤세의『청춘은 아름다워』를 대본으로 강독을 하였다. 시간이 되면 김 선생은 준비해 온 필기체로 쓴 등사물을 나누어주고 오자 고치기를 시작했다. 두툼한 근시 안경을 쓴 김 선생이 지적하는 오자가 너무 많아 초반에 학습의욕의 절반은 허공에 날아가버리고 말았다. 이어서 전개되는 강독이란 이름의 번역은 김 선생의 끙끙거리는 눌변 때문에 절반쯤 남아 있던 학습의욕마저도 여지없이 소진시켰다. 차츰 시간을 빼먹게 되었다. 돌이켜보면 모두 공부하기 싫은 마음이 빚어낸 핑계이지만 그게 완전한 자기기만이 아니라는 데 문제가 있다.

뒷날 교보문고 같은 외서점에서 토마스 만이나 헤세의 문고판을 보게 되면 회한과 같은 감정에 가슴이 뭉클해지는 경우가 있었다. 학생 때 저런 책을 가지고 공부할 수 있었다면 나도 독일어를 웬만큼 마스터했을 것이 아닌가! 토마스 만을 원문으로 읽는 뻐근한 희열을 아깝게 놓쳐버리다니!

3학년이 되던 1955년에 나는 불어를 공부해야겠다는 결심을 했다. 중도이폐中途而廢한 독일어를 벌충하는 의미도 있었지만 현대문학을 공부하자면 아무래도 불어를 공부해야 할 것 같아서였다. 실존주의문학의 유행도 그러한 결심을 거들었을 것이다. 뜻을 함께한 S 군과 초급불어를 수강하기로 결정하고 시간표를 짜보았다. 당시 초급불어 과정엔 두 개의 선택지가 있었다. 불문과 김붕구 담당 시간과 철학과 박홍규 담당의 시간. 우리는 당연히 김붕구 교수의 시간을 선택하려 했으나 그중 한 시간이 우리가 수강하려는 전공과목 시간과 겹쳤다. 그래서 박홍규朴洪奎 교수의 시간을 듣기로 하고 수강신청을 하였다. 교재인 이휘영 지음의 『초급불어』 교과서를 준비하고 시간에 나가 보았으나 박 선생은 번번이 휴강이었다. 불면증으로 고생하는 중이어서 부득이하다는 사정을 아마 교무과 직원이 알려주었다. 그래도 작심을 하고 신청을 한 터라 S 군과 나는 처음 몇 주 동안 꼬박꼬박 시간에 나가 보았다. 번번이 예고 없는 휴강이었다. 지쳐버린 우리도 나중엔 아예 나가지를 않았다. 시간이 마침 오후시간이었다는 사정도 가세했을 것이다. 그렇게 해서 기말시험 때가 되었다. 시험 보기 2주 전쯤부터 수업을 시작했고 시험도 본다는 것이었다. 2주간 수업을 했으니 진도는 나간 게 없다시피 하였다. 교재의 전반부를 공부해 가지고 시험장에 나갔다.

시험시간이라고 해서 정각에 올 리 없었다. 시간이 한참 지난 뒤 박 선생은 시험지를 들고 교실에 들어섰다. 70명 내외의 학생들이 책상에 앉아 있었다. 늘 그렇듯이 뒷자리 쪽으로 학생들이 몰려 있고 앞쪽은 비어 있었다. 나는 앞자리에 앉아 있었다. 아무것도 등사되지 않은 백지를 돌리고 나서 박 선생은 걸상에 구둣발을 올려놓고 책상에 걸터앉더니 받아쓰라며 교재의 한 부분을 읽어내리기 시작했다. 짓궂게도 맨 앞줄인 내 자리 바로 앞줄 책상에 선생이 자리 잡고 있었다. 당황하지 않을 수 없었다. 동사변화 특히 불규칙 동사변화를 위시해서 시제와 같은 기본적인 문법사항과 해석에 필요한 단어를 공부해 간 터에 리에종*으로 시종하는 불어 문장을 받아쓰는 것은 완전히 불가능하였다. 나는 뒤를 돌아보았다. 교재를 펴놓고 베끼는 학생들이 많이 눈에 띄었다. 나도 따라하고 싶었다. 그러나 바로 앞에 걸터앉아 있는 시험관 앞에서 그런 대담한 도발행위를 하기에는 너무나 배포가 약했다. 박 선생은 학생들 쪽을 바라보는 법도 없이 그저 골똘히 읽어가기만 하였다. 앉아 있어야 별수가 없었다. 시험지는 내지도 않고 그냥 교실을 나와버렸다. 4학점 포기한다 해서 문제될 것은 하나도 없었다. 그러나 나중에 성적표를

---

* 연결발음: 특히 프랑스어에서 앞의 어미의 자음과 다음 낱말 첫머리의 모음을 이어서 발음하는 현상.

받아보고 나는 적잖이 놀랬다. 학점이 E로 나왔기 때문이다. 당시 F학점이 있기는 했으나 학점을 주지 않을 경우 처음부터 명부에서 지워버려 학적부에 흔적을 내지 않는 경우가 많고 나도 그것을 기대했던 것이다. 그러나 박 선생은 휴강도 많이 한 터이고 하니 재시험의 기회를 준답시고 선심 쓰듯 E학점을 선물한 것이었다. 재시험 신청 생각도 하지 못한 나의 경우 학적부에 지금껏 '초급불어 E'라는 슈퍼 훈장기록이 남아 있다.

냉정히 따져볼 때 1955년 '초급불어' 담당 교수로서의 박홍규 선생의 행태는 도의적으로나 학교 행정상으로나 용인될 수 없는 성질의 것이다. 우선 수업시간보다 휴강시간이 훨씬 많은 과목에 학점을 인정하는 것은 있을 수 없다. 학생에겐 삼분의 이 출석을 요구하면서 정작 교수는 삼분의 이를 결강하고 그러면서 학점을 부여한다는 것은 어불성설이다. 시험이란 단순한 요식행위가 아니고 개개 학생의 학력을 평가하는 것이다. 적정성 있는 학력평가를 위해서는 난이도가 골고루 섞인 문제를 출제해서 수준에 맞는 응분의 점수를 받도록 해야 한다. 그런데 백지 주고 딕테이션만을 과하는 것은 적어도 초급불어에서는 적정한 평가 수순이 될 수 없다. 그럼에도 시험문제 내고 등사 맡기기도 귀찮으니까 백지 나누어주고 받아쓰게 한 것이다. 이것은 평가를 위한 시험이 아니고 성적표 제출을 위해 최소한의 수고를 들이려는 교수의 일방적 편의주의에 지나지 않는다. 뿐만 아니라 학생들이 공정하게 실력을 발휘할 수 있게 최소한의 감시행위를 해야 한다. 부정행위를 주체적으로 초월하는 도덕성을 어린 학생들에게 기대할 수는 없다. 가급적 사전에 부정행위의 가능성을 봉쇄함으로써 학생들로 하여금 질서존중의 심성을 기르게 하는 것이 중요하다. 학생들이 부정행위를 할 리 없다는 투의 포즈를 취함으로써 은연중 자기의 염결성을 방증하려는 듯한 태도를 취하는 것은 위선이요 자기기만이다. 하기야 자기 의무를 다하지 않았으니 학생들에게 공정의 의무를 부과할 자격이 없는 것인지도 모른다.

이 정도의 생각을 당시에 하지 못한 것은 아니다. 더 투박하고 세련되지 못한 언어로나마 이런 방향으로 생각은 했을 것이다. 다만 그런 생각을 발설하고 항의 형식으로 토로한다는 생각은 꿈에도 하지 못했다. 그것은 본인이 변변치 못한 탓도 있고 전체 분위기 탓도 있을 것이다. 명민한 친구들은 그런 난경에 걸려들지 않고 능란하게 문제를 해결했을 터이다. 당시 그 스승에 어울리는 제자 노릇을 하는 최선의 방식은 선생의 면전에서 교재를 열고 책을 베끼는 일이었을 것이다. 선생이 나무라면 내편에서 모든 과정에 대해 항의성 발언을 하면 될 것 아닌가? 그러나 그런 주변머리도 배포도 없으니 그럭저럭 이 바닥에 눌러앉아 젊은 날의 종로에서 뒷발질당하고 늘그막의 한강에서 윙크하는 이런 숙맥 같은 짓거리를 하는 것일 터이다. 젊은 날에는 누구나 과격한 생각에 빠지게 마련이다. 당시 학생들 사이의 소문으로는 박 선생이 어느 지방 대단한 갑부 집안의 사위로서 먹을 걱정은 하지 않는다는 것이었다. 그것이 내게는 막연한 계급적 적대감을 불러일으키기도 했다. 아니 사지가 멀쩡한 터수에 불면증 때문에 수업을 못하다니 말이 되는가? 밤에는 깨어 있고 낮에는 잠자는 야행성 도깨비란 말인가? 그 몇 해 전 미군 보급부대의 천막막사 가마니때기 위에서 잠을 잔 경험이 있는 터라 저런 사치스러운 반동적 호강병 환자는 강원도 산골의 지게부대로 보내어 한 보름 동안 막일을 시키면 단박에 나을 터인데, 하는 악담성 공상을 하기도 했다.

　그 후 박 선생에게 항변하는 심정은 아니지만 제법 불어공부를 했다. 이휘영 지음의 불어교재 1·2권을 떼었고 모파상의 「Mademoiselle Pearl」과 메리메의 「Tamango」를 일본 하쿠수이샤〔白水社〕의 대역판으로 읽었다. 그러고 나니 어느 정도 자신이 생겨 카뮈의 『시시포스의 신화』를 갈리마르판으로 구했다. 송욱 교수가 일어번역판을 소장하고 있음을 알고 단시일 안에 돌려드리겠노라며 빌려달라고 청했다. 송 선생은 처음 뜨악한 표정이었으나 내가 원서를 손에 들고 있음을 보고는 쾌히 빌려주었다. 계속 그 책만 붙들고 들어앉아 일본판을 참조하며 통독했다. 사실 제1외국어를 어느 정도 읽게 되면 같은 서구어인 제2외국어는 단어만 익히면 읽어내는 데 별로 힘이 들지 않는다. 통독한 것이 스스로 대견스러워 들고 다니다가 나중 『한겨레』 사장을 지낸 임재경 형의 눈에 띄고 말았다. 그는 대뜸 책을 빌려달라 했고 털털하나 어쩐지 위압적인 그의 성품에 눌린 나는 거절을 못했고 내가 일일이 밑줄을 그어가며 통독했다는 것을 보여주고 싶은 허영도 작용했을 터이고 그리하여 남루했던 내 청춘의 책은 그 후 영영 내 손을 떠나 돌아오지 않는 강으로 떠

내려갔다. 2004년 『신경림 시전집』이 나왔을 때 『창비』에서 축하모임을 마련하였다. 우연히 임재경 형과 마주 앉게 되었는데 이런저런 화제 끝에 『시시포스의 신화』를 빌려갔다는 얘기를 하였다. 그전에도 여러 번 대한 적이 있었지만 그 얘기를 한 적은 없었는데 옛 얘기를 하다 보니 튀어나온 것이다. 50년 전의 일을 기억할 리 없다. 카뮈를 읽었다는 것 자체가 겸연쩍다는 것인지 모호한 미소를 지으면서 그는 시인도 부인도 하지 않았다. 그래서 피해자는 기억하지만 가해자는 기억하지 못하는 법이 아니냐고 내 편에서도 화제를 돌렸다.

1957년 졸업하던 해 대학원 시험 때 나는 제2외국어로 불어를 택하였다. 전반은 갈리아지방의 역사와 문화를 다룬 문장의 번역문제, 후반은 직접화법을 간접화법으로 고치는 문법문제 등이 출제되었다. 별로 어려움을 겪지 않았다. 이렇게 제대로 된 문제를 깨끗하게 등사해서 내면 거뜬하게 해치우는 것 아니냐고 속으로 생각했다. 제1외국어 문제는 백지를 주고 '나의 대학생활'을 주제로 한 영작문을 쓰라는 것이었다. 전공인 영문학 문제 역시 백지를 주고 '문학작품의 평가'에 대한 소견을 영어로 쓰라는 것이었다. 소요시간은 각각 90분이었다고 기억한다. 전공문제는 영문학사에서 출제하던 종래의 관행을 깨뜨린 문학원론적인 파격적 문제여서 초점을 맞추어 답안을 쓴 수험생은 단 두 명뿐이라고 당시 출제와 채점을 했던 권중휘 교수가 말했다고 한다. 그러나 재수 없는 한두 명을 제외하고는 수험생 전원이 합격하였다. 1957년 그해 대학원 학생의 징집연기제도가 폐지되어 학생 정원에 외적 고려가 불필요하게 되어 원하는 학생에게 문호를 개방해준 때문이다. 시골 양복점에서 국산지 양복 두 벌 값이 되는 아마 6천 원 정도의 등록금을 내고 대학원 학생이 되어 기분을 내보았으나 그것이 첫 번째이자 마지막 등록이었다. 운명은 나로 하여금 학교를 계속 다니도록 허여해주지 않았다. 그로 인해서 그 후 겪게 된 불편과 수모와 이에 따른 고충은 이루 말할 수가 없을 지경이다.

1970년대 초 버펄로에서 지금은 미국 서던일리노이대학에서 가르치고 있는 김상기金相基 교수를 자주 만났다. 달변에 정력적이고 머리회전이 빠른 독설가인 그의 얘기를 듣는 것은 언제나 재미있었다. 한번은 철학과 교수 얘기를 하다가 박홍규 교수가 화제에 올랐다. 그는 박 선생이 여학생한테는 차도 잘 사주고 학점도 잘 주었으나 남학생에겐 몹시 인색해서 상대를 잘 안 해주는 편이었다고 말했다. 그래서 '대학' 다방에서 박 선생이 여학생들과 차를 마시며 노닥거리는 것을 보고 분통이 터져 쪽지에 "어째 선생님은 여학생만 상대하십니까"라 적고 잔돌에 말아서 다방 안 박 선생 자리로 던진 일이 있다고 웃으면서, 그러나 그 행위의 진정성은 의심치 말라는 투로 말했다. 그밖에도 그가 들려준 우상파괴적인 생생한 캠퍼스 일화는 한두 가지가 아니지만 소개하자면 한이 없어 이쯤 해둔다. 어쨌거나 1955년 초급불어 담당 박홍규 교수가 보여준 행태는 요즘의 대학가에서는 있을 수가 없을 것이다. 그 누구도 감히 교수의 권위에 도전하지 못하고 어떠한 비상식적 행위도 수용되던 시절에나 가능한 일이었다. 그런 의미에서 자유당 시절이 대학교수들에게 는 최고의 시절이었다고 말하는 것이 가능할 것이다.

1990년대 중반에 『박홍규 전집』 전 5권이 간행되었다. 『희랍 철학 논고』 한 권에 『형이상학 강의』 네 권으로 구성된 호화판 이다. 이 전집의 특징은 저자가 집필한 것이 아니고 제자들이 강연이나 강의내용을 녹취하고 필사하고 윤문했다는 점이다. 소쉬르의 『일반 언어학 강의』가 그렇듯이 저자의 의도와 상관 없이 저자를 숭상하는 제자들이 정성들여 책으로 만들어낸 것 이다. 20세기 한국에서 거의 유례가 없는 일이고 제자들이 스승 에게 바친 경의와 애정의 헌사 또한 드물게 감동적인 것이다. 1946년에 대학에서 가르치기 시작한 이후 35년 동안 오로지 연 구에만 몰두하고 보직도 전혀 맡지 않았다. 중세의 수도승을 연 상케 하는 정진이었고 그 학문의 깊이는 제자들의 헌사에서도 거듭 경의의 대상이 되어 있다. 1975년 교수재임용제가 시행되 면서 교수들의 연구실적이 검토대상이 되기 시작했다. 당시 박 선생은 단 한 편의 논문 발표도 없다는 것이 문제가 되었다는 소문이 있었다. 나태해서가 아니라 함부로 글을 쓰지 않는다는 결벽증과 염결성이 빚은 예외적인 결과였다. 글을 함부로 쓰는 세태에서 그의 금빛 침묵은 경의에 값하는 것이었고 그의 일관 된 학구적 태도는 교수 이력을 관계나 정계로 나가는 발판으로 삼는 작금의 세태에서 단연 빛나는 것이고 아무리 높이 평가해 도 지나치지 않는다. 이러한 교수상과 1955년 교양과목 담당자 로서 보여준 행보가 별개의 것은 아니라고 생각한다. 그의 골똘한 학구적 태도가 초급불어 교육에 별 의미를 찾지도 못하고 또 재미없게 생각되어 상대적으로 소홀하게 한 것일 터이다. 다수의 범용한 학생보다 소수 정예 학생의 훈도 혹은 그들과의 지적 소통에 보람을 느낀 것일 터이다. 그렇다고 그것이 그의 전체적 교수상을 훼손하는 것은 결코 아니라고 생각한다. 사람의 장점이나 단점이 사실은 같은 뿌리에서 나오는 경우가 많다. 또 사람들은 누구나 규격화된 한마디로 포괄할 수 없는 다면성을 가지고 있다. 나는 시원始原으로 파고드는 그의 학문하는 태도나 때 묻은 세속과의 타협 거부에 대해서 응분의 경의를 갖고 있다. 다만 젊은 날 스승에게 들은 충고라며 자기 삶의 지표가 되어주었다고 에릭 홉스봄이 기록해놓은 대목에 대해서 진정한 공감을 느낀다는 것만은 부언해두고 싶다.

"자네가 가르쳐야 할 사람들은 자네처럼 총명한 학생들이 아니네. 그들은 2등급의 바닥에서 학위를 받게 되는 보통 학생들이야. 1등급의 학생들을 가르치면 흥미는 있지만 그들은 스스로 잘해낼 수 있네. 자네를 진정 필요로 하는 것은 보통 학생들이란 것을 잊지 말게."

홉스봄은 이러한 생각이 대학만이 아니라 세계나 사회 일반에도 해당된다고 역설한다. 스스로 잘해낼 수 없는 사람들을 위한 배려가 없는 삭막한 사회는 우리가 지향하는 넉넉히 인간화된 사회의 반대요 바로 그 역상逆像일 것이다.

이제는 옛날
-나의 수강 경험

영문 모르고 영문과에 들어갔다는 것은 영문과 졸업생들이 흔히 자조적으로 주고받는 얘기다. 영문학을 공부한다는 것이 무엇을 의미하는가, 하는 것은 영문학 공부를 업으로 하는 사람에게도 그리 분명한 것은 아니다. 그러니 세상모르는 사춘기 전후에 선택하고 결정한 전공학과에 대해서 그런 얘기를 하는 것은 한편으로 자연스럽다 할 것이다. 영어를 마스터하면 읽고 싶은 책을 모두 읽을 수 있을 것이라는 막연한 기대에 더하여 영어책 읽기가 매우 재미있을 것이라는 희망적 관측이 나의 경우 영문과를 선택하게 한 계기라면 계기였다. 내가 좋아한 몇몇 문인들이 영문과를 다녔다는 우연도 부지중 작용했을지 모른다. 그러나 외국어를 마스터한다는 것이 그리 쉬운 일도 아니고 또 영문과에 가야 영어를 마스터하는 것도 아니다. 그러면 영문과의 교실에선 대체 무얼 하는 것이며 어떤 허망한 꿈을 꾸는 것일까? 특히 우리 또래가 학교 주변에서 배회하던 1950년대에는 어떠했을까? 그것을 적어보는 것도 버릇처럼 말해오는 사회사에 기여하는 것은 아닐까, 하는 생각에서 될수록 충실하게 적어보고자 한다. 학생들이 교수평가를 하는 시대이니 설혹 시간 소급적인 교수평가가 있다 하더라도 크게 나무랄 일은 아니라 생각하며 부담 없이 적어본다.

두 분의 대가

1953년 입학 당시 내가 다닌 학교의 영문과 주임은 이양하李敭河 교수였다. 유명한 「페이터의 산문」의 필자이자 『리빙 잉글리쉬』 영어 교과서의 저자인 이 선생은 또 많은 수필을 남겼다. 인품과 교양과 진솔한 체험이 단정하고 견고한 문체 속에 담긴 그의 수필은 우리의 고전에 속한다. 또 고전답게 독자가 많지 않은 것도 사실이다. 입학식 때 당시 학장이던 김상기金庠基 교수가 과주임 소개를 하였다. 영문과 차례가 되어 소개를 받고 일어선 이양하 선생의 첫인상은 내게는 수도원에서 어쩌다 금방 바깥출입을 나온 수도승처럼 비쳤다. 근엄한 표정에 주변이 도무지 낯설다는 투의 인상을 받았다. 그해 가을 이 선생은 도미하여 한영사전 편찬에 종사하며 당시로서는 장기간 체류하였다. 1957년 봄에 졸업한 나는 따라서 이 선생 수업을 수강할 기회가 없었다. 개인적인 일로 꼭 두 번 독대로 뵐 기회가 있어 선생의 천성적인 겸허에 깊은 인상을 받은 것이 전부이다.

　최근 선생의 수필집을 다시 접하고 새삼 선생의 단수를 애석하게 생각했다. 제2수필집이자 유고집이 돼버린 『나무』에 붙인 장영숙 교수의 서문에 따르면 선생은 당신의 병이 불치병인 줄을 모르고 세상을 뜨셨다. 췌장 속의 조그만 종양이 잘 수술이 되었다고 의사는 말했으나 개복을 했을 때는 이미 손댈 수 없는 지경이어서 도로 닫았다고 한다. 이 선생의 글에 우이동 산장에서 살게 되는 행복을 기다리는 대목이 있는데 바야흐로 그 실현을 앞두고 가신 것이다. 회갑을 맞이하기 전이었다. 고희가 결코 드물지 않은 세상에서 돌아볼 때 새삼 박정하게 여겨진다. 선생은 평양에서 출생하고 그곳서 학교를 다닌 것으로 되어 있다. 그래서 평안도 분이라 생각하고 그리 말했더니 장 선생은 "양하는 충청도 사람이야. 충청도 공주 사람인데 바로 윗대에 평양으로 간 거야"라고 정정해주었다. 그러고 보면 장 선생 세대만 하더라도 본인의 출생지나 성장지가 아니라 선대가 오래 살던 곳을 기준 삼아 어디 사람이란 것을 정의했던 것 같다. 이양하 선생에 대해 일상대화에서나 글에서나 "양하"라고 존칭 없이 부르는 게 장 선생의 버릇이었다.

　늘 이양하 선생과 함께 떠오르는 권중휘 선생 시간에 처음 들어가본 것은 2학년 때이다. 『로미오와 줄리엣』강독‘ 시간이었는데 셰익스피어 강독은 3학년 이상에게만 수강이 허용되고 있어 청강을 해본 것이다. 첫 시간부터 대뜸 강독을 시작했고 또 지명독을 시켰다. 지금은 경제학 쪽으로 나가 이름을 대면 알

만한 상급생이 'sword'를 '스워드'로 읽어서 핀잔을 받았던 일이 생각난다. 이 강독시간 청강은 그러나 오래가지 않아 내 편에서 중단하고 말았다. 선생의 시간엔 타 학과 학생들도 많이 몰려와서 대형 강의실이 배당되곤 했는데 음성이 작은 편이어서 뒤쪽에서는 잘 들리지가 않았다. 그렇다고 앞자리에 앉았다가는 지명독이나 질문을 받게 될 것이 뻔해서 그러지도 못하였다. 그런 고충이 있는 데다 단순 청강이라는 것이 여간 정성 가지고는 끝까지 버티지 못하는 것이 보통이어서 그냥 흐지부지 중단하고 말았다.

권 선생은 셰익스피어 이외에도 '영어학개론' '영문법' 등을 가르쳤는데 '영문법'은 생각보다 많은 것을 배울 수 있었다. 그러나 내가 열심히 수강했던 과목은 두 학기에 걸쳤던 서머싯 몸 Somerset Maugham의 『과자와 맥주Cakes and Ale』 강독이다. 교재가 재미있었을 뿐 아니라 그야말로 철저한 '정독精讀'이어서 배운 바가 많았다. 단어 하나, 콜론 하나도 소홀히 하지 않고 정확하게 읽는 엄격한 훈련을 받았다. 『과자와 맥주』에 나오는 알로이 키어는 사교와 처세술로 자기 자리를 지키는 범용한 속물 작가로 나오는데 몸의 친구인 휴 월폴Hugh Walpole을 모델로 했다는 얘기가 있다. 또 드리필드란 작중인물은 토머스 하디Thomas Hardy를 모델로 했다는 얘기가 있어 영국 쪽에서는 시비가 많았다. 선생은 그러한 지엽적 작품 외적 삽화 같은 것은 치지도외하고 오로지 텍스트를 정확히 읽는 것에만 중점을 두어 수업을 진행하였다. 작품 속에는 또 젊은 작가 얘기가 나온 끝에 'Aldous'가 언급되는 장면이 있다. 선생은 이것만 가지고는 이것이 올더스 헉슬리Aldous Huxley인지 아닌지 알 수 없다고 짤막히 언급하고 넘어갔다. 그 엄격성이 인상적이어서 지금껏 기억하고 있다.

요즘의 외국문학 교실에선 강독시간이 거의 사라져가고 있다. 외국에서 공부하고 돌아온 젊은 교수들이 현지에서 하는 대로 작품을 읽어 오게 한 후 토론을 하게 하는 것이 대세가 아닌가 한다. 그리 두껍지도 않은 장편소설을 2학기에 걸쳐서 강독하는 것은 요즘 대학가에는 있지도 않을 터이고 있어도 용인받지 못할 것이다. 그러나 번역은 못해도 논평은 그럴듯하게 가할 줄 아는 외국문학 교실의 실태를 생각할 때 철저한 강독강좌가 몇 개쯤은 있어야 한다고 생각한다. 더구나 외국어 학습환경이 지금처럼 다양하지 못했을 때 고전적 강독강의는 정독의 범례로서 그 의미는 참으로 컸다. 나의 경우 학교에 가서 정말로 무엇인가를 배웠다는 실감을 안겨준 것이 권 선생의 소설강독이었다. 물론 요즘의 관점에서 볼 때 몸도 문제가 될 수 있을 것이다. 1950년대의 대학가에서는 교양영어로 몸의 단편집을 강독하는 일이 많았지만 요즘은 그것도 사라졌다. 재미있기는 하지만 바로 그러기 때문에 통속적인 작품이 아니냐는 생각이 많이 퍼져 있는 것도 사실이다. 학생 때도 물론 그런 생각을 안 해본 것은 아니다.

졸업 후 권 선생을 뵐 기회가 있을 때 그 문제에 관해서 여쭈어본 일이 있다. 에드먼드 윌슨Edmund Wilson이 어디에선가

서머싯 몸을 이류작가라며 그의 언어가 진부하다고 말한 것을 읽은 터라 그 얘기를 하였다. "조이스를 흥미진진하게 읽는 독자에겐 의당 그렇게 비치게 마련이지" 하고 선생은 명쾌하게 진단하였다. 너무나 적정한 논평이어서 뇌리를 떠나지 않았고 나중엔 마치 내 생각인 양 글 속에서 따옴표 없이 인용하기도 했다. 사실 윌슨의 견해는 몸의 범작인 마키아벨리를 주인공으로 한 『그제와 이제Now and then』를 읽고 나서 쓴 것으로 얼마쯤은 가혹한 것이다. 1980년대 말 뉴욕 리뷰지에서 미국작가 고어 비달Gore Vidal이 몸에 관해서 미들 브라우middlebrow 취향의 작가였으나 몇몇 단편소설과 장편 『변방Narrow Corner』 『과자와 맥주』만큼은 걸작이라고 쓴 것을 보고 학생 시절 '『과자와 맥주』 강독'을 수강할 수 있었던 행운에 다시 한 번 감사하고 싶은 심정이었다.

얘기가 나온 김에 하는 말이지만 최근 몸의 전기에 관한 서평을 본 일이 있다. 호모로서의 몸의 비밀이나 사람으로서의 야박함이 전경화된 전기인데 거기 그가 단편소설에 각별한 애착과 정성을 쏟았다는 사실과 함께 그의 대표적 단편인 「비」의 인세가 백만 불이 넘는다는 얘기가 적혀 있다. 여러 사화집에 수록되고 영화화된 데다가 여러 나라 말로 번역된 탓이긴 하지만 단편소설 한 편이 이만한 인세를 끌어모은 것은 달리 예를 찾을 수가 없지 않나 생각한다. 또 1923년에 잡지 『허스트Hearst』와 계약했을 때 편당 단편의 고료가 2,500불이었다고 한다. 요즘의 그 액수는 별거 아니지만 90년 전의 2,500불은 막대한 액수다.

극작가로서 많은 수입을 올린 그가 의사면허증 같은 것을 팽개치고 직업적 작가의 길로 들어서서 세계여행을 즐긴 것은 너무나 당연하다. 만주에서 경의선으로 서울에 들러 헌책방 순례하는 단편이 있는데 아마 직접적 경험에 기반을 둔 것이겠지만 의외로 한국에 관한 인상 같은 것은 적혀 있지 않아 실망한 적이 있다.

휴강이 많았던 당시에 권 선생은 정시에 시작해서 정시에 수업을 끝냈다. 또 학점도 박해서 수강생의 삼분의 일은 최하 점수를 준다는 소문이었다. 그런 엄격성으로 삶을 관리했기 때문에 선생의 천수가 가능했을 것이다. 만년에 댁에서 젊은이들에게 『논어』 강의를 하셨다는데 선생은 신식교육을 받은 하이칼라 지식인이라기보다 동양의 전통적 선비라는 풍모를 풍겼다. 동경 유학 시절 산수算數를 위시한 각종 교과서를 사모님에게 보내어 정규학교 수준의 자기 교육을 이수하게 했다는 얘기가 선생의 자전적인 글에 보이는데 선생의 일면을 잘 드러내주는 삽화이다. 최만년最晩年에도 꼿꼿한 자세와 구김살 없는 정신력으로 방문객을 경탄케 한 것도 평생 지켜나간 선비의 절제 있는 생활 때문이었을 것이다. 선생은 백수白壽를 맞은 2003년에 영면하였다.

코울리지와 하디

신입생 첫 학기 때 필수인 교양과목을 빼고 나면 수강 가능 시간이 많지 않았다. 그런 가운데 '19세기 영시'와 '토머스 하디 강독' 이란 과목이 눈에 띄어 내용도 잘 알아보지 않고 수강 신청을 했다. 우리 시를 좋아한 편이기 때문에 당연히 영시도 읽고 싶었고 고3 때 토머스 하디의 단편 몇 개를 읽고 감동을 받은 적이 있기 때문이다.

동국대 전임인 오석규吳碩奎 교수가 토머스 하디의 『캐스터브리지의 시장』을 강독했다. 필기체로 등사한 교재를 한 시간에 두어 장 읽는 것으로 시종했다. 휴전되기 직전의 어수선한 시절이어서 담당 교수 자신도 준비를 충분히 하지 못하고 오는 것 같았다. 우선 원문을 읽고 해석을 하는데 가끔 막히는 데가 있었고 오역을 해서 학생이 좀 이상하다 하면 다시 읽어보고 스스로 고치기도 하고 잘못된 부분을 시인하기도 했다. 당시 반백이었던 오 선생의 연세는 정확히는 모르지만 어쩐지 조로早老했다는 인상을 주었다. 대체로 실수나 오역을 해도 담담하게 시인하는 경우는 드물다. 오 선생은 자기의 실수를 아주 담담하면서도 솔직하게 시인해서 전혀 거부감을 주지 않았다. 오히려 실수는 외국어 읽기에서 당연하고 조금도 부끄러워할 일이 아니라는 듯한 느낌을 주었다. 요즘 토머스 하디의 독자는 많지 않다. 그러나 일본 쪽에서 공부한 분들은 하디 강독을 하는 분이 많았고 그러한 추세는 얼추 1960년대까지는 계속되지 않았나 생각한다.

『캐스터브리지의 시장』은 취중에 헐값으로 아내를 팔아먹은 사나이의 비극을 다룬 작품이다. 그는 개과천선해서 나중에 시장市長 자리에 오르지만 재회한 옛 아내와 소생에게 속죄하려

하는 것이 도리어 언짢은 쪽으로 가게 된다. 이색적인 소재에다 하디 특유의 비관론적 색채가 짙은 작품인데 나중에 읽어보니 역시 대학 초년생이 쉽게 읽을 수 있는 작품은 아니다. 오 선생 수업은 진도도 많이 안 나가고 등사물로 읽는 원문이 답답하기 마련이어서 재미는 별로 없었다. 그러나 그것을 계기로 하디의 장편 몇몇을 읽었으니 수확이었다고 해도 좋을 것이다. 오 선생은 일본의 교토[京都]대학을 나온 온화하고 소탈한 인품이었는데 일자이후一自二後 뵐 기회가 없었다.

'19세기 영시'는 박충집朴忠集 교수 담당이었는데 워즈워스의 「마이클Michael」과 코울리지의 「늙은 수부의 노래The Rime of the Ancient Mariner」를 읽었다. 모두 장시여서 애송에 값하는 짤막한 서정시를 접하고 싶었던 터라 얼마쯤 실망하였다. 역시 등사물로 읽었지만 코울리지의 「늙은 수부의 노래」는 사화집에 흔히 나와 있어서 인쇄된 원문을 구할 수 있었다. 코울리지 시편은 비교적 쉽게 읽을 수 있는 것이어서 크게 어려움은 없었지만 시편에 나오는 비현실적이고 환상적인 장면에는 별로 공감을 느끼지 못했다. 시편의 음악적인 요소를 음미하기에는 영어가 너무 빈약했고 또 내 청각적 상상력이 무디기 때문이었을 것이다. 두 편 모두에서 이런 것도 시가 되는구나, 하는 시에 대한 개념 확대에 도움을 받은 것은 사실이다. 박 선생은 허약한 체질 탓인지 원문 읽고 설명하는 것이 퍽 힘에 부치는 듯한 느낌을 주었다. 새로운 세계를 접한다는 감개 때문에 뒷날 교실에서 종종 경험하게 되는 답답함 같은 것은 전혀 느끼지 못했다. 코울리지 시편을 다 끝내고 시간이 남자 박 선생은 우리에게도 비슷한 뱃사람의 노래가 있다면서 칠판에 판서를 하였다.

새벽하늘에 구름짱 날린다
에잇, 에잇, 어서 노 저어라 이 배야 가자
구름만 날리나
내 맘도 날린다

돌아다 보면은 고국이 천 리련가
에잇, 에잇, 어서 노 저어라 이 배야 가자
온 길이 천 리나
갈 길은 만 리다

―김동환,「송화강 뱃노래」부분

파인 김동환의 이 시편은 이보다 더 길다. 박 선생은 판서한 시를 읽어가다 "온 길이 천 리나/갈 길은 만 리다"란 대목에 이르러서 되풀이 읽으며 좋은 대목이라고 논평을 가했다. 영시를 읽었으니 우리 쪽 시편도 소개해서 관심을 갖게 하자는 뜻에서 한 얘기였을 것이다. 그러나 어쩐지 '이건 아닌데' 하는 느낌이 줄곧 따라붙었다. 무언가 아귀가 딱 들어맞지 않는다는 이런 느낌은 그 후에도 영문학 교실에서 자주 들고는 하였다. 그 후에도 박 선생 시간은 한 번 더 수강을 하였다. 휴강 없이 성실하게 수업에 임하셨는데 겨울에 두루마기 차림을 한 것이 기억에 남아 있다. 1970년대 중반에 스티븐 스펜더가 방한하여 몇 군데서 공개강연을 한 적이 있다. 그 자리에 노구를 이끌고 힘에 겨운 듯이 참석하는 선생을 먼발치로 뵌 적이 있다. 그때 문득 어떤 부끄러움을 느꼈다.

두 청년 교수

당시 영문과의 최연소 전임교수는 시인이기도 한 송욱宋稶 교수였다. 교양영어시간에 처음 대하게 되었는데 번역을 잘하고 우리말 어휘선택이 적정하다는 느낌을 받았다. 기인奇人으로 많은 일화를 남겼는데 학생들의 질문에 대응하는 품이 문학에 대해 일가견이 있는 분이라는 인상을 주었다. 가령 교양영어시험을 치르는데 어느 학생이 질문을 했다. 번역을 할 때 직역과 의역 중 어느 것으로 해야 하는가, 하는 질문이었다. 선생은 대뜸 "직역이 어디 있고 의역이 어디 있는가? 번역에는 올바른 번역과 틀린 번역이 있을 뿐이다"라고 해서 질문자를 무색하게 했다. 그런 경우가 많았다.

2학년 첫 학기 때 선생의 '20세기 영시'를 수강했다. 아마 선생으로서도 전공강의로서는 첫 경험이 아니었나 생각한다. 등사해서 만든 가제본을 교재로 해서 주로 송 선생이 번역을 했다. 가제본한 교재에는 허버트 리드Herbert Read의 전쟁 시편도 하나 끼어 있었다. 별로 좋은 시 같은 느낌은 안 들었지만 시속에 죽어가는 자의 '의식의 흐름' 비슷한 것이 있어서 그 현대성을 취해서 선정한 것이 아닌가 생각한다. "나는 죽는다"란 독일말로 시작되는 이 시의 한 대목 첫머리는 "Listen!"이란 명령형으로 시작하고 있었다. 나는 속으로 "들어라"라고 번역하리라 예상했다. 그러나 선생은 "귀 기울여라!" 하는 것이 아닌가. 순간 신선한 충격을 받았다. "들어라"와 "귀 기울여라"는 동의어요 큰 차이가 없는 것 같지만 그 맥락에서는 천양지차였다. 시와 언어의 핵심을 마주한 것 같은 느낌이었다. 번역이나 글이란 이런 차이를 발견해서 조직하는 것이구나, 하고 내 나름으로 생각하기도 했다.

그 시간엔 W. H. 오든의 「예이츠를 추모하며In memory of W. B. Yeats」도 읽었다. 이 시 중에는 "Poetry makes nothing happen"이란 대목이 있다. 뜻은 분명하지만 그럴듯하게 번역하기는 어려운 구절이다. 그런데 송 선생은 "시는 역사를 만들 수 없다"라고 시원하게 번역하는 것이 아닌가. 다시 이루 말할 수 없는 신선함을 느꼈다. 그리고 그렇게 둘러서 생각하지 못한 자신에 대해 심한 열패감을 느끼기도 했다. "시는 역사를 만들 수 없다"는 것이 백 퍼센트 정확한 번역은 아니다. 다만 그 대목을 이해하는 하나의 방식일 뿐이다. 그렇지만 그 맥락에서 더할 나위 없이 시원한 번역이요 더 좋은 대안을 찾기는 힘들 것이다. 두 차례에 걸쳐 신선한 충격을 경험한 것만으로도 나는 선생 시간을 수강한 것이 보람 있는 것이라고 지금도 생각하고 있다. 또 그러한 신선한 충격이나 인지의 충격을 단 한 번도 주지 못하는 수업이 얼마나 많았나, 하는 것도 다시 생각하게 된다.

그 시간에 읽은 시 중 기억나는 것에 에즈라 파운드의 「물길 장사치 아내의 편지The River Merchants' Wife : a Letter」가 있다. 당시 나는 예이츠의 초기 시편을 제외하고서는 영시를 읽으면서 정말 시를 읽고 있다는 감흥을 별로 느끼지 못했다. 영시의 운율법에 익숙지 않은 데다 영어 학력 자체가 빈약했기 때문이다. 그러나 이 파운드의 번역시는 한 번 읽고 나서 대뜸 시를 접했다는 감흥이 생겼다. 나는 지금도 이 시편을 욀 수 있지만 그만큼 시로서 수작이라고 생각하고 있다. 송 선생은 이 시가 중국시의 번역이라는 것은 알고 있었지만 도무지 누구 시인지 알 수 없었는데 양주동 선생에게 문의했더니 대뜸 "아, 이백의 「장간행長干行」이요" 해서 부끄러움을 느꼈다고 실토하기도 했다. 동양시도 알아야겠다는 생각을 다시 절감했다는 것이다.

　학기말시험 때가 되었다. 선생은 백지 한 장을 나누어주며 한 학기 동안 공부한 시에 관해서 무엇이라도 좋으니 영어로 써내라고 했다. 모두들 당황했다. 번역을 주로 했으니 번역문제를 내든지 혹은 일정한 문제를 내서 쓰라는 게 아니라 자기가 하고 싶은 얘기를 마음대로 하라니 당황할 수밖에 없었다. 내가 그 시간이 송 선생의 첫 전공강의였다고 생각하는 것은 그 누구도 그런 문제를 예측하지 못했기 때문이기도 하다. 그전에 전공과목 출제를 했다면 선생의 출제방식에 대해 예측을 했을 것이기 때문이다. 그러고 보면 또 1954년 첫 학기 당시 중간시험도 없이 단 한 번의 학기말시험으로 성적평가를 하지 않았나 생각한다. 중간시험이 필수가 된 것은 그 후일 것이다. 당시 3학년이나

4학년 수강생들이 가시적인 항의성 발언을 했다. 그러나 선생은 "인용한 시행만 보더라도 그 학생의 능력을 알 수 있다"며 영어로 쓰는 만큼 사전을 보는 것은 좋다고 말했다. 고압적이고 완강한 자세에 상급생이나 노老학생들도 어쩌지 못하고 무엇인가 끼적이기 시작했다.

나는 오든에 관해서 횡설수설하는 답안을 작성했다. 예이츠는 만년 시편인 「정치」 첫머리에 "우리 시대에 인간의 운명은 정치적 언어로 그 의미를 제시한다"는 토마스 만의 대목을 적어놓고 있다. 매혹되어 영어로 문장을 외워두고 있던 터라 첫머리에 이 대목을 적어놓고 오든이야말로 현대의 의미를 통찰해서 정치를 다루고 있는 시인이란 투로 적었다. 그리고 마침 외고 있던 "역사는 패배자에게 '애닯다!' 라고 말할지 모르지만 도와줄 수도 용서할 수도 없다"는 「스페인 1937년」의 마지막 대목을 인용하며 참으로 냉철한 현실이해와 역사이해를 담고 있다는 투로 적어 내었다. 나중에 성적표를 받아보니 같은 학기에 송 선생이 담당한 '비평' 과 함께 최고 학점이 나왔다. 당시 영문과 학생들 가운데는 영어는 아주 잘하지만 작품경험이 없는 경우가 더러 있었다. 의표를 찌르는 출제방식 때문에 어찌할 바 모르고 적어낸 답안 가운데서 일단 초점은 맞추었다 생각하고 내린 판정결과였을 것이다. 도무지 저공비행투성이인 한심하기 짝이 없는 내 성적표 가운데서 많지 않은 고공비행의 사례가 아니었나 생각한다.

송 선생은 같은 학기의 비평시간에 예이츠의 시를 다루고 약간의 비평적 논평을 가했다. 참고문헌 구하기가 힘든 시절이어서 그 일도 그리 쉬운 일이 아니었을 것이다. 시사주간지 『타임』지 서평란에 칼 융의 원형이론에 관한 글이 나온 적이 있다. 송 선생은 그걸 꼭 구해보고 가령 「재림The Second Coming」에 나오는 이미지와 비교해보라고 하였는데 그런 종류의 보충설명이 고작이었다. 한번은 「미친 제인이 주교님과 말을 주고받는다 Crazy Jane Talks With The Bishop」를 읽었다.

    "여자는 오만하고 뻣뻣할 수 있어요
    사랑에 골몰할 때엔.
    그러나 사랑의 신은 배설 장소에
    그의 저택을 지었어요;
    왜냐하면 찢어져 있지 않은 것은
    무엇 하나 밑창일 수도 완전할 수도 없으니까요"

배설 장소가 사랑의 신의 저택 자리이기도 하다는 것과 같은 뜻의 욕설 비슷한 비속어 표현을 시골에서 들어본 일이 있다. 그래서 그리 기발한 생각도 아닌데 어째서 "미친 제인"이냐고 질문을 했다. 송 선생은 "시인이란 본래 크레이지 아닌가" 하고 응수했다. 이것은 대답이 아니라 회피적 둔사遁辭라는 생각이 들었다. 그러나 잠자코 있었다. 송 선생도 적절한 답을 알지 못한다는 생각이 퍼뜩 들었기 때문이다. 오기와 긍지가 대단했던 송 선생은 자기도 잘 모르겠다는 소리를 쉽게 할 분이 아니었다. 참고문헌 구하기가 힘들었던 시절 이 대목이 사실은 블레이크 시행의 인유引喩라는 것을 알 수도 없었을 것이다. 그러나 화자와 제인이 분리된 시편에서 화자와 제인을 동일시하는 것은 분명 잘못된 것이다. 송 선생은 그러나 문제를 회피하는 재치는 넉넉히 가지고 있는 분이었다.

　과묵한 편이었지만 송 선생은 가끔 독백 비슷하게 세상 돌아가는 일을 시간에 들려주었다. "'상공부商工部에 있습니다' 하면 상대방이 정중하게 대해주지만 '학교에 있습니다' 하면 영 시큰둥한 표정이 된다"고 남의 말 하듯이 말하였다. "사범대학을 나오면 교사가 되지만 문리대를 나오면 반겨주는 곳이 없다며 여기는 직업과 관련 없는 곳"이라고 말해서 그러잖아도 풀 죽은 학생들에게 암담한 심정이 되게 하는 일도 있었다. 당시 졸업해야 마땅한 일자리가 없을 때였다. 시절을 개탄해서 하는 말이었지만 듣기에 따라서는 그대들의 앞날은 뻔하다고 말하는 것 같아 울적하기도 했다. 당시 대학가에서는 교수가 번역을 맡아 학생들에게 시키고 자기 이름으로 내는 일이 비일비재하였다. 공부가 된다는 이유로 수고비도 제대로 주지 않았고 그럼에도 교수에게 인정받았다는 기분으로 고맙게 생각하는 분위기도 있었다. 송 선생은 그런 면에서는 강직한 분이었고 그런 일로 뒷얘기를 남긴 일이 전혀 없었다. 남의 번역을 자기 이름으로 낸다는 것 자체가 그에게는 커다란 자기 훼손이라 생각했을 것이다. 나중에 들은 얘기지만 입학시험 때 감독이나 채점 같은 것은 아예 하지 않고 아무런 사전 양해도 없이 연구실에 박혀 있었다 한다.

자기 부과적인 소명감을 가지고 연구에 몰두한다는 자의식 때문에 가능한 일이었을 것이다. 사실 그 시절에 송 선생만큼 자기 나름의 연구에 전념한 이도 달리 많지 않을 것이다.

졸업 후에도 여러 계제에 송 선생을 뵐 기회가 있었고 또 과분한 배려를 받은 것도 사실이다. 그러나 시간이 지남에 따라 인연의 고리는 느슨해졌다. 1980년대 초에 선생은 뜻하지 않게 일찍 세상을 떴다. 그의 스승인 이양하 선생의 연세에도 이르지 못한, 요즘 기준에서 본다면 아주 젊은 나이였다. 1년 후엔가 출판문화회관에서 추모의 모임이 있었고 참석자들은 유고집 『시신詩神의 주소』를 받았다. 나는 사정으로 모임이 다 끝나서야 도착했다. 끝까지 자리를 지켰던 정명환 교수는 "생전에 인심을 잃은 면도 있어서 참석자가 적으면 어떻게 하나 걱정을 했는데 아주 성황이었다"고 말해주었다. 유고집 첫머리에는 「똑똑한 사람은」이란 3행시가 보인다.

　똑똑한 사람은 딱딱해지기 쉽다
　똑똑한 사람은 뚝 떨어지기 쉽다
　똑똑한 사람은 딱 꺾이기 쉽다

송욱 선생보다는 위였지만 젊은 전임교수에 또 고석구高錫龜 교수가 있었다. 입학시험 면접 때 처음 뵈었고 교양과목 시간에도 배웠다. 후리후리한 키에 늘 태 나는 양복차림이어서 멋쟁이 교수란 이미지로 기억 속에 남아 있다. 화사한 넥타이를 반듯하게 매고 두툼한 양서를 끼고 다녀 선생의 멋은 배가되었다. 교양과목 시간에 지명독을 시키고 나서 발음이나 읽기가 괜찮으면 꼭 어느 고등학교 나왔느냐고 물었다. "경기 나왔습니다"라는 대답이 나오면 고개를 끄떡이며 "역시" 하고 당연하다는 표정을 지었다. 발음이나 읽기가 시원치 않아도 어느 고등학교 나왔느냐고 물었다. "충주고등학교 나왔습니다"라는 대답이 나오면 이번엔 고개를 갸우뚱하면서 "역시" 하고 '그러니까 그렇지' 하는 표정이 되었다. 요즘은 있을 수 없는 장면이지만 당시에는 흔히 있던 일이고 학생 편에서도 큰 거부감 없이 받아들였다. 학생들이 소속 대학의 배지를 달고 다닌 시절이니까 통했을 것이다. 기존의 분위기나 관습이라는 것은 그렇게 무섭다.

고등학교 동기로 같은 해 독문과에 입학한 김관진 군은 독일어 실력이 빼어난 친구였다. 그래서 지금도 동기인 서강대 독문과의 한일섭 명예교수를 만나면 꼭 그의 안부를 물으며 실력 있는 친구였는데 하고 안타까워한다. 고 선생 시간에 창피를 당했다고 생각한 그는 그 후 시간에 들어가지 않았다. 그것과 연관된 것은 아니지만 그는 그 후 사정으로 학교를 그만두었다. 별 생각 없이 물어본 출신교에 관한 질문이 당하는 쪽에서는 사람에 따라 큰 상처가 될 수 있다는 것을 청년 교수는 생각하지 못한 것이다.

고 선생은 과묵한 송 선생과는 달리 교실에서 자기 생각을 소탈하게 표명해서 친근감을 주었다. 그리고 학생과의 거리를 좁히려는 친화력을 보여주기도 하고 연구실의 장서도 잘 빌려주었다. 『젊은 베르테르의 괴로움』을 읽고 문과를 선택했다고 교실에서 실토한 낭만주의자이기도 한 고 선생은 텍스트를 읽다가 미심한 점이 생기면 먼저 노학생들에게 의견을 물어보기도 했다. 오스카 와일드의 에세이, 헨리 제임스의 『데이지 밀러』, 엘리엇의 『대성당의 살인』이나 에세이, 에밀리 브론테의 『폭풍의 언덕』, 멜빌의 『모비 딕』 등을 교재로 다루었으나 처음부터 끝까지 완독한 것이 별로 없다. 그래서 철저하게 한 권을 떼었을 때 느끼는 뿌듯함 같은 것을 느끼지 못한 미흡감이 남아 있다. 학기마다 강의내용의 균형을 맞추기 위해 보충용 강의를 맡아 그리되었다고 뒷날 고 선생이 고충을 토로했다는 얘기를 들은 적이 있다. 과 내에서 젊은 교수이기 때문에 겪은 고충이라 생각되는데 견고하고 단일한 이미지를 주지 못하는 것은 수업 내용이 구심점이 없기 때문이라 생각한다.

　젊은 시절 학병을 피하기 위해 강원도에서 은신 중에 발각, 체포되어 달포나 구금되었다가 해방이 되어 풀려났다는 얘기를 훗날에 들었다. 멋쟁이 청년 교수에게 그런 무용담이 있다는 것은 의외였다. 우리 시대의 험난함을 보여주는 삽화인데 그 점에 대해서 당신은 함구했던 것 같다. 사업으로 대성한 계씨가 있는 구미에서 세상을 떴는데 고향에 묻히셨다. 고건 전 총리와 사촌 간이라는 것은 널리 알려진 사실이다.

2장

텍스트의 현장

문학의 전락
-무라카미 현상에 부쳐

지난 10년간 대학 초년생의 문학 독서성향을 조사하여왔다. 가장 감명 깊게 혹은 흥미 있게 읽은 문학책을 대고 그 이유를 거론하라는 글짓기를 과한 것이다. 근자에 와서 국내작가의 작품을 드는 경우가 드물어지고 일본작가의 작품을 드는 경우가 현저하게 많아졌다. 그쪽 근대문학의 고전이 아니라 무라카미 하루키나 요시모토 바나나 같은 최근의 젊은 작가를 드는 경우가 많다. 특히 '상실의 시대'라고 번역 출간된 『노르웨이의 숲』이 압도적인 선호대상이 되어 있다. 특정 학교에서 한정된 인원을 대상으로 한 조사결과를 일반화한다는 혐의가 없지 않으나 무라카미 선호현상은 젊은 독자 사이에서 널리 발견된다. 또 작

※ 이 글은 2006년 5월 25일 예술원 세미나에서 읽은 발제문임.

가 무라카미를 좋아한다고 공언하는 학생들도 적지 않다. 얼마 전 예술의전당에서 흑석동 쪽으로 가는 차 중에서 '하루키'라는 한글 표지가 적힌 유리문을 본 적이 있다. 언뜻 스쳤기 때문에 그런 표지를 내보인 집이 간이식당인지 찻집인지는 확인하지 못했다. 그러나 이 글을 쓰면서 아무래도 무라카미의 이름인 하루키〔春樹〕가 아닌가 하는 생각이 든다. 그렇다면 그의 이름이 뭇사람의 입에 오르내리는 증거가 되는 것일지도 모르겠다.

1987년 『노르웨이의 숲』이 간행된 후 1988년 말까지 일본에서 350만 부가 나갔다고 한다. 특히 10대와 20대 초의 젊은 여성독자들을 애독자로 끌어당겨 이들을 노르웨이족族이라 부른다 한다. 그런데 무라카미의 소설은 일본에서뿐 아니라 구미에서도 베스트셀러가 되어 있다. 처음 미국에서 많이 읽혀 오히려 일본이 역수입했다는 말조차 있을 정도다. 하버드대학의 일본문학 교수인 제이 루빈Jay Rubin은 나쓰메〔夏目〕의 소설을 두 권 번역한 전력이 있는데 무라카미의 작품을 번역한 후 『무라카미와 말의 음악』이란 책을 2003년에 내놓았다.* 그는 하버드 교수직을 사퇴해서 화제가 되기도 했는데 논문 쓰기도 귀찮고 번역하는 것이 한결 재미있다는 것이 사직의 변이었다. 소설을 쓰기위해 당시 대신과 동급이라는 동경대학의 교수직을 버리고 신문사에 들어가 소설연재를 해서 큰 화제가 된 나쓰메의 행적을 연상케 한다. 일본문학 연구가이자 번역자인 사이덴스티커가

---

* Jay Rubin, 『Haruki Murakami and The Music of Words』(New York:Vintage, 2005) 2003년의 초판은 영국에서 나왔다.

펜클럽 주최의 포럼에서 일본을 가리켜 '번역가의 천국'이라고 부르는 것을 들은 적이 있다. 그러나 번역자의 지위가 아주 낮은 미국에서 번역자로 자족하겠다는 루빈의 행적은 사사롭고 예외적인 것이긴 하나 어쩐지 '문학의 죽음'이란 말을 실감케 하는 우리 시대의 한 징후라는 생각이 든다.

루빈은 책 속에서 무라카미의 팬을 자처하고 있다. 그의 책은 사실 작가론이나 작가연구라기보다는 열렬한 애독자의 입장에서 작가에 접근하고 작품을 얘기하는 해설서의 체재를 갖고 있다. 가령 『노르웨이의 숲』이 일본의 전통적 사소설私小說의 관습을 허구작품 쓰기에 활용하고 있다면서 작가의 창의성과 강점을 열거하고 있다. '말의 음악'이란 말을 접할 때 우리는 곧 시를 상기하게 마련이다. 또 음악이란 말이 환기하는 것은 아무래도 서양의 고전음악이다. 그러나 루빈이 말하는 음악은 예술음악의 '음악'이 아니라 대중음악 혹은 오락음악의 '음악'이다. 사실 무라카미의 소설에 나오는 음악은 거의 모두 감상적이고 약간은 달콤한 팝음악이다. 소설의 글체 자체가 팝음악의 선율이다. '노르웨이의 숲' 자체가 비틀즈의 노래 제목이요 역시 베스트셀러가 된 '국경의 남쪽, 태양의 서쪽'이란 표제는 냇 킹 콜의 노래를 딴 것이다. 가령 가와바타〔川端〕의 소설 지문에서 우리가 시를 발견하는 것은 어렵지 않다. 사이덴스티커가 "소설에서 엘레지로의 퇴각"이라 부른 가령 『호수』같은 작품에는 산문시라 부를 수 있는 대목이 수두룩하다. 무라카미의 소설 지문이 술술 잘 읽히는 것은 사실이나 그것을 두고 시라고 말하기는 썩 어렵다. 팝송의 가사를 두고 시라고 말할 수 없는 것과 마찬가지다.

학생들의 독서경향을 알기 위해 필자가 읽어본 바로는『노르웨이의 숲』은 고급문학의 죽음을 재촉하는 허드레 대중문학이다. 작품 속에는 온통 죽음의 그림자가 어른거리고 있다. 고교 3년 남학생의 자살을 위시해서 수수께끼 같은 자살이 빈번하다. 또 성적인 문제로 좌절이나 일탈을 경험하는 일탈자들이 많고 성적 호기심을 부추기는 성적인 얘기가 전경화되어 있다. 13세 소녀가 피아노 교사인 30대 후반의 여성을 유혹하여 레즈비언으로 만들고 이어서 자기의 접근을 거절하자 이번엔 거꾸로 헛소문을 내어 그녀를 신경쇠약으로 몰고 간다. 자위행위 때 자기를 출연시켜 달라는 기상천외한 부탁을 남자 친구에게 건네는 여대생 얘기도 나온다. 도발적이고 독자들의 허를 찌르기는 하나 성적으로 격리된 수용소 재소자들이 일상적으로 나눔 직한 성의 얘기로 가득 차 있다.

소설의 화자는 토마스 만의『마의 산』을 읽고 있는데 이는 극히 시사적이다.『마의 산』의 역상counter-image임을 시사하면서 일변『마의 산』과 그 독자들을 빈정거리고 있는 셈이다.『마의 산』이 젊은 영혼의 내적 모험을 다루는 형성소설이 되어 있음에 반해서 무라카미의 화자는 '사물을 심각하게 생각하지 않기로 한다'는 것과 '모든 것에 대해 일정한 거리를 둔다'는 것이 생활신조가 되어 있다. '남김없이 철저한 것만이 참으로 흥미 있다'는 말이 책머리에 보이고 시간과 죽음을 비롯하여 삶의 모든 국면에 대한 깊은 사색을 전개하고 있는 『마의 산』과 대척점에 서 있다. 화자는 또 대학생활이 무의미하다고 생각하고 있는데 헤르만 헤세의 『수레바퀴 밑에서』를 재독하는 장면이 나오는 것도 우연은 아니다. 등장인물들이 다소간 학교교육의 피해자 내지는 희생자란 함의를 풍기고 있다. 요컨대 감상적인 허무주의를 깔고 읽기 쉽게 씌어진, 성적 일탈자와 괴짜들의 교제 과정에서 드러나는 특이한 음담패설집이다. 학생운동의 타락한 이면을 적어놓고 급진파 학생들의 모순된 언행을 보여줌으로써 다양한 볼거리를 마련하고 있다는 것은 작자의 상업적 재능을 드러내준다.

많은 사람들에게 청년기는 좌절경험을 안겨주고 미래전망 또한 불투명한 불안과 방황의 계절이다. 그러한 불안의 계절에 가벼운 우울증을 앓고 있는 심약한 청년들에게 이 책은 마약과 같이 단기간의 안이한 위로를 제공해줄 것이다. 우리 모두가 죽음과 실패와 허무 앞에서 평등하다는 생각은 적지 않은 위안을 안겨줄 것이기 때문이다. 약삭빠른 글장수의 책이지 결코 예술가의 책은 아니라고 생각한다. 무라카미 소설을 많은 독서목록 중의 하나로 다룬다면 문제될 것은 없다고 생각한다. 곤혹스럽고 걱정스러운 것은 상당수의 학생들이 가장 감명 깊거나 흥미 있게 읽은 책으로 그의 소설을 들고 있다는 점이다.

미국작가 헨리 제임스는 "성이란 사람들이 특정한 어떤 것을 골똘히 생각하지 않을 때 늘 생각하는 것"이라 정의한 적이 있다. 그러한 정의를 방패 삼아 작자는 자신을 변호할지도 모른다.

그러나 문명이란 어느 모로는 성으로부터의 도피요 성에 대한 고착을 미연에 방지하는 것이기도 하다. 성적 억압을 비롯한 일체의 억압이 불만을 낳고 그것이 만연해 있는 신경증의 원인이라는 진단에 대해서 반대하지는 않는다. 그렇다고 무작정 성적 허용으로 일관할 때 그 궁극적 귀추는 문명의 기반 자체를 뒤흔들 위험을 안고 있다. 작고 시인 박인환은 "성性의 십 년이 끝난 후 청년은 전쟁에서 도망쳐 왔다"고 노래한 적이 있다. 박인환의 말처럼 청춘은 성적인 계절이지만 동시에 성숙을 준비하는 시기이기도 하다. 성숙을 위한 모색이 없다는 점에서 『노르웨이의 숲』은 다시 한 번 『마의 산』과 대척점에 있다고 생각한다. 루빈은 『노르웨이의 숲』이 독일 함부르크에서 시작하는데 그것은 한스 카스톨프의 출생지요 또 비틀즈가 성공을 거둔 곳이기 때문일 것이라고 적고 있다. 필자의 생각에는 함부르크가 유럽에서 가장 오래되고 규모 큰 사창가를 가지고 있다는 것과 유관한 것이 아닌가 생각한다. 심층적인 차원에서 그렇다는 것이다.

이 허드레 소설을 읽고 생각난 것이 도널드 킨의 회고담이다. 일본문학의 연구자요 번역자로 널리 알려진 그는 1938년에 컬럼비아대학에 입학해서 태평양전쟁 기간에 졸업을 했다. 당시 학생들 사이에서는 『마의 산』을 모르면 대화를 하지 못할 정도여서 누구나 읽었고 크리스마스 선물로는 엘리엇의 시집이 최고로 여겨지고 있었다고 한다. 그의 말에서 엿볼 수 있듯이 그리 멀지 않은 과거에 문학은 교양의 핵심부를 이루고 있었고 유럽이나 미국 지식인 사이에서는 문학이라면 곧 고급문학을 뜻하고 있었다. 그런데 제이 루빈의 사례가 시사하듯이 사태는 일변한 듯이 보인다. 왜 이 지경이 되었나 하는 것의 원인 진단에는 심도 있는 사회적·역사적인 고려와 천착이 필요하다. 그러나 모두 다룰 수 없으므로 몇몇 국면에 대한 소견을 말해보겠다.

마음의 귀족

수필 비슷한 이효석의 단편에 「성수부聖樹賦」란 것이 있다. 작품은 "생활의 귀족이 되기는 어려워도 마음의 귀족 되기는 쉬운 듯하다"란 대목으로 시작하고 있다. 식민지 상황에서 최고 수준의 교육을 받았던 그가 호화생활을 영위하지는 못하지만 적어도 교양인으로서의 충족된 생활은 할 수 있었다는 사정과 연관되는 말이다. 그러나 일반적으로 교양 형성이나 축적의 일면을 밝혀주는 흥미 있는 대목이라 생각한다. 교양 형성이 생활귀족 됨의 불가능성이나 그 단념에 기초하고 있다는 국면을 시사하고 있기 때문이다.

신분이나 부를 과시하기 위해서 값비싼 상품이나 서비스를 소비하는 것을 가리키는 베블린의 '현시적 소비'는 우리가 주위에서 흔히 목도하고 실감하는 현상이다. 문화소비 가운데서도 진정한 내적 욕구보다는 신분을 과시하기 위한 현시적 요소는 발견된다. 그것은 우리가 스노비즘이라 부르는 것과 무관하지 않다. 오늘날 양식에서나 내용에 있어서나 시대에 맞지 않는 것으로 간주되는 오페라의 전성기라는 것이 있었다. 그때에 있어서조차 오페라 구경은 지배층의 극기훈련이란 측면이 없지 않았지만 현시적 소비의 일환이라는 일면이 강하였다. 신분과 시욕구와 상관관계를 이루고 있는 것은 선망 혹은 질시의 감정이다. 타자의 선망을 받으려는 욕구는 동시에 질시의 대상에 의해서 상처받은 자아를 보상받으려는 욕구이기도 하다. 문화소비에 있어서도 질시의 변증법이 작용한다고 볼 수 있다.

이른바 인문적 교양의 중요성을 강조하고 인문적 교양의 실체 형성에 크게 기여한 것은 근대 독일이다. 독일의 교양시민층 Bildungsburgertum이 그 핵심을 이루고 있었다. 19세기 말 독일제국의 사회구조는 산업화 이전의 구귀족층과 신흥 상층 시민층에 의해 지배되고 있었다. 독일에서 구귀족층이 그때까지 살아남을 수 있었던 것은 그들이 변화하는 사회환경에 적응할 수 있었고 뒤늦은 통일 때문이었다. 1895년 가족을 포함하여 이들 구귀족과 상층 시민층은 인구의 1퍼센트를 넘지 못하였다.* 이들과 함께 인구의 1퍼센트를 차지하는 교양시민층이 독일의 지배엘리트를 형성하고 있었다. 출생이 그대로 신분을 보장해 주는 구귀족에 대항해서 시민층의 일부가 교양을 취득해 그것을 신분상징이자 자아정체성의 표지로 삼았던 것이다. 그러니까 교육을 통해 취득하고 축적한 교양은 구귀족층에 대한 중산층의 대항무기요 정신귀족의 제복이었다. 고급공무원, 법관, 대학 및 중등교원이 이 계층에서 충원되었다. 느슨하게 말하면

---

* Eva Kolinsky&Wilfried Van der Will ed, 『The Cambridge Companion to Modern German Culture』(Cambridge University Press, 1998, pp. 67-75)

『마의 산』의 등장인물이 이들 교양시민층의 구체적인 모습인 셈이다.

　세계 주요국가의 대표적인 교육–인구통계를 분석한 결과를 포항공대 당국이 발표한 적이 있다. 1997년의 일인데 인구 대비 대학생수를 보여주고 있다. 전문대를 제외한 4년제 대학과 대학원에 순수 학생 신분으로 재학하고 있는 인구는 한국이 10만 명 중 3천4백18명으로 세계 1위, 미국이 3천3백50명으로 2위, 호주가 3천2백40명으로 3위였다. 인구 대비 학생 비율은 한국이 3.41퍼센트, 미국이 3.35, 호주가 3.24, 프랑스가 2.88, 독일이 2.29로 되어 있다. 가족을 포함하여 교양시민층이 인구의 1퍼센트에 미달했던 시기와 대학생수가 인구의 2.3퍼센트를 차지하는 사회에서 이미 중산층은 특별한 신분상징이나 정체성의 표지를 필요로 하지 않는다. (참고로 1939년 독일 대학생의 총수는 약 4만 명으로 인구의 0.1퍼센트에 지나지 않았다) 또 차이성을 강조할 필요가 있는 대항계층도 없어졌다. 사실상 구귀족이라는 계층이 소멸하였고 선망과 질시의 경쟁대상도 사라졌기 때문이다. 교양 취득을 통한 정신귀족을 지향할 동기의 하나가 소멸한 것이다. 또 기운차게 확산되고 있는 평등주의 이념과 그 점진적 실현은 지배엘리트와의 경쟁을 재촉하지도 않게 되었다. 따라서 각자가 독특한 생활스타일을 추구하게 된다. 이러한 생활스타일의 다원화가 계급과 계층에 기초한 전통적 사회조직과 그 에토스를 소멸하게 하는 것은 당연하다. 교양도 소멸해버린 구제도의 하나인 셈이다.

위에서 약술해본 독일의 경우는 대체적으로 세계의 다른 지역에서도 발견될 수 있는 현상이라고 생각된다. 대학생 수가 극히 적은 사회에서 특혜받는 소수파는 그 혜택을 누리는 한편으로 사회에 대해 어떤 사명감을 갖게 된다. 문학에 있어서도 사정은 마찬가지다. 사회의 계몽이나 진보에 기여하려는 자임에서부터 새 문학 건설이나 혁신에 기여하려는 예술적 포부에 이르기까지 그것은 다양한 형태를 취한다. 이러한 사회적 사명감이나 예술적 포부가 문학이 저급한 상업주의로 떨어지는 것을 방지한다. 무라카미의 소설은 작가가 이미 사회의 엘리트라는 자부심을 상실했거나 예술적 포부를 가질 수가 없는 시대의 언어상품이다. 그것은 문학의 죽음을 재촉하는 자기파괴적 허드레 문학이다. 계몽되지 않은 독자가 이러한 작품에 일찌감치 노출되었을 때 거기 중독되어 한 걸음도 더 나가지 못한 채 그 수준에서 정체할 가능성을 배제할 수 없기 때문이다. 『노르웨이의 숲』에 중독된 독자는 그 작품의 화자가 읽고 있는 형성소설 『마의 산』을 끝내 읽어내지 못하고 말 것이다. 마음의 귀족 되기는 틀렸지만 그렇다고 흉 될 것이 없는 시대에 살고 있는 셈이다.

전 세계에 많은 독자를 가지고 있다는 무라카미의 재능을 과소평가할 생각은 없다. 팝송의 예술적 가치를 높이 매길 수는 없지만 당대의 세계적 히트곡을 아무나 생산할 수 있는 것은 아니다. 남다른 재능의 소유자만이 그것을 생산할 수 있다. 그런 맥락에서 무라카미가 거둔 상업적 성공을 비하하거나 폄훼하고 싶은 생각도 없다. 다만 그의 문학이 우리가 가지고 있는 문학의 이상에서 너무나 동떨어진 하급문학이라는 것일 뿐이다. 본격적인 문학을 지향하는 작가가 암묵적으로 설정하는 경쟁상대는 고전의 반열에 오른 작가인 것이 보통이다. 『보바리 부인』이 『안나 카레니나』를 낳고 또 『어떤 귀부인의 초상』을 낳았다. 나쓰메는 로렌스 스턴이나 제인 오스틴과 경쟁하려 하였고 우리 쪽 이태준이나 이효석은 체홉과 경쟁하려 했다. 무라카미의 상상적 경쟁상대는 텔레비전과 스포츠와 비디오와 스테레오이다. 그 경쟁에서 그는 큰 성과를 거두었으나 고전이 보여주는 문학적 위엄의 상실이라는 값비싼 대가를 치러야 했다.

황홀에서 환멸로

낭만주의 시인으로 알려진 워즈워스에게 「결의와 독립」이란 시편이 있다. 화자가 황야를 홀로 떠돌다가 웅덩이가에서 지팡이에 노구를 의지하고 있는 백발노인을 보게 된다. 노인은 웅덩이의 흙탕물을 응시하고 있었고 무얼 하느냐는 물음에 거머리를 잡으러 왔다고 대답한다. 위험하고 지루한 일이지만 늙고 가난해서 그런 일을 한다고 덧붙인다. 쇠잔한 노인에게서 확고한 정신을 발견한 화자는 "하느님, 나를 도와주시고 나를 잡아주십시오. 나는 외진 황야의 거머리잡이를 생각하겠습니다"고 말한다. 유럽에서는 거머리를 민간요법으로 썼기 때문에 이 노인은 거머리를 잡아 곤곤한 생계를 유지했던 것이다. 이 작품에는 다음과 같은 시행이 보인다.

> 우리 시인들은 젊은 시절 기쁨으로 출발하나
> 종당에는 낙망과 광기가 온다

시인들은 젊은 시절 언어예술의 거역할 길 없는 마력에 끌리어 시인의 길을 걷게 된다. 그러나 시인의 길은 고단하고 가파른 길이다. 시의 생산 자체도 곤란한 가능성의 추구이지만 웬만한 작품 생산에 성공한다 하더라도 셰익스피어의 대사에도 나오듯 시는 "거지의 볼일"이 되기가 십상이다. 그래서 종당에는 낙망과 광기가 오게 된다. 시편에 나오는 화자인 시인도 때로 미래에 대한 공포나 불안으로 의기가 소침해질 때가 있다. 그럴 때 거머리 잡이 노인을 생각하며 자신을 다잡겠다는 결의를 표명하고 있다. 시편에는 10대에 자살한 천재시인 채터턴과 30대에 요절한 로버트 번즈가 언급되어 있다. 기쁨에서 출발하여 낙망으로 끝나는 내리막길 역정이 유독 시인에게만 한정된 것은 아닐 것이다. 그러나 도취와 황홀에서 출발하여 환멸을 맛보는 내리막길로서의 삶의 과정은 예술가 일반에게 적용되는 일이라 생각된다. 예술가의 조로현상이란 것도 이런 사실과 연관될 것이다.

젊은이들의 문학수용과 향수현장에서 느끼게 되는 것은 그들이 매우 부실한 문학교육의 피해자가 아닌가 하는 의혹이다. 문학에 매혹된 경험이 전혀 없는 사람들이 기계적으로 주입한 허황된 생각으로 문학을 대하는 경우가 많다. 문학의 매혹에 눈뜨

게 하는 작품을 거의 대하지 못한 경우도 많다. 그런가 하면 문학경험의 황홀에서 출발했으나 낙망과 권태를 체험하고 있는 연구자나 교사의 비문학적 관심과 정열의 영향으로 문학의 매력을 경험할 기회를 잃어버렸다고 생각되는 경우도 있다. 이 마지막 사항은 범세계적으로 유행하고 있는 '이론' 탐닉에 대한 하나의 설명이 될 수 있다고 생각한다. 물론 대문자로 표기되는 '이론'의 지적인 매력과 전복적 인지의 충격을 과소평가하자는 것은 아니다. 그렇지만 주객이 전도되어 작품 읽기보다 이론 읽기에 탐닉하는 사람들이 대개의 경우 문학의 심미적 국면에 등한하다는 것은 우연이 아니다. 작품보다도 데리다나 푸코 읽기에 열중한다는 것은 영미의 대학교수들이 진작부터 우려해오는 사안이다. 구조 앞에서 모든 작품이 평등하다고 구조주의가 강조하는 것은 아니지만 그 분석 실천에서는 그러한 함의를 암묵적으로 보급시켰다. 과도한 이념적 폭로의 모티프는 백인 남성 지배층의 모의와 헤게모니의 소산이라며 정전개념을 해체하고 그렇게 함으로써 문학에서 질적 차이의 문제를 사실상 해체해 버렸다. 정전개념의 해체는 나태한 젊은이들에게 고전기피현상을 정당화시켜주었다. 그들은 자신들의 지적 태만을 지배이데올로기에 대한 전복적 실천이라고 합리화할 수 있게 되었다. 게다가 연구업적을 내야 하는 경쟁체제는 교수들로 하여금 '이론' 도입을 통한 논문 엮어내기를 강요하여 작품을 한갓 논문의 자료로 전락시킨다. 또 참신성이나 독창성을 부각시키기 위해 변두리의 왜소한 작품을 과대평가하거나 기존의 평가를 전도시키거나 한다. 이러한 교수들의 연구행위는 자연 학생들에게도 영향을 미쳐 그들의 안목을 혼란시킨다. 교수들이 자신들의 관심사항을 곧장 학생들에게 전파하고 적정성 없는 열의를 나타내는 경우도 있다. 유학에서 갓 돌아온 젊은 교수가 학부 학생들에게 데리다를 가르쳐 화제가 된 적이 있다. 데리다의 발견에 흥분하고 열중하는 심정은 이해하나 학생들 편에서는 따라가기가 어려울 것이다.

평등주의사상의 오용誤用과 이에 따른 뛰어남에 대한 경의가 사라지고 있는 것도 세계의 비속화와 고급문학의 추락을 재촉하고 있다. 그것은 음악에서의 예술음악의 상대적 퇴조와 동일한 현상이다. 뛰어난 것에 대한 지향을 간단히 엘리트주의라고 폄훼하는 것이 작금의 추세다. 그러나 문맹의 현격한 감소나 고등교육 인구의 획기적인 확대가 세계의 비속화와 보조를 맞추고 있는 것은 크나큰 역사적 반어라 하지 않을 수 없다. 50년대의 미국영화에서 네 글자 비속어의 사용은 극히 드물었다. 요즘엔 대통령이나 그 측근들조차 영화에서 비속어를 남발한다. 좋게 말해서 금기가 사라지고 솔직해졌다고 할 수 있고 또 욕설이나 비속어의 사용이 일시적인 해방감을 안겨주는 상황이 있는 것은 사실이다. 그러나 비속어나 폭력적 언어는 물리적 폭력의 선행지표가 되는 것이 보통이다. 폭력적 언어 뒤에 물리적 폭력 행사가 벌어지는 것은 개인 사이에서뿐만이 아니다. 점점 가속되는 세계의 비속화는 어두운 미래전망을 낳게 하고 있다고 해도 과언이 아니다.

즐김과 소명 사이에서
−문학이 하는 일

자료로서의 텍스트

처음으로 읽은 『홍길동전』이 누구의 번역인지 전혀 생각나지 않는다. 해방 직후 쉽게 풀어 쓴 고전소설 책이 많이 나왔는데 그중의 하나를 읽었던 것 같다. 아마 초역抄譯본이고 몇몇 소설을 합친 합본 비슷한 것이 아니었나 생각한다. 대본 생각이 나지 않는 것은 별로 감동을 받지 않았거나 재미있게 읽지 못했기 때문일 것이다. 방정환의 번안동화를 흥미진진하게 읽었던 시절이니 얼마쯤 예스럽고 황당한 옛이야기에 흥미를 느끼지 못한 탓이리라. 최근에 이화여대 정하영 교수가 번역한 『홍길동전』을 읽고 나서 대수롭지 않은 삽화로 엉뚱한 감회에 빠졌다.

경판본京板本을 따르면 율도국의 왕이 된 홍길동은 나라를 다스린 지 30년 만에 병이 들어 별세하는데 나이가 일흔둘이었다.

그전까지 홍길동의 나이와 죽음을 생각해본 적이 없었다. 어린 시절 듣고 읽은 얘기 속의 홍길동은 축지법을 비롯해 비상한 초능력을 가진 데다 정의감이 강한 혁명가요 경세가였다. 율도국을 정벌했다는 것은 알고 있었으나 그가 30년이나 왕좌를 지켰고 칠십 노인으로 세상을 떴다는 생각은 기억에 없었다. 완판본에서는 칠십에 태자에게 왕위를 물려주고 월영산에 들어가 선도仙道를 익히다가 백일승천한 것으로 되어 있다. 왜 칠십이요 일흔둘인가? 초능력을 가지고 있는 율도국의 왕에게도 인생칠십고래희人生七十古來稀란 말을 어기기가 어려웠기 때문일 것이다. 세상없는 인재에게도 죽음만은 어쩔 수 없는 것으로 작자는 생각했던 것이다. 그러나 각별한 소회로 다가온 것은 홍길동보다도 오래 살았다는 사사로운 감회였다. 웬만하면 누구나 홍길동보다도 오래 살게 되었다는 사실이 새삼 놀랍게 생각되면서 그 생각을 못했다는 것이 일변 신기하게 느껴졌다. 우리 모두 멋진 신세계에 살고 있으면서도 그 괴이한 사실을 간과한다.

『홍길동전』을 읽으면 허균시대의 수명관을 비롯해서 부귀관 그리고 이상적 사회관을 접하게 된다. "왕이 나라를 다스린 지 3년에 산에 도적이 없고 길에서는 떨어진 물건을 주워가지 않으니 태평세계라고 할 만하였다" 이것은 경판본의 대목이고 완판본에는 이렇게 나온다. "왕이 즉위한 후에 시절은 조화롭고 농사는 풍년이 들며, 나라는 태평하고 백성은 평안하여 사방에 일이 없고 덕화가 크게 이루어져 길에 물건이 떨어져도 주워가져가는 일이 없었다" 두 판본을 합쳐 생각하면 당대의 이상적 사회상은 지극히 단순하다. 임금이 어질어 덕치를 행하고 풍년이 들고 전쟁이 없고 질서가 잡혀 도둑이 없고 물건이 풍족하고 사람들이 법도를 지키는 것이 소망스러운 사회의 요체이다. 사회구성이 단순했던 만큼 세상살이에 부치는 희망사항도 단순했던 셈이다.

『홍길동전』을 읽고 느낀 나의 소회나 관심사는 사사로운 것이고 또 극히 자의적인 것이다. 줄거리나 주인공의 인물됨도 알고 있었고 번역이 좋아 가독성도 뛰어난 편이었다. 그러니 별뜻 없는 삽화나 작품 외적 세목에 눈길이 가면서 특유한 감회에 젖게 된 것이다. 이것은 『홍길동전』을 포함해 문학작품을 읽는 정도가 아니다. 거기 투영되어 있는 당대인들의 가치관이나 풍습이나 사회상에 주된 관심을 갖고 읽는다는 것은 텍스트를 사회적·역사적 자료의 하나로 간주한다는 뜻이다. 즉 살아나게 해야 할 텍스트를 죽은 자료로 만들어버리는 셈이다. 그것이 문학 텍스트를 읽는 정도는 될 수 없다. 물론 문학은 인간의 의식과 자의식, 그리고 개인의 세계와의 관계에 대한 가장 신뢰할 만한 원천이며 전거임에 틀림이 없다. 그래서 '훌륭한 작가는 사회학자로 자처하는 사람들보다도 대체로 뛰어난 사회학자'라고 하는 비평가도 있다. 그래서 사사로움과 내밀한 것의 사회적 환경, 사랑, 우정, 자연과의 관계, 자기 이해와 같은 현상이 사회적으로 결정되는 일을 섬세하게 분석하고 정의하는 문학사회학이란 학문 분과도 생겨난 것이다.

그러한 학문 분야의 연구가 인간과 사회이해에 크게 기여하는 것도 사실이다. 그러고 보면 인간의 의식과 자의식을 드러내는 사회역사적 자료를 믿음직스럽게 제시하고 보관하는 것도 문학이 하는 일의 하나일 것이다. 그런 맥락에서 인간의 일반적인 세계이해와 지배적 관념 수용을 연구하고 검토하는 사상사 혹은 지성사를 위해서도 문학은 막중한 자료가 된다. 그리스의 비극은 예술로서의 가치뿐만 아니라 고대 그리스의 역사이해를 위해서 더할 나위 없는 보물창고가 되어 있기도 하다.

그러나 따지고 보면 문학작품은 독자가 읽기 시작하면서 비로소 문학으로 살아나는 것이다. 독자가 읽어내기 전까지 텍스트는 활자화된 글자의 집합체에 지나지 않는다. 일단 읽고 나면 그리 신뢰할 만한 것이 못 되는 기억이란 창고에서 매우 간결한 요약이나 이미지로 남게 된다. 그 기억은 또 시간이 지남에 따라 윤곽이 흐려지고 어떤 변화를 겪게 될 것이다. 그런데 독자마다 텍스트를 읽는 방식은 다르게 마련이다. 그의 연령, 성별, 감수성, 피암시성, 주요 관심, 취향, 지적 호기심의 지평, 다른 텍스트의 독서량 등등에 따라 아주 다른 방식으로 텍스트를 수용하는 것이다.

그러니 '문학은 무엇을 할 수 있는가' 라는 논의는 독자가 텍스트와 어떠한 거래를 하게 되는가 하는 문제로 귀결되면서 한편으로는 '문학이란 무엇인가' 라는 논의를 수반하게 된다. 문학이라 할 때 그 범주는 어떻게 책정하고 조정해야 할 것인가? 구비문학을 포함해서 언어화되어 전수되거나 기록된 세계의 모든 언어조직을 포함해야 할 것인가? 혹은 인쇄술의 보급, 민주

정치, 근대적 자아의 확립과 연관된 근대 서구문학을 전범으로 해서 그와 유사한 형태의 장편소설이나 서정시를 주요 범주로 삼을 것인가? 텍스트와 독자 사이의 거래로 문학이 성립되고 독자의 텍스트 수용에 따라 문학이 할 수 있는 일이 달라지는 것은 자명하다. 가령 뜻과 소리의 조화로운 통일을 통해서 내면의 미묘한 움직임을 표현하는 서정시와 한 시대나 사회의 벽화됨을 지향하는 장편소설이 할 수 있는 일은 동일할 수가 없다.

'문학은 무엇을 할 수 있는가' 하는 논의는 따라서 획일적으로 전개될 때 불모의 추상적인 고도비행으로 귀결될 수밖에 없다. 우리는 장르에 따라 혹은 수용자에 따라서 문학이 하는 일이 달라진다는 것을 시인하고 그 전제 위에서 몇 가지 유형을 생각해볼 수밖에 없다. 그러기 위해서는 문학이 할 수 있는 것에 관한 전통적 통념을 검토해볼 필요가 있을 것이다. 사실 '문학은 무엇을 할 수 있는가' 란 의문과 논의가 제기되는 근저에는 문학의 기능과 효용에 대한 전통적 통념이 더 이상 곧이들리지 않거나 통용되지 않는다는 회의감이나 위기감이 잠복해 있다고 할 수 있다.

파괴적 혹은 긍정적 영향력

요즘 좀처럼 쓰여지지 않는 흘러간 말에 청춘소설이란 것이 있다. 사람들은 누구나 헤르만 헤세와 앙드레 지드의 소설을 상기할 것이다. 그러나 청춘소설의 효시는 아마도 괴테의 『젊은 베르테르의 괴로움』일 것이다. 선례가 있었던 편지투를 빌려서 규격화된 사회인습과 판에 박은 듯한 속물에 대한 반항과 모멸, 새로 발견한 자연에 대한 감탄과 동화, 아름다운 사람에 대한 낭만적 경도, 좌절감이 주는 아픔과 쓰림을 거침없이 표현하고 있는 이 책은 여전히 청춘의 책으로 남아 있어 젊음의 정의에 대한 풍성한 시사를 던져주고 있다. 젊음의 싱싱함과 허약함, 젊음의 약속과 위험성을 보여주는 이 책은 젊은이에게 자기 확인의 계기를 마련해주는 한편으로 젊음을 잃어버린 사람들에게 그 상실을 다시 한 번 확인시켜주기도 한다. 젊음을 낭만주의와 동일시하는 막연한 통념을 낳게 하는 데도 이 책은 크게 기여했다.

　프랑스대혁명이 일어나기 전 1774년에 초판본이 나온 이 책은 당대의 베스트셀러가 되면서 많은 문학적 전설을 낳게 되었다. 나폴레옹이 황망한 진중생활 속에서도 탐독했다는 것, 베르테르리즘을 유럽 전역의 젊은이들 사이에 유포시켰다는 것, 파란 상의에 노랑 조끼와 노랑 바지를 유행시키고 마침내 많은 실의의 청년들을 자살의 길로 몰아넣었다는 것이 베르테르 전설의 대종이다. 이 작품이 젊은 독자들을 자살로 몰아갔다는 사안에 대해서는 확인할 길이 없다. 또 그 수와 규모가 어느 정도인지는 통계술이 발달하기 이전이어서 정확히 가늠할 길도 없다. 그러나 엄격한 실증적 증거를 떠나 그것이 불 땐 굴뚝에서 나온 연기인 것만은 확실할 것이다. 그렇다면 문학은 사람을 죽게 할 수 있는 힘을 가지고 있는 셈이다. 괴테 자신이 그 점을 간파하고 있었다고도 말할 수 있다.

『젊은 베르테르의 괴로움』 끝자락에는 권총 자살한 베르테르의 시체 묘사가 나온 뒤에 부대 서술이 보인다. "그는 포도주 한 잔만을 마셨다. 그의 책상 위에는『에밀리아 갈로티』가 펴진 채 놓여 있었다." 전통적인 해석은 레싱의 희곡『에밀리아 갈로티』를 빌려 괴테가 시사한 것은 베르테르의 비극이 현실감각이 결여된 몽상가의 비극임을 의미하는 것이라고 풀이했다. 그러나 문학사회학자 리오 로웬달은 한걸음 더 나가서『에밀리아 갈로티』는 베르테르의 불행이 단순히 잃어버린 사랑의 비극이 아님을 시사하는 것이라고 말한다. 젊은 귀공자에게 납치되어 몸을 망치고 약혼자가 살해되었을 때 아버지는 딸에게 죽음을 권유할 것을 결심한다. 마지막에 이들 부녀는 수통스럽고 혐오스러운 삶으로부터의 유일한 출구는 딸의 죽음이라는 데 뜻을 같이한다. 무대를 로마시대의 이탈리아로 옮김으로써 있을 수 있는 말썽을 예방했던 사회적 함의는 분명하다. 그것은 성적 착취와 연관된 계급간의 갈등을 시사하고 있다.

『에밀리아 갈로티』의 이러한 국면은 베르테르의 자살에 대한 충동이 책 끝에 처음으로 나타나는 것이 아니라 취직처에서의 현학적인 속물 상사와의 갈등, 뒤이어 있었던 만찬회에서의 퇴거 요청이라는 수모를 당한 후부터라는 사실을 다시 확인시켜 준다. 베르테르의 비극은 사회체제와의 창조적인 유대가 불가능했던 생기발랄한 청년의 비극이며 그 점에 있어서 젊은 독일 지식인의 한 사례에 지나지 않는다. 로테에의 가망 없는 사랑은 그를 죽음으로 몰아넣는 하나의 계기일 뿐 유일한 계기가 아니며 작품이 『에밀리아 갈로티』와 마찬가지로 사회적 항의라는 것이 로웬달의 설득력 있는 해석이다. 그는 명시적으로 언급하지는 않았지만 『에밀리아 갈로티』에서의 죽음이 베르테르에게 자살을 부추겼다고 해도 과언은 아니다.

문학작품이 독자로 하여금 자살을 포함해서 소망스럽지 못한 방향으로 유도하는 힘을 가지고 있다는 것은 새삼스러운 일이 아니다. 영국의 청교도들은 연극이 신자들을 경건한 신앙생활로부터 일탈시켜 부도덕한 행위로 유혹한다는 이유로 극장을 폐쇄했다. 권력 과시의 충동도 없지 않지만 독자를 타락시킨다는 믿음 때문에 문학을 금지하는 사례는 허다하다. 프랑코 치하의 스페인에서는 『마담 보바리』도 금서 처분하였다. 가장 자유주의적이라는 영국에서도 조이스나 로렌스는 오랫동안 검열에서 오는 불이익을 감수하지 않을 수 없었다. 플라톤에서 톨스토이에 이르기까지 문학예술의 위험성을 가리키며 경고하는 목소리는 끊이지 않고 있으며 그것은 일반 학부형에게도 내면화되어 전파되고 있다. 르네 지라르가 '삼각형의 욕망' 이론을 제기했을 때 처음으로 거론한 것은 단테의 『신곡』에 나오는 프란체스카와 시동생 파울로가 아서왕의 전설을 읽으면서 그들의 행위를 모방했다는 것이었다. 한 주체의 욕망과 행동은 타인의 욕망과 행동을 매개로 해서 모방되고 형성된다는 것이다. 지라르가 말하는 외적 매개에서 문학이 담당하는 몫은 굉장히 크다. 『돈키호테』나 『마담 보바리』는 그 고전적인 사례이기도 하다.

많은 자살 추종자를 낳았다는 베르테르 전설이 문학의 부정적 영향력의 사례라면 그 대척점에 서 있는 것은 말할 것도 없이 『톰 아저씨의 오두막』이다. 이 작품은 미국의 노예해방운동을 자극해서 남북전쟁 발생의 근인이 되었다는 전설을 가지고 있다. 역시 실증적 검토나 조사로 확인된 바 없는 풍문이긴 하지만 불 땐 굴뚝에서 나온 연기인 것만은 분명하다. 이것은 문학의 대단한 기능과 사회적 영향력을 가리키는 사례이다. 톨스토이가 신과 타인에 대한 사랑에서 나오는 종교적인 예술의 대표적인 사례로 열거한 많지 않은 작품 중에 이 작품이 들어 있는 것도 그 때문이다.

물론 이 작품에 대한 공명이 널리 파급되어 역사적 변화의 계기가 되었다는 것을 인정한다 하더라도 그것을 단순히 문학의 힘이라고만 간주할 수는 없다. 대세를 따르려는 인간의 추종심리 성향도 크게 작용했을 것이다. 사람의 몸과 마음은 다수를 따라가는 속성이 있다. 모임에서 누가 헛기침을 시작하면 이내 수다한 헛기침이 따르게 마련이고 누군가가 하품을 하면 다수 추종자가 생겨난다. 유행현상이 우리의 생체구조와 관련이 있다고 주장하는 생리학자들도 있다. 그들은 집단생활을 하는 여성의 생리현상이 동일한 날짜로 수렴되는 현상을 그 대표적인 사례로 지적한다. 톨스토이가 말하는 예술감염설의 뼈대가 되는 감정의 전염도 인체의 본원적인 다수 추수현상에 기초하고 있는 것이라 할 수 있다. 어쨌건 문학이 모방충동이나 다수 추수현상을 매개로 해서 큰 영향력을 발휘할 수 있는 국면 때문에 문학은 곧잘 체제권력이나 반체제군력에게 선전의 역할을 종용

받기도 한다.

달콤함과 빛

임종을 앞둔 농부는 자기 아들들이 훌륭한 농사꾼이 되기를 바랐다. 아들들을 불러놓고 그는 말했다. "애들아, 나는 곧 이승을 뜬다. 너희들은 내가 포도밭에 숨겨놓은 것을 찾아내야 한다. 내가 너희들에게 줄 모든 것이 거기 있디." 포도밭 어딘가에 보물이 묻혀 있다고 생각한 아들들은 아버지가 돌아간 후 땅 구석구석을 깊이 팠다. 감추어진 보물은 찾을 수 없었다. 그러나 깊은 골을 판 바람에 포도넝쿨은 굉장한 수확을 올렸다. 『이솝 우화』 중의 하나다. 수고한 보람이 최대의 보물임을 가르치고 있다고 종래의 영역 우화집에는 적혀 있다. 행복은 황금 속에 있는 것이 아니라 근면 속에 있다는 경험을 전해주고 있다고 발터 베냐민은 말한다.

근자에 우리 사이에선 이보다 더 냉소적인 얘기가 돌고 있다. 어떤 노모가 자기가 베고 자는 베개를 신주단지처럼 모시고 애지중지했다. 자식들은 필시 거기에 귀금속이나 돈다발이 들어 있을 것이라 생각하고 노모를 극진히 위하였다. 노모가 돌아간 후 자식들은 베개를 뜯어보았다. 그러나 거기엔 메밀껍질 같은 여느 베갯속밖에 들어 있는 것이 없었다. 그 어미에 그 자식들이란 생각이 들면서 실소를 금할 수 없게 된다. 이런 얘기를 듣고 재미있다고 할 사람들은 별로 없을 것이다. 전기가 들어오지 않는 옛 산골 마을이라면 사정이 달라진다. 소박한 얘기지만 텅 빈 암흑의 공간에서 그것은 매력적인 마법의 소리로 들렸을 것이다. 그의 가장 널리 알려진 에세이의 하나인 「얘기꾼」에서 베냐민은 이렇게 적고 있다.

실용적 관심이나 이해에 근거해서 얘기를 펼쳐나가는 것은 재주를 타고난 수많은 얘기꾼의 두드러진 특징이다. 진정한 얘기는 드러난 형태로든 숨겨진 형태로든 간에 유용한 그 어떤 것을 내포하고 있는 법이다. 이러한 유용성은 교훈 속에 있을 수도 있고 실제적 충고에도 있을 수 있으며 또 속담이나 생활의 좌우명 속에 있을 수도 있다. 아무튼 얘기꾼이란 얘기를 듣는 사람에게 조언을 해줄 줄 아는 사람이다.

사람들은 명시적이건 묵시적이건 설교나 교훈이 섞인 얘기를 좋아하지 않는다. 주체성의 침해를 느끼고 조작의 대상으로 타자화되었다는 느낌을 촉발받기 때문이다. 얘기꾼이 단상에 있음에 반해서 그 아래 있다는 자의식도 별로 유쾌한 것은 아니다. 우화는 어린이 교과서에 단골로 등장하지만 어린이조차도 그리 좋아하지 않는다. 어린이가 가장 좋아하는 것은 야수와 백조가 사람으로 변하는 전래동화이다. 그러나 현실에서 동떨어져 있는 듯한 전래동화라고 조언이나 교훈이 없는 것은 아니다. 그림 동화에 나오는 라푼젤은 마녀가 외진 탑 속에 가두어둔다. 그러나 탑 속으로 올라간 왕자에 의해서 구조되는데 라푼젤의

긴 머리채를 밧줄처럼 쓸 수 있었기 때문이다. 라푼젤의 머리채는 구원의 수단이 되는데 자신의 육체가 구원수단이 될 수 있다는 것을 시사해서 어린이의 자신감을 길러준다. 그러니까 너른 의미의 교훈이 되는 것이다. 해와 달의 민간전승에 나오는 동짓날의 호랑이는 고개를 넘을 때마다 어머니의 육체를 조금씩 부분적으로 요구하면서 그때마다 그것이 마지막 요구라고 말한다. 그것은 강자의 약자 착취 과정을 보여주면서 '시초에 저항하라'는 조언을 들려준다. 시초에 저항하지 못하더라도 최소한 명백한 그 귀결만은 명심할 것을 조언하고 있다.

전래동화나 우화는 서사문학의 기초적 원형으로 생각할 수 있다. 소설은 결국 어른을 위한 동화라고 나보코프는 말했다. 동화가 가지고 있는 재미와 교훈을 모든 서사문학은 공유하고 있다. 기독교문학에서나 근대의 세속문학에서 교훈은 압도적인 무게를 가지고 있다. 그러나 근대로 내려올수록 문학에서의 교훈적 요소는 평가절하되고 있다. 문자해독 인구의 증가, 세속화의 확충, 인지의 발달이 확충됨에 따라 설법과 교훈이 경원시되기 때문이다. 한편 실용적 가치와 효용이 우선시되는 중산계급의 공리주의적 가치관에 대한 경원과 반발이 문학 분야에서도 서사문학의 효용 항목인 교훈이나 조언을 배척하게 한 것이 사실이다.

그러나 조언과 교훈의 요소를 완전히 배제한 서사문학을 우리는 상정하기 어렵다. 행복은 황금 속에 있는 것이 아니라 근면 속에 있음을 알려주는 『이솝우화』가 전하는 것은 단순히 지

어낸 얘기가 아니라 선인의 경험의 전달이다. 그리고 문학 속에
는 경험의 교환에 대한 인간욕구가 잠재해 있다. 자기의 경험을
전달하고 남의 경험담을 듣고자 하는 경험교환의 욕구가 서정
시나 서사문학을 낳는 것이다. 교훈이나 조언은 전달되고 교환
된 경험의 부산물일 뿐이다. 이렇게 생각할 때 서사문학에서의
교훈은 결코 허물이 아니라 인간지혜의 요체이기도 하다. 한편
경험교환을 통해서 인간과 사회에 대해서 무엇인가를 배우는
것은 그 자체가 즐거움이다. 배움이 즐거움과 분리된 것은 교육
제도나 교육실천에 내재하는 전제적專制的 요소 때문이지 배움
자체의 속성 때문이 아니다. 배움이 즐거움이 아니라면 그리하
여 배움이 즐거움과 완전히 분리되어 있는 고통이라면 어떻게
해서 배움을 통한 정신적 지평의 확장이 가능할 것인가? 인간
은 그런 고통을 감내할 수 있는 강철 같은 존재가 아니다.

　문학이 감미로움과 유익함을 준다는 것은 호라티우스 이후
서구문화에서 하나의 공인된 사안이었다. 서사문학이 주는 교
훈이나 경험 전달은 유익함의 항목에 들 것이고 그것은 시간낭
비가 아니라는 말로 부연 설명될 수 있다. 서사문학이 주는 재
미나 즐거움은 감미로움의 범주에 드는 것으로 그 자체가 선이
다. 즐거움이나 감미로움을 배제한 인간행복을 상상할 수 없다.
행복이라는 말이 들어와서 쓰여지기 전에 우리는 낙이라는 말
을 썼다. 감미로움과 유익함은 18세기 이후 영국에서 단맛과 빛
이란 말로 변용되어 쓰였다. 문학을 좋아하는 사람들에게 문학
은 낙을 주고 경험을 나누어준다. 이것은 누구도 부정할 수 없

는 문학이 할 수 있는 일이다.

이 문제를 좀 더 생각해보기로 하자. 근자에 크게는 인문학 작게는 문학 위기론이 확산되고 있다. 범세계적인 현상으로서 우리만의 고유현상은 아니고 그 원인분석도 간단한 문제는 아니다. 작금의 고급문화의 쇠퇴현상은 급격한 정치적·사회적·기술적 변화의 시기에 발생하는 사회제도의 복잡한 변환의 일환이라고 흔히 이해되고 있다. 인쇄문화 혹은 서적문화의 산물로서 크게 각광받은 '문학'이 전자민주주의시대에 어떤 변화를 겪게 되는 것은 불가피한 일일 것이다. 그러나 문학의 쇠퇴나 위상 추락이 문학 내부의 자기 파괴적 이론이나 운동에서 유래한 측면도 없지 않다고 생각한다. 문학이 인간경험에 대한 의미 있고 흥미 있는 증언이라는 것을 사실상 사상捨象하고 단지 억압과 지배의 이데올로기이며 헤게모니의 도구라는 폭로비평은 문학의 위상 격하를 내부에서 부추긴다고 할 수 있다.

거기에는 이른바 정전해체운동도 포함된다. 정전해체운동도 장르마다 다양하게 이루어지고 있지만 그 근간에 있는 것은 미적인 것의 부정이다. 가령 음악의 경우에도 심미적 가치를 괄호 속에 집어넣을 때 예술음악과 오락음악을 동일 선상에 놓고 얘기하게 된다. 표피적인 음악사회학이 흔히 하는 일이다. 이미 다른 계제에 말한 바 있어 중복을 피하기 위해 중언부언하지 않겠지만 흔히 말하는 음악 정전이 음악의 심미적 가치에 식별력을 발휘하는 연주가들에 의해서 선별되었다는 점은 강조해두어도 좋을 것이다. 문학의 경우에도 이론 혁명의 성과를 수용하면서도 비판적인, 가령 프랭크 커모드 같은 뛰어난 비평가는 정전의 정전됨을 여러 사례를 통해서 설득력 있게 설명한다. 정전 텍스트에 관한 논평은 세대마다 달라지는데 서로 다른 필요를 충족시키기 때문이다. 그런데 정전 텍스트는 세대마다 달라지는 해석의 공격을 이겨내고 탕진됨이 없이 정전됨을 유지한다는 것이요 그래서 '항상적 당대성'을 지니고 있다는 것이다.

미적인 것의 숭상은 근대 자본주의 사회의 소외현상의 하나이고 미적이란 말 자체가 근대의 소산이라고 주장하는 사람들이 많다. 미적이란 말이 18세기 바움가르텐의 미학 정립과 함께 생긴 것은 사실이지만 그렇다고 해서 이전의 사람들은 예술의 미적 · 심미적 수용에 무감했다고 할 수 있을까? 우리말이나 일본말에는 프라이버시privacy에 해당하는 말이 없다. 사생활이라고 번역도 하지만 사생활이란 말은 스탈린의 사생활이란 말에서도 엿볼 수 있듯이 공적 생활의 반개념으로서 가정생활이나 교우관계 등을 포괄하는 말이다. 프라이버시는 사생활의 개념을 내포하고 있지만 한결 은밀하고 비밀스러운 개념이다. 그러면 프라이버시에 해당하는 말이 없다고 해서 한국인이나 일본인의 생활에 프라이버시란 것이 없을까? 그렇지 않을 것이다. 미적이란 말이 생기기 전에 서양 쪽에서는 위에서 적었듯이 문학의 효용으로서 즐거움과 가르침을 들었다. 이때의 pleasure 혹은 delight는 요즘 말로 하면 미적인 것이다. 즐거움은 단지 얘기 줄거리의 재미를 가리키는 것이 아니다. 근대 영국의 스위프트나 매슈 아널드는 달콤함과 빛sweetness and light이란 말을 썼다. "조화를 이룬 달큼함과 빛을 위해 노력하는 사람은 이성과 신의 뜻이 떨치도록 노력하는 사람이다"라고 아널드는 『교양과 무질서』에 적고 있는데 이때의 달큼함 속에는 미적인 것이 들어 있다는 의견에 동의하지 않을 수 없다. 어쨌거나 미적인 것의 억압이 문학과 예술음악의 쇠퇴를 부추기는 것은 부정할 수 없다. 또 미적인 것에 대해 섬세한 반응을 못하는 사람들에 의해서 미적인 것의 억압이 자행되고 있다고 할 수 있다. 휠덜린은 시편 「소크라테스와 알시비아데스」를 '지혜로운 자는 마침내는 아름다움으로 마음이 기운다'고 끝맺고 있다. 심미적인 것을 단순한 취향의 문제로 격하시키는 것은 문제를 단순화시키는 환원주의라 생각한다.

자족적인 별세계

"산문에 있어서는 미적 쾌감은 말하자면 덤으로 올 때에만 순수한 것이다." 자유에의 호소 즉 참여를 산문작가에게 요구하고 언어 바깥에 있는 시인에게는 요구하지 않은 사르트르의 『문학이란 무엇인가』에 보이는 구절이다. 대수로울 것 없는 예사로운 대목이지만 시의 경우 미적 쾌감이 중요하다는 함의를 풍기고 있다. 언어 안쪽에 있는 산문작가와 언어 바깥에 있는 시인의 구별을 위시해서 사르트르의 시에 대한 견해는 랭보나 말라르메의 시를 모형으로 해서 이루어진 것이다. 상징주의 시 전통에서 떨어져 있는 시인들에게서 우리는 사르트르가 말하는 자유에의 호소를 얼마든지 발견하게 된다. 가령 브레히트 시편이나 W. H. 오든의 초기 시편들이 쉽게 떠오른다. 그러나 뜻과 소리의 통일에서 행복한 성취를 보이는 서정시가 내면성의 표현에 주력하는 만큼 사회적 소음과 거리를 둠으로써 자유에의 호소에서 멀어져 있음은 사실이다. 시는 본원적으로 기의記意보다 기표記表에 우선권을 주는 언어형식이다. 거기서 산문과 구별되는 독특한 미적 쾌감의 계기가 마련된다. 물론 서정시의 세계도 다채롭고 다양하며 현대시가 산문 쪽으로 근접해가는 것도 사실이다. 하지만 서정시는 산문에서는 덤으로 남아 있는 것이 좋겠다고 사르트르가 말하는 미적 쾌락을 소리, 리듬, 이미지, 압축 등을 통해 조성하고 또 언어를 불투명하고 모호하게 만들어 언어의 형식적 특성에 주목하게 만든다. 그리하여 일상 현실이나 산문소설과는 또 다른 자족적인 별세계를 만들어낸다.

선잠이 내 혼을 봉해놓아
나는 삶의 두려움을 몰랐다.
그녀는 초연한 사람인 듯싶었다.
이승의 세월의 손길에.

이제 그녀는 움직이지 않는다.
기운도 없고 듣도 보도 못한다.
바위와 돌멩이와 나무와 더불어

하루하루 땅덩이의 궤도를 돌고 있을 뿐

—「선잠이 내 혼을」 부분

이 워즈워스 시편의 마지막 시행은 소녀가 죽어 자연으로 돌아가 지구와 더불어 회전한다는 것으로 읽는다. 번역을 통해서 잃어버린 것이야말로 시라고 미국 시인 로버트 프로스트는 말했다. 그러니 원문은 굉장한 매혹이라 생각하면서 읽어야 할 것이다. 문학에서의 불확정성을 구현하고 있는 작품으로 거론되고는 하지만 아는 이의 죽음에 대한 소회로 읽으면 될 것이다. 작품을 읽으면서 또 읽고 나서 우리는 삶과 죽음의 의미를 다시 생각하게 된다. 이승 세월의 손길에서 초연한 듯싶었던 그녀가 흙으로 돌아가서 지구를 따라 돌고 있다는 사실은 우리를 숙연하게 한다. 일부 해석자들이 주장하듯이 범신론적 수용으로 공허함을 위안으로 채울 수도 있을 것이다. 어쨌거나 작품을 읽는 것은 자신과 삶을 돌아보는 사색적 관조적 경험이 되고 그것이 바로 가치가 되는 것이다. 좋아하는 음악을 들을 때 우리는 즐거움을 느끼며 그 자체 속에 타당성과 가치가 있다고 생각한다. 마치 매혹적인 멜로디처럼 문학은 자족적인 정당성을 갖는다. 서정시도 인지의 충격을 주지만 그것 없이도 서정시가 제시하는 독특한 별세계의 차원이 있게 마련이고 그것이 비록 수유須臾라 하더라도 우리에게는 행복체험이 된다.

발레리는 "미란 사람을 절망케 하는 것"이라고 적고 있다. 눈에 즐거운 것이 곧 미라고 하는 투의 정공법적 정의에서는 떨어

140

져 있지만 미의 속성을 잘 드러내주고 있다. 그러한 맥락에서 "시의 목적은 놀랄 만한 사고로 우리를 눈부시게 하는 것이 아니라 존재의 한순간을 잊혀지지 않는 순간으로 또 견딜 수 없는 그리움에 값하는 순간으로 만드는 것이다"란 쿤데라의 정의는 정당하고 타당하다. 이러한 순간이야말로 우리를 보다 더 사람답게 만든다. 사람답게 만든다고 해서 보다 나은 사람으로 만든다는 것은 아니다. 문학향수가 도덕적으로 우월한 인간을 만든다는 것은 있을 수 없다. 그러나 문화나 예술이 자연의 결핍을 보충하기 위해 인간이 만든 것이라면 문화가 인간을 더 사람답게 만든다는 것은 부정할 수 없다. 자아가 신장되고 감수성이 더 세련되면서 세계 향유 능력이 그만큼 커진다. 인간과 침팬지의 DNA는 98.5퍼센트가 동일하다고 한다. 1.5퍼센트의 근소한 차이가 결과적으로 얼마나 막강한 차이를 빚는가? 문학이 사람을 더 사람답게 만든다는 것이 측정할 수 없이 미세한 차이라 하더라도 그 누적적 결과는 측량할 수 없게 막강하고 막중하다.

문학의 세계는 현실의 일상세계와 다른 사사로운 별세계다. 텍스트와 독자의 거래로 생겨나는 별세계이기 때문에 사사롭다는 것이다. 독자는 번잡한 일상에서 그 별세계로 도피하여 상상 속의 삶을 산다. 일상에서 별세계로의 도피라는 점에서 문학을 비롯한 예술, 바둑, 마약, 컴퓨터게임, 스포츠는 어떤 중독성을 공유한다. 일상의 초라한 자아를 뛰어넘은 세계에서의 시간영위이기 때문이다. 근자에 문학의 위상이 격하하는 것은 영화, TV, 스포츠 등 다수와 함께할 수 있는 시간영위 품목이 늘어나기 때문이다. 텍스트와의 단독 거래는 상대적으로 고독한 놀음이고 거기에는 다수의 열기가 끼어들 틈이 없다. 이러한 여러 품목 가운데서 언어예술인 문학은 다른 예술이 감당하지 못하는 미덕을 가지고 있다. 언어를 통해 인간을 분석하고 사회를 비판한다. 다른 예술도 할 수 있지만 문학은 그것을 직접적 구체적으로 해서 인간의 자기인식을 높일 수 있다. 현대는 모든 것이 조작操作되고 관리되는 시대요 어린이의 개꿈에까지 상업광고가 잠입해 들어가는 것이 실상이다. 그러한 세계에서 문학을 비롯한 예술향수는 인간에게 남겨진 몇 안 되는 자율과 선택의 주체적 영역이다. 문학이 사람을 사람답게 만든다는 것은 그런 의미에서다.

문학 고유의 비판능력 때문에 문학에 과도한 소명의식을 요구할 수도 있다. 그러나 역사에서 중요한 것은 다수이지 소수가 아니다. 문학이 어떤 소명의식에 사로잡혀 있을 때 그것은 다수자의 자유에 호소할 수밖에 없고 그런 한에서 문학은 다수자의 비속성에 오염될 공산이 크다. 문학이 과도한 소명의식을 껴안을 때 그것은 하나의 위험이 된다고 생각한다. 문학의 입지가 좁아져간다고 해서 전통적 미덕을 버린다면 그것은 자기 훼손일 것이다. 위에서 말한 것을 요약하면 이렇게 될 것이다.

1)사회, 역사, 인류학 등의 귀중한 자료 구실을 할 수 있다. 2)파괴적 긍정적 영향력을 발휘할 수 있다. 3)문학은 달콤함을 주고 빛을 줄 수 있다. 4)매혹적인 멜로디처럼 문학은 자족적인 정당성을 갖는다. 5)문학은 인간과 사회를 비판할 수 있다. 6)

일상과 동떨어진 별세계를 향수의 시간에 만들어내는데 그것은 문학만이 할 수 있는 것은 아니다. 다수자에게 호소하기 위해 스포츠, 컴퓨터게임, 영화, 팝음악, 환각제와 경쟁하려는 데서 문학의 전략이 시작된다.

기이한 상봉
─표절인가 차용인가

까마득한 옛날 1950년대 중반 학생 시절에 『엘리엇 신화T. S. Eliot Myth』란 책을 본 적이 있다. 동급생이 어디선가 빌려 보는 것을 다시 빌려 본 것으로 저자도 출판사도 전혀 기억에 없다. 또 그리스나 라틴말 원전에서의 인용이 많아 도저히 따라가지 못할 부분도 많았다. 그리 두껍지 않은 하드커버였는데 내용은 엘리엇이 낯 두터운 표절 시인이라는 것을 일일이 원전과 대비해서 증명해 보이려 한 것이었다. 당시 엘리엇은 대표적인 현대시인이라는 정평을 얻고 있는 터여서 적잖이 놀랍기도 하고 당황스럽기도 했다. 나로서는 설득을 당해야 하는 것인지 아닌지 도무지 가늠할 수가 없었기 때문이다. 그 후 그 저자에 관해서 들어본 일이 없고 그 책을 아는 이를 만난 적도 없다. '엘리엇 신화'란 책제 자체가 폭로비평적이란 것도 간파하지 못하던 시절이니 책의 이해가 요원했음은 말할 것도 없다. 그러나 그 책이 문학과 예술에서의 모티프 차용이란 중요한 문제를 결과 적으로 제기하고 있던 것만은 사실이다.

엘리엇 독자들이 다 알고 있다시피 그는 과거 시인들의 대목 을 인용하면서 현대적으로 변용해서 과거와 현대를 대비시키는 인유引喩활용의 명수였다. 그의 시에 대해 시로 쓴 유럽문학사 란 호들갑스러운 논평도 나온 터이지만 지금 그것을 표절이라 고 탓하는 사람은 없다. 그만큼 엘리엇의 인용부호 없는 의도적 인용은 그의 효과적인 시적 기법의 하나로 공인받게 된 것이다. 표절인가 고도의 암시성을 노린 인유인가, 하는 것은 대체로 당 대 해석공동체의 다수의견에 따라서 판가름 나는 것이 보통인 것 같다. 미숙한 시인은 모방하고 능란한 시인은 훔친다는 말처 럼 시적 성취의 높낮이가 대세를 결정하는 것도 사실이다. 그러 나 너무나 명백한 모티프나 세목의 차용 혹은 도용이 의외로 많 은 것도 사실일 것이다. 다만 맥락에 따라 동일한 모티프의 효 과가 전혀 달라진다는 것은 주목해야 할 사안이다.

젊은 그들—사랑을 위해 죽다

1940년대 말에 잉그리드 버그만은 이탈리아 영화감독 로베 르토 로셀리니에게 팬레터를 보냈다. 그가 감독한 영화에 대한 감탄을 표명하고 그와 함께 일하고 싶다는 의사를 표명한 것이 다. 로셀리니는 1945년의 「무방비도시」와 1947년의 「독일 영년

零年」으로 네오리얼리즘의 거장으로 떠오르고 있었다. 한편 30대 초반의 버그만은 「카사블랑카」「가스등」 등으로 절정기의 명성을 누리고 있었다. 두 사람은 만나자마자 사랑에 빠지고 세인의 힐난과 개탄의 소용돌이 속에서 1950년 결혼하게 된다. 버그만은 첫 남편인 스웨덴인 치과의사와 딸을 버린 것이다. 그러나 로셀리니와 버그만이 콤비가 된 영화는 상업적으로 큰 성공을 거두지는 못한 것으로 되어 있다.

1953년에 나온 「이탈리아 여행」은 두 사람이 콤비가 된 영화로 전문가 사이에서는 비교적 호평을 받은 작품이다. 영화는 캐서린 조이스로 나오는 버그만이 남편 알렉스와 동승한 차를 몰고 시골길을 달리는 장면으로 시작된다. 나폴리를 100킬로미터 앞둔 지점에서 영국에서 온 두 사람은 교대를 해 알렉스가 차를 몰게 되는데 오가는 대화로 미루어 결혼 후 몇 해가 되지만 두 사람만이 오붓하게 있어본 것은 그때가 처음이다. 캐서린은 집을 떠나 남편과 단둘이 있게 되면서 무언가 서먹서먹하고 자기네 부부가 타인 같다는 느낌을 받는다. 둘만의 시간을 남편이 지루하게 생각하는 것 같다는 낌새 때문에 그런 느낌은 더욱 굳어진다. 숙부 호머가 오래전에 구입해서 살던 가옥을 처분하기 위해 이탈리아를 방문하게 된 그들은 곧 호텔에 도착해서 예약한 방에 들어가는데 거기서 카프리섬에서 머물다 온 줄리아 부부와 그 일행을 만나게 되고 함께 식사를 하게 된다. 줄리아 옆에 앉아 있는 남편이 아주 정답게 얘기를 주고받아 캐서린은 적잖이 신경이 쓰이고 마음이 상한다.

이튿날 두 사람은 간밤의 식사 때 남편이 보여준 줄리아에 대한 친근한 언동을 두고 농담을 주고받는다. 그것은 언뜻 보아격의 없고 다정한 주고받기다. 그들은 숙부가 살던 집으로 향한다. 베수비오산이 보이고 카프리섬과 폼페이와 소렌토 반도가 보이는 언덕 위의 하얀 집이다. 한낮에 캐서린은 장의자에 기대어 해바라기를 하며 알렉스에게도 그러기를 권한다. 졸린 상태에서 캐서린은 '영혼의 사원'이라 중얼거린다. 의아해하는 남편에게 그녀는 불쌍한 찰스를 혹 기억하느냐 묻는다. 남편은 생각나지 않는다고 대답하며 변호사냐고 묻는다. 캐서린은 찰스 류잉튼이 시인이고 2년 전에 죽었다고 이른다. 사랑했느냐는 물음에는 그렇지는 않고 많이 만난 편이었다고 대답한다. 우리가 어디서 만났느냐는 남편의 물음에 오페라극장에서 만났다고 대답하자 알렉스는 생각이 난다며 그가 몹시 기침을 했고 그 기침 소리로 사람을 판단하게 되었다고 말한다. 그래 어떻게 판단했느냐고 하니까 바보라 판단했다는 것이고 그가 시인이었다는 캐서린의 반론에 시인이든 바보든 무슨 차이가 있느냐고 비웃듯이 말한다. 여기서 캐서린은 결정적으로 남편에 대한 실망과 경멸감을 느낀다. 두 사람의 옥신각신을 통해서 드러나는 전후사정은 대충 다음과 같다.

찰스 류잉튼은 무명시인이고 2차대전 때 이탈리아의 나폴리 근처에서 군복무를 했다. 군복무 때 생긴 폐결핵이 악화되어 요절하게 되는데 캐서린과는 우정을 나눈 사이다. 자작시를 읽어주었고 캐서린 편에서 시를 베껴놓기도 했다. 세상을 뜨기 1

년 전부터는 병세의 악화로 어디도 방문하지 못하는 처지였다. 런던으로 가서 결혼식을 올리기 전날 비가 몹시 오는 밤인데 캐서린의 방 유리창에 조약돌 던지는 소리가 났다. 바깥이 캄캄해 보이지 않아 나가 보니 함빡 젖은 찰스가 몸을 떨고 서 있었다. 아마 자기를 사랑한다는 것을 보여주기 위해서거나 아니면 죽고 싶어서 열이 있음에도 빗속에 찾아왔던 것 같다고 말한다. 알렉스는 그의 시보다 훨씬 시적이고 낭만적이라고 빈정거린다. 캐서린이 읊조린 찰스의 시의 대목은 이렇다.

이제 육신은 가고 없지만
아름다움의 실체는 남아 있느니
거기 비하면 생각은 한낱
쓰린 기억에 지나지 않느니.

알렉스가 보여준 반응에 대해 캐서린은 무식하고 독선적인 개자식brute이라고 속으로 생각한다. 두 사람 사이는 급격히 냉각되어서 이탈리아 체재 중 따로따로 행동하다가 마침내 이혼하자는 데 상호 동의한다. 그러나 축제일 거리의 거대한 인파에 캐서린이 떠밀려 내려가며 알렉스의 이름을 부르고 알렉스 편에서도 아내 편으로 달려가 결국은 위기 속의 부부는 화해를 하게 된다. 권태기 부부의 미묘한 심리적 갈등 및 질투 감정과 함께 이탈리아의 유적과 풍물을 배합해서 보여주는 게 이 영화의 재미다.

이만큼 얘기하면 영화에 나오는 캐서린과 찰스의 삽화가 제임스 조이스의 단편 「사자死者」에 나오는 그레타와 마이클 퓨리의 삽화와 똑같다는 것을 상기하는 독자들이 있을 것이다. 단편이라고는 하지만 아주 긴 「사자」는 우월감이 강하고 자기중심적인 대학강사 게이브리얼 콘로이가 아내와 함께 독신으로 늙은 두 이모네 집 파티에 초대받아 가는 것으로 시작된다. 게이브리얼의 두 이모는 해마다 친지 친척들을 초대해 접대하며 노래도 하고 춤도 추게 하는데 그것은 그들의 삶에서 큰 낙이자 뜻깊은 연중행사이다. 죽은 언니의 아들인 게이브리얼은 두 늙은 독신녀에게 집안의 자랑이자 보람이기도 하다. 그 점을 잘 알고 있는 게이브리얼은 두 이모의 비위도 적당히 맞추어주면서 그들의 사랑을 만끽한다. 만찬 자리에서 이모들이 원하는 대로 게이브리얼은 일장 연설을 하게 되는데 그것은 그의 보람이자 자기현시의 기회이기도 하다. 단편의 80퍼센트는 초대자와 내객들이 주고받는 얘기나 춤 장면을 그리고 있는데 떠들썩하고 얼마쯤 희극적인 분위기가 주조를 이룬다. 열렬한 아일랜드 민족주의자 여성이 등장해서 게이브리얼과 대화를 주고받다가 일찌감치 자리를 뜨기도 해서 정치가 비단 소설뿐만 아니라 파티 자리에서도 연주현장의 총소리 같은 것임을 보여준다. 한 내객이 부른 「오림의 소녀The Lass of Aughrim」란 노래가 계기가 되어 그때껏 그늘에 있던 게이브리얼의 아내 그레타가 전면으로 나타나게 된다.

이모네 집을 나온 게이브리얼과 그레타는 미리 예약해둔 호텔방으로 들어간다. 더블린에서는 윗길에 드는 호텔인데 이로 미루어 게이브리얼의 신분을 짐작할 수 있다. 게이브리얼은 아내의 태도와 심경에 변화가 일어난 것을 눈치챈다. 피곤해 보인다는 남편의 말에 조금 피곤하다고 그레타는 대답한다. 한 팔로 아내의 몸을 감아 당기며 남편은 무슨 생각을 하느냐고 묻는다. 그레타는 눈물을 글썽이며 「오림의 소녀」란 노래를 생각하고 있다고 대답하더니 남편의 품에서 벗어나 침대로 가서 얼굴을 가렸다. 왜 그러느냐는 남편의 물음에 오래전에 그 노래를 늘 부르던 사람을 생각하고 있다고 그레타는 대답한다. 오래전의 사람이 누구냐는 물음에는 할머니 집에서 기거할 당시 골웨이에서 알던 사람이라고 대답한다.

　　게이브리얼의 얼굴에서 미소가 사라졌다. 무지근한 노여움이 다시 그의 마음속에 고이고 욕정의 무딘 불길이 그의 혈관 속에서 노엽게 타오르기 시작했다.

　　"당신이 사랑했던 사람?" 하고 그는 빈정대는 투로 물었다.

　　"내가 알던 사내아이로 마이클 퓨리란 이름이었어요. 그는 늘 「오림의 소녀」를 노래했었지요. 아주 몸이 약했어요."

　　게이브리얼은 잠자코 있었다. 자기가 이 허약한 소년에 대해 괘념한다고 아내가 생각하는 것을 바라지 않았다.

　　"아주 선연하게 보여요." 하고 잠시 후 그녀는 말하였다. "그의 눈, 크고 까만 눈! 그리고 눈의 표정, 그 표정이 말이에요!"

　　"그렇담, 그를 사랑했었구려?"

"골웨이에 있었을 때 곧잘 함께 산보하곤 했어요."

순간 어떤 생각이 게이브리얼의 마음을 스쳤다.

"그래서 당신이 그 아이보스와 골웨이에 가고 싶어한 것이구려?"

그녀는 그를 쳐다보고 놀라서 물었다.

"무엇 하려요?"

그녀의 눈이 게이브리얼에게 난처한 느낌을 주었다. 그는 어깨를 으쓱 들어 보이고 말했다.

"내가 어떻게 알아요. 아마 그를 보려고."

그녀의 눈길이 그를 외면하고 빛의 띠를 따라 말없이 창 쪽으로 향하였다.

"그는 죽었어요." 그녀가 마침내 말하였다. "겨우 열일곱에 죽었어요. 그처럼 어린 나이에 죽는다는 건 끔찍한 일 아녜요?"

"무슨 일을 했는데?" 게이브리얼의 말씨는 여전히 빈정대는 투였다.

"가스공장에서 일했어요."

게이브리얼은 자기 빈정댐의 헛짚음과 사자死者로부터 이 가스공장의 소년 모습을 불러낸 것에 창피한 생각이 들었다. 자기가 둘만의 은밀한 삶의 기억으로 차 있고 애정과 희열과 욕정으로 차 있을 때 그녀는 마음속에서 자기를 다른 사내와 비교하고 있었던 것이다. 수통스러운 자기의식이 그를 덮쳤다. 이모들이 하라는 대로 굽실거리는 멍청이, 속물들에게 언변 자랑이나 하고 자신의 어릿광대 같은 욕정을 이상화하는 소심하고 사람 좋은 센티멘탈리스트, 거울 속에서 흘낏 엿본 가련한 얼간이로 그는 자기 자신을 보

왔다. 이마에서 타오르는 수치심을 그녀가 보지 못하도록 그는 본
능적으로 등을 불빛 쪽으로 돌렸다.

이 장면 전후에서부터 얼마쯤 들떠 있는 희극적 분위기는 삶
의 특권적 순간이 드러나는 진지하고 긴장된 분위기로 일변한
다. 가스공장은 석탄에서 가스를 만드는 공장으로 공기오염이
심하고 위생환경이 열악해서 거기서 일했다면 하층민임을 시
사한다. 남편은 다시 마이클을 사랑한 것 아니냐고 묻는다. 그
땐 그를 몹시 좋아했다고 아내는 실토한다. 그다음에 그레타의
입을 통해 듣게 되는 장면은 「이탈리아 여행」에서 캐서린이 들
려주는 찰스의 삽화와 똑같다. 그레타가 골웨이를 떠나 수도원
으로 가기 전날 밤 짐을 꾸리고 있는데 창에 조약돌 던지는 소
리가 났고 나가 보니 마당 한구석에 소년이 떨고 서 있었다. 폐
병이 악화된 상태였던 소년에게 그레타는 이러다가 큰일 난다
고 돌아가라 했으나 그는 살고 싶지 않다고 말했다. 그녀가 수
도원에 들어가 일주일쯤 되었을 때 그는 죽었고 그의 고향에
묻혔다.

그녀는 흐느낌으로 목이 메어 얘기를 멈추었다. 감정이 북받쳐
침대에 몸을 던져 엎드린 채 이불 속에서 흐느꼈다. 게이브리얼은
잠시 그녀의 손을 망설이듯 잡고 있었으나 그녀의 슬픔에 개입하
는 것이 주저되어 슬그머니 손을 놓고 조용히 창가로 갔다.

물론 동일한 삽화를 활용하고 있긴 하나 영화와 조이스 단편에서 그 기능과 역할은 전혀 다르다. 캐서린의 기억은 그때껏 데면데면하던 부부 사이를 급격히 냉각시키면서 급기야 이혼을 발설하게 하는 위기로 몰고 간다. 알렉스는 남자 친구가 혼전의 아내에게 보여준 행태를 낭만적이라고 비웃으며 시인됨을 철저히 경멸한다. 또 자기 때문에 죽음을 재촉하고 요절한 시인 친구에 대해 가지고 있는 아내의 당연한 연민감도 똑같이 업신여기며 빈정댄다. 단순한 질투의 소산이 아니라 생활 속의 현실주의자들이 공유하고 있는 크게는 내면성, 작게는 지순한 사랑에 대한 경멸감에서 나온 반응이다. 이를 간파한 아내 쪽에서도 남편이 우월감에 사로잡힌 독선적인 위인이라며 언젠가 큰코다칠 날이 올 것이라고 노여운 심적 반응을 보인다. 위기는 고조되지만 정작 위기가 닥치자 부부는 비 온 뒤의 땅이 더 굳어진다는 투로 제자리로 돌아간다. 사랑 때문에 죽음을 재촉한 아내의 혼전 친구의 삽화는 부부간의 잠정적 불화의 계기가 될 뿐 그 때문에 두 사람에게 혹은 두 사람 사이에 지속적이고 결정적인 변화가 생기는 것은 아니다.

조이스의 단편에서 사정은 사뭇 다르다. 아내가 어떤 사람을 생각하고 있다는 말을 듣자 남편은 질투심 비슷한 것을 느끼며 빈정대는 투로 말한다. 그러나 그가 죽었다는 말에 아내가 은밀하게 자기와 다른 남자를 비교하고 있었다는 것을 깨닫고 객관적인 자기 이해에 이르게 된다. 요즘 말로 하면 냉철한 주제 파악을 하게 되는 셈이다. 이러한 자기 이해는 여태껏 우월감과 자기중심주의의 그늘에 종속되어 있던 아내를 독립된 인격으로 인지하게 한다. 아내가 목숨의 위험을 무릅쓴 열렬한 사랑의 대상이었고 독자적인 내면과 개인사를 갖춘 독립된 존재임을 발견하게 된다. 그러한 인지와 발견은 그녀에 대한 사랑과 함께 요절한 소년에 대한 깊은 동정으로 확대된다. 나아가 죽음을 무릅쓴 열정에 대한 동경과 숭상마저 불러일으킨다. "나이 들어 볼품없이 시들고 쇠하기보다는 어떤 열정의 찬연한 불길 속에서 과감하게 저승으로 가는 편이 낫다." 살고 싶지 않다는 애인 눈의 이미지를 오랫동안 간직하고 있던 아내를 보는 그의 눈에는 관용의 눈물이 가득 고여 있었고 그는 전에 없는 사랑을 느끼게 된다.

요컨대 그레타와 마이클의 삽화는 부부 사이에 위기를 조성하기는커녕 게이브리얼로 하여금 진정한 사랑과 자기 발견에 이르는 계기가 되면서 너그러운 세계 수용을 야기한다. 게이브리얼은 좀스럽고 천박하고 독선적인 자기중심주의에서 벗어나 보다 성숙한 인간으로 진입하는 것이다. 물론 이러한 변화의 묘사는 작가 조이스의 인간 통찰과 문체에서 나온 것이기는 하지만 문학이기 때문에 가능할 것이다. 영화가 이러한 내면의 혁명을 섬세하고 실감나게 그려내기란 극히 어려울 것이다. 그 점에 대체할 수 없는 문학 고유의 매력과 강점이 있다. 구체적 세목에 사소한 차이가 있고 또 작품 속에서의 기능과 역할이 다르기는 하지만 두 개의 삽화는 너무나 흡사하다.

조이스가 쓴 마지막 단편인 「사자」는 열다섯 편을 수록한 소설집 『더블린 사람들』 끝자락에 실려 있고 1907년에 탈고했다. 영화 「이탈리아 여행」이 「사자」 속의 삽화를 빌려 쓴 것은 너무나 분명하다. 크레디트 타이틀에는 이에 대한 아무런 언급도 없다. 적어도 내가 본 DVD로는 그렇다. 그렇다면 이것은 엄연한 표절이 아닌가? 작가가 소설 속에서 동일한 차용을 했다면 표절이란 비난에서 자유롭지 못할 것이다. 그러나 장르가 다른 영화에서의 차용이니 별문제가 안 된 것이 아닌가 생각된다. 내막적으로 영화 관계자와 판권 소유자 사이에 어떤 양해가 있었는지도 모른다. 영화에서 주인공 내외가 조이스로 나오니 그것으로 삽화 차용의 빚을 갚으려 한 것인지도 모른다. 어쨌건 동일한 모티프의 사용이 문학과 영화의 장르적 특성과 고유성을 극명하게 대조적으로 밝혀주고 있는 것은 주목에 값한다.

늙은 저들―황혼이 울고 있다

그러나 고통스럽게 죽은 포리네이케이스
아무도 그를 묻어도 애도해도 안 되며
통곡 없이 무덤 없이 버려두어
굶주린 독수리들의 고기 잔치 감으로 삼으라고
그가 온 도시에 포고했다는 거야.
이러한 명령을 존귀한 크레온이
너와 내게…… 그래, 그래, 나에게…… 내리고
그것을 알지 못하는 사람에게

분명히 알리고 강제하기 위해 몸소 이리로 온다는 거야.

도무지 괜한 위협이 아닌 것이

감히 그를 묻거나 애도하려는 자는

도시에서 투석으로 공개처형한다는 거야.

가르시아 마르케스의 처녀 중편인 「나무 잎새 폭풍」 본문 앞에는 이러한 『안티고네』의 첫머리 대목이 인용되어 있다. 그리된 사연을 마르케스는 자서전인 『이야기하기 위해 살다』 7장에서 회고하고 있다. 초고를 구스타보 이바라에게 보여주었는데 읽고 난 그는 "이거 안티고네 신화더군" 하고 말했다. 마르케스가 어리둥절해하자 이바라는 책꽂이에서 소포클레스의 책을 꺼내 관련 부분을 읽어주었다. 마르케스는 자기 소설에 설정되어 있는 연극적인 상황이 크레온의 명령에 따라 오빠 폴리네이케스의 시체를 매장하지 않고 그대로 두도록 선고받은 안티고네의 상황과 근본적으로 같은 것임을 깨달았다. 고민 끝에 그는 『안티고네』의 한 대목을 책머리에 적어둠으로써 소포클레스에게 경의를 표하는 형태로 이 문제를 해결하였다. 2004년에 출간되어 그 이듬해 우리말 번역본이 나온 마르케스의 『내 슬픈 창녀들의 추억』 첫머리에도 다음과 같은 인용문과 그 출처가 적혀 있다.

"고약한 짓은 하나도 할 수 없습니다." 여관 여주인이 노인 에구치에게 경고했다. "잠자는 여자의 입에 손가락을 넣어서도 안 되고, 그와 비슷한 어떤 짓도 해서는 안 됩니다."

—가와바타 야스나리, 『잠자는 미녀의 집』

위의 인용문은 가와바타의 「잠자는 미녀」의 첫대목이다. 1970년에 나온 사이덴스티커의 영역본이 『잠자는 미녀의 집 The House of the Sleeping Beauties』으로 되어 있어 비非동양권에서는 그리 불린다. 이 경우에도 마르케스가 가와바타에게 빚지고 있음을 실토하고 있는 셈이다. 그런데 1992년에 나온 마르케스의 소설집 『기이한 순례자』에 수록된 「잠자는 미녀와 비행기」에도 「잠자는 미녀」가 나온다. 폭설로 출발이 지연된 파리발 뉴욕행 비행기 일등실에서 절세 미녀와 아주 가까이 자리 잡게 된 일인칭 화자는 잠자는 그녀 모습을 완상玩賞한다. 그러면서 그전에 읽은 가와바타의 소설을 생각한다.

노인들은 미녀를 깨워도 안 되고 만져도 안 되고, 감히 그런 시도를 해도 안 되었다. 그들의 쾌락의 핵심은 그들이 잠자는 것을 보는 것이기 때문이다. 그날 밤 미녀의 잠자기를 지켜보며 나는 그 노년의 기품을 이해했을 뿐만 아니라 그것을 마음껏 누렸다.

『내 슬픈 창녀들의 추억』은 풋풋한 처녀와 뜨거운 사랑의 밤을 스스로에게 선사하기로 결심한 아흔 살 노인 일인칭 화자의 서술형식을 취하고 있다. 마르케스 작품이 흔히 그렇듯이 사실적 서술과 황당한 삽화와 전기적傳奇的 과장이 교직된 이 중편

은 우선 잘 읽힌다. 세계 역사에서 보기 드문 행운아에 속할 소
포클레스가 죽은 나이인 아흔에 사창굴의 항상적 단골이었던
주인공이 새로운 성적 모험을 구상하는 것 자체가 독자의 의표
를 찌르며 강렬한 궁금증을 촉발한다. 그러나 단골 포주에게
부탁해서 구한 처녀는 낮에는 단추 다는 일에 심신을 혹사하는
겨우 열네 살밖에 안 되는 소녀다. 수면제를 먹여 잠들어 있는
소녀는 벌거벗은 채였고 주인공은 당황해서 도망가고 싶은 심
정이다. 그녀의 육체에서 가장 훌륭한 부분은 커다란 발이었고
주인공은 자기의 대담한 구상을 반쯤밖에 실현하지 못한다.

> 그날 밤 나는 욕망에 쫓기거나 부끄러움에 방해받지 않고 잠든
> 여자의 몸을 응시하는 것이 그 무엇과도 비할 바 없는 쾌락이라는
> 사실을 알았다.

"처녀성의 절대적인 주인이 되어 침대에 누워 있는" 소녀를
남겨두고 새벽에 주인공은 사창굴을 떠난다. 자초지종을 알게
된 포주는 전화를 걸어 다시 한 번 시험해보라고 권한다. 주인
공은 처음 거절하면서 "열세 살 때부터 자기를 옥죄어왔던 굴
레"에서 벗어났다는 성적 해방감을 맛본다. 그러나 포주의 채
근으로 주인공은 다시 사창굴을 방문한다. 이번에도 소녀는 벌
거벗은 채 잠들어 있고 주인공은 노래를 들려주며 그녀 몸의
땀을 닦아준 것이 고작이다. 그는 굉장한 폭풍우 속에서 집으
로 돌아간다. 지붕이 새어 빗물이 마구 들이치는 바람에 애써

서 책을 옮겨놓는다. 이때 주인공은 소녀가 곁에서 자기를 돕고 있다는 느낌을 받고 이제 자기가 진정한 사랑을 알게 되었음을 확신하게 된다.

노래하지 않는 사람은 노래하는 행복이 어떤 것인지 상상할 수도 없다는 것을 다시 한 번 확인하곤 했다. 이제 나는 그것이 환상이 아니라 아흔 해를 살아온 내 인생의 첫사랑이 보여준 또 다른 기적이라는 것을 알고 있다.

소녀에 대한 지극한 배려를 접하고 포주는 소녀와 결혼하라고 주인공에게 충고한다. 그 성적 함의를 가로막으며 주인공은 "섹스란 사랑을 얻지 못할 때 가지는 위안에 불과하다"고 말한다. 우여곡절 끝에 다시 만나게 된 소녀는 미칠 정도로 주인공을 사랑하는 처지임이 드러난다. 그래서 주인공은 "건강한 심장으로 백 살을 산 다음 행복한 고통 속에서 훌륭한 사랑을 느끼며 죽도록 선고"받은 몸이라고 끝자락에서 자기 삶을 긍정적으로 요약한다. 주인공이 사창굴을 무상 출입한 것은 사랑을 얻지 못해 추구한 위안에 지나지 않았다는 것이 된다. 창녀들 때문에 결혼할 시간이 없었다는 아흔 살 노인이 어린 소녀에게서 첫사랑을 경험하고 이에 따라 다른 사람이 되고 세상에 미만滿滿해 있는 환희를 알게 된다는 것으로 작품을 요약할 수 없는 것은 아니다. 그러나 그렇게 하는 것은 작품의 재미와 세목 속에 깃들어 있는 진실을 치명적으로 훼손하는 셈이 된다.

신문에 칼럼을 쓰고 음악비평의 전력이 있는 주인공은 어떤 여자와 동침을 하든 반드시 돈을 치른다. 20대부터 성적 파트너에 대해 기록을 해두는데 50줄에 들어설 때까지 한 번 이상 동침한 여성은 514명이라고 일인칭 화자는 말한다. 다수多數가 특징인 이러한 숫자놀음은 마르케스의 장기의 하나로 독자들의 유머감각에 호소한다. 담배를 달라고 하는 창녀에게 33년 2개월 17일 전에 끊었다고 대답하는 것이나 "당신 때문에 22년 동안 울었지요"라고 하녀가 대답하는 것도 마찬가지다. 『백년 동안의 고독』에 나오는 1백 40세를 사는 할머니, 4년 11개월 2일간 간단없이 쏟아지는 장마, 서른두 번의 무장봉기를 조직하고 열네 번의 암살기도를 이겨내고 열일곱 명의 배다른 사생아를 하룻밤 사이에 모두 잃어버리는 대령, 하룻저녁에 60명의 손님을 받는 혼혈 창녀 등을 우리는 상기하게 된다. 흔히 얘기하는 그의 마술적 리얼리즘에서 숫자가 발휘하는 마술도 장난이 아니다. 그러는 한편 사창굴에서 지불하는 방 임대료, 포주에게 주는 알선료, 당사자에게 주는 꽃값, 저녁식사비와 잡비 등은 세세하게 실비를 적어서 작품의 리얼리티에 기여한다.

실제로 일어난 일이 잊히는 것과 마찬가지로 결코 일어난 적이 없는 사건들이 마치 일어났던 것처럼 기억 속에 자리 잡을 수도 있다는 말로 일인칭 화자는 소나기 전후해서 자기 집 안에서 느낀 소녀의 현존감을 설명하고 있다. 이러한 어사무사한 판타지, 포주 로사 카바르카스의 인물묘사에 보이는 착실한 리얼리즘, 세상을 앞으로 나아가게 만드는 보이지 않는 힘은 행복한 사랑이 아니라 버림받은 사랑이라는 투의 잠언적 단상斷想, 달팽이를 울린 것은 이사벨이라는 투의 당돌한 상상력 등의 능란한 교직이 작품의 서사적 매력을 이루고 있다. 그러한 맥락에서 그의 작가적 역량이 여전히 견고하다는 것은 부정할 수 없다. 그러나 아흔 살에 첫사랑을 경험하고 새사람이 된다는 줄거리는 재미있기는 하지만 절실한 실감과 문학적 감동으로 이어지지는 않는다. 요즘 우리 쪽에서 자주 보도되는 성인들의 여아 성희롱의 확대된 낭만적 변종이라는 느낌마저 든다. 먹을 것 다 먹고 나서 음식 탓하는 것 같기는 하지만 늘그막의 성적 무능이 빚어내는 자기방어적 판타지요 로맨스라는 생각이 든다. 기탄없이 말하면 임박한 성적 무능이 빚어내는 플라토닉러브의 환상적 서사가 아닌가? 그것은 작중인물 하나가 얘기하는 "진정한 사랑과 섹스하는 경이"에 대한 동경의 소산이 아닌가? 그러나 모든 것에도 불구하고 사랑의 샘에서 끊임없이 샘물을 퍼 올릴 수 있는 작가의 역량이 대단한 것만은 사실이다.

마르케스가 빚지고 있음을 실토할 수밖에 없었던 「잠자는 미녀」의 무대는 노인을 상대로 한 비밀업소다. 젊은 미녀에게 수면제를 먹이거나 주사를 놓아 잠을 재워놓고 그 알몸 곁에서 노인 고객으로 하여금 하룻밤 호강을 시키는 곳이다. 점조직 비슷하게 알음알음으로 한정된 고객을 끌어들이는데 성적 기능을 상실한 노인들이 대부분이요, 꽃값은 통상적인 성매매 경우보다 한결 웃돈다. 당연히 비밀준수가 업소와 고객에게 공통 이익이 되겠는데 시종 잠들어 있는 젊은이와 안심할 수 있는 노인이 한 쌍을 이루고 있으니 이 시한부 동첩童妾 계약체제는 별 탈 없이 작동하는 것 같다. 이 업소에서 예순일곱 살 된 에구치 노인이 보내는 다섯 밤의 얘기가 작품의 줄거리를 이룬다. 지인의 귀띔으로 찾아온 그는 쇠락하기는 했으나 성적 기능이 건재하다고 자처하는 처지다. 다섯 밤에 여섯 미녀의 알몸을 오관五官으로 완상하는데 다섯째 밤에는 두 미녀 사이에서 일거양득의 호사를 누린 것이다.

에구치 노인이 구경한 잠자는 미녀들은 제가끔 다르다. 첫 번째는 몸매로 보아 스물이 안 된 미녀였다. 두 번째는 매우 관능적인 미녀로 잠꼬대로 미루어 사내를 탐하는 듯 보였다. 세 번째는 견습생이라고 소개하는 아주 어린 아가씨요 네 번째도 육감적인 미녀다. 다섯 번째 밤에는 지인이 업소에서 심장마비로 죽은 뒤끝이어서 에구치는 걱정스러웠다. 아니나 다를까 그날 밤 함께 있었던 두 사람 중 살갗 검은 아가씨가 아침에 싸늘하게 식어 있었다. 검은 아가씨의 시체를 실어내는 것 같은 자동차 소리가 들렸다가 멀어져 가는 것으로 소설은 끝난다. 이런 소략한 줄거리는 이 작품의 요기妖氣 어린 탐미세계를 소거해서 단조한 얘기일 거라는 잘못된 선입견을 불어넣기가 십상이다. 그러나 미녀의 알몸을 완상하면서 그 젊음과 아름다움에 심취하는 한편 거기 촉발되어 노인은 갖가지 회상과 공상에 잠기곤 한다. 그 정돈된 자유연상이 현재 진행되고 있는 사건서술 이상으로 작품에 현실감을 부여하며 무게를 더해준다.

첫째 밤 에구치는 여성에게서 젖내 비슷한 것을 맡는다. 혹은 맡았다고 생각한다. 그러자 젊은 시절 사귀던 단골 게이샤의 기억이 떠오른다. 에구치가 벗은 상의를 개던 여자는 젖내를 맡고는 갓난아이 냄새가 난다며 손을 바들바들 떨더니 "아아, 싫어, 싫어." 하며 에구치의 양복을 내던진다. 음성도 날카로웠지만 얼굴은 더 무서웠다. 에구치에게 가족이 있다는 것은 알고 있었지만 갓난아이에게서 밴 냄새가 여자에게 혐오감과 질투를 자아내게 한 것이다. 그 후 두 사람 사이는 아주 어색해진다. 여체女體를 완상하는 에구치의 감각도 섬세하기 이를 데 없지만 기억 속의 여성들의 감각이나 반응도 그 못지않게 유연하고 날렵하다. 셋째 밤 견습생이라는 어린 소녀를 접했을 때는 열네 살짜리 어린 창녀의 경험이 떠오른다. 그 소녀는 혀를 부지런히 사용했는데 무언가 서두르는 기색이 있어 물어보니 친구와 동네 마츠리祭에 가기로 약속했는데 업소로 불려나왔다는 대답이었다. 됐으니까 빨리 가보라고 이르자 소녀는 서슴없이 가버린다. 수치심도 굴욕감도 구김살도 없었다. 이러한 회상과 내성의 삽화 중 가장 실감 나고 밀도 있게 처리된 것은 두 번째 잠든 미녀를 접하고 "눈망울에 스며드는 살결 내음" 때문에 떠오른 꽃과 세 딸 특히 막내딸에 대한 기억이다. 밝은 성품의 막내딸에겐 남자 친구가 많았고 그중 두 아이를 좋아했다. 그러다 한 아이에게 몸을 빼앗기게 되고 그 때문에 오히려 다른 아이와 약혼한다. 이런 사단이 있는 막내딸에 대한 부정父情 묘사는 아마도 동서고금의 문학 가운데서도 가장 뛰어난 것이라 생각된다. 이러한 겹겹 회상장면이 작품에 리얼리티를 부여하면서 가와바타 고유의 서정적 비감을 자아낸다.

젊은 미녀들을 수면상태로 빠뜨린 채 애완동물처럼 대상화해서 갖고 노는 업소의 비인간적 구도에 대해서 에구치가 자의식을 갖고 있지 않은 것은 아니다. "계속 잠을 자며 깨어나지 않는 아가씨 옆에 하룻밤 누워보려고 하는 노인만큼 추한 것이 있을까." 그걸 알면서 찾아온 자신을 모르지 않는다. 그 점에선 아마 작가도 독자도 마찬가지일 것이다. 확실히 이것은 음산하고 뻔뻔하고 부도덕한 노추老醜의 세계다. 그럼에도 섬세한 김수성의 믿지 않은 뒤척임, 쇠잔한 욕망과 민망한 집착의 허망함, 죽음과 소멸에 이르는 한시적 인간존재의 본원적 슬픔, 그자각 위에서 더욱 애타는 모든 아름다운 것에 대한 간구, 미에 대한 간구와 깰 수 없는 죽음에의 소망, 회한이 따르지 않는달 수 없는 회상의 기막힌 순간 포착이 이 노추의 행태를 괴이하고 희귀한 서정적 · 심미적 서사로 올려놓고 있다. "여자의 유방을 아름답게 만들어온 것은 인간 역사의 눈부신 영광이 아닐까"라고 생각하는 노인을 노추라고 물리치기는 어렵다. 눈부신 이 작품을 읽고 나서 "불후不朽의 연인을 그려낸 시인은 흔히 하숙의 평범한 하녀밖에 알지 못하였다"는 프루스트의 대목이 떠올랐다.

가와바타의 섬세한 서정적 · 심미적 서사는 마르케스의 허풍스러운 민담民譚적 서사와는 아주 대조적이다. 모든 면에서 그들만큼 이질적인 작가들도 찾기 힘들 것이다. 그럼에도 마르케스가 일찌감치 자수해서 가와바타에게 경의를 표한 것은 모티프의 차용 때문일 것이다. 잠자는 미녀 혹은 창녀라는 모티프는 조그만 대로 대담하고 의표를 찌르는 발상이다. 뿐만 아니라 마르케스는 더 많은 것을 빚지고 있다. 가와바타의 에구치노인은 두 번째 만남에서 업소의 규칙을 깨고 육감적인 아가씨를 범하려고 생각하나 그녀가 숫처녀임을 알고 그 일을 단념한다. 바로 이 삽화가 마르케스에게는 영감의 원천이 되어 나이 아흔에 첫사랑을 알게 되는 오입쟁이의 초상을 마련한 것일 터이다. 어쨌건 가와바타의 「잠자는 미녀」가 아니었다면 마르케스의 『내 슬픈 창녀들의 추억』은 생겨나기 어려웠을 것이다. 이 작품에는 마르케스의 다른 작품에서와는 달리 서양 고전음악이 언급되어 있다. 오후의 열기를 식히기 위해 카살스가 연주한 바흐의 무반주 첼로 조곡을 들었다든가 쇼팽의 24개 전주곡집 디스크를 받았다는 얘기가 나온다. (자크 티보와 알프레드 콜토가 연주하는 세자르 프랑크의 바이올린 소나타를 예술궁전 연주홀에서 들었다는 것은 마르케스 특유의 '구라'이다. 티보는 1953년 일본으로 연주여행을 가던 중 비행기 사고로 사망했고 콜토도 1960년에 사망했다.) 주인공이 음악비평을 했다는 전력과 연관되지만 가와바타도 읽은 글로벌시대의 작가라는 자의식과 관련될 것이다.

차용관계가 분명함에도 불구하고 『내 슬픈 창녀들의 추억』이 표절 시비를 불러일으켰다는 얘기는 듣지 못하였다. 위에서 말했듯이 책머리에 「잠자는 미녀」의 첫 대목을 적어서 경의를 표한 것이 그럴 개연성을 사전에 봉쇄한 주된 이유일 것이다. 또 세계적인 작가란 성가가 견고했기 때문에 표절이란 비난을 감히 제기하지 못한 측면도 있을 것이다. 게다가 수면제를 먹인 알몸의 어린 창녀와 아흔 살 오입쟁이의 만남이란 설정 자체가 마르케스의 마술적 리얼리즘에 어울리는 것이기 때문에 표절이란 생각 자체가 생소했을 것이다. 그것이 시건 소설이건 그림이건 모든 예술작품이 기존 예술작품으로부터 조립된 것이며 따라서 독창성이나 독자성을 말하는 것이 이미 불가능하다는 인식을 깔고 있는 상호텍스트성의 이론이 보급된 것과도 연관될 것이다. 그것은 가와비티의 「잠자는 미녀」가 협의로 이해된 프로이트의 리비도 이론의 보편적 수용 없이는 씌어지기 어려운 것과 같은 지적 풍토의 문제이기도 하다. 그러나 결과적으로 가장 중요한 것은 『내 슬픈 창녀들의 추억』이 작가 고유의 작품세계와 연속성을 유지하면서 그 나름의 문학적 성취를 이룩했다는 점일 것이다. 이 마지막 말은 앞서 거론한 「이탈리아 여행」의 경우에도 해당된다. 고독한 예술 소설가 조이스와 화려한 대중예술 감독 로셀리니의 만남은 20세기의 기이한 예술적 상봉의 하나였다. 앙드레 말로로 하여금 학과 같다고 토로하게 한 섬세하고 심약한 소설의 서정시인 가와바타와 넉살 좋고 뱃심 좋고 정력적인 라틴아메리카의 허풍선이 리얼리스트 마르케스의 만남도 기이한 상봉이요 서로를 부각시킨다.

의식적이고 자각적인 차용이 아니더라도 문학작품 사이에는 상호의존과 상호관련이 발견된다. 비슷한 모티프나 유사한 표현이 있다고 해서 그것이 곧 표절인 것은 아니다. 설사 차용과 흉내의 낌새가 있다 하더라도 해당 작품의 성취도가 높은 경우 표절이란 비난은 끼어들 여지가 없게 된다. 더구나 음악, 미술, 영화와 같이 보편언어에 의존하지 않는 문학의 경우 모티프가 유사하다고 해서 외국작품의 모작이라고 하는 것은 신중을 기해야 할 문제이다. 영향관계의 확인이 곧 표절이나 모조로 단정할 이유는 되지 못한다. 번역조차도 제2의 창작이라 하지 않는가? 문제된 작품의 성취도가 시비를 가리는 가장 중요한 척도이다.

※ 본문에 나오는 인용은 『내 슬픈 창녀들의 추억』(송병선 역, 민음사), 『이야기하기 위해 살다』(조구호 역, 민음사), 『잠자는 미녀』(정향재 역, 현대문학)에서 따온 것이다. 그 밖의 것은 영어본에 따른 필자의 번역이다.

안개는 피어서 강으로
―박목월은 표절 시인인가

1956년에 창간되어 이듬해 종간한 단명의 종합지에 『신세계』란 것이 있었다. 이 잡지가 각별히 기억에 남아 있는 것은 거기실린 몇몇 논쟁적인 글이 화제가 된 데다 내 자신 원고지 40장짜리 글을 쓰고도 보수를 받지 못했기 때문이다. '황량한 제전祭典'이란 표제의 글은 잡지 마지막 호에 실렸으나 끝내 고료를받지 못했다. 그 이유가 어디 있든 궁극적 책임자가 누구든, 주문받고 납품한 대학생의 아르바이트 품값을 떼어먹은 '벼룩이간 빼 먹기'는 50년이 지난 오늘에도 용서가 되지 않는다. 이잡지는 야당 성격이 강한 정치 중심의 잡지였으나 이제는 고인이 된 모더니스트 시인 전봉건全鳳建이 문학란을 맡아 주로 논쟁적인 글을 실었다. 전봉건은 또 익명으로 꽤 긴 가십기사를써서 좌충우돌하는 기세로 문인들을 공격했는데 기억에 남는 것은 당시 떠오르던 신예작가 손창섭孫昌涉에 관한 것이다.

전봉건은 손창섭의 단편 「인간동물원초」가 고리키의 『밤주막』을 표절한 모작이라고 하며 공격을 가했다. 이를 안 손창섭이 격분하여 칼을 품고 전봉건을 찾아다녀 전봉건이 한때 피신하곤 했다는 소문이 나돌았다. 그 소문의 진위는 확인할 길이 없지만 여러 가지 정황증거로 보아 사실이라고 생각한다. 누구에게도 자기 주소를 가르쳐주지 않았다는 손창섭은 갖가지 일화를 남겨놓은 기인이지만 누구에게도 폐를 끼치지 않았고 작품에 대한 태도만큼은 지극정성이었다고 알려져 있다. 그의 원고는 한 자도 고친 흔적이 없이 정서正書되어 있었다는데 고칠 데가 생기면 그 장은 처음부터 다시 새로 썼기 때문이다. 그의 첫 작품집 『비 오는 날』의 증정본이 지금도 수중에 남아 있어 지극히 반듯하고 단정한 그의 모범생 글씨를 확인할 수 있다.

그런 그가 남의 작품을 표절한다는 것은 생각할 수 없는 일이고 두 작품을 검토해보아도 가당치 않은 비방이라고 생각하게 된다. 러시아문학을 공부한 함대훈咸大勳이 『밤주막』이라고 번역해서 그리 알려진 희곡의 원제목은 '밑바닥'이다. 그야말로 밑바닥 사람들의 생활을 다룬 것인데 해방 직후 유치장 상황을 그린 「인간동물원초」가 그것을 베낀 것이라고 속단한 것이다. 작은 유사점만 보고 큰 차이점은 안 보는 것이 오해나 착각의 주요원인이 되지만 전봉건의 경우는 기성문단에 대한 성급한 공격충동이 가세해서 빚어진 무책임한 발설이었다고 생각한다. 그 잡지엔 또 시인 천상병千祥炳과 김관식金冠植의 기성문인공격의 글이 실려 있었다. 근자 연세대의 국문학도 박재석 군의 수고로 김관식의 글을 복사본으로 읽어볼 수 있었다. 1950년대의 황량한 지적 풍토를 엿보게 하는 한편 표절이나 모작에 대한 언설의 한 극단적인 사례여서 문제된 쟁점을 해명하는 데 도움이 될 것 같아 그 글을 검토해보기로 한다.

박목월은 시인이 아니고야 말았다

'박목월에 대하여'란 부제가 달린 김관식의 「청록파의 천지天地 · 서설」이란 글은 8페이지 길이의 괴이한 인신공격성 평문이다. '청록집青鹿集'이란 제호의 의미는 "청록이 필경 무구한 자연 속에 마음대로 뛰어 돌아다니며 노는 한 마리의 푸른 사슴이란 뜻이 된다"고 풀이한 그는 이어 자연의 의미를 규명하기 위해 그리스 철학자에서부터 칸트와 헤겔에 이르는 수다한 이름을 열거하며 이들의 자연관을 개관한다. 그러고 나서 청록파의 자연은 협의의 자연 즉 천지, 일월성신, 산천초목 등의 자연이며 그러기 때문에 글제목을 '청록파의 자연'이라 하지 않고 '청록파의 천지'라고 했다고 말한다. 이어 중국의 지적 전통에서의 자연을 말하기 위해『중용』과 한퇴지韓退之의 글을 장황하게 인용하면서 서양에서는 신을 구하는 반면 동양에서는 자연을 유일신 내지 영혼의 고향으로 신앙하며, 노경에는 완전히 자연 속에 몰입하여 무아의 경지에서 소요했다고 말한다. 그리고 자연이 우리들의 혈관 속에 맥맥이 이어지고 있다면서 조선조 산림학자들이 개척한 자연에 비해 청록파가 개척한 자연은 거기 미치지 못한다고 말한다. 또한 몇몇 사례를 거론하면서 박목월이 다른 시인의 시어를 차용하고 혹은 도용하여 자기의 언어를 가지고 있지 못하다고 말하고 나서 이렇게 결론짓는다.

색채나 석고 다루는 데 서투른 훌륭한 화가나 조각가가 없듯이 아까 앞에서 지적한 것만 해도 박목월이 언어를 사용하는 데 얼마나 무능한가는 십분十分 실증되고 남음이 있을 것이니 이로서 추리하건대 박목월은 그나마 시인이 아니고야 말았다. 시와 언어가 불가분리라면 시와 사상 또한 불가분리의 것으로(말하지 못하는 갓난 어린이에게 생각하는 세계가 없는 거와 같다) 언어에 무능한 박목월에게서 사상도 또한 기대할 수 없는 건 숨길 수 없는 사실인 것이 수학을 혐오하는 여학생층이 박목월 애독자의 대부분이라면 이것 하나만으로도 넉넉히 그의 사상의 빈곤은 그저 살며시 저절로 증명되는 수밖에 없다.

한문 소양이 깊고 어려서 신동 소리를 들었다는 김관식의 글은 한문 인용이 워낙 많은 데다가 문체도 옛 투의 꼬불꼬불한 장거리 문장이어서 50년 전 것이기는 하지만 벌써 고문古文이란 느낌을 준다. 작심하고 총대를 멘 듯 경의라곤 찾아볼 수 없는 야유와 험담으로 일관하고 있는 것도 눈에 뜨인다. 그가 박목월에 대해 크게 문제 삼은 것은 자기 언어가 없다는 것이다. 장황하지만 원문을 인용하는 것은 정확한 내용 전달도 중요하지

만 김관식의 육성을 그대로 접하는 것이 독자의 이해에 도움이
되겠기 때문이다. 박목월의 「윤사월閏四月」 도입부를 인용하면
서 그는 말한다.

송화松花 가루 날리는
외딴 봉오리

이것은 정지용의 「폭포」라는 시구에 "송화 가루 노랗게 날리네"
라는 언어의 위치만 변화시키기에는 자기도 낯가죽이 간지럽던지
한글로 기사記寫된 '송화'를 한자로 '松花'로 대체했을 뿐 언어는
종내 정지용의 언어라는 데 하등의 이의도 제출할 수 없을 것은 명
약관화한 사실이기 때문에 앙탈하지 않는 게 아니라 아무리 앙탈
하려도 앙탈할 수가 없어서 못하는 것이다. 뿐만 아니라 그의 시편
에 이러한 오류가 한두 군데에 그치지 않고 여기저기 산재해 있다
는 데 소홀치아니 그의 역량을 의심치 아니치 못하게 한다는 것을
우리는 기억해야 할 것이다.

송홧가루가 날리거나 비 온 뒤 조그만 웅덩이에 송화 노란빛
이 도는 것은 시골에서 낯익은 풍경이었다. 그러나 그 송홧가
루를 시에 도입한 것은 아마 정지용이 최초일 것이다. 그런 의
미에서 "송화 가루 노랗게 날리네"를 두고 정지용의 시어라고
말하는 것은 크게 어긋난 일이 아니다. 그러나 그렇다고 해서
그 말과 소재를 타인이 사용해서는 안 된다는 법은 없다. 박목

월은 송홧가루 날리는 봉우리와 꾀꼬리 소리와 산지기 외딴집의 눈먼 처녀를 조립해서 매우 인상적인 산골 윤사월의 정경을 마련하였다. 그것은 결코 생소한 정경은 아니다. 그러나 박목월 이전에는 그러한 정경이 시에 도입되고 형상화된 적이 없기 때문에 신선하고 낯선 비경秘境으로 수용되어 독자들의 애송을 받게 된 것이다. 박목월의 선배 시인 시어의 창조적인 차용을 김관식은 "오류"라고 보고 있다. 그러나 그것은 오류가 아니라 어디까지나 창조적인 차용이요 활용이고 시인의 권리이기도 하다.

독자들은 이 시의 비현실성을 지적할 수도 있고 사실 현실도 피란 것은『청록집』을 겨냥한 비평적 화살의 대종을 이루고 있었다. 그러나 서정시가 일상현실이나 산문소설과는 또 다른 자족적인 별세계라는 것을 간과할 수는 없다. 분명「윤사월」을 비롯한 박목월 시편에는 굶주림과 자연의 포악과 칼 찬 일본 순사가 등장하지 않는다. 그러나 당대의 현실을 포착한다며 산사태로 반나마 파묻힌 산지기 외딴집의 원시적 뒷간과 눈먼 처녀의 부황 난 얼굴을 도입한다면 과연 그게 서정시로 성립될 수 있을까? 인간의 의식이 한꺼번에 삼라만상을 모두 의식할 수 없으며 자의 반 타의 반의 선택과 추상에 의해서 순간순간 어느 한 대상을 의식하듯이 시간예술인 서정시 또한 선택과 추상으로 어느 특권적 순간을 포착한다. 이 고도의 추상과 배타적인 선별이 서정시에 각별히 별세계란 차원을 부여한다. 외딴 봉우리와 외딴집이 벌써 현실사회와의 격절隔絶을 암시하지만 그러기 때문에 이 「윤사월」은 세파에 시달리는 사람들에게 순간적이나마 현실을 넘어서게 하는 위안의 선율이 될 수 있는 것이다. 송홧가루란 소도구가 이 작품에 등장해서 자연스러운 전체적 조화를 이루고 있다는 것이 중요하지 선행 작품에서의 차용이 문제가 되는 것은 아니다. 문제된 대목이 정지용 시편에 빚지고 있다는 것을 몰라도 되지만 알게 되면 그만큼 시 읽기의 즐거움이 배가되는 것은 사실이다. 일반독자가 아닌 교사나 연구자 같은 전문독자들은 마땅히 알아야 하는데 불행히 그런 전문독자들은 많지 않다. 그리고 그것을 혹 알게 된 사람은 젊은 날의 김관식이 그랬듯이 성직자의 불륜이라도 목도한 것처럼 두 눈을 부라리는 것이 보통이다. 세상의 모든 문학이 선행 작품에 빚지면서 그것을 넘어서고 있다는 인식이 필요하다.

김관식은 또 「나그네」에 나오는 "길은 외줄기 남도 삼백 리"가 「유선애상流線哀傷」에 보이는 "춘천 삼백 리 벼룻길"이란 정지용의 언어를 적당히 조율한 것이라 지적한다. 우리 민요에 낙동강 칠백 리는 있어도 남도 삼백 리는 없다. 그러한 맥락에서 남도 삼백 리가 "춘천 삼백 리"에서 영감받았고 그것을 조율이라 한 것은 크게 잘못된 것은 아니다. 그러나 "춘천 삼백 리"가 "낙동강 칠백 리"를 조율했다 해서 정지용의 흠이 될 수 없는 것과 마찬가지로 박목월이 "춘천 삼백 리"를 밑그림으로 해서 "남도 삼백 리"를 마련한 것은 결코 흠이 될 수 없다. 「유선애상」과 같이 품위 없이 경망한 작품 속에 박힌 채 빛나는 "춘천 삼백 리"를 가공하여 "남도 삼백 리"란 불후의 시어와 이미지를 마련했다는 것은 시인이 선행 시인에게 바치는 최고의 경의와 애정의 헌정獻呈일 것이다. 또 "남도 삼백 리"가 그 자체로서 불후의 이미지가 되는 것은 아니다. 「나그네」란 작품의 맥락 속에서 전체의 유기적 일부로 작동함으로써 비로소 그리되는 것이다. 낱낱의 어사나 이미지가 중요한 것이 아니라 그 유기적 조직이 중요하고 시인의 솜씨는 어사의 선택 이상으로 그 배합에서 드러나는 법이다. 김관식은 또 "술 익는 마을마다 타는 저녁놀"이 조지훈의 「완화삼」에 나오는 대목을 칠오조七五調로 조율한 것에 지나지 않는다고 말한다. 그러나 그것은 김관식의 실수거나 착각에서 나온 말일 것이다. 이 작품이 처음 발표되었던 『상아탑』에서나 『청록집』에서나 박목월은 "술 익는 강마을의 저녁노을이여―지훈"이라고 서두에 적어둠으로써 자기의 차용을 밝히고 있다. 자수한다고 도둑이 도둑임을 면할 수 있느냐고 말할지 모르지만 이것은 우정의 교환이요 상호인지의 윙크 교환이다. 그 자신 인유引喩의 명수였던 조지훈 편에서도 자기 시행이 명품 속에 보석처럼 박혀 있는 것을 흡족하게 여길 것이다.

김관식은 정지용 시에서의 차용으로 "송화 가루" "남도 삼백 리"를 들고 있지만 청록파 시인들의 정지용 시어 의존은 그밖에도 많다. 필자는 오래전에 졸저 『문학이란 무엇인가』의 「영향·모작·수용」이란 항목에서 정지용의 형성적 영향력을 애기하면서 청록파 시인들이 빚지고 있는 시어 차용을 지적한 일이 있다. 후속 시인들의 작품 속에 보이는 "신라천년"이란 관용구나 "사"란 어미의 사용을 구체적 사례를 통해 얘기한 것이다. 중복의 위험을 피해서 다시 부연하지 않지만 다음과 같은 사례도 김관식 흐름으로 말해본다면 분명 차용에 속할 것이다.

아지랑이 아른대는
머언 길을
봄 하로 더딘 날
꿈을 따라 가며는

—박목월, 「춘일春日」 부분

춘椿나무 꽃 피 뱉은 듯 붉게 타고
더딘 봄날 반은 기울어
물방아 시름없이 돌아간다.
           (중략)
아지랑이 졸음 조는 마을길에 고달퍼

—정지용, 「홍춘紅椿」 부분

홍춘은 붉은 동백을 가리키는 일본어다. 한반도 중부지방에서 자란 정지용은 어린 시절 동백꽃을 보지 못했을 것이다. 그래서 일본 체재 시절의 현지어를 그대로 쓴 것으로 생각된다. 위에서 "봄 하로 더딘 날"이 "더딘 봄날"의 조율일 가능성은 크다. 그리고 아지랑이라는 소도구도 같다. 그렇다고 「춘일」이 「홍춘」의 부분적 표절이나 부분적 모작이라고 말할 수는 없다.

다만 청년 시인 박목월이 정지용을 탐독하는 가운데 그의 어사를 내면화하고 그것이 시작 과정에 정지용 시어에의 의존도를 높였을 개연성은 크다. 그러나 그것은 모든 시인에게 해당되는 시 읽기와 시 쓰기 사이의 심상한 동력학일 뿐이다. 숨길 일도 부끄러운 일도 장한 일도 아니다. 설령 정지용 시어에의 의존도가 높더라도 「춘일」이 성취도 높은 작품으로 귀결되었다는 점이 중요하다. 그리고 무엇보다도 부분적 차용의 부분과 여타 부분과의 조화가 중요하다.

중국시의 도용盜用

김관식의 글에서 가장 문제적인 부분은 중국시를 조율 내지는 도용했다는 대목이다. 한학의 소양이 깊다는 개인적 배경 때문에 그의 말은 은연중 어떤 무게를 갖게 될 성싶다. 민감한 부분인 만큼 먼저 원문을 그대로 인용해본다.

구름에 달 가듯이
가는 나그네

이백李白의 「고객행估客行」에 "해객승천풍海客乘天風, 장선원행역將船遠行役, 비여운중조譬如雲中鳥, 일거무종적一去無縱跡"이라고 있는데 그 후구를 의역하면 "구름에 새가 가듯이 가는 나그네"로 여기에 있어 새라는 명사의 위치에 달이라는 명사로 교환했을 뿐

뭐 그리 신통하게 새로운 것도 신바람 나게 놀라울 것도 아무것도 없고 일종의 불유쾌감만이 강력히 작용한다 할 것이다.

「갑사댕기」의 첫 구절 "안개는 피어서 강으로 흐르고" 이건 바로 저 인생유정의 시인 두보의 "강류숙무중江流宿霧中"의 시상詩想을 도용盜用한 것이 아닐까? 그렇다고 해서 박목월의 시 전부가 남의 언어를 도용한 것이라는 의미는 아니다. 다만 자가류自家流의 독특한 시어를 소유하지 못해서 좌왕우왕 갈팡질팡 진흙구덩이 속에 빠져 처량한 행각을 지속하고 있다는 것뿐이다.

황선재黃善在 역주 『이백 오칠언절구』를 따르면 「고객행」은 다음과 같이 읽힌다.

> 바다 상인 천풍 타고
> 배로 먼 장삿길 떠나네
> 구름 속으로 사라진 새처럼
> 한 번 가서는 종적이 묘연하네
>
> ―「상인의 노래」

고객은 상인을 말하고 천풍이란 하늘 높이 부는 센바람이란 뜻이다. 김관식이 후구를 "구름에 새가 가듯이 가는 나그네"로 의역한 것은 아무래도 박목월 공격을 위한 편향된 예단 행위라고 생각된다. 구름에 달이 가는 것은 사람 눈에 잘 보인다. 그래서 "구름에 달 가듯이 가는 나그네"가 선명한 이미지로 떠오르는 것이다. 그러나 이백 시에서 구름 속으로 사라진 새는 사람 눈에 보이지 않는다. 그래서 장삿길을 떠나는 상인의 종적도 묘연한 것이다. 새도 상인도 눈에 보이지 않는다. 그럼에도 구름 속에 있어 보이지 않는 새를 "구름에 새가 가듯이"로 옮기는 것은 억지스럽다 하지 않을 수 없다. 설사 김관식의 말대로 "구름에 새가 가듯이"를 "달 가듯이"로 조율했을 뿐이라 하더라도 그것은 창조적 변형이지 결코 도용은 아니다. 적어도 그 경우에 한해선 목월승어백木月勝於白이라 하지 않을 수 없다. 박목월이 도용했다고 완곡하게 말하고 있는 대목은 두보의 「객정客亭」에 보이는 시행이다. 원시에 이어 『두시언해杜詩諺解』에 보이는 번역을 현대식으로 고치면 다음과 같이 된다.

추창유서색秋窓猶曙色
목락경천풍木落更天風
일출한산외日出寒山外
강류숙무중江流宿霧中

가을 창에 오히려 새벽빛이로소니
나무 떨어지고 또 하늘 바람이 부놋다
해는 차운 산 밖에 돋고
가람은 밤 잔 안개 가운데서 흐르놋다.

객정은 객사요 쉽게 말해서 여관이다. 숙무宿霧란 전날 밤부터 낀 안개를 말하는데 같은 어법으로 숙우宿雨란 말이 있다. 『두시언해』는 "밤 잔 안개"로 직역해놓고 있다. 김관식이 인용한 대목은 "전날 밤부터 낀 안개 속을 강이 흐른다"의 뜻이다. 그런데 "안개는 피어서 강으로 흐르고"가 이 대목을 도용한 것이 아닐까, 하고 넌지시 말하고 있다. 좀 자신은 없지만 어쨌건 박목월 공격의 재료로 삼고 있는 셈이다. 여기서 첨가할 것은 「고객행」특히 「객정」이 전문가가 아니면 접근하기 어려운 작품이란 것이다. 16세기에 나온 『당시선』에는 물론이고 일본의 이와나미(岩波)에서 나온 『이백시선』『두보시선』에도 수록되어 있지 않다. 부친이 한시에 능했다고 연보에 적혀 있지만 박목월이 젊어서 중국시를 공부했다는 정황증거는 찾아지지 않고 그의 글에서도 그러한 시사는 없다. 이것은 어디까지나 추정이지 단정은 아니다. 그러나 좀 더 꼼꼼히 음미해보자.

끼어서 오래된 안개 속을 강이 흐른다.
안개가 피어서 강으로 흐른다.

두 진술 사이에서 공통항은 안개와 강이다. 그러나 그밖에 공통점은 전혀 없다. 차이성은 치지도외하고 공통점을 전부인 양 간주하면 정반대의 진술이 동일한 것으로 될 수 있다. 이러한 자명한 이치를 도외시한 글이 공공연히 발표된 것에는 당대의 문학풍토가 반영되어 있다. 중국시와 한문에 어두운 일반독자를 얕잡아 보았기 때문에 가능한 일이었을 것이다. 그런 의미에서 공격대상이 된 박목월 시편을 읽어보는 것도 필요할 것이다.

안개는 피어서
강으로 흐르고

잠꼬대 구구대는
밤 비둘기

이런 밤엔 저절로
머언 처녀들……

갑사댕기 남끝동
삼삼하고나

갑사댕기 남끝동
삼삼하고나

—「갑사댕기」 전문

사춘기의 이성동경을 노래한 시편이다. 김관식은 바로 그 점
을 들어 사춘기 여학생에게나 호소하는 값비싸지 못한 시편이
라고 할 것이다. 그러나 세계의 서정시 애독자는 대개 사춘기
남녀들이다. 용돈에도 이성의 손목에도 자유에도 주려 있었지
만 그 껄렁했던 사춘기가 실은 눈부시게 부유했던 이승의 황금

기가 아니었을까? 내남없이 그러지 않았을까? 그맘때의 까닭
없고 대중없는 가슴 설렘이야말로 서정시의 탕진되지 않는 원
천이 아니었을까? 서정시의 미덕은 사춘기의 종잡을 수 없는
내면과 감정에 형태를 부여하면서 그것을 합법화시켜준다는
것이다. 안개 낀 밤에 막연한 이성동경으로 갑사댕기와 남끝동
저고리의 처녀를 눈에 그린다는 이 시편은 비슷한 이성사모를
겪는 모든 사춘기 독자들에게 자기의 감정이 결코 자기만의 것
도 자기만의 이상징조도 아니라는 것을 확인시켜주면서 그것
을 합법화시켜준다. 또 사춘기 전야의 독자들에게는 곧 닥쳐올
시기에 대한 예감을 안겨줌으로써 그것을 앞당겨준다. 막연한
이성동경이 갑사댕기 남끝동이라는 구체적인 이미지를 통해서
형상화되어 있음이 특색이다. 남빛이나 쪽빛 끝동이라 하지 않
고 남끝동으로 간소화하고 그것을 갑사댕기와 배합한 것은 매
우 인상적인 처리이다. 또 안개가 핀다든가 안개가 흐른다든가
하는 것도 지금은 범상해 보이지만 60년 전엔 소홀치 않은 낯
설게하기 효과를 빚었다. 이성동경이란 자연스럽고 비근한 감
정을 이만큼 경제적으로 또 깔끔하게 처리한 작품도 많지 않
다. 박목월의 초기작품 모두가 그렇듯이 쉽게 외워진다. 소년
시절 박목월 시편에 끌렸고 특히 「귀밑 사마귀」를 좋아해 애송
했다고 이시영李時英 시인이 적어놓은 것을 어디선가 읽은 기억
이 있다. 그 세대에게 보편적인 현상이 아니었나 생각한다.

오늘날 이런 작품을 좋아하는 독자들은 별로 없을 것이다. 세
상이 많이 변한 때문이기도 하고 박목월 이후 훌륭한 시인이

많이 등장한 때문이기도 하고 시적 패션이 변한 탓이기도 하다. 그러나 세태변화의 국면을 무시할 수 없다. 옛날에 비해 호의호식하는 바람에 성적 조숙이 일반화되고 각종 매체를 비롯해서 문화적 환경이 그것을 부추긴다. 게다가 성적性的 금기가 사라지고 이성 접촉 충동이 조기에 성취됨으로써 "머언 처녀들"도 사라지게 된다. 먼 산이나 먼 도시나 먼 처녀들은 일찍이 낭만적 동경의 물리칠 길 없는 유혹의 계기로 작동했다. 그 계기가 사라진 오늘 사춘기를 잃어버린 청소년들은 적나라한 성행위 시편이나 음담의 파편을 중얼거리게 마련이다. 미당이 '신동 출신'이라고 한 김관식은 신동 출신답게 사춘기를 건너뛰어 아이에서 곧장 어른으로 진입하였을 것이다. 그러니 「갑사댕기」를 비롯한 박목월의 서정시편을 좋아할 시기를 갖지 못했을지도 모른다.

사람들은 진정으로 좋아한 적이 있는 사람들의 흠집을 사납게 몰아치지 못한다. 미성년자 추행이란 파렴치 행위 혐의가 있다 하더라도 「피아니스트」와 같은 고전적 감동의 영화를 만들어낸 로만 폴란스키를 단칼로 매도하기는 매우 어렵다. 다수에 역행하고 불리한 줄 알면서도 내가 일제 말기 친일 행위자에 관해 당대 상황이해의 필요성을 말하기 시작한 것은 홍난파에 대한 성토를 접하고서였다. 그의 만년에 대해서 모르고 있다가 그가 과도하게 공격받고 있음을 보고 해방 전야 일정시대 경험자로서 발언하기 시작하였다. 그의 수많은 동요와 가곡이 있음으로써 그나마 덜 참담할 수 있었던 우리들의 남루한 어린 시절을 지키기 위해서도 실상을 얘기해야 할 것이 아닌가, 그런 생각이 들었던 것이다. 감상주의라 하겠지만 지옥이란 정감과 감정이입이 완벽하게 배제된 흑색 공간이 아니고 무엇인가? 우리 사이엔 지옥의 사도使徒가 너무 많은 것 아닌가? 고인이 된 재주 있고 불우했던 시인을 험담할 생각은 전혀 없다. 티끌만 한 호감도 경의도 없는 비판이 얼마나 무분별할 수 있는가, 하는 것을 보여준다는 점에서 그의 글 중 가혹한 부분을 읽어보려 한다.

고등학생만도 못하다

김관식은 『청록집』 이후의 범작들을 인용하면서 박목월의 시적 무능을 질타한다. 명사만을 나열한 「불국사」나 경상북도 경주군 내동면 조양리란 대목이 나오는 「도화」란 작품을 거론하며 기가 막힌다고 적고 나서 이렇게 쓰고 있다.

여기 좀 과도한 행위일는지 모르나 나는 나대로 추호도 양심에 어긋남이 없으리라고 믿기 때문에 고등학교 학생 작품 한 편을 인용하여 비교해보려고 한다.

〈정녕 밤은 말없이 왔다 말없이 가군 하였다. 창문에 입을 대고 속삭이는 별빛…… 벽에 걸린 마리아상像이 가늘은 눈웃음을 아로새길 지음에 합창하고 열도熱禱하는 아하 안타까움. 너는 알리라 너만은 알리라 물과 같이 담담하고 고목나무 가지마냥 정정한 그

속에서도 영원으로 통하는 한오리 길을 눈앞에 선연히 어리게 하라. 정녕 밤은 말없이 왔다 말없이 가군 하였다. ─정은배(경기도 상道商 2년)〉

앞에 인용했던 박목월의 시편보다 얼마나 우수한가? 박목월의 어느 시편이 이 고등학교 2년생의 천재적 작품을 뛰어넘어설 만한 게 있는지 모를 일이다.

해방 이듬해 1946년에 간행된 3인 시집 『청록집』은 20세기에 나온 한국 시집 중에서 성취도가 가장 높은 것의 하나일 것이다. 시집 한 권을 채우기 위해 수준 이하의 작품을 포함해 발표 작품 전부를 수록하는 일반적 관행에서 벗어나 정수만을 모아놓은 합동시집이기 때문에 높낮이의 불균형은 찾아볼 수 없다. 작품세계에 대한 비평적 접근은 다양할 수 있지만 형태적 완결성에 대해선 어느 정도의 동의가 가능하리라 생각한다. 『청록집』이 일세를 풍미한 것은 일부에서 주장하듯이 정치적 이유 때문은 아니다. 모국어의 격조 있는 조직이 해방 직후 노도질 풍기의 독자들에게 각별한 호소력을 발휘한 때문일 것이다. 『청록집』의 높은 성취도는 그러나 한편으로 청록파 시인들에게 크나큰 부담이 되었던 것 같다. 젊은 날에 일찍감치 대표작을 써버린 이들은 그 후 스스로 자신의 아류가 되어버린다는 난경에 처하게 된다. 조지훈은 그 후 지사적 격조의 작품, 「풀잎단장」과 같은 사색시편, 「다부원에서」와 같은 뛰어난 전쟁시편을 보여주었으나 3인 시집 수록시편을 넘어서지 못한 혐의가 짙다. 박두진도 「해」 「청산도」 같은 작품을 추가하면서 독자적인 되풀이의 시학을 구현했으나 역시 3인 시집 수록시편을 넘어서지 못했다는 아쉬움을 안겨준다. 오직 박목월만이 모색과 변모를 통해서 시세계를 확대하고 꾸준한 성장의 궤적을 보여주어 900페이지가 되는 전집을 통해 3인 시집의 경지를 넘어섰다고 할 수 있다.

김관식의 「청록파의 천지天地 · 서설」이 발표된 1956년은 박목월이 슬럼프에 빠져 있던 시기다. 그 전해에 첫 개인 시집 『산도화』가 출간되었으나, 『청록집』 이후에 쓰인 작품들은 매너리즘에 빠진 듯 엇비슷하면서 밀도나 충격이 약한 편이다. 엇비슷한 작품이 많음으로써 오히려 초기의 완성도 높은 작품조차도 평준화되어 매력이 소진되어가는 증상을 보여주었다. 작품을 꾸준히 보여주었으나 답보상태에 빠진 듯했고 그것이 젊은 신예시인에겐 과대평가된 시인이라는 생각과 함께 반발심을 안겨주지 않았나 생각한다. 그리하여 「청록파의 천지天地 · 서설」이란 기문奇文이 나왔고 그것은 김관식의 기행奇行 가운데서도 가장 공격적이고 난폭한 것이었을 것이다. 김관식이 고등학생만도 못하다고 막말을 한 데는 박목월이 동요시인이기도 했다는 사실과 연관된다고 생각한다. 박목월은 『청록집』이 나온 해에 윤석중의 머리말을 받아 『초록별』이란 동요집을 냈다. 다만 필명을 쓰지 않고 박영종이란 본명을 쓰고 있어 두 이름이 동일인물의 것임은 아는 사람이나 알고 있었다. 그러나 이내 필명으로 동시를 발표하였다는 것은 모두 알고 있다.

경경선慶京線 길 옆에

간이소학교

생도가 열둘

열을 지어 있었다.

아마 일이 학년

체조 시간이다.

뚜룩눈 뚜룩 뚜룩

똑바로 뜨고

기차가 지내가도

안 돌아본다.

기차가 윙 해도

안 돌아본다.

—「뚜룩눈」 전문

　좋은 동요는 모두 시가 되어 있다. 시를 좋아하면서 동요를 싫어하는 사람은 없을 것이다. 사실 훌륭한 시인들은 훌륭한 동요나 동시를 남겨놓고 있다. 윌리엄 블레이크에서 윤동주에 이르기까지 그 사례는 많다. 그러나 편향된 생각으로 동요나 동화를 하대하는 경향이 없지 않고 김관식이 박목월을 보는 시각에도 그런 성향이 잠재해 있다고 할 수 있다. 슬럼프에 빠졌다고는 하나 박목월이 자기 나름의 실험을 계속하고 있었다는 것은 당시의 소작들이 보여주고 있다. 진부한 일상생활을 시로 다루기는 쉽지 않은데 그 시절의 박목월의 주요 관심은 일상생활의 서정적 처리였다. 그가 시종일관 저항한 것은 시의 산문화였고 그 점에서 아주 독보적이었다고 할 수 있다.

아아 진주 삼백 리를
이렇게 허전히 앉아서 간다.
이렇게 허전히 앉아서
내가 허락받은 인생의
후반 코오스에
이런 일 저런 일
할 일을 생각해본다.
속절없는 것이기에
한결 착실히 살아보리라
그런 생각이
왜, 이처럼 눈물겨우냐.

—「진주행晋州行」부분

아류 시비

정지용의 아류요 사생아라는 것은 현실도피란 딱지와 함께 청록파 시인들을 따라다닌 부정적 호칭이었다. 그것은 해방 이전 이른바 추천시인으로 그들이 『문장』에 작품발표를 시작할 무렵부터 비롯된 꼬리표였다. 『문장』이 기획하여 수록한 문인

좌담회에서 모윤숙을 비롯한 일부 시인들은 터놓고 선자 정지용이 자기 시 비슷한 시를 쓰는 신인만을 추천한다고 면전에서 비판하면서 추천제 폐지나 선자 교체를 제의하기도 하였다. 이에 대해 정지용은 자기를 닮은 시편일수록 엄격하게 대했는데 이렇게 아류 시비로 야단들이냐며 멋쩍은 듯이 응대하고 있다. 그래서 그런지 폐간되기 직전에는 선자 개방을 시도하지 않았나 생각한다. 아류 시비를 낳은 것은 추천된 시인들이 대개 어휘구사나 어사조탁에서 정지용을 흉내 내고 있다는 판단 때문이었다. 객관적인 입장에서 볼 때 이것은 타당하지 않은 시각이요 판단이다. 추천기준이 엄격했기 때문에 가령 김수돈金洙敦 같은 이는 2회 추천으로 그쳐 끝내 관문을 통과하지 못하고 말았다.

시인이 언어조탁에 공을 들여야 하는 것은 하나의 의무다. 그리고 정지용 흉내라고 하지만 이한직, 김종한, 박남수, 조지훈, 박두진, 박목월, 이렇게 열거해볼 때 그들이 정지용의 아류라는 것은 가당치 않아 보인다. 사회현실에 대한 외면이 이들의 공통성향이라고 말할지 모르나 1935년경을 분수령으로 해서 카프 흐름의 시는 사실상 맥이 끊어진 상태였다. 또 정지용의 안목이 높았다는 것은 그의 간명하면서도 정곡을 찌른 선후평이 극명하게 보여주고 있다. 북에 소월이 있더니 남에 목월이 있다는 선후평은 자주 인용되어 하나의 통념으로 굳어졌지만 이한직의 「풍장」 등을 두고 "꿈도 슬픔도 넘치는 청춘 이십이라야 쓸 수 있는 시"라고 한 것은 핵심을 찌르고 있을 뿐만 아니라 그 자체가 한 줄의 시가 되어 있을 정도다. 과연 그가 아니었다면 이들을 발굴할 수 있었을지는 의문이다. 그래서 옛날부터 천리마는 있지만 백락伯樂이 없다는 말이 인구에 회자되는 것이다.

아류란 소리는 듣기 좋은 소리는 아니다. 그러나 그들을 두고 아류라 했던 사람들을 뛰어넘은 것이 분명한 이상 그들이 이 때문에 지기를 펴지 못한 것은 아니다. 그것은 『청록집』이란 시집 호칭에도 드러나 있다. 생각건대 그것은 『백록담』을 염두에 두고 지어낸 시집 이름이 아닌가 생각된다. 『백록담』에는 최동호 교수의 어사를 빌리면 자연을 노래한 산수시편이 다수 수록되어 있다. 그것을 염두에 두고 백록 아닌 『청록집』이라 했을 것이다. 스승 시인이 연만年晩한 흰 사슴임에 비해 우리는 아직 시퍼런 청록이라는 무의식이 작용했을는지도 모른다. 즉 그들은 정지용과의 작품적 친연성에 대해서 조금도 주눅 들지 않은 것이다. 청록파 시인들은 그러니까 스승 백록 선생에 대한 경의를 시집 명명을 통해 표명한 것이다. 자각적인 처사가 아니더라도 텍스트의 무의식은 그러하다고 생각한다. '청록파의 천지天地·서설'이란 표제 자체는 박목월에 국한하지 않고 청록파 시인 전부를 겨냥해서 쓰기 시작한 글이란 심증을 준다. 그러나 후속 평문이 나왔다는 얘기는 못 들었는데 그 사정에 대해서는 촌탁忖度할 길이 없다.

아류라는 오명을 쓴 후속 시인이 아니더라도 정지용의 직간접 영향을 받은 시인들은 많다. 정지용 이후 언어에 대한 태도가 달라져서 한결 언어조탁에 공들이게 된 것은 사실이다. 그러기 때문에 정지용 이후란 말을 쓰는 것이 가능하다. 1935년 이후 우리 시가 한결 세련되고 기품 있게 된 데에는 정지용의 충격이 한몫을 했다. 윤동주의 동시나 습작기 작품에는 정지용의 모작이 많다. 이미 딴 자리에서 언급한 바 있어 여기서는 재론하지 않겠다. 그러나 윤동주 이전의 신석정이나 장만영의 경우에도 영향의 흔적은 엿보인다. 모작을 했다는 것이 아니라 언어조탁이나 어사선택에서 많은 것을 빚지고 있다는 말이다. 가령 『촛불』의 시인 신석정을 읽어보자.

난초는
얌전하게 뽑아 올린 듯 갸륵한 잎새가 어여쁘다.

난초는
건드러지게 처진 청수한 잎새가 더 어여쁘다.

난초는
바위틈에서 자랐는지 그윽한 돌 냄새가 난다.

—신석정, 「난초」부분

난초 잎은
드러난 팔 구비를 어쩌지 못한다.

난초 잎에
적은 바람이 오다.

난초 잎은
춥다.

2행 1연으로 되어 있는 것이 공통점이다. 2행 1연의 시편구
조는 정지용이 개발한 것도 그의 전매특허품도 아니지만 젊은
날의 그가 애용하여 많은 수작을 보여주었다. 또 박목월, 조지
훈 등이 2행 1연의 시편을 많이 보여주었고 『청록집』 수록시편
들이 특히 그러했다. 정지용의 「난초」는 말수를 줄이고 간결한
단아함을 성취했다. 이 작품의 어디가 좋으냐는 젊은 세대의
반응은 자연스럽고 정당하다. 이 작품은 1931년에 발표되었고
당시 우리 시의 대부분은 조잡하고 말이 많았다. 그런 상황에
서 말과 감정의 절제가 돋보이는 작품이 나와 좋은 대조가 되
었고 그것이 매력으로 비쳤던 것이다. 이러한 작품의 역사성은
그대로 작품 의미의 일부가 된다. 2차대전 직후 독일에서는 헤
밍웨이가 많이 읽혔다. 나치스의 말 많은 반복적 선전어구에
식상하고 질력이 난 터에 형용사와 부사가 절제된 짤막한 단순
문체가 신선하게 다가왔기 때문이다. 「난초」에 대해서도 비슷
한 말을 할 수 있다. 신석정의 「난초」는 딱 꼬집어서 말할 수 없
지만 어딘가 정지용 작품을 연상케 한다. 정지용의 「난초」에 촉

발되어 썼다는 친연성을 상기시킨다. 그리고 그것은 자연스러운 일이다. 신석정의 「난초」를 접하고 그 이전의 정지용의 「난초」를 의식하는 것이 엘리엇 같은 이가 얘기한 역사의식이다. 모작이나 차용이란 의미가 아니다. 좋은 의미의 영향을 받았다는 말이다. 선행 작품이 주는 충격의 창조적 흡수이기도 하다.

> 돌 하나 비에 젖어 푸른 이끼와 이끼……
> 조용한 황혼이 속속드리 비최일듯 영롱하이
>
> —신석정, 「돌」 부분

> 곤륜산崑崙山보다 더 깊숙한 내 서가書架여
> 오늘은 난초 향기 그윽히 흐르는 듯하이
>
> —신석정, 「서가」 부분

> 벌목정정伐木丁丁 이랬거니 아람도리 큰 솔이 베혀짐즉도 하이
> 골이 울어 멩아리 소리 쩌르렁 돌아옴즉도 하이.
>
> —정지용, 「장수산」 부분

"하이"란 종결어가 공통된다. 『두시언해』 흐름의 정지용 어법이라 할 수 있는 것의 추종을 볼 수 있다. 이렇듯 어법이나 어사면에서 정지용의 영향은 컸다고 할 수 있다. 그러나 그에게 빚진 게 있다고 해서 곧 아류나 모방자라 할 수는 없다. 좁은 바닥이기 때문에 대차관계는 한결 농밀했다고 할 수 있다.

신석정은 그 뒤『슬픈 목가』의 견고한 시인으로 성장한다. 어법이나 어사의 추종은 또 경의나 우정의 표현이기도 하다는 점을 간과해서도 안 될 것이다. 그러나 이러한 도용 시비나 아류 시비가 우리에게 텍스트를 더욱 꼼꼼히 읽을 기회를 제공한다는 것도 사실이다. 그런 의미에서 김관식 흐름의 기행적 평문도 부정적인 결과만을 빚는 것은 아닐 것이다.

사철 발 벗은 아내가
—정지용의 「향수」가 모작인가?

　정지용의 「향수」가 외국 시인 작품의 모작이라는 얘기가 인터넷에 뜨고 있다는 얘기를 근자에 학생들한테 들었다. 1980년대 중반에 그의 「카페 프란스」가 엘리엇의 「J. A. 프루프록의 연가」의 영향을 받았다는 얘기도 있었고 해서 별 관심을 두지 않았다. 눈이 쉬 피로해져 꼭 필요한 경우가 아니면 인터넷 활용은 자제하는 편이다. 그러다 『유심』 42호에서 염무웅 교수가 이 문제를 언급하고 있음을 알게 되었다. 허튼소리 없이 치밀한 글을 쓰는 그는 「향수」의 문제점을 상세히 분석한 글이라며 조재훈 교수가 1997년에 『충남문학』에 발표한 「모방과 창조」라는 논문을 매우 동조적으로 요약·소개하고 있다. 그리고 이 문제에 대해 어떠한 긍정적 또는 부정적 단정도 할 근거를 자신은 가지고 있지 못하다고 부연하면서도 「향수」에는 습작기적 잔재와 함께 정지용의 뛰어난 재능을 입증하는 고유의 창조도 있다는 것이 분명하다고 적고 있다. 전후 문맥으로 보아 매우 엉거주춤한 태도인데 「향수」가 정지용의 재능을 입증하는 작품이긴 하나 습작기의 잔재가 많이 남아 있고 따라서 모작이라는 점을 전적으로 부정할 수는 없다는 입장인 것 같다. 염무웅 교수의 글을 읽고 나서 시인이자 옛 직장동료였던 조재훈 교수에게 연락하여 「모방과 창조」를 구해 볼 수 있었다.

'정지용 작 「향수」의 경우'란 부제가 달린 「모방과 창조」는 「향수」에 대해 그가 이려서부터 가지고 있던 "이질감"을 적은 후에 『미국의 현대시』(루이스 보건 지음, 김용권 역)에서 트럼블 스티크니Trumbull Stickney의 「추억Mnemosyne」을 읽고 나서 그 이질감이 편견에서 나온 것이 아니라는 것을 알게 되었다는 자초지종을 적고 있다. 그러고 나서 「향수」와 스티크니 작품의 유사점을 지적한 후 전자가 후자를 모방한 것이며 아울러 롱펠로우의 모방도 보인다고 첨가하고 있다. 「향수」가 잘 이해가 안 되고 우리 고향의 모습이 아니어서 이질감을 주는 것은 이렇게 외국시 모방이 곳곳에 잠복해 있기 때문이라는 취지다. 흔히 모방이나 유사성을 발견했다고 자처하는 사람들이 보물창고로 통하는 지하 비밀통로라도 발견하듯이 들떠서 얘기하는 것과는 달리 조재훈 교수의 글은 시종 차분하게 논지를 전개하고 있어 그 진정성에 토를 달 여지는 없다. 필자는 그가 토로하고 있는 여러 의혹이나 견해를 존중한다. 그러나 작품에 접근하는 방식이나 작품이 독자에게 다가오는 방식은 사람마다 다르다.

중학 시절 내게 있어 정지용은 시인 중의 시인이었고 나는 그를 통해 우리말 어휘에 관심을 갖고 개개 낱말을 세세히 음미하는 버릇을 길렀다. 또 「향수」를 높이 평가하는 입장에서 몇 차례 적은 바가 있는 데다 인터넷에서 모작설이 끊임없이 돌고 있다는 사정도 고려해서 나의 「향수」 이해를 소상히 밝혀 독자들의 이해에 도움이 되고자 한다. 명품을 찾아내는 것과 함께 명품을 지키는 것도 비평의 소임이다. 많지 않은 우리의 정전을 지켜야겠다는 뜻도 있지만 편향된 논평과 평가가 기초적 독해를 선행하는, 극복돼야 할 우리 쪽 오랜 관행에 대한 반성의 계기가 되었으면 하는 심정도 없지 않다.

「향수」에 대한 이의

첫인상이 중요하다며 처음 「향수」를 접했을 때 가졌던 의문은 얼룩배기 황소가 금빛 게으른 울음을 운다는 사실이었다고 「모방과 창조」는 시작하고 있다. 얼룩배기 황소는 시골에서 본 적이 없고 나중 농업학교에 들어가 배운 '홀스타인'이란 외국종 젖소가 얼룩배기였다는 것이다. 많은 사람들의 고증으로 얼룩배기 소가 이제는 볼 수 없게 된 재래종 얼룩소, 즉 칡소라는 것이 알려졌다. 칡소의 특징은 몸통에 흑갈색의 세로 줄무늬가 있고 입 주위가 하얗고 한우에 비해서 성장속도가 조금 느리다는 것이라 한다. 고구려 고분벽화에도 나오는 칡소는 흑소와 함께 사라져갔는데 일제가 전쟁을 수행하면서 한우의 털색을

황갈색으로 통일하는 정책을 추진했기 때문이다. 군화, 배낭 등 군수물자를 조달하는 데 황소의 가죽이 좋다는 이유에서였다. 칡소는 현재 강원, 충북, 경북에 약 900마리가 있고 나머지 지역 농가에 산재해 있는 것까지 합치면 1,100마리 정도라고 추정되고 있으며 10년 전부터 복원과 증식 노력이 이루어지고 있다고 한다.* 이런 칡소가 사라진 것은 갖가지 색깔의 개구리 참외가 사라지고 개량종인 노랑 참외 혹은 꾀꼬리참외 일색이 되어버린 것과 맞먹는 평행현상이다. 요즘 젊은이가 참외를 곧 노랑 참외라 생각한대서 이상할 것은 없다. 우리 어린 시절엔 피부병인지 소의 몸에 허옇게 탈색된 부분이 더러 있었고 그런 소가 많았다고 기억한다. 얼룩배기란 그런 소를 두고 하는 말이려니 오랫동안 생각했고 따라서 필자는 "이질감"을 느끼지 않았다.

그 글에는 "금빛 게으른 울음"에도 이질감을 느꼈다고 적혀 있다. 소는 인고의 노동자였고 한시도 쉬는 것을 보지 못했는데 어울리지 않는다는 것이다. 사람에 따라 다르겠지만 소의 걸음걸이나 여물을 새김질하는 모양은 매우 느리고 따라서 게으르다는 인상을 받기 쉽다. 또 울음소리도 가령 개 짖는 소리에 비해 느리고 유장하다. 정지용의 「슬픈 기차」 첫머리에는 "우리들의 기차는 느으릿 느으릿 유월소 걸어가듯 걸어간단다"란 시행이 보인다. 여름철의 소가 느리게 걸어가는 것으로

---

* 칡소에 대한 고증은 많이 나와 있다. 여기서는 2009년 10월 27일자 『중앙일보』 32면에 게재된 이찬호 기자의 「되살아나는 토종3」 기사에 나오는 정보를 간접인용했다.

되어 있는데 실감 나는 대목이다. 게으르다는 것은 소의 속성을 두고 하는 소리가 아니라 느리고 더딘 동작이 주는 인상을 말하는 것으로 이해해야 할 것이다. "금빛 게으른 울음"이라는 것도 그런 맥락에서 음미해야 할 것이다. 색채상징은 사람마다 또 문화마다 다르다. 그러나 피 색깔인 붉은색이 위급사항이나 어떤 걱정을 암시하는 것은 상당히 보편적이다. 교통신호에서도 황색은 적색과 청색 사이의 완충을 뜻하지만 금빛과 게으름의 연결은 설득력 있는 색채상징이라 할 수 있다. 또 이질적으로 다가온다 하더라도 그렇기 때문에 도리어 어떤 낯설게하기 효과를 내어 우리의 기억에 각인된다. 매우 개성적이고 뛰어난 대목이다.

「모방과 창조」는 파아란 하늘빛이 그리워 되는 대로 화살을 쏘고 그 화살을 찾으러 풀섶의 이슬에 젖는다는 대목에도 공감하지 못했다고 적고 있다. "활을 쏜 경험으로 볼 때 나무에 앉은 날짐승을 향해 쏘기 일쑤였고 그것은 이슬이 내리는 밤중이나 새벽이 아니었다"는 것이다. 팔도강산의 모든 아이들이 동일한 목표와 한결같은 방식으로 활을 쏘지는 않았을 것이다. 아이들이 활을 만들어 쏜 것은 꼭 날짐승을 잡기 위해서가 아니다. 아이들이 쏘는 화살이나 또는 Y자 모양 나뭇가지에 고무줄을 대어서 쏘는 새총에 맞아 죽을 날짐승도 별로 없었을 것이다. 필자의 경험으로는 새총으로 새를 잡은 경우를 본 적이 없다. 그렇다고 아주 없다고는 할 수 없을 것이다. 옛날 놀잇감이 없을 때 아이들은 그때그때 놀잇감을 만들어 놀이를 했다.

뽕나무 가지나 굵은 싸릿대로 활을 만들고 가느단 싸릿대나 대꼬챙이를 화살 삼아 누가 멀리 가나 겨루기도 하고 새총으로 전봇대 맞추기를 겨루기도 하였다. 무리에서 떨어져 좀 엉뚱한 짓을 하는 아이가 자라서 시인이 되고 예술가가 된다. 여름철 아침에 화살을 쏘고 그걸 찾으려다 풀섶 이슬에 젖었다는 것은 있을 수 있는 일이다. 허구한 날 일삼아 화살을 쏘았다는 것이 아니고 그런 적이 있었다고 생각하면 될 것이다. 어린 날의 활과 화살은 실용적 도구라기보다 유희적 도구일 것이다. 활쏘기는 이 작품에서 신체적 동작과 함께 내면적 충동의 함의를 가지고 있다. 또 글쓰기와 활쏘기는 문무의 대립적 구도로 파악하기 쉽지만 '호모루덴스'란 관점에서 보면 근친행위이다. 유일하게 화자 자신을 언급하고 있는 이 3연은 '나 어린 시인의 초상'이라 해도 무방할 것이다. 다음 「향수」의 4연을 언급한 부분은 요약·전달할 경우 소통장애의 염려가 있어 글의 취지를 분명히 하기 위해 좀 길지만 원문을 인용하기로 한다.

셋째, 이삭 줍는 모습의 비현실적 묘사다. 누이의 머리를 "전설 바다에 춤추는 밤물결"이라 했는데 내가 당시에 본 처녀의 머리채는 윤기가 흐르는 그런 신비한 것이 아니었다. 사철 발 벗고 아내가 이삭 줍는다고 한 것도 이해되지 않았다. 이삭은 보통 여름의 보리이삭, 늦가을의 벼이삭을 가리키는데 그중에도 보리이삭을 줍는 경우가 대부분이다. 이 시중에 "따가운 햇살"이라는 말은 바로 보리나 밀의 이삭을 줍는다는 사실을 암시하고 있다. 그런데 보리이삭을 주워본 사람은 아는 일이지만, 발 벗고 줍는다는 것은 상상하기 어렵다. 물론 1920·30년대 특히 시골에서는 어린애와 부녀의 경우 신을 신지 못한 경우가 많았다. 그러나 이삭을 주울 때에는 보리의 뾰족하고 거친 끝 때문에 무언가 발에 걸쳐야 했다. 그렇게 하지 않으면 찔리어 피투성이가 되었다. 그래 그런지 뒤에 나오는 이 구절을 읽을 적에는 밀레의 「만종」을 떠올리곤 했다.

누이의 검은 귀밑머리를 "전설 바다에 춤추는 밤물결 같다"했지 윤기가 흐른다고 하지 않았다. 전설 바다 자체가 상상 속의 것이지 실재하는 것은 아니고 이런 상상 속에서 검은 귀밑머리 날리는 것을 물결이 춤추는 것 같다고 했을 뿐이다. 여기 나오는 '귀밑머리'는 앞쪽 머리를 양쪽으로 갈라 땋은 뒤 귀 뒤로 넘긴 치렁치렁한 '귓머리'를 말한다. 전기가 들어오기 이전 희미한 등잔불 빛으로 본 흔들리는 귀밑머리를 "전설 바다에 춤추는 밤물결" 같다고 해본 것이라 이해하면 될 것이다. '사철 발 벗고 아내가 이삭 줍는다'는 대목은 없다. 이삭 줍는 아내의 특징을 "아무렇지도 않고 예쁠 것도 없는 사철 발 벗은 아내"라 했을 뿐이다. 특정 현장묘사가 아니라 아내의 전반적 특징서술이다. 또 "사철 발 벗은 아내"는 신을 신지 않은 아내가 아니라 '양말이나 버선을 신지 않고 늘 맨발인 아내'란 뜻이다. '발 벗은'은 신을 신지 않은 것을 가리키기도 하지만 양말을 신지 않은 것을 가리키기도 한다. 문맥에 따라 차이가 생긴다. 맨발로 모래톱을 걸었다면 신을 신지 않고 모래 위를 걸었다는 뜻이 된다. 그러나 "이 추운 겨울에 맨발을 벗고 다니니 감기에 안 걸리겠니?" 하면 양말을 신지 않고 다닌다는 뜻이 된다. 째지게 가난한 절대빈곤의 시절이라도 특히 겨울철에 신을 신지 않고 다니는 사람은 없었다. 하다못해 짚신이라도 신었고 겨울 거지도 마찬가지였다. "따가운 햇살을 등에 지고" 이삭을 줍는다고 해서 그것이 꼭 보리이삭일 필요는 없다. 그것은 벼이삭이든 보리이삭이든 상관없고 양쪽 모두라 해도 좋을 것이다. 벼이삭 줍는 가을볕을 두고 "따가운 햇살"이라고 못할 것이 없다. 첫여름이나 한여름의 햇살은 "따가운 햇살"이라 하기보다는 땡볕이나 불볕이나 뙤약볕이라 하는 것이 보통이다. "따가운 햇살"은 여름도 아닌데 의외로 햇살이 강하다고 느낄 때도 쓰인다. "점심나절 은근히 햇살이 따갑더라"라고 흔히 말한다. 적어도 내가 유년기를 보낸 지방에서는 그러했고 나의 언어감각으로도 그러하다. 밀레의 「만종」을 떠올렸다고 했는데 아마 「이삭 줍는 사람들」을 착각한 것이라 생각한다. 밀레의 「이삭 줍는 사람들」은 세 여인이 이삭 줍는 모습을 보여주는데 모두 모자를 쓰고 두툼한 신을 신고 있고 옷차림도 허술하지 않다. 우리 처지에서 보면 농민가족이라기보다는 자선사업기금 마련을 위해 여가활동을 하는 유한마담들처럼 보인다. 멀리 성당의 종탑이 보이는 들판에서 묵도를 하는 내외를 그린 「만종」도 노동현장의 그림이긴 하나 구차함이나 궁기가 배어 있지는 않다. 황소와 질화로와 사철 발 벗은 아내와 초라한 지붕이 나오는 「향수」의 세계가 가난했던 우리의 고향 정경이 아니라면 도대체 무어란 말인가?

「모방과 창조」는 5연에 대해서도 의문을 제기하고 있다. "하늘에는 섞은 별/알 수도 없는 모래성으로 발을 옮기고"로 시작되는 5연은 사실 가장 난해한 대목이다. "섞은"이 "성긴"의 뜻을 가진 옛말이며 해방 후에 나온 『지용시선』에는 "성근"으로 나온다는 것은 연구자들이 이미 지적하고 있으니 그리 읽으면 될 것이다. 소년 시절 이 대목을 되풀이 읽으며 무슨 뜻인가 궁리했으나 도무지 연결이 되지 않았다. 그러나 바로 그러한 불가해성 때문에 더욱 매력 있는 대목으로 비친 것도 사실이다. 지금부터 필자가 마련한 해석은 시인의 후기작품과 관련해서 추측하는 것이다. 정지용 후기작품에 「별」이 있다. 창을 열고 누워서 별을 바라보고 별에서 별까지 항해하며 별도 가지가지라는 것을 말하고 있는 시편이다. 갓 낳은 양 여릿여릿 빛나는 별도 있고 열이 나서 붉게 떠는 별도 있다.

대웅성좌大熊星座가
기웃이 도는데!

밤중에 일어나 보면 별의 위치가 초저녁 때와는 얼마쯤 다르게 보이기도 하는데 그것을 나타내는 것이 아닌가 생각한다. 성근 별이 발을 옮긴다는 것은 대웅성좌가 기웃이 도는 것과 같은 현상을 말하는 것이라 여겨진다. 또 모래성이란 것은 하늘의 은하수를 말한 것이 아닌가 생각한다. 같은 작품에 이런 시행이 보인다.

　　찬물에 씻기여
　　사금砂金을 흘리는 은하銀河!

　은하를 사금이나 고운 모래로 보고 있는데 그와 연결되는 이미지가 모래성이 아닌가 생각한다. 그렇다면 성근 별이 은하 쪽으로 옮겨 간다는 뜻이 된다. 이런 추측을 하는 것은 난해한 대목이 시인의 직품 속에 해명되어 있는 경우가 많기 때문이다. 가령 정지용의 동시 흐름의 작품에 「무서운 시계」가 있고 거기 이런 대목이 있다. "산모루 돌아가는 차, 목이 쉬어/이밤 사 말고 비가 오시려나?" 알고 보면 쉬운 대목이지만 이것을 혼자 힘으로 이해하는 젊은 독자는 많지 않다. 그런데 『정지용 시집』 끝자락에 있는 산문 「람프」에는 그 해명이 보인다.

　　흔히 먼 산모루를 도는 밤 기적이 목이 쉴 때 람프 불은 적은 무리를 둘러쓰기도 합니다. 가련한 코스모스 우에 다음 날 찬비가 뿌리리라고 합니다.

　그러나 필자는 위의 해석을 고집할 생각이 없다. 현시점에서 필자가 이해하는 방식이 이렇다는 것일 뿐이다. "발을 옮기고"의 주어는 "섞은 별"이며 그래야 일관성이 있다. 화자를 주어로 본다는 것은 정지용 시의 대체적인 어법에서 벗어난 읽기라고

생각한다. 이 대목의 난해성이 이 작품에 대한 불신으로 이어
진다면 그것은 독자 쪽의 성급함 때문이라 생각한다. 잘 이해
가 안 되면서도 좋아지는 시가 있고 이해가 안 되기 때문에 더
욱 매력적으로 보이는 시도 허다하다. 난해성이 시인에 대한
이해의 역부족으로 생길 수 있다는 것은 이 경우에도 배제할
수 없을 것이다. 위와 같이 네 항목을 들어 「향수」에 대해 유보
감을 가졌었다는 것을 얘기하고 「모방과 창조」는 다시 머릿속
에서 떠나지 않는 의문 두 가지를 말하는데 그 첫 번째 의문은
핵심적인 부분이라 생각되기 때문에 원문을 인용한다.

「향수」에 나오는 고향 곧 농촌의 모습이 너무 피상적이요, 풍경
화적이라는 사실이다. 그것도 동양적이라거나 한국적인 그것이 아
니고 이그조틱한 서구적 면모를 보여주고 있다는 것이다. 사실적
(현실적)인 당대 농촌의 현실과 너무나 유리되어 있는 공허한 그
림에 불과하다는 생각이다. 어디를 보아도 일하는 농촌의 모습이
보이지 않는다. 이삭을 줍는 누이와 아내가 있지 않느냐고 반문할
사람도 있겠으나 그것은 서구적 유채화의 한 부분이지 농촌의 현
실이 결코 아니다. 1950년대 초반에 이 작품을 처음 읽으면서 나는
심한 현실과의 괴리감을 느껴야 했고 시는 이렇게 아름답게 꾸며
야 되는 것이로구나, 그런 생각을 했다.

동의하기 어려운 관점이다. 가령, 첫머리에 보이는 옛이야기
지줄대며 흐르는 실개천도 금빛 게으른 울음을 우는 황소도 지

난날 우리 고향의 정경이며 그 생활의 리듬을 보여준다. '바쁘다, 바빠'라는 속어가 반영하는 근자의 황망한 사회생활과 다른 그 생활의 리듬은 바로 지난날 우리의 것이었다. 전체적으로 속도감이 결여되어 있고 유장한 느낌을 주는「향수」는 전근대의 시간 흐름을 반영하고 있고 그 점만 가지고도 타인의 추종을 불허하는 걸출한 작품이다. 그렇다고 시인이 이런 점을 일일이 의식하고 썼다는 뜻은 아니다. 실개천을 가리키며 넓은 벌에 실개천이 어디 있느냐며 의문을 표시하는 의견을 들은 적도 있다. 실개천은 상대적인 개념이며 큰 강에 비하면 조그만 개울은 실개천에 지나지 않는다. 대체로 유장한 리듬을 가지고 있는 이 작품에서 굳이 '실개천'이라 한 것은 리듬상의 고려라고 생각해야 할 것이다. "짚베개" "아무렇지도 않고 예쁠 것도 없는 아내" "서리까마귀" "도란도란거리는 곳" 같은 대목이 모두 그러하다. '운율'을 맞추기 위해 '사실' 대신에 이미지나 장식어를 대체적으로 사용한다며 발자크는 시인들에 대한 불신을 표명한 바 있다. 이때의 '운율'을 너른 의미로 이해하면 시 언어의 핵심을 간파하고 있는 통찰이라고 할 수 있다. 개천 아닌 실개천, 까마귀 아닌 서리까마귀라고 함으로써 유장한 리듬에 기여한다는 것은 쉽게 간취된다. 또 조금은 더 낯선 말을 도입함으로써 낯설게하기에 기여한다. '서리까마귀'만 하더라도 서리병아리란 말에 의거해서 창조적으로 변형한 조어이지만 낯설게하기 효과도 있고 또 서리철이란 구체성을 작품에 부여하여 일석삼조의 효과를 내고 있다.

이삭을 줍는 누이나 아내는 서구적 유채화의 한 부분이지 농촌의 현실이 아니라는 단정도 수긍되지 않는다. 이삭줍기라면 보리이삭을 줍는 경우가 대부분이라고 얘기한 뒤끝이라 더욱 의아스럽고 앞뒤가 맞지 않는다. 앞서 얘기했으니 더 중언부언 않겠다. "서리까마귀 우지짖고 지나가는 초라한 지붕"은 초가지붕일 것이다. 그 초가집에서 흐릿한 불빛에 돌아앉아 도란거리는 것이 어째서 이국적인 풍경이란 말인가? 흙에서 자란 마음이기 때문에 하늘빛이 그리워 하늘에다 대고 활을 쏘았다고 되어 있다. 꼭 날짐승을 겨냥해서 쏘아야 하나? 구석기시대도 아닌데 가난한 나라의 소년에겐 동경憧憬의 유희도 있을 수 없고 있어서도 안 되고 있었다면 거짓말이 되는 것인가? 타인의 경험에 대한 호기심과 존중이 전혀 없는 배타적이고 메마른 관점이다.

　어디를 보아도 일하는 농촌의 모습이 보이지 않는다고 했는데 이 작품은 고향 떠난 자가 고향을 그리는 노래다. 화자가 마음속에 담고 있는 소중한 고향의 이미지를 선별적으로 노래한 것이다. 그림이 실물보다 아름답듯이 언어화된 정경은 실제보다 아름답게 느껴진다. 그러한 의미에서 성공한 시는 대개의 경우 하나의 별세계를 마련한다. 당시의 시인들이 별로 돌보지 않던 토박이말로 공들여 조직한 이 향토색 짙은 작품을 이국적이라고 보는 것은 결국 일하는 농촌이 보이지 않기 때문이라는 것이다. 여기 드러나 있는 것은 '농촌 현실의 부재'에 대한 은폐되지 않은 적의라고 할 수밖에 없다. '불신의 자발적인 정지'란 말이 있다. 곧이들리지 않는 경우가 있더라도 일단 그러려니,

하고 받아들이는 독자의 향수 태도를 말하는 것이고 쉽게 말하면 알면서 속고 들어간다는 뜻이다. 소설이나 희곡을 읽으면서 우리는 자각적이건 심층적이건 알면서 속고 들어간다. 그래야 재미도 있고 숨은 의미도 찾게 될 것이다. 난해한 시를 읽으면서 왜 우리는 그 뜻을 알려고 노력하는가? 거기에 분명히 우리가 알지 못하는 경험과 뜻이 비장되어 있기 때문이라는 텍스트에 대한 경의가 있기 때문이다. 「향수」를 공허한 그림이라고 속단 혹은 예단한다는 것은 텍스트에 대한 기본적인 경의를 버리는 것이다. 따라서 텍스트의 많은 것을 보지 못하게 된다. 스티크니의 시편을 접하고 「향수」의 밑그림을 보는 것은 그러한 편향된 독선적 예단 때문이라 생각한다. 사실적 산문소설과 서정시의 지향점이 다른 것에 대한 인식의 결여도 한몫했을 것이다.

스티크니의 「추억」

「모방과 창조」는 스티크니의 「추억」을 읽고 「향수」에 대한 갖가지 의문이 풀렸다고 적고 있다. 쉽게 말해서 외국시의 모작이기 때문에 「향수」는 많은 "이질감"을 안겨준다는 것이다. 그러나 이것은 필자의 요약이기 때문에 정확을 기하기 위해 원문을 인용하기로 한다.

그 특유의 언어의 조탁과, 적절한 서술과 상상적 이미지의 조화로 말미암아 독자를 획득하는 데에 성공을 하고 있음도 사실이다.

그러나, 스티크니의 「추억」을 그가 읽고 (일어의 번역이든, 영어로든) 그 영향 아래 하나의 모작으로 쓰여진 것임이 분명하다.

스티크니의 「추억」은 1957년에 간행된 『미국의 현대시』에 실린 작품이다. 『미국의 현대시』는 본래 1955년에 '20세기 미국 시론'이란 제목으로 박문출판사에서 나왔으나 나중 개제를 했고 1963년에 수도문화사에서 4쇄가 나왔으니까 당시로서는 많은 독자를 얻은 셈이다. 우선 '추억'이라 번역되어 실린 스티크니의 「Mnemosyne」의 번역문을 읽어보기로 한다.

지금은 가을 맞은 내 추억의 고장

길 모롱이 하냥 따사로운 바람결 스치고
태양 향그러이 긴 여름날을
산마루 감돌아 그림자 조우던 곳

지금은 치운 바깥 내 추억의 고장

한낮에 금빛 보리밭 결 박차 소소 떠는
날씬한 기울은 제비 나래여
누른 소 넓은 들에 한가로이 풀 뜯던

지금은 비인 땅, 내 추억의 고장

칡빛 머릿단에, 수심 짙은 눈망울에
내가 보아도 사랑스런 내 누이와
밤이면 손 맞잡고 노래 부르던 숲 속
지금은 쓸쓸한 내 추억의 고장

내 귓전에 어린 자식들 도란거리고
난로煖爐 속의 여신餘燼을 내 눈여겨보매
눈물방울 스며 스며 불꽃마다 별인 양 반짝이다

지금은 어두운 내 추억의 고장

그 옛날 내 자라던 산마루들 솟고
쓰러진 교목喬木, 달구지 자국 진창된 길에
폭풍우暴風雨 처참悽慘에 틀어 굽은 그루터기들 모습

이곳 고장인 줄 내 몰랐던들 내 푸념 다히 물어리라
어찌 이토록 처참에 새塞한 대지大地뇨
어찌 내 홀로 이곳에 와 살았느뇨

지금은 비 뿌리는 내 추억의 고장
　　　　　　　─「추억」전문, 『트럼블 스티크니 시집』(1905) 중에서

「모방과 창조」는「향수」와「추억」사이의 공통점을 들고 있

다. 그것을 요약하면 이렇게 된다. 1)주제가 같다 2)반복되는 후렴이 내용상으로나 기능상 거의 동일하다 3)연stanza의 수와 또 연을 이루는 시행 수가 엇비슷하다 4)발상 또는 표현이 너무 같다. 이에 대해서 좀 더 자세히 검토해보기로 하자.

1. 소재의 동일성을 말하지만 향수, 즉 집이나 고향을 그리워하는 감정은 극히 비근하고 보편적인 것이다. 넓은 의미로 생각해서 시간이나 공간을 넘어서 먼 곳이나 먼 대상에 대한 그리움이나 동경을 노스탤지어라 할 때 낭만주의 시는 곧 노스탤지어의 시라고 말할 수조차 있다. 고향을 그리는 것은 사랑의 아픔이나 혹은 기쁨과 마찬가지로 서정시의 영원한 소재이자 원천이다. 소재의 동일성을 두고 영향이나 모작관계가 설정되는 것은 그 모티프나 소재가 조금은 이색적이고 희소한 경우일 것이다. 가령 김기림의 「바다와 나비」와 스티븐 스펜더의 「바다 경치」의 경우 그러한 상정이 가능할 것이다. (김종길 교수는 근자에 작품발표 연대로 보아 양자 사이에 직접적 영향관계가 보이지 않는다는 것을 실증적으로 논증하였으나 여기서는 상론하지 않겠다.)

2. 반복구refrain가 같다는 것도 그렇다. refrain을 후렴으로 번역하면 연 끝에 오는 것으로 한정해서 생각하기 쉽다. 그러나 반복구는 앞이나 중간에도 온다. 「향수」에는 "그곳이 참하 꿈엔들 잊힐리야"란 반복구가 다섯 번 나온다. 한 줄 띄어 있기는 하지만 연 끝에 되풀이 나와서 후렴이라고 해도 좋을 것이다. 반복구 혹은 후렴은 노래나 시에 빈번하게 나오는 것이고

아주 낯익은 것이다. 특히 원시적 시가나 민요의 보편적인 특징이다. 정지용은 해방 후에 쓴 「조택원 무용에 관한 것」이란 단문에서 휘문고보 시절 "택원이는 정구 전위선수로 날렸고 나는 인도의 타고르의 시에 미쳤던 것이다"라고 적고 있다. 실제로 1923년 1월 휘문고등보통학교 문우회 학예부에서 발간한 『휘문』에는 정지용 번역의 타고르 시편 아홉 편이 수록되어 있어 계간 『서정시학』이 얼마 전에 발굴해서 싣고 있다. 타고르에게는 반복구가 나오는 시편이 많다. 굳이 스티크니의 「추억」이나 다고르가 아니라도 정지용이 일어시를 발표했던 『근대 풍경』을 주재한 시인, 가령 기다하라 하쿠슈〔北原白秋〕의 시편에 지천으로 깔려 있는 게 반복구이다. 「추억」의 경우 되풀이되는 반복구는 3행 1연의 형태 중에서 제일 앞에 나오다가 마지막 연에서는 뒤에 나온다. 그리고 "내 추억의 고장the country I remember"이란 부분만 되풀이된다. 반복구는 성질상 어느 경우에나 기능이 비슷하다. 그것은 주제를 강조하고 소리의 되풀이를 통해 즐거움을 주고 정감을 강조한다. 그러니 반복구가 있고 기능이나 내용이 같다는 것을 근거로 해서 영향이나 모작 관계를 설정하는 것도 적정성을 갖지 못한다. 또 "the country I remember"와 "그곳이 참하 꿈엔들 잊힐리야"가 내용상으로 같다고 말하는 것은 기의보다 기표에 우위성이 놓여 있는 시의 특성에 대한 고려가 없는 소재주의적인 발상이요, 환원주의적 산문 접근법이다.

3. 「향수」의 시행 총수는 25행이요, 「추억」의 시행 총수가 24

행이니 과연 엇비슷하다. 그러나 「향수」와 같은 해인 1927년에 발표된 정지용의 「옛이야기 구절」의 총 행수도 24행이다. 길이나 시행 수가 엇비슷하다는 것은 별 의미가 없다. 연을 이루는 시행 수가 엇비슷하다는 것도 별 의미가 없다. 1920년대 이후의 한국시는 번역 시형이 주류화한 것이라고 볼 수 있다. 1921년에 나온 역시집 『오뇌의 무도』에는 14행 시의 번역이 많이 보인다. 서양의 표준적 14행 시는 두 개의 4행 연구聯句와 두 개의 3행 연구로 되어 있다. 그밖에 2행 1연의 시도 보인다. 가령 김소월의 시편을 보면 3행 연구, 4행 연구, 2행 1연의 시편이 보이고 그러한 흐름은 그 후에도 이어지고 있다. 정지용의 「향수」는 4행 연구 시형에 후렴을 붙인 형식으로 당대의 시편에서 흔히 발견된다. 가령 김소월 『진달래꽃』에도 4행 연구 시편은 굉장히 많다. 그러한 전체적 맥락에서 볼 때 시행 수효가 「추억」과 엇비슷하다는 것은 우연의 일치일 뿐이다.

4. 발상과 표현이 너무 같다고 「모방과 창조」는 말하고 있다. 우선 거론한 것이 「향수」의 1연과 「추억」의 2연이 서로 닮았다는 것이다. "금빛"이나 '한가로이 풀을 뜯는 황소'가 같다는 것이다. 황소 혹은 소는 워즈워스 시에도 나오고 일본의 근대시에도 나오고 한국시에도 미국시에도 나온다. 농촌에 황소가 있는 것은 너무나 평범하고 당연한 것이다. 금빛이 공통된다고 지적하고 있지만 "금빛 보리밭"과 "금빛 게으른 울음"은 그 차이가 너무나 현격하다. 다 익은 보리밭을 금빛이라 한 것은 너무나 평범한 것이고 소의 울음소리를 금빛이라 한 것은 아주

독특한 공감각적 낯설게하기이다. 발상이 같다고 하는 것은 수용할 수 없는 관점이다. 또 「향수」 2연의 "질화로의 재"와 「추억」 4연의 "난로 속의 여신"이 같다고 한다. 겨울밤의 화로는 한옥의 필수품의 하나로 희귀하거나 진귀한 것이 아니다. 그리고 서양 가옥에서 불 피운 벽난로 또한 겨울밤의 필수품이었다. 난로라 번역된 hearth는 본래 돌이나 벽돌로 된 벽난로의 바닥을 가리키는 말인데 난로나 가정의 단란을 뜻하기도 한다. 두 시편 사이에서 발견되는 가장 뚜렷한 공통요소라 할 수 있다. 그러나 '벽난로 바닥의 여신'에서 따온 것이라기엔 질화로의 재가 식어지는 겨울밤의 정경이 너무나 자연스럽고 정겹게 표현되어 있다는 점이 중요하다. 이 정도의 피상적 공통점을 두고 대차관계를 따지자면 부지기수일 것이다. "검은 귀밑머리"와 "Her hair was dark"도 같고 따라서 「향수」의 4연과 「추억」의 3연이 매우 흡사하다는 것이다. 비교해보자.

　　전설 바다에 춤추는 밤물결 같은
　　검은 귀밑머리 날리는 어린 누이와
　　아무렇지도 않고 예쁠 것도 없는
　　사철 발 벗은 아내가
　　따가운 햇살을 등에 지고 이삭 줍던 곳

　　　　　　　　　　　　　　　　　　　　　　　—「향수」 부분

　　칡빛 머릿단에, 수심 짙은 눈망울에

내가 보아도 사랑스런 내 누이와

밤이면 손 맞잡고 노래 부르던 숲 속

—「추억」부분

정말 이것이 흡사한 것인가? 검은 머리 누이와 밤에 손잡고 노래 부른 숲이 있는 추억의 고장과 검은 귀밑머리 날리는 누이와 예쁠 것도 없는 사철 발 벗은 아내가 이삭 줍는 고향이 정말로 흡사한 것인가? 금발 머리가 아니고 검은 머리이기 때문에 같단 말인가? 검은 머리 누이라는 유사성 때문에 이 모두가 흡사하다는 것은 엽기적 비약이다. 「추억」의 나이 많은 화자가 애상적으로 과거를 회상하고 있음에 비해 「향수」의 화자는 현 시점에서 떠나온 고향을 생각하고 있으며 결코 애상적이지도 않다. 또 「향수」 5연과 「추억」 4연이 부분적으로 유사하다고 말한다. "흐릿한 불빛에 돌아앉아 도란도란거리는 곳"과 "어린 자식들 도란거리고"가 같다는 것이다. "The babble of our children fills my ears"에서 "babble"은 '분명히 알아들을 수 없는 혀 짧은 소리' '허튼소리' '무의미한 소리'란 뜻이다. '뜻 모르게 지껄이는 내 아이들의 소리가 내 귀를 채운다'는 것이 이 대목의 뜻이다. 'babble'을 '도란거리다'로 번역한 것은 그 취지는 이해하지만 엄밀히 말해서 오역이다.

『미국의 현대시』의 역자후기에는 수록시편 번역에서 최승묵 崔升默 씨에게 힘입은 바가 많다는 고마움의 뜻이 표명되어 있다. 역자 김용권 교수는 시 번역이 아무래도 미심쩍어 일단 직

역한 원고를 건네서 최승묵 씨에게 윤문을 부탁했고 그러는 과
정에서 그의 손이 많이 가 역시는 사실상 이제는 고인이 된 최
승묵 씨의 작품이라고 필자에게 술회한 바 있다. 당시 대학원
학생이었던 최승묵은 소문난 수재요 공부꾼이었다. 헨리 제임
스의 장편 『나사의 회전』 번역을 『망령』이라 개제해서 상자한
바도 있고 학내 문학지에 단편 발표도 한 처지였으나 불행히도
일찍이 타계해서 많은 사람들이 애석해하였다. 그는 몇몇 친구
와 함께 엘리엇의 『황무지』를 번역해서 대학 학보에 실은 바도
있고 그것이 김용권 교수로 하여금 그에게 번역시 윤문을 부탁
하는 직접적 계기가 되었다고 한다. 중학 때부터 독서광 문학
소년이었다는 최승묵은 분명히 「향수」를 위시해 정지용 시를
잘 알고 있었고 그 때문에 「추억」 번역에서도 정지용 시어를 많
이 차용한 것이라는 게 필자의 판단이다. 가령 2연의 "금빛 보
리밭" "누른 소 넓은 들에"는 분명히 「향수」의 어휘가 보인다.
"금빛 보리밭"은 "golden grain"의 번역이다. 직역을 하면 '황
금빛 곡초穀草'가 된다. 미국에 많은 밀밭을 취하지 않고 보리
밭이라 한 것은 리듬상의 고려이지만 황금색이 너무 평범해서
"금빛"이라 한 것은 「향수」의 영향이라 생각된다. "넓은 들"은
"plain"의 번역이다. plain은 평원, 평야라고 번역하는 것이 보
통이고 사전에도 그리되어 있다. 이것을 굳이 "넓은 들"로 한
것은 "넓은 벌"을 변주한 것이고 역시 「향수」 어휘의 채용이다.
'babble'을 '낮은 목소리로 정답게 잇달아 얘기하는 것'을 뜻
하는 '도란거리다'라 번역한 것은 그 대표적인 사례이다. "흐

릿한 불빛에 돌아앉아 도란도란거리는 곳"에 매료된 그는 오역의 위험을 무릅쓰고 '도란거리다'라고 한 것이다. 제1연의 끝을 "산마루 감돌아 그림자 조우던 곳"이라 한 것도 「향수」의 영향이다. 관계부사의 절이 아닌데도 관계부사의 절처럼 "조우던 곳"이라 한 것은 이 시를 번역할 때 「향수」의 시행을 의식했다는 구체적 증거가 된다고 할 수 있다. 익숙하지 않은 독자를 위해 첨가한다면 「향수」에서 후렴 앞의 연은 "우는 곳" "이삭 줍던 곳"과 같이 모두 '곳'으로 끝난다. "Her hair was dark"를 "칡빛 머릿단"이라 한 것도 토박이말 채용에 남다른 관심을 보였던 정지용의 시적 성향을 따른 것이라 할 수 있다. "그루터기"니 "진창된 길"이니 같은 말을 쓴 것도 1950년대 중반 이른바 모더니스트들이 한참 기세를 올리던 무렵의 역어로서는 역자의 취향이 돋보이는 대목이다. "달구지 자국 진창된 길"은 "The path is slushed with cattle-tracks"의 번역이다. '소 발자국'을 "달구지 자국"으로 했는데 이것도 달구지란 말을 써서 돋보이고자 한 것이지 양자의 차이를 몰라서 그런 것이 아닐 터이다. 요컨대 「추억」은 정지용 어사가 곳곳에 박혀 있는 「향수」 애독자의 번역시이다. 바로 이러한 요소 때문에 「향수」가 「추억」의 모작이라는 착시錯視효과를 빚어낸 것이라고 필자는 생각한다. 보르헤스가 「카프카의 선배들」이란 에세이에서 유머러스하게 전개한 생각을 흉내 내어 말해본다면 엽전 시인 정지용이 죽은 스티크니를 모방한 것이 아니라 죽은 고전학자 스티크니가 동방의 청년 정지용을 모방한 것이다.

부대 정보

「모방과 창조」는 「향수」의 발표 연대와 실제 제작 연대에 대한 언급을 하고 있다. 「향수」는 1927년 『조선지광』 3월호에 발표되었으나 작품 말미에는 1923년 3월이라고 씌어 있다고 한다. 이 작품이 극히 초기의 작품이고 따라서 그만큼 모작 가능성도 커진다는 말을 덧붙이고 있다. 김학동 교수의 『정지용 연구』를 따르면 현재 전해지고 있는 정지용의 첫 작품은 1922년에 쓴 「풍랑몽」이라 한다. 1930년대 중반에 성로城路 이학인李學仁이 편집·발행한 단명의 『조선문단』 앙케트에 대한 응답에서 정지용은 자신의 처녀작을 「향수」라고 적고 있다. 그로서는 초기작품 중 가장 애착을 갖고 있는 「향수」를 처녀작으로 꼽았던 게 아닌가 생각된다. 사실 작품 성취도로 보아 「풍랑몽」은 사뭇 떨어지는 작품이다. 「향수」가 실제로 쓰인 시기가 1923년이라고 하나 그것은 그리 중요하지 않다. 그때 작품을 써놓고 틈틈이 퇴고를 하다가 발표할 때 즈음해서 현재 전해지고 있는 형태의 작품으로 완결했을 가능성도 충분히 있다. 북한에서 1992년에 출간된 『1920년대 시선 3』에 실린 정지용의 「그리워」를 최동호 교수가 발굴해서 소개한 바 있다. 이것은 나중 「고향」이란 이름으로 발표된 작품의 원형이라고 생각되는데 성취도에 있어서는 「고향」에 크게 미치지 못하는 습작 흐름의 작품으로 보인다.

그리워 그리워

돌아와도 그리던 고향은 어디러뇨

동녘에 피어 있는 들국화 웃어주는데

마음은 어디고 붙일 곳 없어

먼 하늘만 바라보노라.

　　　　　　　　　　　　　　　　　　　　—「그리워」 부분

　그러므로 현재의 「향수」의 원형이 되는 습작품 비슷한 것이
또 있을는지도 모른다. 그렇다고 정지용이 스스로 「향수」를 처
녀작이라고 말하고 있다는 사실의 중요성은 감소되지 않는다.
시인이 애착을 갖고 처녀작이라고 말하는 것에 값할 만한 작품
적 성취를 이루고 있기 때문이다. 1920년대 중반 우리 시의 상
황 전반을 고려할 때 「향수」는 기적이라 해도 좋을 만큼 매혹적
인, 뛰어난 작품이다. 전례 없이 적정하고 다채로운 기층 어휘
의 구사와 조직, 유장하면서 감칠맛 나는 리듬감, 쉽게 잊히지
않는 갖가지 정경, 복합적인 구도, 간절하면서도 애상적인 속
기俗氣에서 자유로운 「향수」는 시인이 고향과 조국과 모국어에
바친 최고 헌사獻詞의 하나일 것이다. 초기작품인만큼 시인의
뒷날의 발전과 성취를 예고해주는 수작이기도 하다. 이 작품이
발표 당시 상대적으로 크게 평가를 받지 못한 것은 작품이 함
의하고 있는 반근대성에 당대 지식인들이 등을 돌렸기 때문이
라고 생각한다. 오늘날 근대지향의 감각적인 정지용 시편보다
「향수」와 후기시편이 더욱 호소적인 것은 흥미로운 일이다. 이
작품의 외국어 번역이 드문 것은 번역이 어렵기 때문이고 그것

은 작품의 특징을 말해준다. 모작이란 밑그림이나 모형이 된 작품보다도 덜떨어진 작품을 두고 하는 말이다. 「향수」는 제 땅에 제 발로 우뚝 서 있는 우리 근대시의 수작이며 설령 선행 작품에서 영감을 받았다 하더라도 모든 것을 환골탈태한 당당한 우리의 고전이다.

　누구나 읽은 책에서 크고 작은 영향을 받게 마련이고 시인, 작가의 경우엔 더더구나 그러하다. 감수성을 열고 많은 작품을 읽는 것은 시인, 작가의 문학적 성장에 기여하는 자기교육의 고전적 형태이다. 많은 작품을 읽고 크고 작은 영향을 받는 것은 장한 일이지 못난 짓이 아니다. 그러므로 정지용이 스티크니의 「추억」을 읽었을 가능성을 배제할 필요는 없다. 그러나 읽었건 안 읽었건 「향수」는 지금의 형태로 씌어졌을 것이라고 필자는 생각한다. 그러나 과연 청년 정지용이 그 시편을 접했을 것인가, 하는 문제는 문학 외적인 호기심을 자극한다. 조재훈 교수는 일어 번역이든 영어로든 읽고 그 영향 아래 하나의 모작으로 쓰여진 것임이 분명하다고 단정적으로 말하고 있다. 그게 그리 중요한 문제가 아니라는 전제하에 조심스러운 추정을 시도할 때 우리가 참작해야 할 사항은 두 가지다. 조재훈 교수도 밝히고 있듯이 스티크니는 촉망받는 고전학자였으나 30세에 뇌종양으로 사망했고 생전에 『극시』를 상자했으나 문제 시편이 수록된 시집은 사후 1년째인 1905년에 친구들의 노력으로 상자되었다. 「추억」이 처음으로 사화집에 실린 것은 1929년 '모던 라이브러리판'으로 나온 콘래드 에이큰의 『미국시선집A Comprehensive Anthology of

American Poetry』에서였다. 일본이 재정적으로 윤택한 나라라 하더라도 외국 군소시인의 모든 시집을 도서관에 비치했을 것인가, 하는 점을 고려해야 한다. 페이퍼백이 없던 시절 시집 가격은 엄청난 고가였다. 또 일본이 외국책 번역을 극성맞을 정도로 뚝딱 해치우는 '번역가의 천국'이긴 하지만 휘트먼이나 에드거 앨런 포가 아닌 상대적 무명시인의 작품을 1920년대 초에 시집에서 직접 번역했을 것인가를 고려해야 한다. 본국에서 문학적 위상이 확정된 안전한 작품을 번역하는 것이 번역자의 일반적 관행이다. 누군가 일본의 번역 서지를 조사하면 밝혀질 문제인데 인터넷시대이니 뜻만 있다면 그리 어려운 일은 아닐 것이다. 스티크니의 이 작품은 널리 교과서로 쓰인 『노튼 사화집』에도 실려 있지 않고 뒤늦게 2004년에 나온 해럴드 블룸 편집의 950페이지짜리 『영어최고 시편The Best Poems of the English Language』에 수록되어 있다. 엘리엇을 과대평가된 시인이라며 낭만주의 시인들을 재평가한 블룸의 문학적 성향이 반영되어 있다고 할 수 있다. 김용권 역의 「추억」은 특히 반복구 부분이 뛰어난 50년대의 역작이지만 예스러워 난해한 구석이 보이기 때문에 독자의 참고가 되도록 알기 쉽게 직역해보면 다음과 같이 된다. 또 관심 있는 독자를 위해 원문도 적어둔다.

내 기억하는 땅은 이제 가을

이곳에서 바람은 따뜻하게 불었었지

산마루의 그림자는 누워서 잠들었었지
햇빛 감미로운 기나긴 여름날에

내 기억하는 땅은 이제 추워

한낮에 비스듬한 날개도 날렵하게 제비들
향을 바꾸며 황금빛 밀보리를 스쳐 나르고
누런 소들은 들판에서 풀을 뜯었지.

내 기억하는 땅은 이제 텅 비어 있어

내 눈에 사랑스런 누이가 있었지
새까만 머리에 검정색 두 눈
한밤 숲속에서 우린 함께 노래 불렀지.

내 기억하는 땅은 이제 쓸쓸해

내 아이들의 뜻 없는 말소리 내 귀를 채우고
난로 바닥 다 꺼진 깜부기불 골똘히 지켜보니
불꽃이 눈물 어린 내 눈에 모든 걸 별처럼 반짝이게 하네

내 기억하는 땅은 이제 캄캄해
내 살던 산들이 있고 길은

소 발자국과 쓰러진 나무로 산란하고
나무 그루터기는 폭풍우의 노여움에 비틀려 있네

이곳이 내 살던 곳임을 몰랐던들
어찌 이런 비참함이 지상을 짓누르며
어찌 나 홀로 거기 살게 되었는가, 물어보리라

내 기억하는 땅에 비가 내리네

Mnemosyne

It's autumn in the country I remember.

How warm a wind blew here about the ways!
And shadows on the hillside lay to slumber
During the long sun-sweetened summer-days.

It's cold abroad the country I remember.

The swallows veering skimmed the golden grain
At midday with a wing aslant and limber;
And yellow cattle browsed upon the plain.

It's empty down the country I remember.

I had a sister lovely in my sight;
Her hair was dark, her eyes were very sombre
We sang together in the woods at night

It's lonely in the country I remember.

The babble of our children fills my ears,
And on our hearth I stare the perished ember
To flames that show all starry thro' my tears.

It's dark about the country I remember.

There are the mountains where I lived. The path
Is slushed with cattle-tracks and fallen timber,
The stumps are twisted by the tempests' wrath.

But that I knew these places are my own,
I'd ask how came such wretchedness to cumber
The earth, and I to people it alone.

It rains across the country I remember.

영향 혹은 차용 연구

영향관계의 추적에서 지나친 읽어 넣기가 성행하는 것은 경계할 일이다. 서리까마귀가 서리병아리의 창조적 변형이요 조어라는 것은 앞서 얘기했지만 모국어 사용자의 언어직관을 갖지 못해 불리한 입장에 있는 일본의 사에구사〔三枝壽勝〕교수는 이백의 상오霜烏에서 그 전거典據를 보았다. 뿐만 아니라 "해설피"도 『두시언해』에 의존해서 그 다의성을 지적하며 「향수」 1연을 '털이 깨끗지 못해서 보잘것없는 황소가 해가 설핏해서 금빛으로 빛나고' 있는 것으로 해석할 수 있다고 지나친 읽어 넣기를 하고 있다. 정지용이 후기작품에서 "하놋다" "하이"와 같이 『두시언해』의 말투를 빌려 쓰고 있는 것은 사실이다. 그러나 이십 대 초반의 청년 정지용이 『두시언해』를 읽었으리라고 상정하는 것은 비약이다. '성근'의 뜻을 가진 "섞은"도 『두시언해』를 통해서가 아니라 시골에 남아 있던 옛말을 찾아 쓴 것이라고 보는 것이 자연스러울 것이다.

우리나라 사람들에게 널리 알려진 시 중의 하나에 정지용의 「향수」가 있지만, 그럼에도 필자는 어디에서도 이 시가 얼마나 자연스럽게 동양의 고전적 작품들을 차용하고 있는지 지적하는 글을 보지 못했다. 이 시 속에는 『시경』, 당시, 송사 등 동양의 고전에서 차용한 구절들이 전혀 표 나지 않게 들어 있다. 구체적 예를 하나만 든다면 "하늘에는 성근 별/알 수도 없는 모래성으로 발을 옮기고/

서리까마귀 우지짖고 지나가는 초라한 지붕"이란 구절의 경우 조
조의 「단가행短歌行」에 나오는 "달이 밝으니 별이 드물고 까마귀와
까치는 남쪽으로 날아가니 숲을 세 바퀴 돌아도 의지할 가지가 없
네(월명성희月明星稀 오작남비烏鵲南飛 요수삼잡繞樹三匝 하지가
의何枝可依)"를 교묘하게 변용시키고 있는 것이다.

이것은 홍정선 교수의 「공허한 언어와 의미 있는 언어」에 보
이는 대목이다. 풍부한 교양과 독서가 문학작품의 비평에 기여
한다는 취지의 문맥에서 토로한 발언으로 그 취지에는 전적으
로 공감하지만 오해를 야기할 소지가 많다. 『삼국지연의』에도
나오는 조조의 「단가행」은 32구로 된 긴 시다. "월명성희" 이하
는 마지막 8구이지만 정지용이 교묘하게 변용할 만한 내용이
따로 없다. 공통되는 것은 별이 드물다는 것과 까막까치가 난
다는 것뿐이고 의지할 가지가 없다는 것과 초라한 지붕 사이에
는 아무런 유사성도 평행현상도 없다. 달이 밝지 않더라도 흐
린 밤하늘에는 "성근 별"이 보인다. 성근 별과 오작을 말했다고
해서 곧 조조 시의 교묘한 변용이라고 말하는 것은 자의적 비
약이다. 32구로 된 조조의 「단가행」 중 12구가 『시경』에 밑그림
을 두고 있으니 명작이란 으레 그런 것이려니 생각해서 하는
말인가? "하늘에는 성근 별"을 읽으며 조조의 시에도 소동파가
활용한 기막힌 이미지의 "월명성희"란 대목이 있으며 "오작남
비"가 뒤따른다고 말하는 것과는 전혀 차원이 다른 문제다. "오
작"이란 규격화된 말과 서리까마귀 사이엔 큰 차이가 있다. 교

묘히 변용했다고 말하는 것 자체가 조조의 명구와 「향수」 사이에 큰 상관관계가 보이지 않는다는 것을 반증한다. 맥락에서 떼어서 한두 개 어사의 공통성을 두고 그것을 교묘한 변용이라고 한다면 교묘한 변용 아닌 시가 어디 있을 것인가? 그것이 바로 상호텍스트성의 이론을 이루고 있지만 모든 이론이 그렇듯이 그 적용에는 절제가 필요하다. 그밖에도 『시경』, 당시, 송사 등의 동양 고전에서 표 나지 않게 차용했다는 대목을 혼자서만 음미할 것이 아니라 널리 알려 그것도 알지 못한 채 「향수」를 거론하는 한심한 동포들을 계몽해주어야 할 것 아닌가?

　"함부로 쏜 화살"이 롱펠로우에서 나왔다는 주장도 있다. 아무리 엽전 시인이기로서니 소년 시절에 해본 활쏘기도 제 힘으로 노래하지 못하고 외국 시인의 힘을 빌려야 한단 말인가? 가령 일본판 공동체인 '새마을'을 시도한 것으로 유명한 일본 작가 무샤노코지〔武者小路實篤〕의 시에 "미美를 향해서/활을 쏘는 자 있으니"란 대목으로 시작되는 단시가 있다. 또 「활 쏘는 사람」이란 시편도 있다. 이 이상주의자도 롱펠로우의 영향을 받은 것일까? 활쏘기는 동아시아 쪽에서 더 익숙한 놀이가 아니었을까? "그곳이 참하 꿈엔들 잊힐리야"를 두고 세계 명곡이라고 배운 오드웨이의 「여수旅愁」의 노랫말, 특히 "꿈길에도 방황하는 내 정든 옛 고향"의 변주가 아니냐고 말하는 이도 있었다. 그럴지도 모르지만 양자 사이의 큰 차이가 시와 단순 노랫말로 구별되지 않느냐고 대답한 적이 있다. 이 모든 기문奇聞을 저 아래로 굽어보며 우리의 고전 「향수」는 독자들에게 호소하기를 계속하리라는 것이 나의 판단이다.

상호텍스트성의 이론은 작품이 기존 작품의 조립이라며 독창성을 부정하고 있고 그것은 하나의 일반론으로서 그 나름의 설득력을 지니고 있다. 그러나 의도적인 패러디가 아닌 이상 상호텍스트성의 이론이 공공연한 표절이나 염치없는 차용을 정당화할 수는 없다. 마찬가지로 사소한 공통성이나 유사성을 곧 차용이나 도용이나 흉내로 간주하는 것도 정당화될 수 없다. 중요한 것은 개개 작품의 성취도와 작품적 충격이다. 그리고 표절이나 차용이 의심되는 부분과 전체와의 관계이다. 영향 연구나 차용 찾기에 열의를 보이는 이들이 경청할 만한 삽화가 있다. 『실낙원』을 연구한 학자들이 밀턴이 직간접적으로 빚지고 있다고 지적한 문인들은 무려 2천 명이나 되며 그것은 시행 5행마다 새 문인에게 빚지고 있는 셈이라 한다. 어떤 셰익스피어 학자의 지적인데 영향 연구나 탐색자의 부질없는 호사벽에서 나온 공허한 소동은 범세계적인 현상인 것 같다.*

조신한 아내를 고요히 사랑하며
훌륭한 고향땅, 제 난롯가에 사는 자는 행복할지니
굳건한 땅 위에 눈부시게 자리 잡은 안정된 사내에게
그의 하늘은 휘황하게 반짝인다.

---

* K.K. Ruthven, 『Critical Assumptions』(Cambridge, Cambridge Univ. Press, 1979, pp. 123-124)

이렇게 횔덜린은 「나의 소유」에서 노래하고 있다. 제 난롯가에 살지 못하는 자는 누구나 정든 곳을 그리게 마련이다. 청년 정지용도 조신한 아내와 제 난롯가를 떠나 "열네 살부터 나가서 고달폈다". 그러니 제 난롯가를 그리는 시가 나온 것이다. 그런 소재는 그 누구의 독점물도 아니고 누구에게나 열려 있다. 워즈워스의 「불멸송不滅頌」은 밀턴의 「리시다스」와 함께 영어단시 중 가장 중요한 시편이란 공인된 평가를 받고 있으며 이를 배제한 사화집은 찾아볼 수 없다. 그러나 케임브리지의 비평가 리비스는 이 작품을 혹평하며 혹 이 작품을 고평하는 이를 만나면 즉각 전투태세를 갖추었고 교실에서도 이 작품을 공격하는 데 열을 올리곤 했다고 한다. 「향수」를 어떻게 평가할 것이냐, 하는 것은 취향과 문학관에 따라 다를 것이고 그것은 각자의 자유에 속한다. 그러나 한 작품이 모작이며 모조품인가, 하는 것은 객관적 증거와 정황판단으로 어느 정도 비평적 합의에 이를 수 있는 문제일 것이다.

상호텍스트성의 현장

한쪽 귀의 선택

1950년대에 발표된 황순원 단편 「잃어버린 사람들」은 이색적인 역작이다. "통영 해평나루 맞은편 미륵섬 올라가는 길가에 이끼 낀 조그마한 단갈短碣이 하나 서 있다"며 "고해평열녀기실비古海坪烈女紀實碑"란 단갈에 얽힌 얘기를 허구로 재구성한 형식으로 되어 있는 긴 단편이다. 점검을 하지 않았으니 이 단갈의 실재 여부에 대해서는 단정적으로 말할 수 없다. 작가가 진실성을 부여하기 위해 설정한 가공적 단갈이라는 게 나의 추정이지만 그것은 그리 중요한 문제가 아니다. 이것은 어디까지나 소설이요 허구이기 때문이다. 이 작품은 서구문학에서 주요 모티프가 되어온 낭만적 사랑의 비극을 다루고 있다. 사랑을 위해서 모든 것을 버리는 남녀의 얘기는 현실에서는 몰라도 문학에서는 희귀하지 않다. 이 작품의 주인공 석이는 어릴 적 마음에 두었던 사랑을 위해 지체와 고향과 가족과 미래와 보장된 안전을 모조리 팽개치고 신분 전락을 되풀이하다 결국 고기잡이가 되어 바다에서 죽게 되고 그의 아내도 뒤따라 순사殉死한다. 처음부터 끝까지 점진적인 전락과 궁극적 파국을 향해 허위단심 달려가는 완전무결한 비극으로 작품은 설정되어 있다.

남녀 주인공은 속해 있는 계층이 다르다. 석이가 과거 응시를 준비하는 신분임에 반해서 순이는 논 닷 마지기에 산송장이나 다름없는 병든 노인에게 동첩으로 팔려 간 처지다. 게다가 순이의 늙은 남편은 석이의 스승이자 친구의 부친이어서 사태는 곤혹스럽게 꼬여 있다. 근친覲親 온 순이와 함께 야간탈출을 감행한 석이는 어물장사로 생계를 이어가는데 그들의 도피행각은 이내 발각되어 석이는 한쪽 귀의 상실이란 신체 훼손과 함께 퇴거명령을 받는다. 거주지를 옮겨 농사일을 하다가 모친 사망 후 부친의 상종 거부 및 퇴거명령을 받고 이번엔 지리산의 화전민이 된다. 늑대에게 아기를 빼앗긴 부부는 다시 바닷가로 가서 고기잡이가 되지만 석이의 조난에 이은 순이의 순사로 비극은 완결된다.

작품의 모티프인 낭만적 사랑 자체가 서구적 발상이지만 소재 처리가 우리 쪽 구비전통의 나열주의적인 경향이나 입심과 사설을 특징으로 하는 전통적 산문문학과 다르다는 점에서도 이 작품은 낭만적이다. 언뜻 부자연스러워 보이는 행위도 작가의 붓끝에서 있음 직하다는 개연성의 차원을 넘어 그럴 수밖에 없다는 필연성의 경지로 옮겨지는 경우가 많다. 군더더기 없는 경제적 처리나 절제되고 세련된 문체가 이 작품에 고전적 기품을 부여하고 있기도 하다. 당대 현실에서 동떨어진 웬 뚱딴지 같은 고담이냐, 라는 투의 구두 비평이나 세평도 없지 않았다고 기억한다. 영어 번역으로 이 작품을 접한 외국 청년이 아주 감동적으로 읽었다고 말해서 안도감을 느꼈던 일도 생각난다. 1970년대 초 미국의 대학 캠퍼스 극장에서 일본영화를 보았는데 그중에 좋아하는 두 남녀가 같은 여관방에 들어 밤을 보내게 되지만 아무 일도 없었다는 장면이 있었다. 학생들이 온통 홍소를 터뜨리고 그칠 줄을 몰랐다. 아마 요즘의 무라카미 애독자들이 이 작품을 읽는다면 비슷한 반응을 보이지 않을까 생각된다.

작품에는 석이가 스승의 아들이자 친구이기도 한 박 참봉의 아들에게 귀를 잘리는 장면이 있다. 곧이듣기 어려운 매우 엽기적인 이 장면에 현실성과 진정성을 부여하고 있는 것은 가해자의 말씨와 논리다.

석이가 어떻게 하면 좋을지 결정을 못 짓고 있으려니까 박 참봉 아들이 또 입을 열어.

"상투는 다시 키우몬 그만이고, 코는 사람한테 하나밖에 웂시니 안 되고, 니 한쪽 귀를 짤라줄 끼다. 쪼맨서부터 귀에 못이 배키도록 들어온 삼강오륜을 몬 깨우친 니 한쪽 귀를 짜릴란다."

그리고는 허리춤에서 장도칼을 뽑았다.

"너 이놈 맛 좀 보아라" 하고 귀를 잘랐다면 가해자의 잔혹성과 통쾌감은 돋보이겠지만 실감은 별로 나지 않을 터이다. 그러나 가해자의 특정부위 선택의 논리와 말씨가 이 장면에 진정성과 필연성을 부여한다. 과연 그렇겠구나, 하는 생각이 드는 것이다. 이것이 현실성의 환상이고 소설의 리얼리즘은 이런 현실성의 환상에 의해서 유지되기도 하는 것이다.

묘에〔明惠〕 스님이란 일본의 승려가 있다. 12세기 후반에서 13세기까지 산 화엄종華嚴宗의 승려로 교토에 있는 고잔지〔高山寺〕를 맡아 화엄종의 도장으로 만들었다. 이 절에는 묘에 스님이 나뭇가지에 걸터앉아 좌선을 하는 그림이 있어 그쪽에서는 명화로 친다. 그는 장난삼아 무이법사無耳法師라 자칭하였는데 거기에는 사연이 있다. 스무 살 무렵 수행을 하던 그는 이렇게 안이하게 수행을 해서는 도저히 깨칠 수 없다고 생각하고 눈을 후벼낼 생각을 했다. 그렇지만 눈을 버리면 경문經文을 읽을 수 없다는 데 생각이 미치자 코를 베어버릴 궁리를 했다. 그러나 콧물을 질질 흘리면 경문을 훼손할 것 같아 귀를 버리기로 작정하고 한쪽 귀를 잘라버렸다. 귓구멍만 있으면 넉넉하다고 생각한 그는 귓바퀴를 잘라버리는 극단적인 자학성 신체 훼손을 감행한 것이다. 어린이 같은 천진난만한 구석이 많았다는 그는 갖가지 일화를 남겨놓은 전설적인 승려인데 정토종淨土宗을 비판한 글도 있다고 한다.

묘에 스님이 귓바퀴를 선택해서 자해한 것이나 박 참봉 아들이 귀를 선택해서 석이에게 가해한 것이나 그 선택논리는 엇비슷하다. 그 선택논리가 이 엽기적인 신체 훼손에 설득력과 개연성을 부여하는 게 사실이다. 이것은 우연의 일치인가 혹은 우리 작가가 선행사례의 일화에서 영감받아 작품 속에 선용한 것일까? 사실상 그런 물음은 부질없는 호사벽의 발로에 지나지 않는다. 중요한 것은 「잃어버린 사람들」이 성취도가 높은 작품이고 문제된 장면이 작품 전체라는 맥락에서 볼 때 아주 적절하게 처리된 장면이어서 작품의 일관성에 기여하고 있다는 점이다. 설령 선행사례에서 영감받았다 하더라도 그 때문에 「잃어버린 사람들」이나 그 장면에 흠이 가는 것은 아니다. 많이 보고 널리 들은 것을 비축해서 마련한 작가적 역량의 발로이자 환골탈태의 사례로 보아야 할 것이다. 또 이를 두고 인간경험의 보편성이나 공통성을 지적할 수도 있을 것이다. 또 이 장면을 거론하며 자기 귓바퀴의 훼손행위가 실제로 있었다며 묘에 스님의 삽화를 얘기하는 것은 자연스럽다.

그러나 묘에 스님에 대해서 잘 알고 있는, 가령 일본인 독자가 접한다면 이 삽화는 묘에 스님의 기행에서 영향받아 그의 논리를 차용한 것이라고 말할 개연성이 높다. 또 그런 사람들은 「잃어버린 사람들」의 작가가 일본에서 대학교육을 받았다는 전기적 사실을 가리키며 그런 개인사의 함의를 강조할 공산이 크다. 아는 만큼 보인다는 말이 있지만 그 못지않게 사람들은 자기가 아는 것을 대상에 투영하여 그것을 밑그림으로 간주하려는 성향이 있다. 그래서 전거典據를 찾아 영향이나 차용관계를 추적하는 노력도 적잖이 전개되고 있다. 그러나 확실한 객관적 증거나 설득력 있는 해석이 따르지 않는 확대해석이나 추측성 발언은 문학연구나 이해에 별 도움이 되지 않는다. 작품 외적 호사벽 놀이에 지나지 않지만 호사벽 놀이란 것 자체가 사람들의 수다처럼 자연스러운 것이니 좀처럼 수그러들지는 않을 것이다.

옛날 우리 쪽의 장수설화를 보면 이인異人들은 대체로 기이한 출생을 특색으로 하고 있다. 어떤 아기장수는 어머니 뱃속에서 나오자마자 행방이 묘연해진다. 온통 대경실색들을 하여 어리둥절해하고 있는데 정신을 차리고 보니 겨드랑이에 날개가 달린 아기장수는 천장에 붙어 있더라는 것이다. 라블레의 『가르강튀아』에서 주인공은 태어나자마자 다른 아이들처럼 "응애, 응애" 하고 우는 것이 아니라 권주가라도 부르듯 "마실 것! 마실 것!" 하고 큰 소리로 외쳐댔고 그 소리는 먼 곳에까지 들렸다. 마르케스의 『백년 동안의 고독』에는 태어나자마자 눈을 똑바로 뜨고 사방을 둘러보는 아이가 있는가 하면, 금지된 근친상간으로 돼지꼬리가 달린 채 태어난 아이도 있다. 민담에 많이 나오는 이런 기이한 출생은 전파설을 따라 그 기원을 추적해서 검토할 것이 아니라 원형적인 모티프의 갈래로 이해하는 편이 온당할 것이다. 위에서 얘기한 귓바퀴의 절단도 기원을 추적하다 보면 유사한 사례가 어디엔가 또 있을 것이다. 그러한 맥락에서 보면 오이디푸스의 시력 박탈은 진정 가혹한 자기

징벌이라 하지 않을 수 없다.

측간厠間예찬

바흐친이 말하는 그로테스크 리얼리즘의 전거가 되어준 라블레의 작품에는 인간의 육체에 대한 생리학적 세목과 함께 배설에 관한 얘기가 많이 나온다. 그의 "동물적 리얼리즘"의 한 국면이다. 가령 『가르강튀아』의 13장에는 그랑구지에가 아들 가르강튀아를 보러 가는 장면이 나온다.

아들과 시녀들과 함께 실컷 마시면서, 그녀들에게 무엇보다 아이를 청결하고 깨끗하게 돌보았는지에 대해 큰 관심을 가지고 물었다. 이 말에 가르강튀아는 특별한 방식을 취했기 때문에 나라 전체에서 자기보다 더 깨끗한 소년은 없다고 대답했다.

"어떻게 했는데?" 그랑구지에가 물었다.

─저는 (가르강튀아가 대답했다.) 오랜 세심한 실험 끝에 전에 본 적이 없는 가장 고상하고, 귀족적이고, 탁월하고 효과적인 엉덩이 닦는 방법을 발명했어요.

─어떤 것인데? 그랑구지에가 물었다.

─(가르강튀아가 말했다.) 말씀드릴게요.

"한 번은 어떤 아가씨의 비로드 코가리개로 밑을 닦았는데 좋았어요. 그 부드러움이 항문에 굉장한 쾌감을 느끼게 해주었거든요. 또 한 번은 그 아가씨의 모자로 닦았는데 마찬가지였어요. 다른 한

번은 목수건이었고."

　르네상스를 배경으로 하고 있으며 민중문화의 맥을 이었고 카니발의 세계와 직결되어 있다고 평가되는 라블레는 예외적인 경우다. 다른 모든 육체성과 마찬가지로 인간의 동물성을 상기시키며 그 자체도 별로 향기롭지 못한 배설행위에 대해서 이른바 고급문학은 오랫동안 외면해왔다. 고전주의 미학의 입장에서 보면 배설행위는 문학에 걸맞지 않는 것이고 따라서 묵살하고 배제하는 것이 당연하였다. 그러나 생략의 거짓말에 반발하며 인간의 전면적 진실을 구석구석 추구해서 드러내련다는 작가의식이 투철해지면서 사정은 달라진다. 가령 20세기 소설의 한 정점이라고 일부에서 평가하는 제임스 조이스의『율리시즈』에는 주인공 블룸이 변소에 가서 용변을 보는 장면이 세세히 나온다. 하기야 하루 동안의 일을 다룬 장편소설이니 하루 중의 불가피한 사적 행사를 배제할 수는 없었을 것이다. 소설의 앞부분에 해당하는「칼립소」장의 끝자락에는 블룸이 읽을거리를 들고 뒷마당을 지나 측간에 들어가 볼일 보는 자초지종이 제법 길게 나온다. 독자들은 주인공에게 치질이 있고 변비에 대해 신경을 많이 쓴다는 것을 알게 된다. 그러나 그 장면이 작품 전체에서 차지하는 비중은 극히 미세하다고 할 수 있다. 포괄의 리얼리즘을 노렸다는 정도의 의미로 읽어낼 수 있을 것이다.

　우리 근대문학에서는 미당의『질마재 신화』에서 측간이 전경화되어 등장한다. 전근대 기층민의 생활을 다룬 시편이니만큼 놀라운 일은 아니지만 시집 속의 다수 시편과는 달리 시인 자신의 소회가 토로되어 있는 것이 이색적이고 흥미롭다. 화자는 바로 시인 자신이다.

아무리 집안이 가난하고 또 천덕구러기드래도, 조용하게 호젓이 앉아. 우리 가진 마지막 껏—똥하고 오줌을 누어 두는 소망 항아리만은 그래도 서너 개씩은 가져야지. 상감 녀석은 궁宮의 각장 장판방에서 백자白磁의 매화틀을 타고 누지만, 에잇, 이것까지 그게 그까진 정도여서야 쓰겠나. 집 안에서도 가장 하늘의 해와 달과 별이 잘 비치는 외따른 곳에 큼직하고 단단한 옹기항아리 서너 개 포근하게 땅에 잘 묻어놓고, 이 마지막 이거라도 실컨 오붓하게 자유로이 누고 지내야지.

이것에다가는 지붕도 휴지도 두지 않는 것이 좋네. 여름 폭주暴注하는 햇빛에 일사병이 몇 천 개 들어 있거나 말거나, 내리는 쏘내기에 벼락이 몇 만 개 들어 있거나 말거나, 비 오면 머리에 삿갓 하나로 옹뎅이 드러내고 앉아 하는, 휴지 대신으로 손에 닿는 곳의 홍부 박잎사귀로나 밑 닦아 간추리는—이 한국 〈소망〉의 이 마지막 용변用便 달갑지 않나?

"하늘에 별과 달은
소망에도 비친답네"

가람 이병기李秉岐가 술만 거나하면 가끔 읊조려 찬양해왔던, 그 별과 달이 늘 두루 잘 내리비치는 화장실—그런 데에 우리의 똥오줌을 마지막 잘 누며 지내는 것이 역시 아무래도 좋은 것 아니겠나? 마지막 것일라면야 이게 역시 좋은 것 아니겠나?

─「소망(똥간)」 전문

'조용하게 호젓이 앉아 오붓하게 자유로이' 배설하는 것에 대한 찬가라는 느낌을 준다. 이 생물적 기능은 누구도 침범할 수 없는 사적 영역이고 그러한 한에서는 간섭 없는 자유의 영역이며 쾌락의 영역이라고 넌지시 말하고 있는 것 같다. 화자는 지붕도 휴지도 없는 한데에 묻어둔 옹기항아리 측간이 좋겠다고 한다. 해와 달과 별이 비치는, 인공에서 멀고 자연에 가까운 측간이야말로 오붓하고 자유로운 생리행위가 보장되는 것으로 설정되어 있다. 배설이란 생리적 자연행위를 자연 한복판에서 실천함으로써 자연에서 얻은 것을 다시 자연으로 돌려보내는 사사로운 의식儀式으로 만드려는 것인지도 모른다. 자연과의 연속성에서 지붕도 휴지도 없는 원시적 결여가 도리어 오붓한 자유를 보장해준다는 풍류적 측간관에 개인적으로는 별 공감을 느끼지 못하지만 전근대 기층민생활의 요체가 드러나 있는 리얼리즘 시편이라는 것만은 부정할 수 없다고 생각한다. 상감의 매화틀에 대해 노천 측간의 우위성을 주장하는 것은 기층민적인 반권력, 반권위주의적 감정이겠지만 문화의 결여를 자연과의 근친성으로 합리화하는 태도도 보인다. 그것은 강요된 빈곤과 원시에 대한 피동적 예찬이기도 하다. 시인이 회갑되던 해에 상자한 이 산문시집에는 「신발」이란 명편이 있다. 명절날 신으라고 아버지가 사다 준 신발을 개울물에서 장난하고

놀다가 떠내려 보냈는데 아버지는 그것 대신 신발을 또 한 켤
레 사주었지만 그것은 대용품에 지나지 않았다며 그 후에 스스
로 신발을 사 신게 된 뒤에도 아직 대용품으로 신발을 사 신는
습관을 버리지 못한다는 취지의 시편이다. 「소망(똥간)」은 절
대빈곤의 시절에 익힌 어릴 적 관행에 대한 회억回憶과 그 정감
이 빚어낸 노천 측간의 예찬이라고 생각하게 된다. 최초에 대
한 향심이 수세식 변소조차도 원시적 노천 측간의 대용품쯤으
로 생각하게 만든 것인지도 모른다.

　　1950년대 후반부터 꾸준히 〈노벨문학상〉 후보로 인구에 회자
되었으나 영예보다 죽음이 먼저 찾아와 가와바타에게 부전승의
행운을 안겨준 일본의 다니자키[谷崎潤一郎]에게 「음예예찬陰翳
禮讚」이란 에세이가 있다. 1934년에 발표된 50페이지 정도의 꽤
긴 에세이로 나라 안팎에서 일본의 전통미의 본질을 갈파한 뛰
어난 문명비평이란 평가를 받기도 했다. '음예'는 '하늘이 구름
에 덮여 어두움'이라고 우리 쪽 큰사전에 나와 있다. 그러나 그
늘짐 혹은 초목의 그늘이란 뜻도 있다. 일본 쪽에서는 음영陰影
과 동의어로 간주하여 뉘앙스의 뜻으로 써서 긍정적 함의가 있
다. 에세이로서는 드물게 단행본으로 영역본이 나와 있는데 표
제는 'In Praise of Shadows'로 되어 있다. 일본식 가옥을 짓는
것으로 시작하는 이 에세이 첫머리에는 욕실과 변소가 문제라
면서 재래식 측간에 대한 애착과 선호가 토로되어 있다.

　　나는 교토[京都]나 나라[奈良]의 사찰에 가서 예스럽고 어둑하고

그러면서도 깔끔하게 청소된 측간에 안내될 때마다 일본 건축의 고마움을 절감하게 된다. 다실도 좋지만 일본의 측간은 정말이지 정신을 안정시켜준다. 그것은 언제나 안채에서 떨어져 있고 나뭇잎과 이끼 냄새가 나는 초목 그늘에 마련되어 있고 복도를 따라가게 되어 있다. 어둑한 광선 속에 쪼그리고 앉아 해맑은 장지의 반사를 받으면서 명상에 잠기거나 창밖 정원의 경치를 바라보는 기분은 무어라 말할 길이 없다. 나쓰메(夏目) 선생은 매일 아침 변을 보러 가는 것을 하나의 낙으로 삼고 그것은 차라리 생리적 쾌감이라고 말했다는데 그 쾌감을 맛보는 것에 더하여 한적한 벽이나 깨끗한 나뭇결에 둘러싸여 눈으로 푸른 하늘이나 나뭇잎의 푸른색을 볼 수 있는 일본의 측간처럼 십상인 곳은 달리 없을 것이다. 그리고 그것은, 되풀이하지만, 어느 정도의 어스름과 철저한 청결과 모기 소리조차 귀에 들리는 고요가 필수조건이다. 나는 그런 측간에서 조용히 내리는 빗소리 듣는 것이 좋다. (……) 굳이 결점을 말하라면 본체에서 떨어져 있어 밤중에 다니기가 불편하고 겨울엔 특히 감기에 걸릴까 걱정이 되지만 "풍류는 차가운 것"이라는 사이토(齊藤綠雨)의 말처럼 그런 장소는 한데와 같이 서늘한 편이 기분에 좋다. 호텔의 서양변소에서 스팀의 온기가 들어오는 것은 참 싫다.

종이에서 촉대에 이르기까지 일본의 전통적인 것을 예찬하는 글을 일본 가옥과 그 측간 얘기로 시작하고 있는 것이 흥미있다. 미당의 경우와는 달리 다니자키가 예찬하는 측간은 어스름과 고요와 청결이 필수조건인 실내공간이다. 그러한 커다란 차이에도 불구하고 배설의 생리적 쾌감을 얘기하고 있고 그 시행장소를 단순한 실용적 공간이 아닌 풍류의 공간으로 간주하고 있다는 점에서는 미당의 「소망(똥간)」과 일맥상통하는 점이 있다. "잘 먹고 잘 싸면 아무 탈이 없다"는 우리 쪽 속담이 들려주듯이 먹는 것과 배설하는 것의 쾌감은 보편적인 것이고 그것은 두 가지가 여의치 못할 때의 불편과 고통을 생각하면 누구에게나 자명하다. 영어에서 배설한다는 뜻의 relieve oneself란 말은 그 사정을 여실히 말해주고 있다. 그렇지만 그것을 터놓고 얘기하는 것은 특히 글에서 흔치 않다. 그런 면에서 위에서 본 두 예문은 많은 상위相違점에도 불구하고 현저한 근친성을 가지고 있다. 일본인 독자나 일본문학 연구자들은 여기서도 어떤 영향관계를 설정하고 싶은 유혹을 느낄 것이다. 그럴 경우 우리가 결정적으로 말할 수 있는 것은 별로 없다. 확실한 것은 「소망(똥간)」이 『질마재 신화』 속에 편안하게 자리 잡고 있는 극히 독자적이고 극히 "미당적"인 작품이란 것이다. 미당이 다니자키 에세이를 읽었을 수도 있고 읽지 않았을 수도 있다. 설령 읽고서 영감받은 바가 있다 하더라도 그 때문에 「소망(똥간)」의 작품성이나 독자성이 훼손돼야 할 이유는 없다. 다니자키의 일본식 측간예찬을 읽었던 기억이 『질마재 신화』를 쓸 무렵 떠올라 자신의 유년경험을 떠올리며 재래식 측간예찬을 시도했다고 해서 흠이 되는 것도 아니다. 문학작품은 서로 주고받으면서 무게를 더하는 것이기도 하다. 작품은 교호交互의 눈

242

짓과 교호의 인력을 나누면서 존재한다.

여담이지만 재래식 소망이나 일본식 측간이 서구식 수세식 변소로 대체됨으로써 현해탄 이쪽저쪽에서 노인들의 수명이 많이 늘어났다는 가정은 결코 허황한 것은 아니다. 오랫동안 쪼그리고 앉았다가 일어나는 것은 고혈압 소유자에게 위험하다. 변소에서 넘어지면 다시 일어나지 못한다는 속담은 그래서 생긴 것이라 생각한다. 다니자키는 서구식 욕실에 보이는 백색 타일에 대한 거부감을 적어놓고 있기도 한데 후속 세대는 전혀 공감하지 못할 것이다. 두 동양인의 재래식 측간예찬은 심정적으로는 이해하지만 공감은 가지 않는다. 그것은 어디까지나 '문학'이고 현실에서는 그들 자신도 자기네의 '문학'에 거리를 두지 않았을까, 하는 생각이 든다.

여행길과 우체국

『나 사는 곳』과 『병든 서울』의 시인 오장환이 1940년에 발표한 수필에 「여정旅情」이란 것이 있다. 남에게 내세울 이렇다 할 자기의 생활이 없으므로 만나는 청년들에게 여행을 하겠노라고 말해온 것일까, 하고 남의 얘기하듯이 자기 심정을 털어놓고 있다. 그리고 북경이나 갔으면 일본이나 갔으면, 하고 생각하고 마치 그곳에 간 듯이 공상하며 시를 끼적거렸다는 얘기를 하고 있다. 수필은 일본 근대의 대표적 시인 하기와라 사쿠타로〔萩原朔太郞〕의 시편 인용으로 시작하고 있다.

불란서 가거지라 생각하건만

그곳은 너무나 멀어

될 수 있으면 새 양복 맞추어 입고

마음에 내키는 대로 길손이나 되어보리라.

　일본 근대시에서 구어口語자유시를 완성했다는 하기와라의 초기시편의 첫머리를 적은 것인데 임용택 옮김의 『하기와라 사쿠타로 시선』을 따라 전문을 옮겨보면 다음과 같다.

프랑스에 가보고 싶어도

프랑스는 너무나 멀어

하다못해 새 양복 해 입고

홀가분한 여행길에 나서 볼거나.

기차가 산길을 지날 때

물빛 창가에 기대앉아

나 혼자만의 즐거운 생각을 떠올리리

오월 이른 아침

파릇한 풀포기 돋아나는 마음에 이끌려서.

—「여행길」(1913년 5월) 전문

　이 작품은 1925년에 출판된 하기와라의 제4시집 『순정소곡집 純情小曲集』에 수록되어 있는 시편이다. 『순정소곡집』에는 '애련 시편愛憐詩篇' 열여덟 편, '향토망경시鄕土望景詩' 열 편이 실려 있다. 전자는 시인이 이십 대 후반에 쓴 시편이고 후자는 삼십 대 후반에서 사십 대 초반에 이르는 시기에 쓰인 시편이다. 「여행길」은 '애련시편'에 속하는 젊은 날의 소작으로 1917년에 나온 하기와라의 처녀시집 『달을 보고 짖다』 수록시편보다 제작 시일은 앞선다. 구어자유시의 완성자라지만 이 『순정소곡집』 시편들은 옛 문어체인 것이 특징이고 그 때문에 제작 연대가 크게 상거相踞해 있는 '향토망경시'와 한 시집으로 묶은 것으로 보인다.

우리말과 일어는 우선 어순이 같고 한자어란 공통요소도 있어서 번역된 일본시는 서양시의 번역보다는 한결 낯익게 여겨진다. 그러나 번역은 번역이고 원시의 섬세하고 유연한 감칠맛은 사라지게 마련이다. 「여행길」은 젊을 때 누구나 경험하는 여행 혹은 출발충동이 싱싱하게 토로되어 있는 풋풋한 청춘시편이다. 시를 좋아하는 젊은이라면 누구에게나 애송시로 다가갈 것이다. 명수의 솜씨를 만나더라도 번역된 시는 본래의 매력이 절반은 소멸되게 마련이라 생각하면서 상상 속에서 그 소멸된 부분을 벌충해야 할 것이다. 프랑스에 못 갈 바에는 새 양복이라도 맞춰 입고 여행길에 올라야지, 하는 대목은 이 시편에서 가장 빛나는 대목이다. 그런데 이시카와 타쿠보쿠[石川啄木]의 단가에 이런 것이 있다.

새 양복이랑 걸치고
여행을 떠나리
그리 생각하다 올해도 다 지나다

이 단가가 수록된 이시카와의 첫 단가집『한 줌의 모래』가 출간된 것은 1910년이요, 하기와라는 이시카와와 동갑으로 1886년생이다. 이시카와의 단가에서 영감받았다는 것은 명백하다. 그러나「여행길」이 그 나름의 완성도를 지닌 빼어난 서정시라는 것 또한 분명하다. 특히 "하다못해"란 어사는 원시에서 더할 나위 없이 적정하게 쓰였는데 이시카와의 시에 그 어사는 없다. 오장환이 "될 수 있으면"이라고 번역한 것은 수필 쓰는 과정에 즉흥적으로 처리한 것이겠지만 적정한 번역은 아니다. 하기와라의 첫 시집『달을 보고 짖다』에 같은 표제의 시편은 수록되어 있지 않다. 그러나 그런 대목을 담은 작품은 있다.

도둑개 녀석이
썩은 선창가 달을 보고 짖고 있다.

—「슬픈 달밤」부분

내 우는 소리 처녀애들 듣는다 치면
병든 개
달을 보고 짖는다 하리라

뒤에 것은 이시카와의 단가로『한 줌의 모래』에 수록되어 있다. 생년은 같지만 이시카와가 시인으로서는 몇 해 먼저 출발했다고 할 수 있다. 역시 하기와라가 이시카와 단가에서 영감을 받았다 할 수 있다. 이시카와는 널리 애송되는 단가 시인인 만큼 일본에서 그 사실을 모르는 사람은 없을 것이다. 그렇다고 하기와라가 이시카와를 표절했다든가 차용했다는 투로 말하는 것 같지는 않다. 그만큼 시적 성취가 빼어나고 개성적이기 때문일 것이다. 이시카와의 단가에 인간의 보편적 생활감정이 두루 포착되어 있다고 말하는 편이 더 적정한 것인지도 모른다.

  우체국 창구에서
  고향에 부치는 편지를 썼다.
  까마귀처럼 영락해서
  구두도 운명도 다 닳아버렸다.
  하늘은 매연으로 흐리고
  오늘도 일자리는 찾아지지 않는다.
  　　　　　　　　　　　　　—「우체국 창구에서」 부분

  1927년에 발표된 작품으로 1936년에 나온 『정본定本 푸렁고양이』에 수록된 시편이다. 번역으로 읽으면 아주 평범해지는데 속되지 않은 암담한 심정과 비통한 가락이 주조를 이루고 있다. 하기와라에게는 이밖에도 우체국을 다룬 산문시가 있다.

  우체국이란 것은, 항구나 정거장과도 같이, 인생의 먼 여정旅情을 생각게 하는 슬픈 노스탤지어의 존재다. 직원은 황망하게 스탬프를 누르고, 사람들은 창구에 몰려 있다. 그중에도 가난한 여공女工의 무리가, 일급日給의 저금통장을 들고, 창구에 줄을 서서 밀치고 있다. 우편환을 적어넣는 사람도 있고 혹은 먼 고장으로 슬픈 전보를 치는 사람도 있다.

언제나 급하게 황망하게 군중으로 붐비고 있다. 불가사의하고 서글픈 우체국이여. 나는 여기 와서 편지를 쓰고, 여기 와서 인생의 향수를 보는 것이 좋다. 투박한 시골 할머니가 있어, 옆 사람에게 부탁해 편지 대필을 청하고 있다. 그녀의 가난한 마을의 고향에서, 외롭게 살고 있는 딸에게, 가을 겹옷이나 속옷 같은 것을 소포로 부쳤다는 기별이다.

우체국! 나는 그 향수 보기를 좋아한다. 생활의 가지가지 슬픔을 안고서, 그곳 침침한 벽 구석에서, 고향에 부치는 편지를 쓰고 있는 젊은 여인이여! 연필심도 부러지고, 글씨도 눈물로 얼룩져 어지럽다. 무엇을 이 인생에서 아가씨들이 괴로워하는 것일까. 우리 또한 그대들처럼, 닳아빠진 절망의 구두를 신고 생활의 항구를 떠돌고 있다. 영원히, 영원히 우리들의 집 없는 영혼은 얼어 있는 것이다.

우체국이란 것은, 항구나 정거장과도 같이, 인생의 먼 여정을 생각게 하는 영혼의 영원한 노스텔지어다.

—「우체국」 전문

우리나라 시인 가운데서 우체국을 심심치 않게 노래한 시인은 바람에 나부끼는 깃발을 "영원한 노스텔지어의 손수건"이라고 노래한 청마 유치환일 것이다. 「행복」이란 시는 사랑하였으므로 행복하였다는 사랑의 시다. 동시에 시로 쓴 조그만 행복론이기도 하다. 이 조그만 행복론을 그냥 노트에 적었다면 적잖이 건조했을 것이다. 우체국에 와서 편지를 쓰면서 생각하는 바도 보충해 적는다는 작품구도가 현장감 비슷한 것을 주면서 작품에 고유한 생동감을 준다. 또 짤막한 우체국의 소묘도 곁들여서 삶 일반의 애환을 내비친다.

사랑하는 것은
사랑을 받느니보다 행복하나니라
오늘도 나는
에메랄드빛 하늘이 환히 내다뵈는
우체국 창문 앞에 와서 너에게 편지를 쓴다

행길을 향한 문으로 숱한 사람들이
제각기 한 가지씩 생각에 족한 얼굴로 와선
총총히 우표를 사고 전봇지를 받고
먼 고향으로 또는 그리운 사람께로
슬프고 즐겁고 다정한 사연들을 보내나니

—「행복」부분

「행복」이전에도 청마의 시에는 우체국을 다룬 대목이 더러 보인다. 「산엣봄」은 제3시집 『울능도』수록시편이고 「우편국에서」는 제4시집 『청령일기』수록시편이다. 우체국이란 공공건물이 관료적이고 억압적인 다른 관청과는 달리 삶의 애환과 인정이 모이는 정서적 공간으로 드러난다. 편지를 부치는 실용적 공간임에도 그것은 대합실이 되기도 하고 여행충동을 자극하는 부추김의 낭만적 공간이 되기도 한다.

> 봄이란다
> 어디라도 길 떠날 수 있는 봄풀 같은 인생이기에
> 나는 오늘 산으로 가자
> 산으로 가서―
> 언제나 그 창 옆에 가서 나의 사연을 써 보낼 수 있는
> 행길을 향하여 젊은 사무원이 앉아 있는 우편국과
> 발셀로나로 싼디아고로 어디라도 갈 수 있는
> 파아란 기빨 하나 나부끼는 윤선회사와―
>
> ―「산엣봄」 부분

> 진정 마음 외로운 날은
> 여기나 와서 기다리자
> 너 아닌 숱한 얼굴들이 드나는 유리문 밖으로
> 연보라빛 갯바람이 할 일 없이 지나가고
> 노상 파아란 하늘만이 열려 있는데
>
> ―「우편국에서」 부분

우체국이 나오는 청마 시편은 여러모로 하기와라의 우체국 시편을 연상케 한다. 두 시인의 시편에서 우체국은 하기와라의 말투를 빌리면 노스탤지어의 공간이 된다. 그것은 보편적 인간

심정을 반영하고 있다. 그러나 하기와라 시편이 분명히 앞서 제작 · 발표되었다고 해서 곧 청마가 그를 추종했다고 말하는 것은 적정치 않다. 아마 영감을 받았다는 측면은 있을 것이다. 청마의 초기시편에 하기와라 시편의 어휘가 더러 보이는 것도 사실이다. 그러나 선행 시인의 영향을 받지 않는 젊은 시인은 상상할 수 없다. 삶 경험의 동질성이나 평행관계가 비슷한 시편을 낳는다는 것은 너무나 당연하다. 우리가 안심하고 말할 수 있는 것은 두 시인에게서 동일한 모티프의 시편이 발견된다는 것, 그리고 그 유사성과 차이성의 지적일 것이다. 최근의 우리 시 중에서는 가령 안도현에게서 우체국 시편을 찾을 수 있다.

> 우체국에서 편지 한 장 써보지 않고
> 인생을 다 안다고 말하는 사람들을 또 길에서 만난다면
> 나는 편지봉투의 귀퉁이처럼 슬퍼질 것이다.
> 바다가 문 닫을 시간이 되어 쓸쓸해지는 저물녘
> 퇴근을 서두르는 늙은 우체국장이 못마땅해할지라도
> 나는 바닷가 우체국에서
> 만년필로 잉크 냄새 나는 편지를 쓰고 싶어진다.
>   —「바닷가 우체국에서」 부분

청마 시편에 바다가 보이는 우체국이 나온다고 해서 이 「바닷가 우체국에서」가 청마를 추종했다고 말하는 것이 적정치 않다는 것은 누구의 눈에나 분명하다. 그러니 선행 시편을 읽고

영감받았다고 해서 시인을 나무랄 수는 없다. 많이 읽고 독자적인 방식으로 영감받는 것은 시인·작가의 당연한 권리이자 의무이기도 하다. 작품 A를 읽고 나서 기시감旣視感을 경험하고 그 기시감의 추적 끝에 선행 시편 B를 발견했다 생각하고 그 선행 시편 B야말로 작품 A의 원천이라고 생각되는 일이 있을 것이다. 그러나 이러한 과정은 많은 사람들의 공감이나 동의를 얻어야 비로소 어느 정도의 객관성을 띠게 된다. 개인적 추정과 막연한 느낌만 가지고는 넉넉하지 못하다. 그리고 다시 한 번 중요한 것은 영감받았다고 생각되는 작품의 됨됨이와 문학적 충격이다. 어느 나라 문학에서나 마찬가지다.

미국의 여류시인 에밀리 디킨슨은 56년의 생애에 근 1천8백 편의 시를 남겼다. 미국 동부의 소도시에서 태어나 고향에서 일생을 보낸 그녀는 젊은 날에 부친을 따라 잠깐 여행을 한 것밖에는 객지경험이 없다. 평생 은둔자로 살면서 집안사람과도 쪽지로 의사소통을 했다는 투의 완전한 칩거생활을 했다. 그녀는 자기 시가 "세상에 보내는 내 편지"라고 말한 적이 있다. 모든 시는 "세상에 보내는 편지"라고 할 수 있다. 그리고 영감받아 비슷한 발상이나 모티프의 시편을 쓴 이가 있다면 그것은 시인에게 보내는 시인의 답장일 것이다.

※ 본문에 나오는 라블레 인용은 『가르강튀아ㅣ팡타그뤼엘』(프랑수아 라블레 지음, 유석호 옮김, 문학과지성사)에서 따온 것이다. 또 하기와라의 「여행길」 전문은 『하기와라 사쿠타로 시선』(임용택 옮김, 민음사)을 따랐다. 그밖의 「우체국」 전문을 비롯해 모든 번역은 필자의 것이다.
※ 시 맞춤법은 역자의 표기법을 그대로 살렸음을 밝혀둔다. ─편집자주

왜 고전인가?

재미있는 고전

고전이란 본시 옛 책이나 옛 경전 혹은 옛 의식을 가리키는 말이었다. 그것이 특정분야의 권위서나 명저 또는 걸출한 문학 작품을 가리키게 된 것은 서구어 클래식classic의 역어적 성격을 띠게 되면서부터일 것이다. 최고 계급을 뜻하는 라틴말을 어원으로 하는 '클래식'이 저쪽에서 숭상으로 말미암아 반열에 오른 옛 저자를 가리켰다가 저작도 의미하게 된 것이다. 영어사용 세계에서 고전은 대체로 그리스 로마의 고전을 가리켰다. 그래서 근대 혹은 현대의 고전이란 말이 생겨난 것이다. 영국에서 많이 읽힌 펭귄문고는 하나의 사례가 된다. 1946년에 초판이 나온 류Rieu의 산문번역 『오디세이아』는 오래전에 100만 부를 돌파했다는데 '펭귄 고전'으로 분류되어 있다. 이에 반해 『마의 산』이나 『젊은 예술가의 초상』은 '펭귄 현대 고전'으로 분류되어 있다.

언급은 자주 되지만 읽혀지지 않는 것이 고전이라는 우스개가 있는데 어느 정도 사실에 근거한 얘기다. 책 읽기가 영 재미없는 처지라면 할 수 없지만 고전이란 대개 재미있게 마련이다. 고전 아닌 여느 책보다 더 재미있다는 뜻이다. 그러니까 우선 읽고 보아야지 선입견에 좌지우지돼서는 안 된다. 내 경험에 비추어 보면 담배를 끊는 최선의 방법은 우선 끊고 보는 것이다. 흡연 빈도수를 줄인다든지 양을 줄이면서 점차적으로 금연하겠다는 것은 가장 졸렬하고 실패율이 가장 높은 금연계획이다. 우선 끊고 보아야 하듯이 고전도 우선 읽고 보아야 한다. 그래서 좀처럼 읽지들 않으나 유럽이나 미국 대학의 필독서리스트 꼭대기에 적혀 있는 서사시 속으로 들어가보기로 한다. 한 가지 유의할 것은 외국고전을 읽을 때 생소한 이름과 같은 고유명사가 장애가 되는 것은 사실이다. 그러므로 국내 명작 등을 통해 읽기 훈련을 해두는 것이 필요하다.

> 우리가 항시 낙으로 삼는 것은 먹기 잔치, 라이어, 춤,
> 깨끗한 옷으로 갈아입기, 온수욕, 그리고 잠자리다.
>
> —제8권, 282-283행

이것은 오디세우스의 노래란 뜻인 호메로스의 『오디세이아』에 보이는 대목이다. 오디세우스의 말을 받아 알키노오스가 하

는 말이다. 영웅서사시에 나오는 전사들의 항상적 희망사항을 간결하게 요약해주고 있다. 요즘 말로 하면 그들의 행복관이라고 말할 수 있겠다. 고전학자 핀리M. I. Finley에 따르면, 이 서사시가 마련된 곳은 그리스 본토가 아니라 에게해의 섬이나 아니면 훨씬 동쪽인 소아시아 즉 지금의 터키이며 시기는 대체로 B. C. 750년에서 700년 사이라고 추정된다. 이 시기에 그리스말의 알파벳이 발전하여 급속히 퍼졌으며 서사시의 배경이 되고 있는 트로이전쟁 시점은 대체로 기원전 1200년경이라고 추정된다. 그러니까 대충 3000년이나 2500년 전의 전사들의 소망은 가장 기본적인 생존조건의 충족이었다고 할 수 있다. 그것을 예증하는 사례는 서사시 곳곳에서 발견된다.

사람이 숨길 수 없는 것은 걸귀 들린 창자,
그것은 저주요 인류재앙의 화근이어니.
크나큰 배를 차려
거친 바다를 건너 적을 무찌르는 것도 그 때문이어니.

—제17권, 313-316행

우리들 가엾은 인간 종자에게는
어떠한 죽음도 참혹하지만
굶어 죽는 것이 제일로 처참한 법

—제12권, 367-369행

고대 그리스의 황금시대는 대개 기원전 4세기 전후로 잡는 것 같다. 오늘날 우리가 헬레니즘이라 부르는 것은 알렉산드리아 시대의 세계화된 그리스 문화를 가리키는 것이다. 그러니까 호메로스가 다루고 있는 시기는 그보다 훨씬 이전이다. 그렇긴 하지만 서사시에 나오는 전사들의 삶의 황폐함에 우리는 놀라지 않을 수 없다. 전사들의 목숨은 극히 짧고 살육과 비인간적인 변덕에 속절없이 노출되어 있다. 뿐만 아니라 그들이 전투에 전념하는 것도 "걸귀 들린 창자" 때문이다. 그들은 또 가장 처참한 죽음인 굶어 죽음의 공포에서도 헤어나지 못하고 있다. 한편 우리는 그들이 희구하는 행복 세목의 왜소함과 초라함에 다시 한 번 숙연해진다. 그들이 전사이기 때문만은 아니다. 전사 아닌 일반 평민들의 삶은 더욱 처참하고 가혹했다고 보아야 할 것이다. 누이 한 사람을 빼고 전 가족이 강제수용소에서 희생되었으나 그나마 정신과 의사라는 직업 때문에 살아남은 빅토르 프랭클이 수용소의 절박한 상황에서 가장 생각나는 것이 빵, 과자, 담배, 목욕이라 적고 있는 것은 이러한 맥락에서 흥미 있다.

오늘의 관점에서 볼 때 그들 전사들에게는 내면세계란 것도 없다. 교조적 마르크스주의자들은 내면성에 대한 경멸을 혁명적 의식의 징후라고 칭송하지만 내면성은 때로 생존의 물질적 궁핍에서 도피해 위로와 구원을 구상하는 망명처가 될 수도 있다. 일거에 지상낙원이 실현되지 않는 한 그러한 내면의 망명처는 황폐한 삶에 필요하기도 하고 유용하기도 하다. 그런 내적 망명지는 옛 서사시의 삶에서 범주적으로 배제되어 있다. 어떤 프랑스의 비평가는 고대 그리스인들은 현대 유럽인들이 즐기는 흡연의 즐거움을 알지 못했다는 작가의 말을 보충해서 소설 읽기의 즐거움도 몰랐다고 부연하고 있다. 전성기의 그리스를 두고 한 말이긴 하지만 사치스러운 얘기다. 호메로스의 세계에도 소박한 수준의 노래와 춤은 있다. 그리고 약탈을 통해 취득한 입성이 있기는 하다. 그러나 문자를 모르고 책이 없다는 것은 얼마나 허전하고 적막한 일일 것인가?

진실 · 재미 · 지혜

주어진 자연의 황량함을 보충하고 순치하기 위해 사람이 만들어낸 것이 문화요 예술이다. 사람들은 삶의 도정에서의 개인적 성취나 계획 성공에 대해서 또 자연접촉이나 대인접촉에 대해서 행복을 얘기하는 경우가 많다. 그러나 예술경험이나 문화경험에 대해서 행복을 얘기하는 일은 드물다. 그러나 옛 서사시에 나오는 전사들의 "낙"을 생각할 때 음악이나 미술이나 책을 통한 감동은 분명 지상의 행복체험임에 틀림이 없다. 그러한 의미에서 말썽 많은 "근대성"이 근대인에게 안겨준 행복체험의 세목과 질은 다양하고 막강하다고 하지 않을 수 없다. 가령 미각체험에 있어서 현대 중산층이 누리는 다양성과 질량은 조선조 왕족이 누린 것과는 비교가 안 되게 풍요하다. 관광여행을 통한 세계경험이 얼마나 기막힌 호강인가 하는 것은 영어의 여행이란 말이 '힘들여 간다'는 뜻의 중세 프랑스말에서 나왔다는 사실에서도 엿볼 수 있다. 그리고 고통체험의 경감에 있어서도 근대인의 상대적 안락체험은 막강하다. (치과치료에서 마취제 사용이 1880년대에 시작되었다는 말을 단골 치과의사에게서 듣고 절망적인 치통에서 부분적으로 해방된 것을 얼마나 다행으로 생각했는지 모른다. 하기야 치과질환은 설탕 과잉섭취와 관련이 있기 때문에 병 얻고 약 얻은 것인지도 모른다. 또 이집트의 미라에서도 금니가 보인다니 옛 지배층이 그들 나름의 진통방식을 갖고 있긴 했을 것이다.)

사람에 따라 다르지만 학교교육 특히 고등교육 수혜자에게 있어 책 읽기를 통한 행복체험에 무연한 사람은 없을 것이다. 특히 정보획득이나 실용적 목적에서 동떨어진 문학향수는 청소년기의 보편적인 행복체험이라 할 수 있다. 왜 문학을 향수하고 즐기고 때로는 중독상태로 빠져드는가? 이것은 간단한 문제가 아니다. 이러한 의문에 대한 정확한 답변은 아마도 인간이란 무엇인가에 대한 총체적인 답변과 연관될 것이다. 혹은 언어동물이란 인간 정의가 의미하는 바의 전면적인 규명을 요구할 것이다. 그렇지만 문학향수에서 감동과 행복을 경험하는 이상 가급적이면 효율적이고 보다 충실한 행복체험을 지향해야 할 것이란 당위성은 누구나 공감할 것이다. 그리고 이때 고전은 의지할 만한 길잡이가 되어준다.

문학작품이 우리에게 기약해주는 것은 무엇인가? 첫째 심미적 쾌감을 들 수 있다. 흔히 말하는 '재미'라는 것도 넓게 잡으면 여기에 해당할 것이다. 문학작품은 또 우리에게 인간과 세계의 진실을 드러내준다. 그러는 한편으로 문학은 우리의 갈 길을 비춰주는 지혜를 일깨워준다. 심미적 체험은 주로 언어적 국면과 연관되기 때문에 여타의 국면을 얘기하는 것이 좋을 것이다. 이 경우에도 우선 작품 속으로 들어가보는 것이 적정하다.

> 아비만 한 아들은 거의 없다
> 대개 아비만 못하고 극소수가 아비를 능가할 뿐
>
> —제2권, 309~310행

오디세우스의 아들 텔레마코스를 두고 하는 말 중에 보이는 대목이다. 우리 속담에는 형만 한 아우가 없다는 말이 있는데 어투가 쏙 빼닮았다. 아무래도 나이가 위인 형이 책임감도 더 있고 마음씀이 후하다 해서 나온 말일 것이다. 『오디세이아』에는 아비만 한 아들이 없다고 돼 있다. 대개 국왕이 된 자나 창업주의 2세들은 아비만 못하고 그것이 세상 이치다. 또 경험이 많은 아비보다 세계경험이 얕은 자식은 모든 면에서 아비에 비해 사려 깊지 못하며 미거未擧하기 마련이다. 그래서 우리는 세상의 진실을 만났다는 느낌을 갖게 된다.

> 사자死者를 다스리는 왕 되기보다
> 차라리 째지게 가난한 농투성이
> 남의 집 종살이를 땅 위에서 하리다
> 그건 그렇고, 내 아들 소식이 있으면 알려주시오

내 뒤를 따라 싸움터로 나가 빼어난 전사가 됐는지를

그리고 고귀한 펠레우스에 대해서도

—제11권, 556-562행

오디세우스가 지하 사자의 나라로 내려갔을 때 듣게 되는 말이다. 이 사자의 나라에서 왕 노릇 하느니보다는 지상에서 째지게 가난한 집 종살이를 하고 싶다고 아킬레스는 말한다. 지상의 삶에 대한 집념을 나타내는데 '쇠똥에 뒹굴어도 이승이 좋다'는 우리네 속담과 너무나 흡사하다. 이어서 아킬레스는 자기 아들의 안부와 소식을 묻는다. 자기의 명예를 이어갈 용사가 되었는지를 묻고 그다음에 아비인 펠레우스의 안부를 묻는 것이다. 내리사랑이라고 자식 소식부터 먼저 묻고 이어 아비 안부를 묻는 것이다. 그 우선순위가 무엇보다도 재미있다. 사람은 어디서나 엇비슷한 모양이다.

사람들이 가장 칭송하는 노래는

듣는 귀에 가장 오래 메아리치는 최신의 노래입니다

—제1권, 405-406행

어머니 페넬로페가 너무 슬픈 노래여서 자기 가슴이 메어진다며 음유시인에게 노래를 말리려 하자 아들 텔레마코스가 하는 말이다. 이 세상에 일어나는 일에 책임이 있는 것은 시인이 아니라 제우스신이라며 덧붙이는 말이다. 오래된 노래보다 새

노래에 끌리는 것이 인지상정이라고 말하는 셈이다. 해 아래 새로운 것이 없음에도 불구하고 또 세월이 더디게 가던 그 옛날에도 모더니즘의 매혹과 필연성은 엄존했던 것이다. 비록 당분간일지라도 낡은 것은 새것에 밀리게 마련이다.

> 스킬라는 죽지 않는다, 영원히 살 마녀다
> 끔찍하고 흉폭하고 사나워 방비책이 없다
> 그저 그녀에게서 도망쳐야 하느니, 그게 유일한 방책이다
>
> ─제12권, 128–130행

펭귄문고 산문번역에서는 훨씬 원뜻에 가깝게 번역되어 있다.

> 안 돼! 그녀에겐 방비책이 없으니
> 도망치는 것이 바로 용기다.

승패가 뻔한 싸움에서는 삼십육계 도망치는 것이 최고의 방책이요 그것은 비겁이나 못난이 짓이 아니라 진정한 용기라는 것이다. 2차대전 당시 일본군은 태평양 소재 도서 곳곳에서 이 단순명쾌한 이치를 어기고 사실상의 집단자살이란 만행을 저질렀다. 위에서 명령한 자는 대개 멀쩡히 살아남았고 시퍼런 청년들만 희생을 당한 것이다. 위의 대목은 로렐라이 모티프의 원형이라 할 수 있는 스킬라와 카리브디스의 난항 코스를 다룬 제12권에 나온다. 『계몽의 변증법』의 저자들이 「오디세우스 혹은 신

화와 계몽」이란 장에서 심도 있게 해석한 세이렌의 노래 장면에
이어서 나온다. 오디세우스는 세이렌의 노랫소리에 저항할 수
없다는 것을 알고 있지만 꼭 들어보겠다고 작심한 뒤 부하들의
귀를 밀랍으로 틀어막고 제 몸은 돛대에 단단히 묶어놓게 한다.
귀를 틀어막힌 그의 부하들은 맹렬히 노를 저어 위험한 고비를
넘기게 된다. 여기서 오디세우스의 부하들은 저자들에게 피지
배층으로 해석된다. 인류의 대다수에게 아름다움과 사랑은 근
접할 수 없는 미지의 것이 되고 오직 특혜받은 소수만이 그것을
알게 되고 수중에 넣게 된다. 저자들에게 이 십화는 문명의 역
사가 곧 인간의 자기 지배의 역사임을 보여주는 축도가 된다.

　『오디세이아』는 대충 1만 2천 행에 이르는 서사시이며 전쟁
으로부터의 귀향이라는 큰 줄거리를 가지고 있다. 그 가운데서
되는대로 뽑아 읽어본 몇 줄로 그 의미와 재미가 소진될 수는
없다. 다만 이런 사례를 통해서도 고전이 보여주는 삶의 진실과
지혜를 엿볼 수 있음은 사실이다. 그 세계와 우리의 오늘이 얼
마나 다른가? 그럼에도 불구하고 인간을 규제하고 있는 조건들
은 또 얼마나 비슷한 것인가? 번역이라는 매개를 통해서도 우
리는 인간 문제의 보편성이라는 것을 실감하게 된다. 오디세우
스는 전쟁과 귀향길에서 살아남는 영웅이지만 그를 살아남는
영웅으로 만든 것은 무엇인가? 행운이 그의 편에 서준 것도 사
실이지만 그가 빼어난 기운과 꾀를 가지고 있는 위인임을 간과
해서는 안 될 것이다. 그의 이야기는 꾀와 힘이 세상을 살아가
는 데 긴요한 덕목임을 깨우쳐준다. 호메로스 이후 오디세우스

는 율리시즈란 로마식 이름을 첨가받아 서구의 문학적 상상력 속에서 항상적인 존재가 되어 있다. 앞에서 진실이란 말을 썼지만 그것은 가령 속담이 구현하고 있는 진실이요 진정성이지 획일적으로 적용되는 공식은 아니다. '형만 한 아우가 없다' 는 속담을 놀부와 흥부에게 적용시킬 수는 없을 것이다.

고전의 내구성

그리스 고전 비극은 기원전 5세기에 완성되었으며 현재 완전한 형태로 전해오는 것은 세 비극시인의 작품 31편이다. 그러나 아이스킬로스가 80 내지 90편, 소포클레스가 약 130편, 에우리피데스가 89편을 제작했다는 것이 밝혀져 있으므로 방대한 양의 비극이 망실된 셈이다. 2500년 전에 제작되어 상연된 고전 비극은 아리스토텔레스의 『시학』의 핵심적 주제가 되어 있고 그 후 서구문학 전통에서 가장 중요한 장르로 계승되었다. 17세기 이전까지는 수많은 걸작을 배출했고 유럽의 주요 사상가나 문인치고 비극에 대해 일가견을 토로하지 않은 이가 없다시피 하다. 가령 마르크스는 해마다 아이스킬로스와 셰익스피어를 원문으로 되풀이해서 읽은 것으로 알려져 있다.

동일한 고전 비극을 읽어도 독자의 텍스트 재생산과 의미의 재생산은 사실상 현격하게 다르다. 아리스토텔레스가 비극을 논할 때 가장 많이 언급한 것은 『오이디푸스』이다. 비극의 여러 국면을 얘기하는 데 적정한 사례로 생각했던 것 같다. 『안티고네』도 언급했으나 비중은 커 보이지 않는다. 그러나 1790년 이후 1905년에 이르는 사이 유럽의 대표적 시인이나 사상가들은 『안티고네』가 그리스 비극 중 최고의 작품일 뿐 아니라 인간정신이 마련해낸 어떤 작품보다도 완벽한 예술품이라고 생각하게 되었다. 이러한 변화를 야기한 것은 무엇인가? 프랑스혁명을 통해서 개인과 역사의 만남을 체험한 인문적 지식인들에게 공적인 삶과 사사로운 삶 그리고 역사적 삶의 뒤엉킴을 극화하고 있는 『안티고네』가 선호의 대상이 되었다는 슈타이너의 설명이 가장 설득력 있게 들린다. 그러니까 프랑스혁명 이후 지식인들은 『안티고네』에서 자신의 문제가 투영되어 있음을 발견한 것이다. 한국의 대학생들은 『안티고네』에서 주로 독재자와 민주투사의 대립을 읽어내는 것이 보통이다. 처해 있는 상황과 상호조명하며 단순화해서 파악하고 해석하는 것이다. 마르크스가 아이스킬로스를 애독한 것도 반역과 반항의 프로메테우스에서 혁명가의 초상을 발견했기 때문일 것이다. 프로이트의 오이디푸스콤플렉스 이후 다시 『오이디푸스』에게로 독자의 관심이 쏠리게 되었다. 이렇게 고전은 자기가 마주친 문제를 통해서, 텍스트를 재생산하고 의미를 재생산하는 독자들에 의해서 시간의 풍화작용을 이겨내는 것이다. 즉 2차문서의 생산가능성이 크기 때문에 고전은 고전으로 남아 있는 것이다. 그것은 지배이데올로기의 모의가 빚어낸 문화 조작操作의 결과가 아니다. 고전은 고전대로 그 나름의 부침을 겪게 마련이다.

　근자에 와서 문학과 고전의 탈신비화 시도가 공격적으로 이루어진 바 있다. 지배계급이 자의적으로 책정한 기준에 의해서 읽을 만하다고 분류해놓은 것이 '문학'일 뿐이라고 탈신비화이 론은 주장한다. 즉 특정 사회계급의 가치관과 취향을 구현하고 있는 글들이 문학이라는 존칭을 얻고 있을 뿐이라는 것이다. 서 구문학의 정전正典목록을 검토해보면 여성, 하층계급, 비非백인 작가의 작품은 극소수이자 거의 배제되어 있으며, 정전형성 과 정에서 지배집단의 이데올로기 검열이 작동하여 배타적인 정전 이 형성되었다는 것이다. 일부 마르크스주의, 여성주의, 다문화 주의의 이론가들은 정전의 폐기 혹은 확장적 수정을 주창하며 고급문학과 대중문학의 구분을 거부한다. 정전 위주의 문학교 육이 결국은 지배집단의 이데올로기에 봉사할 뿐이고 정전이 지니고 있다는 가치도 지배적 소수집단의 취향에 지나지 않는 다고 주장한다. 그리고 정전 위주의 책 읽기는 현재지향 아닌 과거지향이라며 문학을 포함하여 광범위한 문화텍스트를 연구 하자는 주장이 나오고 있다.

이러한 이론이 의미 있는 정전의 확장을 야기한 것은 사실이 나 그렇다고 정전의 정전성이 해체되는 것은 아니다. 1820년에 서 1860년대 사이에 영국의 연간 신간서적 발행고는 580종에서 2,600종 이상으로 불어났고 증가된 몫의 주종은 소설이었다. 그 런데 1847년에서 1848년에 이르는 20개월 사이에 『돔비와 아 들』『폭풍의 언덕』『허영의 저자』『제인 에어』『메리 버튼』 등의 소설이 출판되었다. 이러한 작품들은 이 시기에 출판된 많은 소 설 가운데서 살아남은 것이다. 그리고 이 가운데 『폭풍의 언덕』

『허영의 저자』『제인 에어』는 적어도 영문학에서는 정전 내지는 근접 정전의 반열에 올라서게 되었다. 작품의 내재적 미덕과 강점을 사상하고 단순히 이데올로기적 선택의 결과라고 주장하는 것은 지나친 단순화요 당대의 많은 키치 소설과의 무차별한 혼동에 지나지 않는다. 정전확장과 수정에 동조하는 많은 학자 비평가들이 정전모의설을 거부하고 있는 것은 정당성을 가지고 있다. 이러한 맥락에서 음악의 사례를 참조하는 것도 유익할 것이다.

피아니스트이자 음악사회학자인 찰스 로즌이 들려주는 음악사의 삽화도 고전과 정전형성에 대해 많은 시사를 준다. 그의 말을 따르면 베토벤의 생애 중에 서구 예술음악에 혁명적인 변화가 일어나고 오페라 관람 중에 잡담을 일삼던 청중들이 거의 종교적 경건함과 정숙 속에서 음악을 듣게 되었다. 가령 파리에서 모차르트의 교향곡과 오페라는 1810년대만 하더라도 청중에게 터놓고 배척받았다. 그런데도 그의 음악은 연주프로그램에는 으레 올라 있었다. 그러다가 1820년경 스탕달이 "참다운 딜레탕트는 로시니의 음악만큼이나 모차르트의 음악을 좋아한다고 적을 정도로 큰 변화가 일어났다. 청중이 터놓고 배척하는데도 모차르트 음악이 연주프로그램에 늘 오르게 된 까닭은 무엇인가? 연주가들이 꼭 연주하기를 고집하는 음악이 포함되어 있었기 때문이라는 것이 로즌의 설명이다. 연주가의 삶은 고된 것이고 단조하며 짜증나는 것이었다. 좋아하는 음악을 연주하지 못한다면 그들에게 삶은 견딜 수 없을 것이고 따라서 이들의 요구는 연주프로그램에 반영되게 마련이다. 그리하여 처음엔 배척하던 일반 청중들이 수용하게 되어 모차르트의 궁극적 승리가 성취됐다는 것이다.

이것은 엘리트의 선호문제가 아니라 직업적 이상의 문제인데 속류 음악사회사가 간과하는 사안이라고 로즌은 강조한다. 음악사회학이 음악의 내재적 흥미를 소홀히 하기 때문이다. 음악의 수용사가 일반 청중의 태도와 반응 및 저널리즘의 시평時評에만 역점을 둘 때 음악사에서의 변화의 주요 동력은 묵살하게 된다고 로즌은 지적한다. 루카치조차도 퇴폐의 흔적이 없다고 한 모차르트 음악의 서구에서의 전폭적 수용에서 가장 중요한 것은 연주가 및 전문가의 감식안과 판단이었다. 19세기의 음악 수용사는 프랑스의 경박성에 대한 독일적인 심각성이, 성악에 대하여 기악이 승리하는 쪽으로 나아갔다. 이 과정에서 전문가와 엘리트 청중의 기여가 막대하였다는 것이다. 이러한 자초지종은 비단 음악수용사에서만 발견되는 특수 사례가 아닐 것이다. 전문가와 독자들의 선별력이 정전형성에서 중요한 역할을 하는 것이다.

구미의 정전해체론이 전통적 유럽문화의 편협한 안목을 교정하는 데 일정부분 긍정적 역할을 한 것은 사실이고 또 정전확장에 기여한 것도 사실이다. 그러나 공격적 문학 탈신비화 성향은 무차별한 키치 격상을 야기하고 젊은 세대들의 지적 나태를 조장한 것도 사실이다. 정전이 자의적으로 형성된 특권층의 헤게모니의 소산이란 생각은 고전을 기피하는 청년들에게 지배이데올로기에 농락당할 필요가 없다며 그들의 지적 태만을 합리화해주는 구실을 한다. 문학 내부에서의 자기격하운동은 문학 취향의 전반적 하향평준화를 초래하고 있다. 팝음악과 모차르트 사이에 가치상의 차이가 없다는 생각은 쉽게 고전과 팝소설을 동격시하는 생각으로 전이한다. 이것은 팔씨름과 씨름, 고누와 바둑을 동격시하는 무차별적 경계 무너뜨리기에 지나지 않는다. 문명은 사소한 차이의 인지와 차이 감각의 점차적인 세련을 수반한다. 축축한 감상주의가 없지 않다 하더라도 김소월 시와 해방 전 대중가요 가사 사이에 아무런 가치상의 차이가 없다고 말하는 것은 눈멀고 귀먹은 이념의 건주정이요 삿대질이다.

문학과 예술의 중요한 특성의 하나는 그 상호텍스트성이다. 예술에서 무로부터의 창조란 것은 있을 수 없다. 시가 시를 낳고 소설이 소설을 낳고 걸작이 걸작을 낳는다. 모든 작품은 작가가 의식하든 않든 선행 작품을 딛고 서 있고 알게 모르게 밑그림에 의존하고 있다. 그 가장 크고 단단한 밑그림이 고전이다. 오늘의 작품을 이해하기 위해서도 고전이란 밑그림을 읽어야 할 것이다. 그것은 행복경험으로서의 예술향수를 위해서 불가결한 절차이기도 하다.

끝으로 최근의 외신보도에 나온 소식을 전하면서 우리 자신을 돌아보는 계기로 삼고자 한다. 며칠 전 어느 일간지의 국민 의식조사에서 38퍼센트를 얻어 가장 싫어하는 나라 1위가 된 일본에서 최근 『카라마조프가의 형제들』의 새 번역판이 발간되었다. 문고판 5권으로 7월 중순에 나왔는데 두 달 사이에 30만

권이 나갔으며 출판사 쪽에서도 예기치 않은 매출에 놀랐다고 한다. 『카라마조프가의 형제들』은 유수한 문고로도 이미 나와 있고 새 번역은 새 독자층을 겨냥하여 문체상의 혁신을 꾀했던 것 같다. 어쨌거나 방대한 분량의 19세기 고전이 이만큼 나갔다는 것은 일본문화의 저력이라 생각한다. 앞으로 얼마가 더 나갈지 모르지만 무라카미만 읽는 것이 아니라는 사실은 주목해야 할 것이다. 때맞추어 유수한 작가 오에〔大江〕가 도스토옙스키의 『악령』 읽기를 권장하는 기사가 났다. 앞의 국민의식조사에서 일본은 또 27퍼센트를 얻어 가장 본받아야 할 나라로 올라 있다. 책이 세상을 바꾼다는 말은 과장이 아니다. 우리 사회의 부정적인 면이 책을 읽지 않는 국민이라는 사실과 연관된다고 말해도 과장은 아닐 것이다.

※ 위에서 인용한 『오디세이아』의 시행수는 Robert Fagles의 운문번역인 펭귄판 『The Odyssey』의 행수임. 또 논지를 간접인용한 찰스 로즌에 대해선 Charles Rosen, 「The Triumph of Beethoven」(『N. Y. Review of Books』, Sep. 21. 1995, pp. 52-53)을 참조할 것.

| 3장 |

타인의
삶 속에서

증오의 중층적 결정

　유튜브Youtube를 알게 된 것은 오래되지 않는다. 노래나 들을 수 있는 것이라 생각했는데 당대 인물들의 육성도 들을 수 있음을 알고 정말 멋진 신세계에 살고 있다고 실감했다. 2007년에 녹화된 조지 슈타이너의 60분짜리 인터뷰를 근자에 시청하였다. 당시 일흔여덟의 나이니까 목소리도 노쇠했고 내 편의 청취력에도 문제가 있어 놓친 부분도 적지 않았다. 그러나 글로 쓸 때는 하지 않거나 못하는 얘기도 기탄없이 털어놓는 대화 고유의 친화적 직접성이 흥미진진하기 짝이 없었다. 영독불 3개 언어병용이 가장 중심적 사실이었다는 자기 성장배경을 얘기하는 대목에서 그는 대충 다음과 같은 취지의 말을 거리낌 없이 털어놓는다.

나의 정신분석과의 격렬한—격렬한이란 말은 과장된 것이겠고—심한 싸움은 내가 정신분석을 전혀 난센스라고 생각한다는 것이지요. 나는 모친과 동침하길 바라지도 않았고 부친을 살해하고 싶지도 않았어요. 내 부모들은 세상에서 가장 절친한 친구였고 늘 재미있고 신나는 사이였지요.

알면 아는 대로 잘 모르면 모르는 대로 그의 책을 대부분 읽은 처지지만 그가 글이나 책에서 이런 취지의 발언을 한 기억은 없다. "프로이트 덕분에 우리는 사생활에서나 사회생활에서나 한결 자유롭게 숨 쉬고 있다. 프로이트는 비합리주의의 옛 그늘이나 초자연적인 것에 대한 믿음을 추방하려고 추구했다. 마르크스의 약속처럼 그의 약속 또한 광명의 약속이었다. 그러나 그것은 실현되지 않았다"고 '절대에의 향수'란 연속 강의에서 말했을 때 그는 세간의 일반적 프로이트 인식을 공유하고 있음을 보여준다. 인간행동의 무의식적인 근원을 드러냄으로써 우리 자신을 더 잘 이해할 수 있는 길이 열렸고 그것은 곧 이성의 확대를 뜻한다는 당대의 일반적 통념과 다를 바가 없다.

발설 당시 프로이트의 혁명적 개념의 하나로 비쳤던 오이디푸스콤플렉스의 다면성에 대해 그가 『진정한 존재들』에서 토로하고 있는 대목에서도 위의 대화에서 보는 바와 같은 적대적 비판의 낌새는 보이지 않는다. 도리어 그 가설을 당연시하고 있다는 감을 준다. "오이디푸스콤플렉스는 생물학적, 문화적인 동시에 언어학적인 것이다. 즉 우리의 언어유산은 부친상父親像이며 매우 우세한 비유적 표현인데 이것이, 그것을 향해 우리의 감정이나 사고나 욕구가 나아가려는 자율성, 참신성, 우리 자신에 대한 직접성(개인 언어ideolect)을 집어삼키려드는 것이다." 우리의 언어유산이 개인 언어를 집어삼킨다는 것은 사회역사적으로 형성된 언어가 개성적인 표현을 저해한다는 사정을 기술한 것으로 새로운 통찰은 아니다. 슈타이너가 저서『하이데거』에서 하이데거의 중요 가설이라며 그 중요성을 역설하는 "말하는 것은 언어이지 근본적으로 인간이 아니다"란 명제의 변주이기도 하다.

오이디푸스콤플렉스를 위시해서 프로이트사상이 중앙 유럽 중산계급을 그 사회적·문화적 주소住所로 갖고 있다는 것은 흔히 거론되는 사안이다. 가령 "항시 역사화하라"는 것을 절대적 명령이라 생각하면서 그것을 권고하고 실천하는 프레드릭 제임슨은 정신분석에 대해서 그 마스터 코드나 소재가 핵가족이라는 역사적 제도에 의존하고 있음을『정치적 무의식』에서 지적한다. 한 걸음 나아가 부르주아사회의 공공영역에서 가족이 사적 공간으로 자율화하고 성현상이 자율화함으로써 정신분석의 탄생이 가능할 수 있었다고 세세한 분석을 가한다. 슈타이너 자신도 이드, 자아, 초자아란 프로이트의 정신삼분법이 유럽 중산층 가옥의 지하실, 거실, 고미다락의 직유이기도 하다고 말하고 있다. 정신분석의 여러 개념들이 유럽 중산계급 가정에서나 타당성을 갖는다는 것은 근접 마르크스주의자들이 의식적 역사화를 실천하기 이전부터 표출되어온 비판이다. 오이디푸스콤플렉스는 프로이트 비판자들의 가장 편리한 과녁이 되었고 특히 유럽 외부지역을 관찰한 인류학자들 사이에서 그런 목소리는 높았다. 트로브리안드제도의 모권사회를 관찰하여 '외숙부콤플렉스avuncular complex'를 제안한 말리노프스키는 그 대표적 사례라 할 수 있다.

프로이트사상의 세례를 받고 출발했으나 수정주의로 기운 에리히 프롬도 오이디푸스콤플렉스의 보편성을 부정한다. 그 사정을 『변증법적 상상력』의 마틴 제이는 이렇게 요약한다. "부권사회에서의 이 콤플렉스의 힘은 부분적으로 부친 재산의 상속자로서의 아들의 역할, 그리고 노년기 부친의 부양자로서의 지위의 결과이다. 이것은 아들의 초기교육이 행복보다는 경제적 유용성을 지향하고 있다는 것을 의미한다. 부자지간의 사랑은 실패에 대한 아들의 두려움 때문에 증오로 발전하기가 십상이다. 이렇게 마련된 사랑의 우연은 정신적 안정의 상실과 존재의 초점으로서의 의무의 강화로 나가기가 십상이다." 프롬의 오이디푸스콤플렉스 이해에는 사내아이의 유아기 성생활의 억압된 역사 속에서 가장 중요한 사건이라는 모친에의 성적 끌림과 이와 연관된 부친 증오라는 고전적 개념에 경제적 요인이 부가되어 있다. 부친 증오가 가족 사이의 눈먼 삼각관계라는 성적 계기보다도 다른 요인에서 나오고 있다는 것이다. 이에 더하여 우리는 가정 내 경찰력이라는 관점에서 문제에 접근할 수 있을 것이다.

모친과 동침하길 바라지도 않았고 부친을 살해하고 싶지도 않았으니 오이디푸스콤플렉스를 앞장세운 프로이트주의는 어불성설이라는 슈타이너의 발언에 대해 프로이트주의자들은 즉각 오이디푸스콤플렉스가 어디까지나 무의식의 과정이요 산물이라고 할 것이 뻔하다. 그러나 그 정도를 몰라서 슈타이너가 과감한 반대 발언을 토로한 게 아니라는 것 또한 그들 자신도 잘 알고 있을 것이다. 만 여섯 살 되던 해에 부친을 따라 처음 호메로스를 접해보았고 자기 생애가 호메로스를 접했던 최초의 시간에 붙인 각주에 지나지 않는다고 그는 회고록에 적고 있다. 많은 사람들이 꿈속에서 모친과 동침한다는 요카스타의 말을 아마도 그는 아주 어려서 들었을 것이다. 프로이트주의자의 원론적 반격에 움찔할 그가 아니다.

오이디푸스신화는 접하는 사람에게 공포에 가까운 충격을 주게 마련이다. 그 충격의 강렬성이야말로 오이디푸스콤플렉스의 현실성을 증명하는 것이라고 프로이트주의자들은 말한다. 또 부친 증오나 혐오의 순간을 경험해보지 않은 사내는 없을 것이다. 이 때문에 오이디푸스콤플렉스에 대해 이의를 제기하는 것은 참으로 어려워진다. 검증되지 않은 상태에서도 이 프로이트주의 관용구는 개인에게 암묵적 지배력을 발휘하게 마련이다. 성충동 혹은 리비도가 삶의 초기부터 유아에게 고유한 것이라는 가정 자체가 이의제기를 원천적으로 사전봉쇄한다고 볼 수 있다. 그러나 우리 주변에서 보게 되는 부친 증오가 성적 계기보다 가정 내 경찰이라는 부친의 기능이나 위치와 연관된다는 것은 쉽게 간취된다. 부권사회에서 권위와 힘을 가지고 있는 부친은 쉽게 반反권력적 증오와 반항의 대상이 되기가 십상이다. 또 부친 증오는 반권력적 반체제적 행동으로 이어지기 쉽다. 가령 모택동 전기에서도 그러한 국면은 두드러져 보인다. 일본의 경우 대역죄로 처형된 청년 난바〔難破大助〕의 경우는 고전적 모범 사례라 할 만하다. 대지진이 일어난 해인 1923년 12월 27일 당시 섭정이었던 황태자 유인裕仁─뒷날 쇼와〔昭和〕 천황이 된다─이 의회개원식에 참석하기 위해 행차하던 중 무정부주의자 난바가 그를 저격했다. 총 두 발을 쏘았고 "혁명 만세!"를 외쳤다. 중의원 의원이었던 그의 부친은 아들의 범행을 알고 잠시 혼절한 후 귀가한 뒤 죽을 때까지 이 년간 두문불출하였다. 20대 중반이던 난바는 법정에서의 최후진술 때 가족이나 친구에게 폐를 끼칠 거라 생각지 못했으며 그 압력을 알았다면 일을 저지르지 않았을 것이라고 말했다. 그러나 부친 앞으로 쓴 유서에는 부친에 대한 증오감이 노골적으로 드러나 있어 가족들이 그것을 부친에게 보여주지 않았다 한다. 권위주의적인 부친에 대한 증오가 국가권력에 대한 반항으로 이어진 극단적 사례이다. 유사한 사례는 허다하다.

이러한 맥락에서 『20세기의 의미』의 저자로 일반에게도 알려진 미국의 경제학자 케네스 볼딩의 견해는 시사하는 바가 많다. 그는 『사회동력학 입문』에서 아주 흥미 있는 생각을 제시하고 있다. 1960년대에 일본의 대학에서 가르친 일이 있는 그는 일본처럼 비교적 풍요한 나라에서 격렬한 학생운동이 전개되는 것에 적잖은 의문을 가진 바 있다. 어째서 일본인 특히 일본 지식인들이 마르크스주의에 끌리는가에 대해서 자기 나름의 성찰을 계속한다. 그 결과 내린 결론은 일본사회가 극히 복잡해서 일본인 자신들도 이해 못할 점을 가지고 있는데 마르크스주의처럼 단순화된 이론이 일단 수용되기 쉽다는 것이다. 복잡한 문제의 해결책으로 마르크스주의를 수용한다는 것은 경제전문가의 관점에서 나온 것이지만 국외자에겐 설득력이 약해 보인다. 일본사회가 풍요를 누리기 이전 극심한 경제적 빈곤에 시달렸다는 사실의 고려도 보이지 않는다. 가령 20세기로 접어든 뒤에도 군대에 들어가 비로소 쌀밥 구경을 했다는 지방 출신 청년들이 많았다. 1930년대 홋카이도에서는 아이가 태어나자마자 부모가 아이의 목을 눌러 살해하는 '마비키'가 드문 일이 아니었다. 일용할 양식을 축내는 새 식구가 부담스러웠기 때문이다.

이러한 경제적 난경을 해결할 수 있는 것으로 비친 마르크스주의는 1920년대와 30년대에 걸쳐 한 세상을 풍미하였다. 그 이해 수준이야 어쨌건 마르크스주의 혹은 사회주의 신봉자들이 많이 나왔고 당대 유수 종합지가 그러한 대세 형성에 크게 기여하였다. 지도적 공산당원이 동경대학 졸업생이었다는 사실도 징후적이다. 천황제를 앞세운 근대일본이 돈과 공을 가장 많이 들인 것 중의 하나가 제국대학과 사범학교와 사관학교다. 그러나 천황제 일본에 대한 우수한 반역적 인재를 대량 공급한 것이 바로 이 세 개 제도였다는 것은 일본 현대사의 고소한 역설이다. 제국대학과 사범학교는 급진적 좌파 지식인의 배출을 통해서, 또 육군사관학교는 극우파 장교의 배출을 통해 천황제에 대한 위협이 된 것이다. 인도주의적 입장에서 빈곤문제 해결에 관심을 경주하다가 마르크스주의 경제학 연구로 나간 가와카미〔河上肇〕의 베스트셀러가 『빈곤 얘기』라고 하는 것은 상징적이다. 사회주의 계몽가이기도 한 가와카미의 명성과 영향력이 어느 정도였는가, 하는 것은 전후 전쟁범죄자로 구인되기 직전 자살함으로써 전 총리 도조〔東條英機〕 장군과 좋은 대조가 된 전 총리 고노에〔近衛文〕 공작이 그 밑에서 공부하기 위해 도쿄대학을 버리고 교토대학으로 진학했다는 삽화에 잘 드러나 있다. 뿐만 아니라 1930년대 이후의 전쟁기에 꾸준히 반전운동을 편 것은 사회주의 진영이었다. 볼딩은 이러한 근대일본의 경제적 난경과 급진주의운동 전사前史를 소홀히 함으로써 사태 진단에 차질을 빚었다는 것이 나의 판단이다. 경제학 전문서적이 아닌 『이미지』 등 몇 권을 통해 본 볼딩은 사회 전반에 걸쳐 해박한 지식과 통찰력을 갖춘 학자로 그 비슷한 위치의 일본 학자는 도저히 경쟁이 되지 않는다. 그렇지만 현지 감각의 결여와 사회주의이론이 철 지난 경제이론이란 확고한 고정관념 때문에 설득력이 빈약한 진단을 내놓은 것으로 판단된다.

우리에게 흥미 있고 또 훨씬 설득력이 있는 것은 그가 조심스럽게 제기하고 있는 또 하나의 원인 설명이다. 권위주의적인 부친이 지배하는 가정에서는 아이들의 마음속에 억압된 불만이 축적된다. 마르크스주의는 이 불만을 정당화시켜주는데 그것은 마르크스주의가 권력의 자리에 있는 자에 대해 갖게 되는 증오나 폭력을 정당화시켜주기 때문이라는 것이다.* 그가 상정하는 권위주의적 부친에 대한 증오나 반항도 프로이트주의자들은 아마도 오이디푸스콤플렉스로 설명할 공산이 크다. 성본능을 주축으로 한 생물학적 존재로서의 인간 측면을 배타적으로 전경화하는 것이다. 그러나 프롬이 경제적 요인을 추가했듯이 볼딩이 지적하는 권위주의적 가정 경찰에 대한 증오를 추가해서 고려하는 것이 사실에 부합하는 것이라고 생각한다. 앞서 시사했듯이 유보감과 의문을 가지면서도 부친 증오나 혐오의 보편성, 또 무의식 과정이요 무의식의 작태라는 설명 때문에 오이디푸스콤플렉스에 대해서 반론을 감히 제기하지 못하는 것이 사실이다. 그러나 우리의 주변을 살펴볼 때 부친 증오를 가정 내 삼각관계만으로 설명하는 것이 적정하지 못하다는 것은 쉬 발견할 수 있다.

쉽게 목격되는 부친 증오자 중에는 부친이 축첩해서 생모를 구박한 사유 때문에 격렬한 증오를 갖고 있는 경우가 있다. 문학청년의 습작에는 작자의 내면이 적나라하고 치졸하게 노출되어 있어 문학 외적인 인간적 흥미를 자아내는 경우가 더러 있다. 청소년의 습작을 읽어볼 기회가 많았는데 그 가운데는 문학적 성취와 거리가 멀고 치졸하기 때문에 도리어 눈이 가는 것이 있다. 분명히 작자 자신이라고 추정되는 주인공이 축첩 후 모친을 박대한 부친에 대해 살해충동을 느끼고 실천하지만 미수에

---

* Kenneth E. Bouldling, 『A Primer on Social Dynamics: History as Dialectics and Development』 (New York: The Free Press, 1970, pp. 135-136) 참조. 널리 알려진 참조문헌은 일일이 출처를 밝히지 않았다.

그치는 과정을 그린 섬뜩한 습작을 읽은 일도 있다. 글 속의 상징적 살인행위를 통해서 대리만족을 취한 것인지 모르지만 그 강렬한 적의에는 읽는 편에서 공포감이 느껴질 정도였다.

　그런 종류의 실화를 접한 일도 있다. 아버지는 은행가였고 나중에 은행 두취頭取 자리에도 오른 인물이다. 비교적 여유 있는 생활환경이라 일본서 대학교육을 받은 후 돌아와 아들도 은행에서 근무하였다. 그의 부친은 뒷날 축첩해서 모친을 울렸고 아들은 그런 부친을 용서하지 않았다. 왕래를 하지 않았고 부자의 연을 끊을 정도였다. 북에서 월남한 후 아들은 견고한 수입이 보장되는 직장에 오래 있지 못했고 용돈이나 벌어 쓰는 처지였다. 피아노 교습을 하는 부인이 생활비를 담당하였다. 연로한 부친이 아들과의 화해를 누차 제의했지만 아들은 철저히 무시했다. 나중에는 재산분배를 빌미로 해서 화해를 시도했지만 허사였다. 상당한 재산을 포기하면서 부친과의 상봉을 거절했고 재산은 결국 모두 이복형제에게 돌아갔다. 당시 처가에서는 변변한 벌이를 못해 아내를 혹사시키고 있다며 좋게 얘기를 하지 않았다고 한다. 이럴 경우 처가 쪽에 체면을 세우기 위해서라도 화해하고 재산을 분배받는 것이 보통일 것이다. 그러나 그는 모친을 대신해서 부친을 결코 용서하지 않은 것이다. 그는 뒷날 미국 이민을 가서 그곳에서 작고하였다. 당뇨병이 있었는데 부인과 사별한 후 섭생과 당뇨관리를 제대로 하지 않아 합병증으로 세상을 떴다 한다. 여기 등장하는 아들은 이름 있는 시인이고 실명을 대면 누구나 알 만한 인물이다. 이 희귀한 비화를 들고 시인에 대해 경의를 갖게 되었지만 혹 누가 될지 몰라 실명은 밝히지 않는다. 이 사실을 당자는 일언반구도 타인에게 비치지 않았다 한다. 이 얘기는 시인의 처가 쪽 인물이 시인 별세 후 들려준 것으로 그 진실성은 의심의 여지가 없다.

시인의 부친 증오와 절연은 가족 내 삼각관계만으로는 설명이 되지 않는다. 고전적 정의를 따르면 부친의 모친 방기는 경쟁자의 철수와 부재를 의미하기 때문이다. 오이디푸스콤플렉스는 물론 유아기 현상이요 그로부터의 성공적 졸업은 건전한 정상인으로 귀결된다는 것이 그쪽 설명이다. 또 시인의 부친 증오도 결국은 모친에 대한 성적 고착에서 나온 것이니 오이디푸스콤플렉스를 논박할 증거가 되지 못한다고 말할 공산이 크다. 그러나 그렇게 모든 것을 휘뚜루마뚜루 설명해 치운다는 것은 아무것도 제대로 설명하지 못한다는 말과 진배없다.

얼마 전 자기네 아파트에 방화하여 부모를 모두 죽음에 이르게 한 중학생에 대한 보도가 있었다. 밝혀진 바로는 예능계 진학을 원하는 아들에게 아버지가 법과 지망을 강요하며 폭행을 일삼고 때로는 골프채로 구타까지 해서 범행을 하게 되었다 한다. 신문이나 TV는 범행 후 범인이 울먹이며 불난 현장의 정황까지 문의해서 그 치밀함에 모두 놀랐다는 것을 강조해서 보도하였다. 부친이 범행대상이었으나 막상 모친을 포함해서 다수 가족이 목숨을 잃은 것을 알고 범인이 울먹이는 것은 있을 수 있는 일이고 그것이 범인의 치밀한 시나리오를 따른 것인지는 검토해보아야 할 문제일 것이다. 부모 사망 후 범인이 부친의 폭력 행사를 과장했을 가능성도 완전히 배제할 수는 없다. 그러나 방화를 실천한 것으로 보아 부친의 폭력 행사나 부자간의 갈등이 극심한 종류의 것임은 추측할 수 있다. 여기서 부친은 폭력적인 가정 경찰로 등장한다. 그것이 범인에게 강렬한 증오와 역공적 폭력 행사를 야기한 것이라 할 수 있다.

우리 주변에서 가장 빈번히 발견되는 것은 이렇게 가정 경찰로서의 부친에 대한 증오요 혐오감이라 생각한다. 사회현상을 심리현상으로 축소해서 설명하는 심리적 환원론은 부분적인 진실을 드러내고 보조적 설명은 될 수 있을지 모르지만 온전한 설명은 되지 못한다. 그러나 가정 경찰로서의 부친에 대한 적의와 증오감이 기회만 있으면 모든 권위에 대한 반항과 적대적 태도로 분출되기 쉽다는 것은 인정되어야 할 것이다. 그런 의미에서 볼딩의 일본사회 진단 중 권위주의적인 부친에 대한 반대가 급진주의 수용으로 이어졌다는 견해는 부분적 타당성이 있다고 생각한다. 또 그것은 우리의 경우에도 어느 정도 해당되는 문제라 생각한다.

정신분석의 큰 약점은 스스로 내린 결론을 지나치게 일반화하는 것이라고 실험심리학 쪽에서 말하고 있다. 불과 몇백 명의 비엔나 신경증환자의 구두진술에 의존해서 세워놓은 으리으리한 건물이 프로이트의 체계라고 말한다. 결코 전체 인간을 대표할 수 없는 한정된 인물들의 사례로부터 보편적 진실을 간취했다고 생각하는 것은 잘못이라는 것이다. 맞는 말이지만 정신분석이 갖고 있는 설득력을 우리는 과소평가할 수 없다.

젊은 시절 낮잠을 자다가 윗니가 빠지는 꿈을 꾼 적이 있다. 잠시 동안의 낮잠 때 꿈을 꾸는 것은 흔치 않은 일이다. 당시 윗니에 고장이 나 있었던 것은 사실이다. 윗니가 빠지면 윗대 인물이 사망한다는 속신俗信이 있어 별로 좋은 기분이 아니었다. 마침 방에 들른 동료에게 얘기를 했더니 그건 윗대 인물의 사망을 바라기 때문에 꾼 꿈이라고 그는 회심의 미소를 지으면서 말하였다. 당시 부친은 작고한 터요 모친마저 유고가 되면 집안의 어려움은 이루 말할 수 없는 상황이었다. 그러니 현실적 이해관계에서도 바랄 수가 없는 일이라고 말했다. 그러나 교육심리학을 공부할 때 교실에서 프로이트를 얼마쯤 귀동냥했다는 동료는 그것은 의식 수준의 얘기고 꿈은 무의식적 소망을 나타내는 것이 아니냐고 마치 지혜의 왕자가 유권해석 내리듯이 의기양양하게 말하였다. 순간 선무당이 사람 잡는구나 생각하고 정나미가 떨어졌다. 당시 "파이프가 그저 파이프에 지나지 않는 경우가 있다"는 프로이트의 명언을 알지 못하였고 따라서 그 말에 기대어 반박을 하지도 못했다.

옛 동료처럼 눈동냥 귀동냥으로 프로이트의 선무당 노릇을 하는 것은 피해야 할 것이다. 그러나 그렇다고 으리으리한 체계에 압도되어 불신의 자발적 정지를 일삼는 것도 장한 일은 아니다. 프로이트가 꿈의 중층적 결정을 발설한 것은 19세기 말의 일이다. 꿈과 마찬가지로 부친 증오에도 중층적 결정론을 적용하는 것이 온당하지 않을까 생각한다. 모든 것을 유아기의 무의식적 과정으로 설명하는 것은 또 하나의 투박한 환원론일 것이다.

나는 나라도 집도 없단다

청년 손창섭

학생 때인 1955년에 『현대문학』이 나왔다. 창간호에 손창섭의 「혈서」가 실려 있었다. 단연 돋보이는 작품이었고 매료되었다. 그 후 새 『현대문학』을 펴볼 때마다 그의 작품이 실려 있는가, 유심히 살펴보곤 했다. 과작이라 시간 간격이 길기는 했지만 「미해결의 장－군소리의 의미」 「광야」 「소년」 등의 작품이 연이어 『현대문학』에 발표되었는데 책을 구해서 제일 먼저 읽어본 것이 손창섭 단편이었다. 예외적인 경우가 아니고 당시 젊은 독자치고 손창섭의 팬 아닌 사람은 없다시피 했다. 단시일 내에 새로운 별이란 비평적 합의를 본 흔치 않은 사례가 아니었나 생각한다. 그 1950년대의 총아 작가가 지난 6월에 소리 없이 세상을 떴다며 추모의 글을 주문해 왔다. 『현대문학』의 초기 지면을 빛내준 작가에 대한 당연한 도리요 예의라 생각한다. 젊은 시절 손창섭에 관해 작가론 비슷한 비평적인 글을 몇 차례 쓴 바 있고 새삼스레 덧칠할 사항이 있을 것 같지는 않다. 그러나 한 시대의 종언을 보는 것 같은 감회도 없지 않아 소회의 일단을 적어보기로 한다. 명시적 의도와 관계없이 1950년대 암울한 시대의 사회사를 담아낸 작가에 대한 새로운 관심의 기운이 일기 바라는 마음이 동하는 것도 사실이다.

작품의 됨됨이를 떠나 작가에 대해 상징적 기호의 구실을 하는 작품이 있다고 생각한다. 손창섭의 경우 「인간동물원초人間動物園抄」나 「치몽稚夢」 같은 작품을 들 수 있을 것이다. 유치장이나 감방을 인간동물원이라고 명명한 「인간동물원초」는 표제만으로도 수작이다. 그의 눈으로 볼 때 인간은 금수와 다를 바 없고 당연히 그의 작품은 인수극人獸劇의 양상을 띠고 있다. 자연과 문화의 경계가 불분명한 밑바닥 인수극의 축도를 보여준 것이 「인간동물원초」요 작가의 인간관이 가장 잘 드러나 있다고 할 수 있다. 꼬마들이 연상의 여성에게 부여하는 스탕달의 이른바 '결정結晶작용'과 뒤이은 환멸을 그리고 있는 「치몽」은 인간의 동경이나 이상이 필경은 철부지 꿈이라고 말하고 있다. 모멸과 연민을 동전의 양면처럼 가지고 있는 작가의 인간관이나 인생관이 축약되어 있다는 점에서 두 작품은 손창섭을 드러내는 상징적 기호라 말해도 과장은 아닐 것이다.

손창섭의 문학은 주변인에 의한 주변인의 문학이다. 잉여인간은 사회 주류에서 밀려난 주변인의 다른 이름이다. 그러한 맥락에서 인간화된 삶을 가능하게 하는 모든 것으로부터 격리된 소외의 드러냄이 그의 문학의 요체이다. 그러나 그는 사회의 주변성에서 저항적·일탈적 문학을 마련하고 이에 따른 문학적 성공과 사회적 화해를 거쳐 순응주의적 세계관을 수용한다는 일반적 궤적을 거부하고 끝가지 주변성을 문학과 삶의 현장으로서 고집하고 있다는 점에서 매우 특이하다. 그가 국외로 이주해 간 것은 결과적으로 사회적 주변성을 고수하는 방편이 되어 주었다. 그것이 의도적 결과였는지에 관해서는 단정적으로 말할 자료나 근거를 갖고 있지 못하다.

인간사를 인간동물의 낙서행위라 치부하고 온갖 선의의 이상을 철딱서니 없는 개꿈이라고 간주하는 그의 작가의 눈은 매우 강렬하지만 협소하고 단색적이다. 그가 일찌감치 동어반복의 세계로 빠져든 것은 이 단색적인 눈과 함수관계에 있다. 그를 떠오르는 별로 만들어준 1950년대 후반의 작품을 끝내고 그는 1961년에 '자화상'이란 부제가 달린 「신의 희작戲作」을 발표한다. 우리의 경우 전례 없는 적나라한 자기 폭로를 보여주는 이 작품은 사실상 손창섭 소설에 대한 더할 나위 없는 자가自家 해설이 되어주고 있다. 이 작품을 읽고 나면 그의 모든 작품이 사실상 변형된 자서전이라는 것이 분명해지고 아울러 작가의 소재가 탕진된 지경에 이른 것이 아닌가, 하는 의구심을 갖게 한다. 그 후 그는 장편소설에 손을 대면서 한동안 답보상태를 보여준다.

냉소적이고 비관론적인 주조에도 불구하고 그는 작품 쓰기에서는 성실하고 꼼꼼한 정서淨書로 임하였다. 그 나름의 글체와

군더더기 없는 구성으로 당대 독자를 사로잡은 것이다. 글체나 구성이나 상대적인 것이기 때문에 그 강점은 동시대 작가들의 그것과 비교해서 가늠해야 할 것이다. 냉소적이고 비관론적인 세계가 성실하고 엄격한 작품 관리의 소산이라는 것은 손창섭뿐만 아니라 모든 문학이 공유하고 있는 역설이다. 이러한 역설을 고려할 때 문자 그대로의 절망이나 비관론의 문학은 없다. 성실하고 엄격한 글쓰기 자체가 삶의 긍정행위이기 때문이다.

노년 우에노 마사루[上野昌涉]

1992년 가을 학기를 일본서 지냈다. 도쿄대학 비교문학 대학원 방문연구원의 신분으로 체재한 것이다. 그때 재일교포 대학원 학생에게 한국인 작가에 대한 소식을 들었다. 모두 고국을 버리고 일본에 와서 거주하는 이들의 뒷소식이었다. 젊은 독자에게는 생소하겠지만 해방 이전 일어로 작품을 써서 '식민지 작가'로 널리 알려진 장혁주張赫宙가 고령으로 생존해 있지만 외부 접촉은 일절 끊고 은둔자생활을 한다는 것이었다. 연구 관계로 방문 인터뷰를 시도했으나 뜻을 이루지 못했다고 한다. 만년에 그는 영어로 소설을 써서 인도에서 출판했다는 것이어서 모국어를 떠난 작가의 곤경에 착잡한 심정을 금할 수 없었다. 그는 "민중의 비참한 생활을 널리 세계에 알리고 싶어" 일어로 소설을 썼다고 공언했듯이 식민지 현실을 그린 경향적 작가로 출발

---

* 김철, 『복화술사들―소설로 읽는 식민지 조선』(문학과지성사, 2008 참조), 장혁주에 관해서는 156-167쪽 참조.

했으나 나중엔 전시체제에 협력하는 쪽으로 나갔다.* 해방 후에는 남북 양쪽을 모두 비판하는 한국전쟁을 다룬 『아아 조선』이란 소설을 쓴 작가가 인도에서 책을 출판한 사정과 경위가 도무지 궁금했지만 더 알아보기에는 관심의 여력이 없었다. 그다음 손창섭에 관한 얘기도 얼마쯤 심란하게 하는 것이었다. 그는 기독교 계통 이단적인 종파의 열렬한 신자가 되어서 거리에서 전단을 나누어주고 또 이따금 한국대사관이 있는 건물에 나타나 계단에서 통곡을 하기도 하고 큰 소리로 횡설수설한다는 얘기였다. 그런 소식을 전해준 대학원 학생은 착실히 공부해서 지금은 일본의 대학에서 가르치고 있는데 근거 없는 얘기를 발설하고 전파할 사람은 아니다.

손창섭의 근황을 접한 것은 시인, 작가를 겸한 정철훈 기자가 2009년 2월에 쓴 『국민일보』 기사를 통해서이다. 도쿄도 히가시구루메[東久留米]시市의 서민 아파트가 손창섭의 주소라는 것, 문패에는 귀화 후의 이름인 우에노 마사루[上野昌涉]라고 되어 있다는 것, 손창섭 본인은 노인전문병원에서 폐질환을 앓고 있으며 병색이 처연하다는 것이 적혀 있었고 작가 부부의 사진까지 곁들여 있었다. 그리고 부인인 우에노 지즈코[上野千鶴子] 씨가 전하는 손창섭과의 인연이 적혀 있다. 대체적으로 부인이 작가에게 극진하다는 것, 또 될수록 작가를 정상적인 인물로 보이게 하려 애쓰고 있다는 느낌을 받았다. 가령 부인이 전하는 두 사람의 만남과 결혼 얘기는 작가가 「신의 희작-자화상」에서 토로하고 있는 경위와 상당한 거리가 있다. 작가가 자화상에서 토로하고 있는 얘기가 사실이라고 보아야 할 것이다. 「신의 희작-자화상」에도 부인의 이름이 지즈코로 나오는 것은 참고가 된다. 세속적인 의미의 명예훼손 가능성을 조금이라도 줄이려 노력하는 부인의 심성에서도 그녀의 지극한 정성이 엿보인다.

신문에 난 부음기사를 따르면 손창섭이 도일한 것은 1973년이라 한다. 부인은 그보다 앞서 도일하였고 입국 수속절차에 오랜 시간이 걸려 작가는 뒤늦게 도일했다는 것이고 그 전엔 재북 시절의 제자가 소유한 과수원 외딴 오두막에서 한 1년 동안 기거했다고 한다. 많은 사람들이 그의 도일의 동기에 대해 의문을 표명하고 있다. 사람의 행동은 단일한 동기에 의해서 촉발되지 않는다. 여러 가지 동기 중에서 각별히 강력한 동기나 이유가 있을 것이다. 손창섭 자신이 털어놓지 않은 이상 우리는 그것을 확언할 수 없다. 다만 몇 가지 추정이 가능할 뿐이다. 우선 떠오르는 것은 부인의 강력한 권고다. 부인이 고국으로 가고 싶었고 그래서 작가에게 강력히 권고했다고 믿을 만한 충분한 이유가 있다. 그러나 여러 상황증거로 보아 부인은 작가에게 지극 정성이었고 남편에게 순종하는 궤적을 보여주었다. 뿐만 아니라 그 무렵의 손창섭은 일단 작가로서의 지위를 굳힌 터여서 해방 전 일본체재 시절이나 부산에서의 극적인 해후 직후와는 사정이 많이 달라져 있었다. 어느 때보다도 단단히 생활의 뿌리를 내린 시절이다. 손창섭이 마음 내켜 하지 않으면 부인이 강권할 처지가 아니었다고 생각된다. 그럼에도 왜 그는 굳이 이 땅을 떠난 것일까?

1968년에 손창섭은 단편 「환관」과 「청사에 빛나리-계백의 처」를 발표하고 있다. 두 편이 모두 역사소설의 범주에 속하는 단편이다. 그러나 세세히 검토해보면 두 편의 작품세계는 아주 다르다. 전자는 무대를 고려조로 잡고 권력과 금력을 얻기 위해 환관의 길을 택하려는 사람들의 욕망과 탐욕의 실상을 폭로하면서 등장인물을 마음껏 조롱하고 있어 이왕의 작품세계의 연장선상에 있다. 그러나 「청사에 빛나리-계백의 처」는 이전의 작품세계와는 사뭇 다르다. 물론 백제 말년에서 취재하여 황산벌의 영웅 계백을 물구나무 세워놓고 있는 것은 사회통념에 대한 냉소적 거리를 유지하고 있다는 점에서 어떤 연속성을 보이고 있는 게 사실이다. 그러나 고전극의 3일치의 규칙을 따라서 동일한 장소를 무대로 해서 여섯 시간 동안에 일어나는 사건을 통해 계백의 가족 갈등과 처자 처치를 다루고 있다는 것은 성공적인 새로운 시도이다. 또 손창섭의 소설 지문에 흔히 묻어 있는 삐딱한 시선도 감지되지 않는다. 그의 작품에서는 드물게 고전적 격조를 문체나 대화에서 구현하고 있다.

필자는 오래전에 이 작품을 분석하면서 그의 당대 현실비판의 한 모서리를 지적한 바 있다.* 또 68년 벽두에 있었던 북한 특수부대 김신조 일행의 청와대 습격기도 직후에 쓰인 작품임을 상기시키면서 시국의 불안과 전쟁 재발 가능성의 우려가 그의 피해망상증을 격화시켜 일본 이주를 결심한 것이 아닌가, 하는 점을 시사한 적이 있다. 어디까지나 작품을 통한 추정에 불과하지만 여기서 장황하게 재론할 생각은 없다. 다만 당시의 그의 비판적 현실관이 엿보이는 대목을 인용해서 독자들의 관심

* 졸저 『문학의 즐거움』(민음사, 1995, 166-180쪽 참조)

을 종용하고 싶다.

　지금의 백제만이 나라가 아닙니다. 이 썩어 문드러진 백제가 깨
끗이 망해버리고, 언젠가 새로운 백제가 탄생할지도 모르는 일이
오. 한편, 신라와 고구려가 엎치락뒤치락하다가, 삼국이 통일되는
날도 있을지 모르지 않습니까. 고사를 통해 보더라도 국가의 흥망
성쇠란 무상한 것이오니 그것들이 자라서 신생 백제의 충신이나 삼
국통일의 공신이 될 뉘 압니까. (……) 장군, 이 나라, 이 백성들
이 이 지경에 이르도록 내버려둔 사람들이 누구시오? 음방, 일락만
을 좇는 상감을 둘러싸고, 중신 제장들은 도대체 무엇을 했단 말씀
이오? 장군도 그중의 한 분, 일찍이 나라를 건질 선책엔 목숨을 걸
려 않으시고 망국의 위기에 닥뜨려서야 무고한 장정과 가족까지 희
생시켜서 청사에 이름을 남기려 하시니 그러고도 떳떳하시오?

　불우했던 시절 젊은 손창섭은 밤거리에서 "나는 부모도 형제
도, 집도 돈도, 고향도 조국도 없는 놈이다!" 하고 허공에 대고 포
효하듯 했다고 실토하고 있다. 말대로 된다는 말이 있지만 그가
이역 땅에서 세상을 떴다는 것은 우연이 아니라는 생각이 든다.

목석의 울음

　손창섭을 다룬 작가론은 적지 않게 나와 있고 작품론 또한 적
지 않다. 국내 부재가 그에 대한 비평적 관심의 열기를 희박하

게 한 것은 사실이나 전후문학에서 그가 차지하는 중요성은 간과된 바 없다. 병적인 인물이나 이상 성격자가 다수 등장하는 그의 작품에 대해서 정신분석의 개념이나 용어로 접근한 사례도 더러 있었다. 그러나 아마추어의 정신분석적 접근은 별로 신용도 가지 않고 또 작품 규명에 별 도움이 되지 않는 것도 사실이다. 인간이 성의 즐거움을 아는 것은 만 2세라고 정신분석은 말하는데 그 실제를 정확히 인식하고 문학에 적용하는 것은 아마추어의 능력을 넘어서는 일이기 때문이다. 그런 가운데 손창섭 문학에 관한 정신분석 전문가의 중요한 연구서가 나와 있으나 애석하게도 문단의 자폐적 성향 때문에 별다른 주목을 받지 못하였다. 2004년에 나온『목석의 울음』*이 그것이다.

'손창섭 문학의 정신분석' 이란 부제가 달린『목석의 울음』의 저자 조두영趙斗英 서울대 명예교수는 미국에서 오랫동안 연구와 정신과 의사생활을 한 이력이 있는 전문가이다. 『임상행동과학』『프로이트와 한국문학』 등의 저서가 있고 근 200편에 가까운 논문을 발표했다. 『목석의 울음』은「정신분석에서 보는 문학창작심리」라는 서론에서 시작해서「마무리-새엄마의 발견 그리고 자기치유로서의 창작」에 이르는 11장으로 구성되어 있다. 구체적 작품분석을 시도하고 있어 모두 재미있게 읽히고 작품이해에 계시적인 조명이 돼주고 있다. 그러나 그중 가장 흥미 있고 참조가치가 풍부한 부분은 자전적 소설인「신의 희작-자화상」을 집중분석한 제3장의「손창섭 문학의 기본 이해」

---

* 조두영,『목석의 울음―손창섭 문학의 정신분석』(서울대학교 출판부, 2004, 222쪽)

라고 생각한다. 정신분석의 견지에서 볼 때 손창섭의 대표작은 「신의 희작-자화상」이라는 게 저자의 확신인 만큼 당연한 일이다. 저자가 시도하는 것이 손창섭 문학의 정신분석이지 손창섭의 정신분석이 아니라는 것을 분명히 하는 저자의 접근법은 매우 신중하다. 소설 전후에 갖가지 복선을 깔아놓았기 때문에 「신의 희작-자화상」은 자전적 소설이지 진정한 자서전이 아니라는 것을 손창섭의 「작가의 변」을 인용하며 밝히고 있다.

　기성사회, 기성권위에 대한 억압된 나의 인간적 자기 발산이 문학형태로 나타난 것이 말하자면 나의 소설이다. (……) 내게 있어 작품이란 일단 써서 발표해버리고 나면 그만이다. 다시 읽어보고 싶지도 않고 남들의 평도 듣고 싶지도 않다. (……) 소설이 되어도 좋고 안 되어도 좋다. 허공을 향해서라도 나 자신을 발산해버리면 그것으로 만족한다. (……) 내 작품은 소설의 형식을 빌린 작가의 정신적 수기요 도회鞱晦형식을 띤 자기 고백의 과장된 기록이다.

　이 부분에서 "정신적 수기요 도회鞱晦형식을 빌린 과장된 기록"이라는 대목에 특히 주목하여 자서전이 아닌 자전적 소설이라고 강조하는 저자는 작품에서 주인공 S가 성장 과정에 겪은 역경과 기본 심리문제로 세 가지를 들고 있다. 아주 어려서 겪은 부친 상실, 오이디푸스기에 시작되어 청년 시절까지 지속되었던 야뇨증, 청소년기 초기에 있었던 모자 간 근친상간적 성접촉이 그것이다. 유아기 부친 상실이 야기하는 증상에 대한 여러

학자들의 연구를 토대로 해서 저자는 S에게 끼친 영향을 몇 가지로 지적하는데 그것을 요약하면 다음과 같이 된다.

1) 여성상과 피학성被虐性이 그의 성격구성 핵심에 자리 잡았을 가능성이 크다. 2) 그는 모친에게 남편의 빈자리를 메워주는 성적 대상으로 남았을 가능성이 있다. 3) 남성정체성 형성에서 큰 장애를 받았을 것이다. 삼촌이나 형제도 없었고 따르던 스승도 없었으니 남성다움, 경쟁심, 적극성, 책임감을 본받을 대상이 없었고 중년이 된 그는 기품 없는 얼굴, 공명심과 경쟁심의 부재, 사회생활과 사교생활 부재 속에 숨어 살고 있다. 4) 자아이상理想발달에 장애를 입었을 것이다. 그래서 인생목표 수립의 어려움을 성인이 되고서도 심하게 겪는다. 5) 극단적으로 상반되는 상상 속의 부친상을 가지고 있을 것이다. 하나는 독재자, 악한으로서의 부친상으로 청소년 시절 부친을 상징하는 스승, 선배, 강자, 경관에게 싸움을 걸고 대든다. 또 하나는 못나고, 비겁하고 무능한 부친상으로 이는 손창섭의 다른 작품에서 등장인물로 늘 나온다. 6) 두려운 부친상 때문에 그의 초자아는 일찍부터 과도하게 발달했을 것이다. 과도하게 도덕적이어서 그는 남에게 폐도 끼치지 않고 신세도 지지 않는 생활신조를 가졌다. 그는 술과 담배를 입에 대지 않는다. 높게 세운 목표에 도달할 수 없는 자신을 잔혹하게 괴롭히고 있을 것이다. 7) 인간관계에서 주로 두 사람 사이의 관계에 길들여져 있고 삼각관계를 받아들이는 데에 어려움이 있을 것이다. 모자관계와 비슷한 부부관계가 편하게 느껴지고 자식이 낀 삼각관계는 불편해한다. 그

는 해방 후 처를 일본에 두고 귀국하며 몇 해 후 아내와 해후한 뒤에도 자식 낳기를 원치 않는다.

유아기 부친 상실이 S에게 끼친 영향을 검토할 때 조두영 교수는 책의 도처에서 그렇듯이 매우 신중하고, 따라서 분석결과도 온건하다. 바로 그러기 때문에 독자들은 저자의 지적을 안심하고 수용할 수 있게 된다. 특히 극단적으로 상반되는 부친상 때문에 한편으로는 스승이나 선배에게 공격적인 태도를 취한다든가 한편으로는 비겁하고 무능한 못난이가 작품인물로 등장한다는 것은 설득력이 있다. 또 무서운 부친상 때문에 초자아가 일찍부터 발달해서 과도하게 도덕적이고 남에게 폐를 끼치지 않는 생활신조를 갖게 되었다는 것도 그렇다. 저자는 작가 손창섭이 아니라 소설의 주인공인 S의 정신분석이란 점을 강조하고 있지만 과장과 선택적인 가감이 있다 하더라도 스스로 자화상으로 제시한 것인 만큼 작가 손창섭에게도 해당되는 요소들이다. 정신분석을 따라가면 흡사 추리소설 읽는 듯한 재미가 따르게 마련이다. 저자의 분석에는 아마추어가 도저히 착안하지 못할 요소가 있다. 주로 두 사람 사이의 인간관계에 길들여져 있어 삼각관계를 받아들이는 데 어려움이 따른다면서 S가 자식을 낳지 않으려는 태도의 기원을 거기서 찾고 있다. 전문가만이 인지 가능한 심층이해일 것이다. 작품에서 S는 주로 경제적인 이유로 아내의 출산에 반대한다.

어느 날 지즈코는 기쁨을 감추지 못하며 그에게 임신의 징조를 알리었다. 그는 몹시 당황했다.

"새낀 필요 없어. 당장 가서 떼어버리고 와."

"왜요?" 근심스레 물었다.

"난 새끼를 기를 자신이 없어. 단둘이 먹고 살기도 벅찬데, 무얼 해서 새끼를 입히구 학교에 보낸단 말야. 난 과거의 반생을 제대로 먹지도 입지도 못하고 살아온 사람야. 나머지 반생마저 새끼를 위해서 착취당하구 희생되구 싶진 않아."

"그래두 하나쯤은……."

아내는 얼굴을 그의 가슴에 묻고 비비었다.

이렇게 말하지만 S의 표층의식도 그리 단순하지만은 않다. "늘 간편하게 혼자 떠돌아다닌 타성과, 시국에 대한 불안감의 탓도 있었지만, 일방 어떤 막연한 자멸의식에서 오는 심리현상이기도 했다"고 스스로 진단하고 있기도 하다. 보통 독자들은 S의 대화나 자가 진단을 받아들이는 것으로 그친다. 그러나 심층에 자리 잡은 삼각관계 기피성향을 지적하는 전문가의 탁견을 접하고 우리는 표층과 심층의 차이를 다시 확인하게 된다.

저자가 S의 두 번째 심리문제인 야뇨증에 관해서 언급하고 있는 부분은 한결 복잡하고 전문적이다. 야뇨증의 주원인은 어려서 너무 일찍 요도가 성적인 자극을 받았던 데 있다는 영국 분석의의 보고나 부모의 이혼과 별거, 부친 사망과 같은 상실의 시점에서 흔히 생긴다는 미국 소아정신과 전문의의 연구 등을 두루 섭렵해서 S의 심층을 엿보게 한다. 평소 소홀한 대접을 받았기 때문에 관심을 끌기 위한 어린이의 방어기제라는 상식화된 설명이 빙산의 일각임을 우리는 놀라면서 확인하게 된다. 저자는 S의 야뇨증 원인으로 간주할 만한 것으로 세 가지를 들고 있다. 아버지의 죽음, 젊은 어머니에게서 지속적으로 받았던 성적 자극, 성에 대한 조숙한 눈뜸이 그것이다. 초등학교 졸업할 때까지 어머니와 한 이불에서 잤다는 사실이나 어린 시절을 유곽촌에서 성장했다는 등 작품 속에 나오는 구체적 세목에 근거한 추론이다. 이어서 저자는 야뇨증이 S의 심리발달에 끼친 영향으로 여섯 가지를 들고 있다. 그것을 극히 간단하게 축약하면 다음과 같다.

1) 야뇨증이 신체의 손상에서 온다는 환상을 갖게 되고 그 때문에 어른이 되어서까지 신체적 불구자라는 자의식을 갖고 있다. 그 원인 제공자라 생각되는 모친에 대한 무의식적 원망이 있다. 2) 야뇨증이 자위 환상과도 연관되어 있다. 3) 야뇨증은 성교 환상과도 연관되고 모친과의 근친상간 환상과 깊이 연결되어 있다. 4) 야뇨증이 남녀양성 성향을 더욱 고조시켰을 것이다. 5) 거세당하지 않을까, 하는 두려움을 촉발했다. 6) 자신을 정신적 불구자로 여기게 되었다. 여기서 거세공포를 일으켰을 것이라는 분석도 전문가만이 착안하고 인지할 수 있는 사안이다. 오줌싸개 아들에게 실망한 모친이 자기를 거세하지 않을까, 하는 두려움을 촉발했고 이 때문에 여성을 두려워하고 이것이 장차 그로 하여금 여성과의 성관계를 폭력적으로 수행하게 하는 상황으로 몰고 갔다는 것이다. 또 대학에 입학하던 날 저녁 축하해주는 선배의 하숙집에서 야뇨증을 겪은 사실이 그의 고조된 동성애적

성향을 말해주고 있다는 분석도 귀동냥으로 얻었거나 상식화된 정신병리 정보를 넘어서는 차원의 것이다. 독자는 추리소설적인 흥미와 함께 인간사의 복잡성을 다시 통감하게 된다.

세 번째로 지적한 모자간 성접촉을 분석하는 대목은 보통 독자에게는 충격적으로 들릴 것이다. 그만큼 미묘하고 민감한 부분이요 아마추어가 범접할 수 없는 전문가의 고유영역이다. 문제의 장면은 원작에 이렇게 서술되어 있다.

언젠가 잠자리에서 있은 일이었다. 물론 S는 아직도 어머니와 한 이불 속에서 잤다. 밤중에 어렴풋이 깼을 때였다. 사타구니에 별안간 어머니의 손길을 느끼었다. 어머니의 손은 다정하게 그것을 주물러주었다. 그러자 그의 그 조그만 부분은 어이없게도 맹렬한 반응을 일으킨 것이다. 어머니는 놀라선지 주무르던 손을 멈추었다. 그러나 놓지는 않고 한참이나 꼭 쥔 채로 있었다. 그는 어머니의 손의 감촉을 향락하듯이 고간股間에 힘을 주어 꼭 끼었다. 어머니는 갑자기 손을 뺐다. 그러더니 그를 탁 밀어붙이듯 하고 돌아누워버리었다. 그 일이 왜 그런지 S에게는 늘 부끄러웠다.

저자는 이 사단과 정황이 어린이 성폭행이나 성추행에도 해당되고 모자상간母子相姦에도 해당된다고 말한다. 그러면서 광의의 어린이 성폭행이란 "15세 미만의 어린이를 대상으로 그보다 5세 이상 나이 먹은 사람이 성적 흥분을 얻기 위해 상대 어린이의 신체 일부에 자기 신체 일부를 접촉시키는 행위를 주도할 때"를 말한다고 적고 있다. 이어서 어린이에 대한 성폭력은 "영혼 살인"에 해당된다는 미국 분석의의 말을 동조적으로 인용하고 있다. 이어서 저자는 모친에게서 성기 애무를 받음으로써 S가 입게 된 영향을 조목조목 지적한다. 오해의 위험을 무릅쓰고 축약해서 적어보면 이렇게 된다.

1) S의 사고에 부정과 이중사고가 있을 것이다. 2) 부친 역할을 대신하는 모친을 향한 피학적 굴종masochistic submission이 있다. 3) 수치심과 죄책감이 있다. 4) 핍박자(모친)와의 동일시에서 생겨난 가학성이 있다. 5) 내부를 향한 분노가 있다. 6) 12세까지 어머니 대신 엄마라는 말을 쓴 S는 모친과의 거리를 띄우지 않아 근친상간에 대한 방어가 약하다. 7) 모친에게 버림받을지 모른다는 두려움이 있어 대인관계에 있어 경계의식과 피해의식이 짙어지고 성인이 되어서도 대인기피성향을 보인다. 8) 모친을 빼앗아 간 멧돼지 같은 남자에 대한 열등감과 살의를 띤 분노는 뒷날 비슷한 사람에게 투사된다.

이러한 분석의 세목 대신에 요약만 접하고 보면 부정과 이중사고에서 완전히 자유로운 경우가 있을 것인가, 하는 의문이 생길 수도 있을 것이다. 또 수치심과 죄책감에서 완전히 자유로운 정상인이 어디 있으며 자기 내부를 향한 분노를 가진 사람은 모두 어린 시절 성폭행의 경험이 있는 것인가, 하는 반문을 하게 될 것이다. 그러나 저서를 접하고 저자가 보여주는 세목의 구체적 사안을 검토하면 설복당하고 말 것이다. 그만큼 치밀하고 철저하게 S란 인물의 내면과 병리를 파헤치고 있어 인간 행동이나 의식의 표층과 인간 내면의 심층의 괴리와 차이에 대한 인지의 충격을 경험하게 될 것이다.

정신분석은 인간 의식과 병리에 대한 하나의 해석일 뿐이고 해석의 독점권을 주장할 수는 없다. 20세기 초반에서 중반까지 구미사회에서 '지식인의 종교'라 할 만큼 위세를 누렸던 정신분석은 늘 비판의 한복판에 서 있었다. 정신분석이 제시하는 가설은 증명 불가능하기 때문에 과학이 될 수 없다는 실험심리학으로부터의 비판이나 인간존재의 역사적 차원을 무시하는 생물학적 환원주의라는 마르크스주의의 비판은 자못 거세다. 그러나 모든 것에도 불구하고 우리는 정신분석에서 말하는 무의식의 막강한 힘을 부정할 수는 없다. 해럴드 블룸은 프로이트가 과학자를 자임했지만 몽테뉴나 에머슨 같은 위대한 에세이스트로 살아남을 것이라면서 그를 『서구의 정전正典』에 포함시키고 있다. 세상을 휩쓰는 유럽의 사조가 들어오면서도 번번이 철저한 내면화를 구현하지 못하는 우리의 지적 풍토에서 고전적 프로이트주의에 입각해서 작품분석을 시도한 『목석의 울음』의 중요성은 높이 평가해야 마땅하다. 손창섭 문학의 독자나 연구자가 반드시 참조해야 할 전문가의 책이고 읽어서 인간과 문학에 대해 배우는 바가 많을 것이다. 쏠림현상이 심한 우리 사회에서는 부당하게 주변화된 시인 작가와 연구자들이 적지 않다. 그의 별세가 1950년대의 상징적 작가로 남아 있는 손창섭 문학 재평가의 계기가 되고 동시에 『목석의 울음』 같은 귀중한 노력의 성과가 널리 읽히는 계기가 되기를 바라는 마음이 간절하다.

글로벌시대의 번역

한국문학을 연구하고 모어로 번역하는 일에 관여하고 종사하시는 외국의 귀빈 여러분, 그리고 역시 우리 문학을 외국어로 번역하는 일에 관여하시는 동포 여러분, 유익한 토론과 교감을 나누는 이 뜻 깊은 자리에 나오게 된 것을 기쁘게 생각합니다. 냉정히 말해서 한국문학은 세계문학의 중심부 아닌 주변부에 속하고 있는 것이 사실입니다. 정치경제적 상황은 대체로 사회문화적 상황과 평행하게 마련이고 한국은 오랫동안 주변부에서 고난에 찬 독자적인 삶을 영위해왔습니다. 이러한 주변부의 문학에 관심과 애정을 갖고 연구와 번역에 임하시는 해외 여러분

※ 이 글은 2007년 9월 13-14일 서울교육문화회관에서 한국문학번역원 주최로 열린 '유럽에서의 한국문화 수용과 전망'이란 주제의 제1회 세계번역가대회에서의 기조강연문을 손본 것임.

의 지적 호기심과 노력에 감사와 격려를 드립니다. 아무쪼록 여러분의 사랑의 노동에 풍요한 결실이 있기를 기원하면서 간단한 소개와 소회의 말씀을 드리겠습니다.

한국과 번역

번역이란 말은 우리에게 익숙하면서도 다소 부정적인 함의를 가지고 있습니다. 학교에서 문법과 독해 중심의 전통적 외국어 교육을 받았던 우리 세대는 "다음 문장을 읽고 우리말로 번역하라"는 시험문제의 맥락 속에서 이 말을 자주 접했습니다. 번역이란 무엇보다도 정확해야 한다는 가정이 내면화된 것은 아마도 수험생의 정답 추구 심리와 연관된 것이 아닌가 생각될 정도입니다. 유럽에는 시험제도가 없었는데 중국의 과거제도를 본제수이트 선교사가 그쪽으로 전파했다는 사실을 알고 놀란 적이 있습니다. 아하, 못된 것을 배워 갔구나! 우리가 구상했던 유토피아에서는 시험제도가 없었기 때문입니다. 시험문제에서 빈번히 접한 번역이란 말이 부정적 함의를 갖는다 해도 놀라울 것은 없습니다.

우리 한국은 유럽 쪽에 고요한 아침의 나라이자 동시에 은둔자의 나라라고 알려져 있었습니다. 19세기 말까지 철저한 쇄국정책을 썼기 때문입니다. 네덜란드의 선원 하멜은 17세기 중엽에 제주도에 표착했다가 서울로 압송되었고 이후 한국의 서남해안지방에서 잡역부생활을 강요당했습니다. 탈출에 성공한 그가 귀국해서 억류생활 14년간의 경험을 적어서 간행한 『하멜표류기』가 한국이 유럽에 소개된 최초의 문헌이 되었다는 것은 널리 알려져 있습니다. 똑같이 쇄국정책을 썼으되 남부지방으로 한정된 국지적 개방정책을 병행했던 일본과 사뭇 다릅니다. 18세기 영어 산문의 압권인 스위프트의 『걸리버 여행기』 제3부에는 걸리버가 하늘에 떠 있는 섬 '라퓨타Laputa'로 갔다가 나중에 일본을 거쳐 네덜란드를 경유해서 영국으로 돌아가는 얘기가 다루어져 있습니다. 걸리버는 일본의 에도Yedo에 들렀다가 1709년 6월 9일엔 Nangasac에 도착하고 거기서 배를 탑니다. 작품 속에는 벌써 에도에 거주하는 네덜란드어 통역이 등장합니다. 여기서의 Nangasac은 아마도 나가사키〔長崎〕를 염두에 두고 쓴 것이라고 추측되는데 원본에는 가공의 지도가 인쇄되어 있습니다. 그리고 제3부의 지도에는 분명히 Japan이라 적혀 있는 섬나라가 있습니다. 1726년에 나온 이 책이 보여주듯이 18세기 유럽의 문학적 상상력 속에서 일본은 한 모퉁이를 차지하고 있지만 한국은 그렇지 못했습니다. (앞에 언급한 지도에서 일본 옆에 Sea of Corea라는 글자가 보이는 것으로 보아 한국의 존재만은 알고 있었던 것 같습니다.)

조선시대에 외국어의 번역이나 통역을 맡았던 사역원司譯院이란 관아가 있었습니다. 예조禮曹에 소속해 있었는데 거기서 일하는 관원을 역관譯官이라 했습니다. 역과복시譯科覆試에 합격한 사람이 역관이 되는데 역과譯科에는 한학漢學 · 왜학倭學 · 몽학蒙學 · 여진학女眞學 혹은 청학淸學의 네 종류가 있었습니다. 나중엔 세습이 되기도 했지만 역관은 중인의 신분이었습니다. 지체가 높지 못한 역관의 사회적 지위는 20세기에 들어와서도 번역자의 사회적 위치로 그대로 이월된 감이 없지 않습니다. 번역은 주변부의 하찮은 일감이라는 인식이 널리 퍼진 것입니다. 번역에 대한 이러한 태도가 실용적인 것에 대한 천시와 연관된 것은 사실입니다. 이와 함께 한국의 오랜 쇄국정책 그리고 아주 지체된 서양 모형 근대화와 동전의 앞뒤를 이루고 있다는 것은 일본의 경우와 비교해보면 뚜렷해집니다.

국지적 개방과 연관되지만 일본에서는 1639년에 벌써 『이솝우화집』이 번역되어 나왔고 그것이 당대 일본소설에 영향을 끼쳤습니다. 동물이 말하는 장면이 나오게 된다는 것이지요.* (극히 한정된 독자에게 열려 있던 로마활자체 일어로 된 『이솝우화집』은 그보다 앞서 1593년에 나왔습니다.) 일본 근대화의 첫걸음은 외국인 교사, 유학생, 시찰단, 번역이라고 일인들 자신이 말하고 있습니다.** 그들은 역사, 생물, 법률 할 것 없이 모든 분야의 책을 탐욕스럽게 번역하고 발간했습니다. 그 점에 한국과 일본의 차이를 돋보이게 하는 삽화가 있습니다. 19세기 한국 최초의 프랑스 유학생은 홍종우洪鍾宇란 인물입니다. 그는 1890년 신고 끝에 프랑스로 건너가 화가 르가메Felix Regamey 집에 기거하면서 많은 교우관계를 가졌고 1892년엔 『춘향전』을 번안한

---

* Donald Keene, 『World Within Walls : Japanese Literature of The Pre-Modern Era, 1600-1867』(Tokyo : Tuttle, 1976, p. 160)
** 丸山眞男, 加藤周一,「飜譯と日本の近代」(岩波書店, 1998, p. 18)

『Printemps Parfumé』을 출판사 '당뛰Dentu'에서 발간하였습니다. 그러나 유럽에 한국 고전을 소개했던 이 최초의 한인 프랑스 유학생은 귀국 후에 수구파의 정치적 음모에 연루되어 개화파 인사인 김옥균의 암살자가 되고 말았습니다. 그에게서 우리는 자기 부정으로 끝난 타락한 지식인의 한 전형을 봅니다. 홍종우보다 7년 연상인 일본의 나카에 조민(中江兆民)은 그보다 20년 앞서 프랑스 유학을 다녀와 루소의 『사회계약론』을 '민약론民約論'이란 이름으로 번역해서 큰 영향을 끼쳤습니다. 또 민권운동에 나서 사상가로 자기 정체성을 확립했고 선구적 지식인의 소망스러운 모형을 보여주었습니다. 초기 프랑스 유학생이 보여준 이러한 상반되는 행보는 한국 및 일본의 근대화의 낙차와 명암을 대조적으로 보여주는 상징적 삽화라 할 것입니다.

시험문제로 나오는 번역, 역관의 사회적 신분, 고전을 유럽어로 옮긴 최초 번역자의 자기 부정적 행보 등은 심층적으로 번역이란 말이 갖는 부정적 함의에 기여한 바 있을 것입니다. 그러나 그렇다고 해서 한국이 번역을 통해 얻은 바가 없다거나 시종일관 번역을 하대한 것은 결코 아닙니다. 조선조의 기억할 만한 번역 업적은 약칭 『두시언해杜詩諺解』입니다. 1481년에 왕명으로 두보의 시를 분류하여 한글로 옮긴 것인데 총량 25권 17책에 이르는 큰 책입니다. 이 『두시언해』는 단순한 번역이 아니라 당당한 우리 문학으로 간주되고 있습니다. 당대 창작 시가와 경쟁해서 결코 손색이 없는 일급의 문학작품이요, 번역이 곧 문학자산이 되는 모범사례가 되어 있습니다. 20세기 들어와서 1920년대에 김안서라는 시인은 몇 권의 번역시집을 보여주었습니다. 그 중 하나인 『오뇌의 무도』는 프랑스와 영국시를 번역한 선시집인데 지금의 안목으로 보면 무잡하고 빈약하기 짝이 없습니다. 그러나 이 역시집은 당대 시인들에게 큰 충격을 주었고 그 후 20세기 한국시의 시형은 이 시집의 시형에서 큰 영향을 받았습니다. 소네트sonnet의 3행 1연·4행 1연의 시형이 한동안 우리 시에서 중요한 시형이 된 것입니다. 김안서는 또 타고르의 「원정」「신월新月」을 우리말로 옮겼습니다. 역시 빈약하고 오류도 많은 번역이지만 그가 시험한 구어산문체를 통한 명상의 탐구는 20세기 한국시의 최고봉의 하나인 만해선사의 「님의 침묵」에 형성적 영향력이 되었습니다.

번역을 학습경험의 중요한 요소로 갖게 되었다는 것은 역설적으로 번역의 중요성을 늘 의식하면서 살아왔다는 뜻이 되기도 합니다. 활발한 번역활동이 이루어지는 사회적 조건은 문학이 발전의 초기단계에 있을 때, 문학이 취약하다거나 주변적이라는 자의식을 가질 때, 문학이 전환기에 처해 있을 때라고 알려져 있습니다. 20세기 내내 한국의 사회적 조건은 활발한 번역활동을 충동하고 있었습니다. 다만 그것을 촉진할 물질적 기반을 갖추지는 못했습니다. 오늘 우리는 과거와 비교해서 훨씬 유리한 물질적 기반을 가지고 있으며 활발한 번역활동을 충동하는 사회적 조건도 여전합니다. 우리에게 번역은, 특히 해외 고전의 믿음직스러운 번역은 지금도 당면 과제가 되어 있습니다.

원어로 원전 읽기

한국에서 번역 위상이 낮았고 일본에서처럼 근대화에 기여하지 못한 것은 유럽 쪽 문물에 대한 쇄국정책과 연관된 것이 사실입니다. 그러나 번역의 위상은 어디서나 높은 것은 아니었습니다. 원본의 흔들림 없는 우위성과 번역의 종속성은 번역에 대한 일반적인 통념입니다. 그것은 번역과 번역자에 대한 관용적 비유법에 잘 드러나 있습니다. 가장 널리 알려진 것은 번역자는 반역자라는 격언입니다. 줄타기 광대에도 비유되는데 안전을 중시하면 멋을 잃고 멋을 중시하다 보면 안전을 잃고 떨어지게 마련이라는 것입니다. 줄타기 광대는 어디서나 하층민에 속해 있었습니다. 남성중심사회에서의 여성 폄훼에 기초한 것이지만 여성이나 미인에 비유되는 경우도 있습니다. 미인은 정숙(충실)하지 못하고 정숙하면 미인이 아니라는 것입니다. 많은 여성주의 비평가들이 지적하듯이 번역을 여성시하는 관점은 자연히 원작을 남성시하게 됩니다. 가부장적 가치관에서 여성의 종속적 위상은 너무나 명백합니다. 원문 충실성과 가독성을 좋은 번역이라고 생각하는 통념에도 번역을 여성시하는 잔재가 심층적 차원에 남아 있다고 하겠습니다.

원전을 원어로 읽어야 하며 번역으로 읽는 것은 하나의 편의일 뿐이라는 생각은 온당한 것이고 권장할 만한 것입니다. 그러나 이 세상 사람들이 모두 학자나 전문가가 되는 것은 아닙니다. 그리고 언뜻 그럴싸해 보이지만 적어도 문학작품에 관한 한 '원전 원어 읽기주의'가 반드시 소기의 목적에 부합하는 것은 아닙니다. 학생 시절 영문학을 공부하면서 늘 의문과 회의감에 빠지곤 했습니다. 가령 우리말로 된 시를 읽을 때 시인의 창의적인 어법, 낯설게하기, 선행 시편의 패러디, 인유, 혹은 요즘 말로 해서 상호텍스트성 등은 자연스럽게 인지되게 마련이고 이러한 인지·발견·비교는 시 읽기 즐거움의 큰 부분을 차지합니다. 그러나 영시를 읽을 경우 이러한 인지는 불가능했습니다. 어디까지가 시인의 창의적 어법이며 그것이 참신한 것인지 구태의연한 관습적인 것인지에 관해서 직관적인 파악이 불가능합니다. 물론 주석이나 연구서를 참조하면서 두루 읽다 보면 많은 것을 깨치게 되는 것이 사실입니다. 그러나 그것은 주석서나 연구서의 뒤를 좇아가는 것이지 주체적인 독자의 당당한 작품 수용과 향수는 못 되는 것이 아니냐는 의혹에서 벗어나지 못했습니다. 많은 시간과 정력을 바쳐 어느 정도 주체적 독자로서의 자격을 얻게 되는 것은 사실일 것입니다. 그렇다 하더라도 원어민 주체적 독자와 비교하면 열등한 위치에 놓이게 마련입니다. 이것은 외국문학 이해의 어려움을 얘기하는 것이 아닙니다. 원전을 원어로 읽는 것의 중요성은 아무리 강조해도 지나치지 않지만 원어로 읽는다고 해서 흠 없는 수용과 향수가 보장되는 것이 아니라는 것을 말하고 싶은 것입니다. 일반독자의 경우 잘된 번역을 읽는 것은 그리 불이익이 되는 것은 아닙니다. 뿐만 아니라 10세 이전에 습득한 외국어가 아니라면 아무리 외국어에 능통하다 하더라도 결국 원문을 이해하고 내용을 기억하는 데는 '번역' 과정이 따르게 마련입니다. 사람들이 기억하는 것은 기의signified이지 기표signifier가 아닙니다. 그리고 기억된 기의는 아무래도 번역 과정을 거친 모어의 그것입니다. 음악이나 미술과 같은 여타 예술과 달리 문학은 향수자에 의한 완전 소유가 가능합니다. 미술 작품을 완상玩賞하는 경우 그림 앞을 떠나면 곧 그림은 하나의 빈약한 이미지로 남게 될 뿐입니다. 향수자에 따라 다르겠지만 교향곡을 듣고 남는 것은 필경은 부분적인 한 소절의 음향일 뿐입니다. 문학만이 부분적이긴 하되 완전한 형태로 소유하고 재생하는 것이 가능합니다. 이때 기억에 입력된 것은 대체로 모어로의 번역 과정을 거친 기의라 생각됩니다. 기표가 중시되는 시에서는 원전 기표의 암송이 가능한 것은 사실입니다.

　여기서 발레리가 말한 "창조적 오해"를 떠올리는 것도 유익할 것입니다.* 보들레르나 말라르메가 시인 에드거 앨런 포를 숭상해 마지않았고 그의 작품을 번역했다는 것은 널리 알려져 있습니다. 방법에 대한 집념이 강했던 말라르메는 에드거 앨런 포를 "나의 가장 위대한 스승"이라 부르고 시편 「까마귀」에 대한 감탄을 기술하고 있습니다.** 음악으로부터 그 유산을 탈환하려는 기도라고 설명되는 프랑스 상징주의 시운동이 에드거 앨런 포에서 영감받은 것이라는 것은 문학사의 정설입니다. 그러나 원어민에게 에드거 앨런 포는 그리 대단한 시인은 아니었습니다.

---

* K. K. Ruthven, 『Critical Assumptions』(Cambridge : Cambridge Univ. Press, 1984) p. 133 참조.

** William Wimsatt, Jr. & Cleanth Brooks, 『Literary Criticism : A Short History』(New York : Alfred A. Knopf, 1959) p. 592에서 재인용.

프랑스 시인들이 포를 과대평가한 것은 외국인이기 때문이었습니다. 그러나 중요한 것은 오해에서 나온 포에 대한 경도가 프랑스에서 상징주의란 풍요한 문학적 결실을 보았다는 점입니다. 창조적인 오해의 좋은 사례입니다. 여기서도 드러나는 것은 원전 원어주의가 반드시 황금률이 아니라는 것입니다. 원전을 원어로 읽어도 오해는 있습니다. 그 오해가 창조적 오해로 귀결되는 경우도 있습니다. 번역을 통해서 독자는 신선한 충격을 받게 마련입니다. 또 번역을 통한 창조적 오해가 없으란 법도 없을 것입니다.

번역의 창조적 형성력

번역의 역사를 살펴보면 번역을 종속시키는 관점이 편벽된 것임이 곧 드러납니다. 근대세계에서의 성서 번역이 가장 좋은 예가 될 것입니다. 유럽 가정의 식탁에 성서가 놓임으로써 근대 민주주의가 발전했다는 말은 과장이 아니며 번역의 막강한 역사 형성력을 말해줍니다. 근자에 하나의 어엿한 학문 분과로 정립된 번역연구translation studies는 번역이 문학사에서 중요 형성력으로 작동한 것을 강조하고 있습니다. 그 대표적인 사례가 유럽의 12세기라는 것입니다. 유럽에서 12세기는 서사시에서 로맨스로 이행한 시기입니다. 전통적인 구비영웅담이 작자의 창의적인 기록문학으로 이행되는데 이에 따라 수사적 기교나 인물 유형도 바뀌고 전사戰士의 에토스가 낭만적 사랑의 숭상으로 이행한다는 것입니다. 서사시에서 로맨스로의 이행에 번역이 중요한 역할을 했으며 로맨스는 다문화적 맥락에서 대두했다는 것입니다. 그런가 하면 영국의 15세기도 새로운 관점으로 접근합니다. 위대한 문인을 배출하지 못했다는 점에서 15세기를 휴한기休閑期로 간주하는 것이 영문학사의 정설이었습니다. 그러나 번역 생산이 왕성했던 이 시기는 사실상 문학의 모형을 찾으며 번역자를 문학 활성화의 방편으로 삼았던 시기라고 재평가하고 있습니다.* 이 모두 번역의 문학적 형성력을 보여주는 사례입니다.

번역의 이상형을 놓고 여러 의견이 개진되어왔습니다. 가장 두드러진 이분법적 대립항을 적어보면 다음과 같이 됩니다. "번역도 창작처럼 읽혀야 한다" "번역은 번역처럼 읽혀야 한다" 이상적 모형의 모색과 토론은 필요한 절차입니다. 그러나 좋은 번역은 저마다 제가끔의 방식으로 빛난다는 것이 저의 생각입니다. 그것은 좋은 원작들이 저마다 제가끔의 방식으로 빛나는 것과 마찬가지 이치입니다. 가독성의 관점에서 보면 창작처럼 읽히는 번역이 좋아 보입니다. 그러나 그것이 극단으로 흐르면 번역 특유의 낯설고 신선한 충격은 사라질 것입니다. 그러나 한편으로 시종일관 번역처럼 읽히는 번역은 얼마쯤 독자를 피곤하게 할 위험이 있습니다.

번역에 대해서는 괴테가 『서동시집』의 끝자락에 붙인 「메모

* Susan Bassnett, 『Comparative Literature』 (Oxford : Blackwell, 1995, pp. 142-152)

와 논고」를 비롯해서 많은 성찰이 전개되어왔습니다. 번역을 "사후의 생"이라고 비유하고 있는 베냐민의 번역론이 근래의 것으로선 자주 거론되고는 합니다. 자신의 독특한 '보편언어' 관에 기초했다고 평가되는 이 글에서 베냐민이 호의적으로 인용하고 있는 루돌프 판비츠Rudolf Panwitz의 말은 우리에게 유효한 길잡이가 될 수 있다고 생각합니다.

번역가의 기본적 오류는, 자신의 언어가 외국어를 통해 강력하게 영향을 받도록 하는 대신에 자신의 언어가 처하고 있는 상태를 고수하고 있다는 데 있다. 번역가는 특히 그 자신의 언어와는 멀리 떨어진 언어로부터 번역할 때에는, 언어 그 자체의 원초적 요소 즉 말과 상징 및 토운이 하나로 합쳐지는 점에까지 소급하지 않으면 안 된다. 그는 외국어의 수단을 통해 그 자신의 언어를 확대하고 심화하지 않으면 안 되는 것이다.*

재래적 이분법을 굳이 적용하자면 앞서 말했듯이 한국문학은 주변부의 문학입니다. 주변부의 문학을 연구하고 번역하는 일은 어떤 적막감을 수반할지도 모르겠습니다. 그럴 경우 세계문학이란 이념을 최초로 발설한 괴테가 페르시아의 시와 중국의 소설까지도 관심 있게 읽고 성찰을 기울였다는 사실을 상기하며 위로받고 격려받으시길 바랍니다. 당시의 유럽 본위의 관점

---

* 반성완 역, 『발터 벤야민의 문예이론』 (민음사, 1983, pp. 331-332)

에서 본다면 페르시아와 중국은 문화적 주변부에 속했습니다. 오늘의 글로벌 시대에 중심부와 주변부의 경계는 급속히 희미해지고 있습니다. 여러분들의 지적 노력이 이러한 경계소멸에 기여해주시기를 기원합니다.

오래전에 저는 영국 펭귄문고로 아이자이어 벌린이 번역한 투르게네프의 『첫사랑』을 읽고 기묘한 감동을 받았습니다. 라트비아에서 출생하고 러시아에서 유년기를 보냈던 이 영국의 회의주의적 자유주의자의 문체와 사상을 좋아했고 투르게네프 역시 좋아한 작가였기 때문입니다. 그것은 저에게 두 사랑의 만남이었습니다. 벌린이 40대 초에 출간한 이 번역서의 내력에 대해서는 아는 바 없습니다. 다재다능했던 그로서는 아마도 좋아하는 작가에 대한 애정의 헌사로서 이 짤막한 중편을 번역한 것이 아닌가 생각합니다. 그러니까 사랑의 노동으로 번역을 수행했다는 것이 저의 판단이었고 금전적 필요에 의해서 빈약한 번역을 시도한 적이 있는 저에게는 선망이자 감동이었습니다. 사랑의 노동만이 참으로 소득 있는 결실로 이어진다는 것이 평소의 생각이기 때문입니다. 다시 한 번 여러분의 사랑의 노동에 행운과 축복이 있기를 바랍니다. 감사합니다.

타인의 삶 속에서

초로로 접어든 작가들이 역사소설 쪽으로 방향을 돌리는 경우가 많았다. 당대를 다루는 것의 중압감에서 벗어나 홀가분해지려는 얼마쯤 안이한 선택이려니 생각했다. 그러나 요즘 생각이 조금 달라졌다. 언제부터인지 딱 꼬집어 말할 수는 없지만 소설보다 논픽션이나 역사책을 읽는 편이 한결 재미있고 보람있게 느껴진다. 또 소설 속의 허구적 인물보다 역사 속의 실존인물이 한결 흥미 있고 우리가 사는 세계의 실감을 안겨주기도 한다. 작가들의 역사소설 쓰기도 그런 심경변화와 관련된 것이 아닌가, 생각하게 되었다.

그런 의미에서 전기나 회고록은 우리 사회에서 미개발영역이 아닌가 생각된다. 정치인의 홍보용 대필 회고록이나 족보 대용품으로 미화된 전기가 아니라 한 시대를 살아온 개인의 참모습을 보여주는 전기가 나와야 한다는 생각이다. 젊은 세대와 대화하면서 가장 단절감을 느낄 때는 그들의 터무니없는 근접과거 이해를 접하는 경우다. 짤막하게 개괄 처리된 역사책에서 조립된 과거상過去像은 엉성하기 짝이 없고 오도적일 수밖에 없다. 우리의 근접과거에 대한 이해가 극히 허술하고 조잡한 것은 그 시대를 다룬 충실한 사회사나 전기가 없는 것과 연관된다고 생각한다. 그러나 졸속적으로 작성된 전기가 나와도 곤란하다. 몇 해씩 정성을 들이고 당사자와 관련된 인물 수백 명을 면담하고 썼다는 전기가 외국에선 많이 나왔다.

처음 대하는 사람보다 이미 몇 권 읽어본 적이 있는 저자의 책을 읽게 되기가 쉽다. 자연 노인들이 쓴 책을 읽는 경우가 많다. 회고록이나 전기에 관한 책을 읽다가 재미있게 생각한 부분을 옮겨보았다. 타인의 삶을 엿본다는 점에서 소설의 재미나 전기의 재미나 마찬가지다. 우리에게 시사하는 바도 많다.

오두막에서 백악관으로

영국의 비평가 프랭크 커모드의 글은 눈에 뜨이는 대로 읽어오는 편이다. 이른바 이론혁명 이후에 나온 이론가들의 글처럼 전문 술어가 쏟아져나와 골치 아프지도 않고 대체로 동의할 수 있는 의견이 명료한 문장 속에 토로되어 있기 때문이다. 그의 『낭만적 이미지』는 저쪽 문과 학생들에게 필독서로 되어 있었고 우리나라에도 번역된 바 있는 『종말의 의식』은 이론 쪽으로 소홀한 편이던 1960년대 영미비평에서는 드물게 이론 지향의 책이다. 그는 유럽대륙에서 터져나온 이론혁명의 성과에도 부지런히 마음을 열었지만 끝내 일정한 거리를 유지하였다. 그런 의미에서 마르크스주의와 해체주의의 대안구실을 수행한 전통적 패러다임 안의 비평가란 세평은 적정한 것이라 할 수 있다. 『위기의 비평가 : 프랭크 커모드』의 저자가 말하듯이 관심 영역의 폭이나 문체의 명징성에서나 에드먼드 윌슨 이후 마지막 박람강기博覽强記의 문인이라는 말은 과장된 것인지도 모르겠으나 얼추 커모드의 위치를 가리켜준다고 할 수 있다. 최근 커모드가 시인 워즈워스의 누이동생인 도로시 워즈워스에 관해 쓴 에세이를 『뉴욕 리뷰 오브 북스』에서 읽고 탄복했는데 작가 E. M. 포스터에 관한 책이 곧 나온다는 필자소개란 소식을 접하고 다시 한 번 놀랬었다. 1919년생이니까 아흔이 넘은 노인인데 대단하다는 느낌이 든다.

1995년에 나온 커모드의 회고록 『무자격Not Entitled』을 얼마 전에야 겨우 읽었다. 그는 영국 본토 서쪽에 있는 만섬The Isle of Man 출신이다. 리버풀 서북쪽에 있는 이 섬은 조이스의 단편 「하숙집」에도 나오고 이 단편은 한동안 대학 교양영어 교재에 곧잘 실려서 들어본 이들이 많을 것이다. 모른다 해도 부끄러울 것 없는 것이 미국 고교 졸업자의 80퍼센트는 아일랜드가 영국 본토 동쪽에 있는지 서쪽에 있는지도 모른다는 통계가 나와 있으니 말이다. 정치적으로 자치구역이고 이곳 남자들은 영국 군대에 갈 의무가 없으나 커모드는 지원해서 2차대전 중 해군장교로 복무했다. 갓난이 때 남의 집에 맡겨놓고 부모가 이민을 간 바람에 그의 모친은 막심한 초년고생에다가 식당 종업원으로 일했고 부친은 트럭 운전수였다. 가세가 넉넉치 못해 그는 아일랜드를 오가는 연락선에서 신문배달을 하는 등 신산한 소년기를 보냈지만, 후에 장학금으로 학비가 싸게 드는 지방대학에 진학하게 되고 해군 복무 후에는 대학에서 학생들을 가르치게 된다.

회고록의 많은 부분이 해군 경험과 대학 경험을 다루고 있는데 통독 후에 사람 사는 것이 어디서나 심란한 놀음이라는 심상한 생각을 다시 하게 되었다. 이런 일, 이런 경우가 이 구석 말고 세상천지 어디에 있을까, 하는 현장 절망감 비슷한 것을 숱하게 겪어본 우리는 앞섰다는 저쪽에서는 크게 다를 것이란 막연한 환상을 갖게 되기 쉽다. 고약하고 끔찍한 인물이나 상황을 묘사한 그쪽 문학작품과 친숙하다 하더라도 그러한 사정에는 변함이 없다. 그러나 자기 경험을 직접적, 직설적으로 토로하고 있는 이런 책을 읽어보면 생각이 조금 달라지고 뒤늦은 위안 비슷한 것을 느끼게 된다. 커모드가 보여주는 영국 해군의 모습은 보통 난장판이 아니다. 대학가의 행태도 점잖은 신사들의 거동으로서는 실망스럽고 민망한 구석이 많다. 커모드의 섬세한 상황 반응과 반짝이는 글체에서 나오는 효과이기도 하고 항상적이 아닌 특수상황이 부각되어 있는 탓이기도 할 것이다. 그러나 매우 재미있다는 사실 자체가 그쪽 인간극人間劇도 소홀치 않게 야박하고 사납다는 것을 시사한다. 우리와의 차이는 정도의 차이지 종류의 차이가 결코 아니다.

지방대학을 전전하던 그는 런던대학의 유니버시티칼리지 UCL에 재직 중이던 1974년, 케임브리지대학에 '에드워드7세 영문학 교수'로 부임하게 된다. 여왕에게 당신을 케임브리지대학 교수로 임명할 것을 제안하려는다는 편지를 수상에게 받고 커모드는 처음 주저했다. 그는 런던생활을 즐겼고 당시의 그의 부인도 떠나는 것을 싫어했다. 또 이혼한 전 부인에게 위자료를 지불해야 하는 처지인 데다 케임브리지 쪽은 월급도 런던만 못하였다. 제의를 사절하는 것이 상식에 맞는 일이었지만 그러면 뉘우치게 되지 않을까, 하는 허영심도 있었다. 인정하기 창피했지만 '통나무 오두막에서 백악관으로'란 신화의 축소판이 마음속에서 작동하고 있었던 것이다. 그는 초대받아 인사 담당 비서를 만났고 비서는 그런 제의를 받아들이는 데 주저하는 것을 이해할 수 없다는 태도를 보였다. 커모드는 생각할 시간을 달라 했고 비서는 한 달의 여유를 주었다. 케임브리지를 잘 아는 친구들에게 상의했는데 대체로 반대였다. 그는 미국 동부로 가서 지인의 집에 머무르며 더러 상의를 했는데 주저할 게 무어가 있느냐는 반응들이었다. 아내만은 여전히 반대였다. 말미 받은 한 달이 되는 마지막 날 그는 전화를 걸어 수락하겠다고 알렸다. 그 이튿날 침대에서 일어나다 디스크 탈구가 생겨 6주 동안 꼼짝 못하고 누워 있었다. 의사들은 스트레스 때문이라고 진단했다.

　케임브리지에 부임한 커모드는 곧 지독한 적대감과 마주치게 된다. 인사 담당 수상 비서를 통해 들은 약속이 이행되지 않았다.

이에 대해 불평하자 대학 고위층은 그런 약속을 한 바 없다는 것이었다. 그는 거짓말쟁이거나 판타지 작가가 돼버렸다. 곧 내각 쪽에 전화를 걸었더니 그가 통화하고자 했던 인물은 은퇴했다는 것이었다. 당했다는 생각이 들었으나 시골에 살고 있는 은퇴한 비서의 전화번호를 얻을 수 있었다. 만난 것과 합의했던 일을 기억하느냐는 물음에 기억할 뿐 아니라 모두 기록해두었다고 그는 대답했다. 그가 케임브리지대학에 전화를 걸었고, 모든 것은 즉시 해결이 되었다. 그때부터 고급 공무원에 대한 외경심을 갖게 되었다고 커모드는 토로하고 있다. 자신에 대한 기대는 커 보였으나 실지로 할 수 있는 일은 없었다. 강의를 공표할 수 있었으나 그해 계획엔 그렇게 할 준비가 되어 있지 않았다. 학장의 도움으로 킹즈칼리지에 배치를 받았으나 비서의 도움도 받지 못했다. 케임브리지 시절 줄곧 허울 좋은 타이틀 때문에 전에 없이 불어난 왕복문서를 스스로 타이프 치고 처리하지 않으면 안 되었다. 학생의 개별지도를 맡을 수도 없었는데 나중에 이 금지사항은 부분적으로 해금이 되었다. 케임브리지에서 그는 사육제 때 거짓 왕관을 쓴 별 볼일 없는 존재였고 책임은 있으나 힘은 없는 처지였다.

커모드의 눈에 케임브리지 영문학부의 학사 행정은 엉망이었다. 시간강사 활용도 그렇고 시간표 작성도 그러했다. 그가 미국 시인 월리스 스티븐스에 관해 강의하는 바로 그 시각, 같은 건물 안에서 그레이엄 하프도 스티븐스에 관해 강의를 한 적도 있었다. 시험제도도 문제가 있고 학점도 너무 후하였다. 이런 여러가지 문제를 개선하고자 비공식 위원회를 만들어 몇 달 동안 노력해 마련한 개선안을 교수회의에 보고했으나 교수회에서는 안건토론을 거부하였다. 다행히 1977년엔 하버드에서 강의를 하게 되어 생산적이고 흡족한 시간을 갖게 되었고 강의 내용은 『비밀의 기원』이란 책으로 출간되었다.

위기는 1980년대에 왔다. 케임브리지 영문학부는 이전에도 논쟁과 싸움에 휩쓸리곤 하였다. 문학비평의 성격에 관한 견해차이에서 온 것이 많았는데 이번엔 젊은 교원의 임용문제가 쟁점이었다. 케임브리지에서는 보조강사로 일하게 하고 나서 5년후에 강사로 지원하게 한다. 이 지원에서 성공하지 못하면 쫓겨나기 때문에 임용문제에 관한 토론은 언제나 긴장된 분위기 속에서 진행된다. 그런데 당시의 임용후보자는 호가 난 구조주의자여서 몇몇 상급자들의 기피인물이었다. 그의 강의는 2년 동안 면밀히 검사받아 만족스럽다는 판단을 받은 계제였다. 그러나 그는 책을 한 권 상재했고 그의 적수들은 그 책을 정밀히 연구해서 기회가 있을 때마다 가차 없이 공격하였다. 이 젊은이가부당한 취급을 받고 있다고 생각한 커모드는 자신도 모르는 사이에 이 싸움에 휘말리게 되고 결국 싸움에서 지게 된다. 문제의 인물은 존 맥게이브이고 그가 상재한 책은 『조이스와 말의혁명』이다. 당시 구조주의 논쟁이라고 해서 화제가 되었으나 커모드는 무자비한 인신공격이었고 지적인 논의는 희박했다고 적고 있다. 싸움에서 지고 나서 눈물방울이 떨어졌으나 곧 닦아버렸다고 적고 있는데 사단을 마무리하는 대목은 간결하나 그의 소회가 잘 드러나 있다.

소위 구조주의 논쟁의 장기적 결과는 예상했던 것보다 좋은 셈이었다. 반동가들은 원하는 바를 얻었고 그들의 젊은 희생자는 갑자기 유명해져서 케임브리지에 눌러 있었다면 그리 못 되었을 만큼 잘나갔다. 나는 나대로 얼마 후 무리 없이 편안한 마음으로 나의 여생을 꾸려갔다.

꿈과 간접화법

회고록의 저자로서 커모드는 기억이 판타지의 도움 없이는 작동할 수 없다고 말하고 있다. 사람의 마음속에 잠재하는 생각을 문답에 의해서 분명한 관념으로 유도하는 소크라테스의 변증법적 과정을 판타지가 기억에 과한다는 것이다. 그래서 기억이 선택하는 순간들에게 판타지가 자의적이고 이해하기 어려운 윤곽을 부여하는데 그것은 꿈과 엇비슷하다고 말한다. 꿈속의 세목들은 분석해보면 서로 관련이 있지만 사실과의 관계는 왜곡될 수가 있다면서 실제로 자기가 꾼 꿈을 적어놓고 있다.

오늘 아침 나는 체면이 손상된 꿈을 꾸다 잠이 깨었다. 별로 좋은 것이 아닌데 내가 쓴 글을 읽어주고 있었다. 긴 탁자에 둘러앉은 청중은 잘 참아주었다. 그러자 친구지만 가차 없는 혹평가인 작고한 그레이엄 하프가 옆 사람에게 무례하게 떠들어대기 시작했다. 그의 목소리는 점점 커져서 귀에 거슬렸고 나는 그에게 조용히 하라고 말하지 않을 수 없었다. 그러자 그는 나와 내가 쓴 모든 글을 비난하고 걸어나갔다.. 고개를 들어보니 대부분의 청중이 말없이 따라나가 스무 명 남짓한 청중 가운데 두 사람만이 남아 있었다. 사무실에 가보니 내 의자에 검정고양이가 앉아 있었다.

"낮 동안의 잔여물"을 커모드 자신이 조합해서 보여주는 이 꿈의 사실관계는 대충 다음과 같다. 그는 일요신문에서 오래전에 조지 슈타이너의 강의에 대한 그레이엄 하프의 무례한 비판을 읽었다. 이 비판이 우호적인 사이임에도 불구하고 그레이엄 하프가 항상 커모드의 책을 혹평하기를 즐겼다는 것을 상기시켰다. 하기는 '상기' 시켰다는 말이 적정한 말인지는 의문스럽다. 하프가 커모드에게 무례하게 굴 만한 이유가 두 가지 있었다. 첫째, 커모드와 달리 하프는 일본군의 포로수용소에서 3년여를 보냈다. 둘째, 그는 하프의 장례식에 참석하지 않았다. 우호적이긴 하나 쌀쌀맞은 청중은 이렇다 할 불만이 있는 것은 아니나 얼마 전에 있었던 예일대 대학원 수업의 변주곡이었다. 학생들이 자기에게 바라는 것이 무엇인지를 알지 못하겠다는 느낌이 들었고, 학생들이 예의 발라 표현을 하지 않아 그렇지 제대로 강의를 못해 학생들을 실망시키고 있다는 느낌이 들었던 것이다. 이러한 기억 이외에도 자기가 좋은 교사가 못 된다는 고질적인 확신이 있었다. 생계수단이 주로 가르치는 일이었기 때문에 그런 확신을 갖고 있다는 것은 괴로운 일이기도 하였다.

이러한 자기 회의와 예일대학에서의 강의와 그레이엄 하프에 대한 평소의 생각이 얽혀서 검정고양이가 사무실 자기 의자에 앉아 있는 꿈을 꾸게 되었다는 자기분석이다. 여기서 커모드는 소박하지만 소설적인 기법을 쓰고 있다. 기억이 판타지의 도움 없이 작동하지 못한다는 견해를 밝힘으로써 회고록이 지닐 수 있는 본의 아닌 잠재적 허구의 요소를 실토하고 그렇게 함으로써 은연중 회고록의 진실성을 강조한다. 또 대학 강단에 서서 생계를 유지해왔지만 늘 자신이 없었고 학생들을 실망시키고 있다는 느낌에서 헤어나지 못했다는 것을 꿈 얘기를 통해 실토한다. 그것은 겸손일 수도 있고 과도한 욕심에서 나온 불안일 수도 있겠지만 양심적인 교사의 불가피한 자의식이기도 할 것이다. 가장 절묘한 것은 꿈 얘기를 통해 동료와의 관계를 점잖게 그러나 진실되게 보여준다는 점이다. 험구가險口家인 동료 교수 하프가 웬만한 사람들을 모두 혹평했다는 사실을 전하면서 커모드 편에서도 고인의 장례식에 가지 않았음을 넌지시 시사하고 있다. 그런 점에서는 구조주의 논쟁을 회고하며 상대방을 매도한 것처럼 아주 솔직한 회고록이라 할 수 있어 정치인이나 외교관의 회고록과는 크게 다르다. 조금 면구스러운 사안을 기지와 유머를 섞어 실토하고 있어 글의 격을 올리고 있다. 이런 것이 영국적 신사도인지도 모른다.

그는 두 번 결혼하고 두 번 이혼하였다. 회고록을 쓸 당시 그러니까 70대 중반에 침대에서 대각선으로 자고 있으며 그것이 아주 편하다고 말한다. "반듯한 미인이고 검열관이고 곧잘 겁에 질리던 첫 부인은 어린애들이란 큰 선물"을 그에게 주었다. 격한 두 번째 부인과는 절친한 단짝이었으나 나중엔 그러지 못했다면서 두 사람 모두 절친한 친구였다고 말할 뿐, 그 이상 말하는 것은 부질없다고 간단히 처리하고 있다. 전부인에 대한 예의 상 그리해야 했을 것이다. 스스로 프라이버시를 드러내고 싶지도 않았을 것이고 대학인의 회고록에 어울리지 않기 때문이기도 했을 것이다. 침대에서 대각선으로 잔다는 것은 혼자 큰 대자로 잔다는 뜻으로 그게 호강이라고 하는 사람이 18세기 영국소설에도 나온다. 이 책에 종교나 인간의 실존적 문제에 대한 저자의 생각은 별로 적혀 있지 않다. 사실은 그런 점이 궁금하고 남의 삶을 엿보는 재미일 터인데 말이다.

롤랑 바르트를 현대비평의 일인자라고 말하는 그는 이른바 대문자 '문학이론'이 한참 흥미진진할 때도 자기에겐 마음 편치 못한 타국이었다고 술회하고 있다. 그는 또 대학에서 문학의 직접적 경험이 소홀히 되고 있음을 개탄하면서 구체적인 사례를 든다. 가령 교실에서 17세기 시인 조지 허버트의 시를 읽는다. 시의 진정한 이해를 판가름하는 시금석이 될 만한 시행에 이르러서는 고개를 들어 시의 경험으로 환하게 번뜩이는 학생들의 얼굴을 본다. 허버트의 칼뱅주의 이해와 같은 주제를 다룬 책들이 나오고 있는 것은 좋은 일이고 정말 다루어 마땅한 주제다. 그러나 시의 경험으로 번뜩이는 얼굴의 주인공들이 잉크에 기침을 하며 칼뱅을 읽는 유식한 저자보다 허버트를 훨씬 잘 이해할 터라고 그는 말한다. 대학에서 문학 고유의 경험을 등한시하고 문학 이외의 분야를 가르치는 반면 정작 문학은 배제하고 있다는 현실을 우려하는 것인데 이것은 국지적인 것이 아니고 하나의 글로벌현상이 되어가고 있는 것으로 보인다. 그러한 추세를 우려하면서도 그는 이론혁명 이전으로 되돌아갈 수 없다는 점은 시인하고 있다.

커모드는 1970년대에 영국 출판사 콜린즈와 미국 출판사 바이킹이 동시 발행한 '모던 마스터즈Modern Masters 총서'의 편집인이 되는데 회고록에서 그 전후사정을 적고 있다. 애초에 콜린즈 쪽에서 제의한 것은 방대한 문학사를 편집해달라는 것이었다. 그는 별로 좋은 생각이 아니거니와 적어도 그런 책을 낼 적정한 시기가 아니라며 어떻게 문학사를 서술할 것인지도 문제지만 책이 나오더라도 누가 관심을 갖겠느냐고 말했다. 그는 미국에 머물면서 미국 대학을 온통 격동시키는 변화를 목격하던 차였다. 학생들이 캠퍼스에서 총격을 받고 도처에서 폭동과 파업이 일어났다. 미국의 캄보디아 침공이 있던 날 그는 강연을 위해 동부에서 산타크루즈로 날아갔다. 그러나 항상적 항의 집회장소를 제외하고는 모두 봉쇄되어 있어 강연을 하지 못했다. 동부로 돌아간 그는 장발을 자르고 턱수염을 말끔하게 면도한 대학생들이 가가호호 방문하면서 닉슨 대통령의 사악함을 설교하고 있는 것을 목격했다. 잔디밭 위에선 젊은이들이 담요를 덮은 채 혹은 침낭 속에서 마르쿠제, 게바라, 파농, 촘스키, 레비스트로스 등 당대의 도사들에 관해서 얘기를 나누었다. 그들이 주고받는 것은 대체로 소문이고 들은풍월이었다. 그것을 떠올

리고 이런 인물들에 대한 권위 있고 이해하기 쉬운 간결하고 값
싼 입문서를 내는 게 어떠냐고 즉흥적으로 제의했다. 제의가 수
용되고 즉시 실천에 옮겨져 최초의 몇 권은 그로부터 1년도 채
안 되어 책으로 나왔다. 젊은이들이 한꺼번에 몇 권씩 사 가는
바람에 '모던 마스터즈 총서'는 큰 성공을 거두었고 그중『프로
이트』는 발간 25년 후에도 여전히 판을 거듭하고 있었다. '모던
마스터즈 총서'의 구상과 선정이 그의 대학 밖 활동의 성공적
사례라면 스티븐 스펜더 밑에서『엔카운터』의 편집에 가담한
것은 그에겐 개운치 못한 기억이 돼버렸다. 성공 사례에 대한
얘기는 몇 마디로 그치지만 그렇지 못한 경우엔 얘기가 길어지
게 마련이다. 그의 회고록 중『엔카운터』관련 서술은 장황한
편인데 나로서는 가장 지루한 부분이었다.

어느 진실게임

조지 슈타이너는 커모드보다 열 살 아래다. 커모드가 '통나무
오두막에서 백악관으로' 신화의 문학적 축소판이라면 슈타이너
는 그런 신화의 재정적 축소판이다. 빈민가에서 출생한 그의 부
친은 고속 신분상승을 이루어 오스트리아 중앙은행의 법률 관
계 고위직에 있었다. 경제사정 때문에 지적 열망을 억압할 수밖
에 없었던 부친은 아들에게 최고의 교육을 부과했고 아들은 부
친의 억눌린 열망을 부분적으로 세습·구현하였다. 3개국어를
쓰는 집안에서 성장한 그는 파리에서 태어나 프랑스와 미국에

서 교육받았고 예닐곱 개의 언어를 마스터했다는 괴물이다. 영·독·불 세 개 언어는 말하기, 듣기, 읽기, 쓰기에서 아무런 차이 없이 완벽하게 구사하였다. 언어실험실에서 실험해보아도 차이가 나지 않아 무슨 말로 꿈꾸는가를 실험했더니 잠들기 직전에 얘기한 언어로 꿈꾼다는 것이 밝혀졌다. 인간의 경이는 미래시제時制의 발명과 사랑이며 최악의 시간에도 그러한 믿음을 버리지 않았다고 말하는 그의 언어에 대한 성찰은 『바벨 이후』에 집대성되었다. 미래시제의 발명이란 결국 희망을 말한다.

여든 살 되던 2008년에 그는 『쓰지 않은 내 책My Unwritten Books』을 상재했다. 쓰고 싶었으나 쓰지 못한 책을 두고 왜 쓰지 못했는가를 설명한 일곱 편의 긴 에세이로 구성된 조금은 별난 책이다. 다방면에 걸친 주제로 이미 스무 권 가까운 저서를 낸 그의 왕성한 지적 호기심과 탐진됨을 모르는 글 욕심이 엿보이기 때문이다. 첫 번째 에세이는 이렇게 시작한다.

1970년대 말 학자이자 비평가인 프랭크 커모드 교수가 자기의 '모던 마스터즈 총서'에 논고論考 하나를 써달라고 요청했을 때 나는 조지프 니덤Joseph Needham의 이름을 대었다. 생물학자도 중국학자도 아니고 화학이나 동양학 교육도 받지 않기 때문에 나의 자격 미달과 내 제의의 당돌한 부적정성은 분명하였다. 그러나 나는 오랫동안 니덤의 거대한 기획과 변화무쌍한 페르소나에 매료되어 있었다. 라이프니츠 이후 그보다 더 박학하고 더 포괄적인 정신과 목적이 있었을까? 내가 염두에 둔 것은 그의 인간과 업적에 대한 무책임할 수도 있는 접근이었다.

1950년대 초 슈타이너가 런던의 『이코노미스트』 편집부에서 일할 때 한국전쟁에 영미가 개입하는 것에 반대하는 공개집회가 열렸다. 신참이었던 그는 집회취재의 임무를 맡아 현장에 갔는데 참석자들로 붐볐다. 의장인 유명 저널리스트가 조지프 니덤을 소개하자 사자 같은 인상을 주는 백발의 니덤이 일어서서 자기가 케임브리지대학의 미생물학 특임강사이고 중국과 북한의 직접적 관측자라고 밝혔다. 그는 또 국제적 신망을 지닌 고참 과학자로서 경험적이고 실험적인 증거에 대한 자신의 헌신을 강조하였다. 이어서 청중에게 빈 포탄 외피外被를 들어 보이며 그것이 미국의 세균전 자행의 명백한 증거라고 보증하였다. 자신과 중국의 역학疫學 전문가들이 사실 점검을 되풀이했다는 것이었다. 의장은 청중들에게 트루먼 대통령에게 격렬한 반대 전문을 보내는 것을 허용해달라고 청했다. 그리고 니덤 박사의 조사결과를 믿지 않는 사람들은 이의를 표명해주기를 당부하였다. 그럴 경우 백악관에 보내는 메시지는 만장일치가 되지 않을 것이라고 했다. 가령 파시스트 집회 때 볼 수 있었을 것 같은 신체적 위협은 전혀 없었고 의장의 제언도 공정하기 짝이 없었다.

위와 같이 당시 상황을 소상하게 적고 나서 슈타이너는 자신의 심경을 적고 있다. 그는 니덤이 자기기만에 빠졌거나 선전을 위해 거짓말을 하고 있음을 확신했다. 그러나 입을 봉한 채 꼼짝 않고 앉아 있었다. 두려워서가 아니라 자신을 구경감으로 만든다는 생각에 질리고 그게 곤혹스러웠기 때문이다. 만장일치의 항의가 발송되고 언론에 전달되었다. 그는 자신의 용기 부족이 혐오스럽고 참담한 느낌이었다. 반세기가 넘었지만 그 일은 계속 그의 마음에 걸렸고 전체주의적인 협박에 뒷걸음질 치는 사람들에 대한 태도를 정해주었다. 그때부터 자기가 얼마나 비굴해지기 쉬운가를 알게 되었다는 것이다.

니덤을 다루고 싶다는 슈타이너의 제의를 받은 커모드는 니덤의 의향을 떠보았다. 니덤이 즉각 만나자는 반응을 보여 슈타이너는 책과 논문 별쇄와 교정지와 중국 골동품으로 가득 찬 대학 연구실에서 그를 만났다. '모던 마스터즈 총서'에 포함된다는 전망에 니덤은 눈에 띄게 들떠 있었다. 슈타이너가 자기의 능력 부족과 그의 간명하면서도 난해한 세계에 아마추어가 난입하는 것에 대해 미안하다는 뜻을 표하였다. 니덤은 그런 겸사말을 물리쳤고 자기가 도와줄 것이고, 장시간의 인터뷰도 마다하지 않겠다며 당장 일을 서두르자고 했다.

그때 슈타이너는 한국전쟁에서의 미군 세균무기와 그 사용에 관한 그의 증언에 대해서 물었다. 그 규탄에 대해 진실을 말했다고 니덤이 인정하는가를 듣지 못하고서는 그에 대한 입문서에 착수하기는 어렵다고 느꼈기 때문이다. 과학적 객관성에 대한 그의 자임이 여전한지도 알고 싶었다. 조지프 니덤은 짜증을 내고 노여움을 드러냈고 그 노여움 속에 들어 있는 거짓은 더욱 분명해 보였다. 니덤은 직접 답변을 하지 않았다. 훈련받은 사람의 귀는 수정 포도주잔 가장자리에 손가락이 스치면 조그만

흠집도 알아낼 수 있다는 말이 있다. 슈타이너는 니덤의 목소리와 자세에서 틀림없이 흠집을 알아냈고 그 순간부터 상호 간의 믿음은 사실상 불가능해졌다. 두 사람은 다시 만나지 않았고 슈타이너는 입문서를 쓰지 않았다. 그러나 쓰고 싶은 생각은 남아 있었고 전후사정과 니덤의 이모저모를 적은 것이 『쓰지 않은 내 책』의 제1장을 이루고 있다.

1950년대 초의 니덤이 자기기만에 빠졌거나 거짓말을 하고 있었다는 것은 어디까지나 20대 사회 초년생인 슈타이너의 주관적 판단이다. 그러나 라이프니츠 이후 가장 박학하고 포괄적인 정신이라며 니덤에게 외포畏怖에 가까운 경의를 가지고 있던 중년의 슈타이너는 직접 그를 면담했고 청년기의 판단이 옳았다는 것을 직감적으로 확인하고 그에 관한 입문서 쓰기를 포기한 것이다. 대신 그는 하이데거에 대한 입문서를 총서의 일환으로 쓰게 되지만 누구의 이름으로도 니덤에 관한 책은 끝내 총서로 나오지 않았다. 물론 니덤 편에서도 할 말이 있을 것이요, 그는 자기의 정당성을 주장할 것이다. 그러나 이미 어느 한쪽에 깊이 투신하고 참여한 처지에서 자기부정을 도모할 수는 없을 것이다. 그것은 사사로운 차원을 넘어서 공적인 중대한 문제가 되어 있었기 때문이다.

여기서 생각나는 것이 유명한 카뮈와 사르트르의 논쟁이다. 당시 소련의 강제수용소를 놓고 옥신각신할 때 사르트르는 강제수용소가 있다는 것보다 더 중요하고 문제적인 것은 강제수용소가 있다고 즐거워하는 당신들의 태도라고 공박했다고 기억한다. 강제수용소에 상징되어 있는 억압적인 소련사회의 병리를 지적하는 사람들이 결국은 미제국주의 편에 서서 진보의 대의를 저버리고 전진하는 역사 행진의 장애물 구실을 하고 있다는 취지다. 자유천지에서 지적 특권을 마음껏 향유할 수 있는 위치에 있었던 사르트르가 소련사회의 어둠을 몰랐을 리 없다. 다만 그러한 불편한 사실의 폭로나 전파가 결국은 진보의 적을 격려·고무한다고 생각했기 때문에 애써 외면한 것이다. 니덤은 심정적으로 중국과의 관계가 한결 밀접했으므로 대미성토에 더 적극적이었을 것이다.

니덤이나 사르트르나 한국전쟁의 실상에 관해서 어느 정도의 정보와 지식을 가지고 있었을까? 또 가능한 한에서 어느 정도의 조사연구를 이행했을까? 고유의 영역을 지닌 전문가로서 다망한 생활을 영위한 그들이 깊은 조사연구를 할 기회도 시간도 정력도 없었을 것이다. 전체적인 판세를 읽고 미소 냉전에 대한 평소의 태도와 판단에 입각해서 어느 한쪽으로 기울어졌을 것이다. 가령 사르트르가 한국전에 관해서 토로한 언설은 동양 쪽 지식인에게도 많은 영향을 미쳤다. 그러나 실제 사르트르가 갖고 있던 한국전 관계정보는 I. F. 스톤의 개인 주간지에 의존한 정도라고 알려져 있다. 역사적 사건에 대한 면밀한 연구자의 조사연구나 현장 경험자의 목격담이나 실감보다도 국외적 명망가나 유명인사의 발언이 더 중요성과 설득력을 얻는 것은 우리 시대의 맹점이요 문제점이다. 오래전에 지식사회학자 만하임 Mannheim은 여러 사회계층에서 충원되는 매임 없는 지식인이

계급적 이해관계에서 초월한 진실을 말할 수 있을 것이라는 희망을 피력하였다. 만하임의 희망적 관측은 선의와 낙관론에서 나온 환상임이 곧 드러났다. 사람들은 재산이나 신분상의 기득권에만 집착하는 것은 아니다. 지적 기득권의 유지를 위해서 불편한 진실을 외면하고 호도하고 그렇게 함으로써 커다란 허위 편에 가담하는 일이 비일비재하다. 매임 없이 진실을 얘기하기는커녕 지식과 명망의 기득권에 유폐되고 주박呪縛되어 거짓 편에 서는 일이 많지 않은가? 머나먼 저쪽 사람들의 삶을 들여다보면서 그러한 심상한 생각을 다시 반추하게 된다.

혹종의 내세

슈타이너는 1967년에서 1997년에 이르는 사이 미국 주간지 『뉴요커The New Yorker』에 130여 편의 에세이를 기고했다. 독립적인 에세이도 있지만 고정 서평 담당자로서 기고한 서평이 대부분이다. 그 가운데 53편의 에세이를 뽑아 엮은 책이 『뉴요커의 조지 슈타이너George Steiner at the New Yorker』이고 2009년에 나왔다. 계간지 『샐마건디Salmagundi』 편집자로 알려진 로벗 보이어즈가 서문을 붙인 책이다. 모두 재미있지만 특히 끌린 것의 하나가 아서 케스틀러에 관한 것이다.

1905년 부다페스트에서 태어난 유대계인 케스틀러는 독일어가 제1언어이고 처음에는 독일어로 나중엔 영어로 책을 썼고 영국 시민권을 얻었고 사르트르나 시인 이산 김광섭과 동갑이다. 20세기의 지적 운동치고 그가 열렬히 가담하거나 반대하지 않은 것이 없다고 할 만큼 그는 격정적으로 자기 시대를 살았다. 공산당에 가입한 당원으로서 소련을 여행하는가 하면 내전 취재차 스페인에 갔다가 프랑코의 감옥에 갇히고 사형선고를 받았으나 영국 외무성의 개입으로 구제되었다. 또 한때는 시오니스트로 키부츠에서 살기도 했다. 유럽, 특히 프랑스에서 베스트셀러가 되었던 『한낮의 어둠』 때문에 반공주의자란 일면만이 부각되어 있지만 그의 정신적 편력과 탐구는 정력적이면서 다채로웠다. 요기가 정말로 초능력을 가지고 있는가를 확인하기 위해 인도에서 이름난 요기들을 찾아가 만나보고 부정적인 견해를 밝혔는가 하면 일본이 자랑하는 사찰의 바위정원을 보고 감동받기를 거절하기도 했다.

케스틀러는 말년에 이른바 초심리학parapsychology에 관심이 많았고 대학의 초심리학 교수 자리를 위해 재산 대부분을 넘기기도 했다. 죽음에 임해서의 인간 자유와 존엄을 중요시한 그는 삶의 종말을 자유롭게 선택할 권리를 허용해야 한다고 주장하고 사실 그러한 믿음을 실천하기도 했다. 그는 1983년에 부인과 동반자살을 한다. (백혈병으로 죽어가고 있던 그는 77세였으나 그의 부인은 55세였다. 부인은 당초 비서로서 그의 구술을 받아쓰는 일을 담당했었다. 부인의 경우 사실상 강요당한 동반자살이 아니냐, 하는 의혹이 있고 그러한 의혹은 흠집 많은 케스틀러의 평판에 부정적으로 작용하고 있다.) 〈노벨문학상〉 수상과 영국왕립학회의 회원이 되기를 터놓고 희망했지만 허사였다. 지적·사상적 모험에서 그랬듯이 성적 모험에서도 지극히 적극적이고 다채로웠다. 케스틀러는 시몬 드 보부아르을 유혹하는 데 성공했으나 사르트르는 당시의 케스틀러 부인 유혹에 실패했다고 최근에 나온 케스틀러 전기에는 적혀 있다 한다.

　텔레파시를 위시해 초심리학에 관심이 많았던 케스틀러는 설명 불가능한 우연의 일치 채집에도 열성이었다. 케네디란 이름의 링컨 측근이 대통령에게 극장에 가지 말라고 간청하지 않았는가? 링컨이란 이름의 케네디 측근이 댈러스에 가지 말라고 대통령에게 간청하지 않았는가? 부스가 극장에서 링컨을 쏘고 창고로 도망가지 않았는가? 오스왈드는 창고에서 케네디를 쏘고 극장으로 도망가지 않았는가? 이런 케스틀러의 말에 슈타이너가 수긍·동조하기를 주저하자 그는 집요함이 배인 목소리로 덧붙였다. "그리고 두 사람 모두 존슨이란 이름의 대통령이 승계하지 않았는가?" 이러한 그의 관심에 흔쾌히 동조하지 않는 친구나 지인들을 그는 점점 멀리하게 되었다. 케스틀러는 자살하기 1년 전에 사실상의 유서를 써두었다는데 거기엔 다음과 같은 대목이 보인다.

　평화로운 마음으로 내가 친구 곁을 떠난다는 것을 친구들이 알아주기를 바라오. 공간과 시간과 물질의 영역 너머, 그리고 우리의 이해 한계 너머에 탈개체화된 사후의 생명이 있다는 가녀린 희망을 가지고 떠난다는 것을. 이러한 '대해감정oceanic feeling'은 어려울 때 나를 버티게 해주었소. 그리고 내가 이것을 쓰고 있는 사이에도 그러하오.

슈타이너는 여기 나오는 '대해감정'이 프로이트에서 유래한다고만 적고 있다. 그러나 이 말은 프로이트 만년의 저작 『문명과 그 불만』에서 거론된 것이다. 프로이트는 종교를 하나의 환상이라고 처리한 저서인 『환상의 미래』를 친구에게 보냈다. 친구는 종교에 관한 판단에 전적으로 동의한다면서도 프로이트가 종교감정의 참다운 근원을 제대로 이해하지 못한 점을 아쉽게 생각한다는 답장을 보냈다. 친구는 이 종교감정의 근원은 특별한 감정인데 자신은 언제나 그런 감정을 가지고 있고 많은 타인들이 가지고 있음을 확인했고 아마 수백만의 사람들에게 있을 것이라고 생각한다는 것이었다. 그것을 '영원'의 감정이라고 부르고 싶은데 한정 없이 무한한 이를테면 '망망대해'의 감정이라는 것이다. 그것은 순전히 주관적인 사실이고 신조가 아니며 개인의 불멸성을 보증해주는 것도 아니지만 종교적 에너지의 근원이라는 것이었다. 요컨대 세계나 우주와의 일체감을 말하는 것이겠는데 뒷날 주석자들은 이 프로이트의 친구가 로맹 롤랑이라고 고증해주고 있다. 슈타이너는 케스틀러의 희망 혹은 희망적 사고가 결코 소심하거나 가녀린 것이 아니라고 말한다. 그러한 희망이 있었기 때문에 자살 직전에도 마음의 평정을 유지할 수 있었을 것이다. 역으로 말하면 죽음을 앞둔 의식이 마음의 평정을 위해 이러한 '대해감정'을 가속적으로 조장한 측면도 있을 것이다. 과연 케스틀러가 말하는 초자연적 혹은 심령적 존재가 있는 것일까? 현대과학이 가르치는 상식이 아니더라도 괴력난신怪力亂神을 말하지 않은 어른을 숭상해온 땅에서 살아온 탓인지 쉬 공감이 되지 않는다. '대해감정'이 생소한 탓도 있을 것이다.

이런저런 얘기 끝에 케스틀러의 유서에 보인다는 그의 희망사항을 얘기하며 허망한 꿈이 아니겠느냐고 덧붙인 일이 있다. 변함없는 탐독가인 김우창 교수가 그건 알 수 없는 일 아니냐며 얼마 전에 읽었다는 물리학자의 얘기를 현자처럼 들려주었다. 1979년 〈노벨물리학상〉을 받은 스티븐 와인버그가 2009년 9월 오스틴 소재 텍사스대학에서의 강연을 토대로 한 「천문학의 사명」이란 글의 끝자락에 보이는 내용을 말해준 것인데 전거를 찾아 옮겨보면 다음과 같이 된다.

천문학적 관측과 우주이론은 상호 격려해서 이제 우리는 현재 팽창국면의 우주 나이가 137억 3천만 년(오차범위 1억 6천만 년 플러스 혹은 마이너스)이라고 정색하고 말할 수 있게 되었다. 이 연구는 우주에너지의 4.5퍼센트 정도만이 전자電子나 원자핵 같은 보통 물질의 형태 속에 있다는 것을 밝혀주고 있다. 전체 에너지의 약 23퍼센트는 '미지의 물질'의 입자粒子덩어리 속에 있다. 이 입자들은 보통 물질이나 반사능과 상호작용을 하지 않으며 그 존재는 이 입자들이 보통 물질과 빛에 미치는 중력重力의 결과를 관측함으로써만 알 수 있다. 우주에너지의 가장 큰 부분인 약 72퍼센트는 '미지의 에너지'로서 어떤 입자덩어리에 들어 있는 것이 아니라 공간 자체 안에 있다. 그리고 이 '미지의 에너지'가 현재의 우주팽창을 가속화시키고 있다. 미지 에너지의 설명이야말로 소립자 素粒子 물리학이 당면한 가장 난해한 문제이다.

물리학이나 천문학의 문외한에게는 불교적인 수數 개념 때문에 머리가 멍해지는 한편으로 세계도 우주도 불가해한 것이란 느낌에 압도된다. 그러니 '심령적 존재'인들 어떻게 알 수 있겠는가. 『쓰지 않은 내 책』의 마지막 장은 정치문제를 위시해서 종교문제를 다루고 있다. 그 끝자락에서 슈타이너는 "내가 강렬히 느끼게 된 것은 신의 부재다"라면서 "부재하는 신은 무시무시하다"고 적고 있다. 오래전에 아인슈타인은 자연 속에서 놀라운 질서와 장엄함을 감지하는 마음을 '우주종교'라고 하면서 그것이 근대과학과 모순되지 않는다고 말한 바 있다. 심령적 존재도 부재하는 신도 믿지 못하고 우주종교도 대해감정도 갖지 못한 처지여서 어쩐지 광대무변한 우주의 미세먼지 미아迷兒가 된 것만 같다. 그렇다고 별이 주먹만 하게 보이는 중앙아시아의 초원이나 하다못해 소백산 정상에라도 올라가 내 별이 어디 있을까, 찾아볼 나이도 아니니 말짱 헛걸음이었다는 허망함을 금할 수 없다.

광화문 언저리에서

베라치니와 정경화

한가한 시간이 되면 광화문의 서점가를 배회하는 것이 근자의 소일거리다. 날이 지날수록 그 빈도수는 줄어들지만 어쨌건 오래된 버릇이다. 마침 문방구점과 CD점이 이웃해 있어서 아주 편리하다. 문방구에는 늘 청소년들이 붐벼서 기웃거리기가 민망하지만 그래도 들러 새로 나온 볼펜도 구경하고 수첩이나 색연필도 만지작거려본다. 그냥 나오기가 무엇해서 각봉투나 볼펜 같은 것을 사가지고 나온다. 무슨 크게 할 일이라도 생겨난 듯 흐뭇한 느낌이 되고 유실된 유년기를 되찾은 듯한 착각이 들기도 한다. 물론 잠시 동안의 환각일 뿐이지만 환각이란 뒤끝이 없는 얄팍한 매혹이기도 하다.

CD점에 들러 이것저것 새로 나온 음반을 구경하는 것도 재미

있다. 새 연주자들이 줄이어 나온다. 그러다가 뜻하지 않은 해후를 한 적도 있다. 서양 고전음악을 처음으로 접한 학생 시절 누구나 그렇듯이 차이코프스키의 현악사중주 2악장「안단테 칸타빌레」등에 매혹되었다. 그때 혹한 것의 하나에 자크 티보가 연주한 베라치니의 바이올린 소곡이 있었다. 감정과 연계하기 어려운 별세계의 매혹이거니, 하고 혼자 생각했었다.

　동급생의 집에서 여러 차례 접한 그 곡을 그 후 들을 기회가 없었다. 흔하디흔한 라디오의 음악프로에서도 들어보지 못했다. 오디오를 갖게 되고 음반가게에 드나들면서 베라치니를 유심히 살폈으나 좀처럼 눈에 들어오지 않았다. 그러다 얼마 전에 일본에서 제작한「티보 바이올린 소곡집」을 발견했다. 1920-30년대 티보의 절정기에 연주한 바이올린 소곡 15편을 SP판에서 녹음해서 모은 것이다. 티보의 명연주라고 평가되는 비탈리의「샤콘느」를 위시해서 그라나도스의「스페인 무곡」등과 함께 베라치니 곡이 수록되어 있었다. 곧바로 사가지고 와서 들어보았다. 옛날 음반이라 생채기 같은 잡음이 많은 게 흠이었다. 그러나 50년 저편에서 건너오는 바로크 음악의 매혹은 순간적이되 완벽한 옛날의 재현이었다. 회한과도 같은 행복의 약속이요 잃어버린 시간의 복원이었다. 그러고 보니 베라치니 소나타의 2번과 8번에서 발췌해서 연주한 곡이었다. 그 후 비온디 연주의 프랑스 음반과 할로웨이가 연주하는 독일 음반으로 베라치니의 소나타를 구했다. 그러나 상처투성이의 티보 음반을 더 자주 듣게 되는 것은 나의 완고한 철부지 감상주의 때문이다. 과거와 현재가 겹친 독특한 시간 차원을 경험하게 된다.

음반점에 들러서 좋아하는 음악의 새 음반을 발견하는 것도 반가운 일이다. 모차르트의 피아노협주곡 20번을 처음 헝가리 출신 게자 안다 연주의 LP판으로 구했다. 그 연고로 협주곡 전곡 CD판을 게자 안다 것으로 입수했다. 그 후 일본의 여류 피아니스트 우치타의 전집 CD판을 구했고 페라이어의 것도 입수했다. 그래서 바흐 무반주 바이올린 소나타, 관현악을 위한 조곡 2번, 모차르트의 피아노 소나타와 바이올린 소나타, 베토벤의 피아노 소나타, 중기와 후기 현악사중주, 첼로 소나타 3번 등은 여러 연주자의 음반을 가지고 있다. 가령 굴드의 바흐 연주와 같이 쉽게 인지되는 경우를 제외하고는 음반을 듣고 연주자를 곧바로 식별할 수 있을 정도의 감식력은 가지고 있지 못하다. 또 그럴 가능성은 앞으로도 없을 것이고 바라지도 않는다. 그럼에도 여러 연주자의 음반 구입 유혹을 물리치지 못하는 것은 그것이 좋아하는 음악에 대한 당연한 예의란 비논리적인 감정 때문이다. 진정성을 믿어달라는 호감의 고백, 그것도 대상 없는 고백이라고나 할까?

처음 고전음악을 듣기 시작했을 때 해설서를 읽어본 적이 있다. 학교 도서관에는 해방 전 일본에서 나온 여러 권으로 된 해설전집이 있었다. 그래서 당시 좋아하던 작품을 찾아 해설을 읽어보았다. 가령 베토벤의 교향곡 7번 2악장 부분을 읽어보니 "악마적 니힐리즘" 운운하는 장황한 설명이 있었다. 그런 등속의 대목을 읽고 나서 이건 아니라는 생각이 들었다. 악마적 니힐리즘, 하면 언뜻 그럴싸해 보이지만 문학청년 투의 공허한 수사란 생각이 들었다. 그 후 해설서 뒤져보기를 그쳤고 지금도 제1주제와 제2주제의 전개를 직접 들려주면서 설명하는 종류의 음악 내적 해설이 아닌 음악 외적 수사적 해설은 불신하고 외면한다. 무의미한 수다에 지나지 않는다는 고정관념이 박혀버렸기 때문이다. 바흐의 음악을 두고 '인간의 영원한 고향'이라고 하는 것과는 또 다르다.

그러는 한편 음악을 들으며 내 멋대로 공상하는 버릇은 버리지 않고 있다. 가령 바흐의 「관현악과 플루트를 위한 조곡 2번」을 들으면서 이거야말로 행복의 약속이자 지복상태의 음악적 구현이 아니고 무엇인가, 하고 멋대로 생각한다. 베토벤의 교향곡 5번이나 7번을 들으며 삶의 황야에 울려 퍼지는 군가라고 공상한다. 황야의 패잔병이라는 우울한 자의식으로 순평치 못한 심사가 되면 그래서 5번이나 7번을 크게 틀고 듣는다. 패잔의 우수랄까, 저기압을 압도하는 삶에 대한 새로운 전의戰意와 고양감을 느끼게 된다. 모두 자기암시놀음이지만 혼자서 즐기는 환상놀음이니 누구에게도 피해가 가는 일은 없다. 5번은 토스카니니에서 클라이버에 이르는 여러 음반을 가지고 있는데 푸르트벵글러 것은 최근에야 구했다.

동포가 연주하는 음반도 구입하게 된다. 동족 사랑이 깊어서가 아니라 모두 사사로운 사연이 있다. 뒤늦은 학생생활을 하던 1972년 추수감사절에 젊은 교수를 따라 뉴욕 브루클린에 있는 그의 본가에서 며칠을 묵은 적이 있다. 우리 쪽 기준으로 보면 큰 규모의 저택이었다. 연로한 교수 부친에게 인사하는 자리에서 한국에서 왔다니까 대뜸 정경화 연주를 들었다며 뛰어난 한국 바이올리니스트라고 칭찬이 대단했다. 이름만 들어본 우리 젊은 여성 바이올리니스트가 그지없이 고맙고도 대견하게 생각됐고 초면인 노인도 마찬가지였다. 유대계로 정신과 의사인 그는 유대인이 대체로 그렇듯이 음악애호가였다. 그 집 화장실에 프랑스어로 된 정신의학 학회지가 여러 권 흩어져 있던 것도 기억에 남아 있다.

여권 신청을 하면 두 달이 되어서야 겨우 나오던 갑갑한 시절이다. 한국의 국제적 위상은 참으로 보잘것없었고 슈퍼마켓 한 구석에 놓인 99센트짜리 남방셔츠가 거의 유일한 국산품이었다. 어쩌다 관심을 갖고 물어오는 것은 중국인인가 일본인인가, 하는 것이었다. 엠파이어 스테이트 빌딩 꼭대기에 올라가 내려다보니 제일 먼저 눈에 띄는 것이 기세등등한 SONY란 대문자였다. 곤곤한 생활로 주눅이 들고 조국도 긍지를 안겨주지 못하던 시절 국제적으로 인정받는 동포가 있다는 것은 커다란 위안이었다. 당시 오디오를 가지고 있지 않았고 정경화 음반을 입수한 것은 훨씬 뒷날의 일이다.

백건우 음반도 가지고 있다. 1955년 전후한 어느 해 그의 연주를 들은 일이 있다. 당시 동급생 악우의 꾐에 빠져 음악다방 '르네쌍스'에 드나들고 있었다. 귀천한 천상병을 처음 본 것도 그곳이지만 단골 학생들이 많았고 어디에서 연주회가 있다던가, 하는 정보를 입수하면 알려주고는 했다. 피아노 신동이 그리그의 피아노협주곡을 연주한다며 시간과 장소를 알려주었다. 장소는 아마도 종로 어디쯤의 초등학교였다고 생각되는데 강당은 아니었던 것 같고 아마 대형 교실이 아니었나 생각된다. 초저녁 무렵이었는데 청중들은 별로 없었고 어쩐지 썰렁한 느낌이 들었던 것으로 보아 늦가을이 아니었나 생각된다. 한참을 기다려 꼬마 신동이 피아노 반주로 그리그 연주하는 것을 듣고 돌아온 것은 분명히 기억하는데 세목은 다 잊어버렸다. 그것을 계기로 해서 신동 피아니스트의 뒷소식에 관심을 갖게 된 것은 사실이다. 그러니 출시된 그의 음반을 그냥 지나칠 수 없었다. 얼마 전 피아니스트를 만났을 때 초등학교에서의 그리그 연주현장에 있었다는 얘기를 했더니 무덤덤한 반응이었다. 수줍은 성격에다 어릴 적 일이어서 쑥스럽게 생각한 탓도 있겠고 당시의 극소수 청중의 한 사람임을 자처하는 초대면의 사람에 대해 선뜻 마음이 열리지 않은 탓도 있으려니 생각했다. 이렇다 할 사적 계기는 없지만 사라 장의 비발디나 장한나의 비발디 및 쇼스타코비치의 첼로협주곡도 동포의 음반이기 때문에 주저 없이 구입했다. 김민진의 베토벤 바이올린협주곡과 소나타 7번 음반은 연주자에 대한 사전지식이나 정보 없이 이름만 보고 구입한 경우다.

음악다방 얘기가 나왔으니 말인데 명동의 '돌체' 나 인사동의 '르네쌍스' 말고도 화신 옆 골목에 '쇼팡' 이란 다방이 있었다. 규모도 작고 또 얼마 안 가 없어졌지만 아담하고 분위기 있는 다방이었다. 몇 번 들러본 일이 있는데 한구석에 늘 앉아 있는 단골손님이 있었고 뿔테안경을 쓴 그가 음악평론에 손을 대던 오화섭 교수라고 누군가가 가르쳐주었다. 그곳에 가면 또 늘 베토벤의 현악삼중주 「세레나데」가 흘러나왔다. SP판이었기 때문에 3악장 아다지오 부분을 즐겨 틀었기 때문이 아닌가 생각한다. 그 때문에 지금의 N서울타워 근처를 지나갈 적이면 「세레나데」의 서정적 멜로디가 머릿속에 떠오르곤 한다. 시인 백석의 말투를 빌려 "옛말이 사는" 화신 옛 골목이 사라진 것이 아쉽게 생각되는데 그러고 보면 피맛골이 없어진다는 것도 미리부터 서운하기 짝이 없다. 사람 냄새 나는 "옛말이 사는" 골목과 길과 거리가 남아 있는 유서 깊은 생활공간을 그리는 것이 단순한 회고적 감상주의는 아닐 터이다.

3분을 위해서 네 시간

그러나 무어니무어니해도 가장 오래 배회하는 곳은 서점에서다. 여기저기 외국서적 서가를 둘러보면 세상의 변화가 느껴진다. 새로운 이름들이 줄줄이 책을 내고 있어 그들이 구면보다 다수파를 이루고 있는 것 같다. 이것저것 들춰보다 보면 의외의 책이 눈에 뜨이기도 한다. 얼마 전에 구한 찰스 로즌의 『피아노 노트: 피아니스트의 세계』도 그러한 책 중 하나다. 그의 글을 접하기 시작한 것은 오래전 일이고 그의 『고전주의 양식』 같은 본격적 음악분석은 서점가의 음악분야 서가에서 흔히 볼 수 있었다. 그 자신 피아니스트로 베토벤 후기 소나타 음반을 낸 바 있는 그는 프랑스 몽테뉴 연구로 프린스턴대학에서 학위를 받았는가 하면 시카고대학에서 음악학을 가르친 다재다능한 인물이다. 속류 음악사회학의 공격으로부터 서양 예술음악의 정전을 옹호하는 그의 글은 진정한 음악가만이 쓸 수 있고 어중간한 음악애호가나 비전문가는 쓸 수 없는 글임을 확인시켜준다. 막강한 영향력을 가지고 있는 아도르노에 대해서 서슴없는 비판을 가하면서 아도르노의 베토벤 연구의 가장 뚜렷한 비평적 실패는 「소외된 걸작: '장엄 미사'」란 에세이라고 지적한다. 「장엄 미사」가 수수께끼처럼 불가해하며 세상의 감탄을 정당화해주지 못한다면서 아도르노는 "그래 누가 「장엄 미사」의 대목을 교향곡이나 「피델리오」의 대목처럼 노래할 수 있단 말인가?"라고 적고 있다. 이에 대해 로즌은 "난 할 수 있다"라고 딱 부러지게 반박하면서 아도르노 비판을 계속하고 있다. "난 할 수 있다"라고 자신 있게 말하는 것이 너무나 인상적이어서 그의 글을 빼놓지 않고 읽으려 하던 참이었다. 고전음악의 청중이 불어나지 않는 것은 피아노 공부를 하는 어린이가 줄었기 때문이며 피아노 치는 대신 음반으로 음악을 공부하는 것이 예술에 대한 지각을 근본적으로 변화시켰다는 그의 견해는 어떤 추상적 이론보다도 설득력이 있다. 기본적 음악 교양의 결여가 고전음악의 상대적 약세의 토양이며 팝음악의 번성 탓으로만 돌릴 수 없다는 것이다.

피아노 연주의 경험에 입각해서 음악의 이모저모를 얘기하고 있는 이 책에서 로즌은 피아노 공연의 성공은 청중의 주의집중도에 의해서 판단하는 것이 적정하다고 말한다. 겨울철에 긴 연주가 계속되는데 청중 사이에서 기침 소리가 나지 않는다면 응분의 상찬을 받아 마땅하다면서 모든 피아니스트가 박수갈채를 원하지만 조용한 주의집중이야말로 참다운 찬사라고 적는다. 기침은 부주의의 기본 징후이고 그의 경험으로는 공개 연주현장에서 음악가가 기침하는 법은 없다고 말한다. 청중의 질을 말할지 모르지만 전문가와 비전문가를 두루 기쁘게 하지 못하는 연주는 불완전하고 적어도 부분적으로 실패한 것이라고 생각한다. 따라서 작품이해가 상이한 음악가와 아마추어의 찬사를 동시에 자아내는 것이 최고의 승리라는 것이다. 젊은 시절 밀튼 배빗이라는 전위 작곡가의 12음계 소품을 처음으로 사흘에 걸쳐 연주한 적이 있었다. 갑작스레 빈자리를 채우게 되어서였는데 첫날 3분짜리를 네 시간 연습했는데도 이튿날 아침 피아노 앞에 앉으니 처음 대하는 것 같아 절망감에 빠졌으나 사흘째는 제대로 연주했다는 개인적 경험도 토로하고 있다. 3분간 연주하기 위해 네 시간을 연습하는 프로세계의 혼신의 긴장이 전신으로 전해져 온다. 조이스의 『피네간의 밤샘』을 한 글자도 빼지 않고 통독했다는 사람을 꼭 두 사람 보았을 뿐이라고 말하면서 『피네간의 밤샘』을 읽는 것보다 알란 베르크의 음악을 좋아하기가 한결 수월하다고도 말한다. 음악 얘기가 음악을 넘어 예술과 삶 일반에 대한 얘기로 읽힌다는 점에서 얻을 것이 많은 흥미진진한 책이다.

문학분야에서 가장 풍성한 곳은 고전 서가이다. 펭귄이나 옥스퍼드 '세계고전총서'가 즐비해 있다. 그 앞에 서면 은근히 부아가 난다. 젊은 시절엔 도대체 읽고 싶은 책을 구할 수가 없었다. 인문학도가 읽어야 할 기본 도서조차 구할 수가 없었다. 거의 모든 책을 다 구해볼 수 있는 세상이 되었는데 이제는 시간이 없고 기력이 없다. 눈도 침침해져 눈 감기나 먼산바라기를 틈틈이 해야 할 처지다. 뭐 누구를 놀릴 셈인가, 하고 딱 누구에게랄 것 없이 시비를 걸고 싶은 심정이 된다. 그래도 책 보기는 돈이 제일 적게 드는 도락이니 담을 쌓을 수도 없다.

가끔 발동하는 민망한 감상주의 때문에 젊은 날에 읽어본 것을 다시 읽게 되는 경우가 있다. 고3 때 장성언 엮음의 『토마스 하디 단편선집』을 읽어본 적이 있다. 본시 대학교재로 육이오 전에 민중서관에서 나온 것인데 어찌어찌 발견해서 사 본 것이다. 내용이 결코 수월하지 않은데 얘기를 따라가는 재미로 단어장을 만들어가며 읽어보았다. 모르는 부분도 많고 터무니없는 오해도 많았겠지만 어쨌건 「슬픈 기병」「아들의 거부」「아내를 위하여」 등을 재미있게 읽었고 감미로운 슬픔에 감염되어 더 읽고 싶은 충동을 느꼈다. 그 책은 대학 교양과목 시간에 일부를 공부한 일도 있다. 80년대에 펭귄총서로 나온 하디 단편집을 구해놓았으나 읽지 못했다. 얼마 전에 옥스퍼드 세계고전총서로 나온 하디 단편집 『삶의 조그만 아이러니』를 보니 활자도 조금 크고 읽기가 편할 것 같아 구입했다. 독자카드로 6,210원이란 싼 값도 유혹이었다. 하디 단편을 50여 년 만에 다시 읽어본 셈이다. 그전에는 크게 의식하지 못했는데 결혼과 신분상승의 문제가 주요 모티브임을 알고 다소 놀래었다. 「아내를 위하여」만

하더라도 여성의 라이벌의식과 질투를 다루었다고만 생각했었다. 이번 다시 읽어보니 질투에는 틀림없으나 상대방 아들들은 대학을 가는데 우리 집 아이들은 그러지 못한다는 절망이 여주인공으로 하여금 삼부자를 바다로 내보내 돌아오지 않게 만든 직접적 계기였다. 요컨대 치맛바람이 비극의 씨앗이었다. 「아들의 거부」「두 야심의 비극」은 스노비즘이 근친에 대해서 얼마나 잔혹할 수 있는가 하는 것을 보여주고 있고 「양심을 위하여」「서부 순회재판구에서」 등은 스노비즘에서 나온 체면 유지가 빚어낸 '울며 겨자 먹기' 결과를 다루고 있다. 또 「환상을 좇는 여인」「무도곡의 피들fiddle 주자」 등은 하디에게 플로벨이나 로렌스적인 요소가 있다는 것을 깨우쳐주었다. 스노비즘 비판이 서양 허구소설의 주요 모티프가 되었다는 것은 근대소설이 중산층의 문학이라는 것을 다시 상기시켜준다. 동시에 그것이 완강한 인간 악덕임을 시사하기도 한다. 다시 읽기는 초벌에 놓쳐버린 것을 다시 찾아준다는 것을 재확인했다. 동일한 텍스트가 아니라 다른 텍스트를 그때그때 읽는 셈이다.

이쪽이나 저쪽이나

대체로 인문학 서가가 전에 비해 양적으로 빈약해지고 있는 것을 보게 된다. 특히 시나 비평관계 서적은 거의 찾아볼 수 없게 되었다. 서점에서 구하고 싶었던 책을 발견하는 재미는 점점 희귀현상이 되어가고 있다. 어쩌면 전 세계적인 현상일지도 모른다. 처음 미국 아이오와의 주도州都인 데모인을 방문한 것은 1998년의 일이다. 어느 날 하루의 많은 시간을 체인서점인 보더즈Borders에서 보냈다. 누구나 앉아서 책을 볼 수 있는 시설도 갖추었고 한구석에 있는 매점에서 커피도 마실 수 있어 시간 보내기에 더할 나위 없이 쾌적한 장소였다. 역사, 철학, 문학비평의 서가에도 흥미를 끄는 책들이 꽉 들어차 있었다. 그때 말만 듣고 구경하지 못했던 프랑스 고전학자 장 피에르 베르낭의『고대 그리스의 신화와 비극』을 입수했다. 철학 서가에는 플라톤에서 리쾨르에 이르는 서적들로 꽉 차 있었고 아이자이어 벌린의『네 개의 자유론』을 위시한 몇 권을 구할 수 있었다. 비평 서가도 쟁쟁한 저자들의 저서로 꽉 차 있었고 회고록인『정오표』를 비롯해 조지 슈타이너의 책 몇 권을 입수한 것도 그때 일이다.

10년이 지난 작년에 다시 데모인의 보더즈에 들러보고 크게 놀래었다. 철학 서가에는 그곳 소재 대학교재로 되어 있는지 롤랑 바르트의 책 몇 가지가 다수 꽂혀 있고 베스트셀러가 된 알랭 드 보통의 많은 저작들이 있을 뿐이었다. 문학비평 서가는 아예 없어졌고 그나마 소설 서가에 쿤데라나 쿳시를 비롯한 낯익은 이름이 있어 체모를 유지하고 있었다. 정치인을 비롯해 대중문화 스타의 전기가 전기 서가에 다수 꽂혀 있고 망가Manga라는 일본만화 서가가 새로 생겨 꽉꽉 차 있는 것이 눈을 끄는 새 현상이었다. 읽을 만한 책을 고른다고 벼르고 갔는데 완전히 기대가 어긋났고 불과 10년 만에 보더즈의「립밴윙클」이 되어 있는 자기 자신을 발견했다. 책 세상이 완전히 변한 것이다. 아마존 때문이라는 설명을 들었지만 인터넷서점만의 영향은 아니고 책 문화 자체의 퇴락을 의미하는 것 같아 적지 아니 심란하였다.

지금 우리 주변에서 들려오는 소식도 적이 맹랑하다. 무라카미 하루키의 최신작 번역이 3백만 부가 나갔다고 한다. 일본 현지에서 1천만 부가 나간 것보다 더 큰 매출이라고 보아야 할 것이다. 그러나 그쪽에서는 얼마 전에 새 번역이 나온 『카라마조프의 형제들』이 수십 만 부가 나갔다고 되어 있다. 꾸준히 읽히는 일본 유수 출판사의 번역판이 있는데도 그만큼 나간 것이다. 독자층의 두께가 그만큼 단단한 것이다. 우리 쪽에서『카라마조프의 형제들』의 독자가 얼마나 될 것인가? 소위 유수 대학 도서관에서 가장 많이 읽히는 것이『해리 포터』라는 최근의 보도는 이에 대한 하나의 대답이 될 것이다.

펄 벅의 두 번째 소설『대지』가 출간된 것은 1931년 3월이다. 곧 베스트셀러가 되어 〈퓰리처상〉을 받았고 2백만 부가 나가서 파산 직전의 존데이출판사는 기사회생했다. 펄 벅의 1938년 〈노벨문학상〉 수상은 미국 내에서 조롱과 빈정거림의 대상이 되었다. 수상소식에 펄 벅은 "믿기지 않는다. 우스꽝스러운 일이다. 〈노벨상〉은 드라이저에게로 갔어야 했다"는 반응을 보였다. 피어슨이란 비평가는 〈노벨문학상〉을 〈퓰리처상〉 수준으로 격하시키는 선정이라며 수상을 진지하게 받아들이는 사람을 보지 못했다고 혹평했다. 당시 미국에서 〈노벨문학상〉 수상에 값하는 인물로 거론된 인물로는 생존여부와 관계없이 펄 벅이 언급한 드라이저 이외에도 마크 트웨인, 헨리 제임스, 셔우드 앤더슨, 윌러 캐서, 존 도스 파소스 등이 있었다. 펄 벅의 수상은 당시 중일전쟁 발발로 국제문제로 부상한 중국에 대한 관심 때문이라는 것이 정설이다.* 그러나 2백만 부가 나가고 세계 각국에 번역되어 독자를 획득한 것이 우선 고려되었을 것이다. 그러지 않았어도 과연 펄 벅이 수상했을까? 그런 의미에서 최근 계속 후보작가로 거론된다는 무라카미 하루키가 머지않아 수상하리라고 생각한다. 아니 그렇게 되어 극히 정치적으로 선정되는 〈노벨문학상〉과 〈노벨평화상〉 자체가 추문화되기를 간곡히 바란다. 세계 도처에서 베스트셀러가 되어 있는 작품을 수다하게 생산한 글로벌시대의 부호 작가 무라카미의 권력과—그의 막강한 금력은 곧 권력이니까—열렬한 독자 앞에서 노벨상위원회가 의연하고 당당하기는 매우 어려울 것이다.

　서점가에서 보게 되는 현상이나 들려오는 흉흉한 소식을 접하고 보면 책문화 그리고 문학의 시대는 종말을 맞고 있는 것이 아닌가, 하는 생각이 든다. 대세는 막을 수 없고 일어날 일은 우리의 소망과 상관없이 일어날 것이다. 그러나 우리에게 위안이 되는 역사적 사실이 있다. 가령 1700년대 서구 음악의 자랑의 하나에 요한 아돌프 하세란 작곡가가 있었다. 그는 1760년대에는 가장 유명한 현존 작곡가였으나 18세기 말에는 사라지고 말았다. 하세의 당대 인물 가운데서 바흐는 가장 희미한 무명의 존재

* 펄 벅에 관한 정보는 『뉴욕 리뷰 오브 북스』 2010년 10월 14일(27호) 51-53쪽에서 간접인용한 것임.

였으나 시간이 흐를수록 진가를 인정받게 되고 하세와는 다른 길을 가게 된다. 모차르트나 베토벤이나 소수 음악애호가의 호응과 후원으로 정전의 자리에 오른 것이다. 고전음악이 존속하지 못하리라는 소리는 지난 230년 동안 정기적으로 들려오고 있으나 불길한 예측이 가까운 장래에 실현될 가능성은 희박하다. 소설종말론도 1920년대 이후 심심치 않게 끊일락 이을락 들려왔다. 그 후 백 년 동안에 괜찮은 소설은 끊임없이 나오고 있으니 비관론적 낭설에 너무 현혹될 필요는 없을 것 같기도 하다.

근자에 미국에서 『보바리부인』의 새 번역이 나왔다. 번역자는 작가이고 프루스트의 대작 중 『스완의 집 쪽으로』도 번역한 바 있다. 마르크스의 딸 엘레노 마르크스가 번역한 최초의 영역본이 나온 것은 1892년인데 이번에 나온 영역본은 스무 번째 것이라 한다. 이보다 먼저이지만 근자에 투르게네프의 『아버지와 아들』의 새 번역판이 영국에서 나왔다. 대충 15권의 영역본이 나와 있는 처지라 한다. 플로베르나 투르게네프나 문체의 엄격성과 정련성 때문에 번역하기가 어려운 작가이고 그러기 때문에 되풀이 새 번역이 나오는 게 사실이다. 그러나 그만큼 독자가 있다는 얘기이기도 하다. 남의 나라 얘기이기는 하지만 이런 고전 번역에 대한 비평이 10만을 웃도는 발행부수를 가진 서평지에 나고 있다는 것은 그나마 위안이 된다. 문학이 존속하리라는 기대와 희망을 안겨주기 때문이다.

이렇게 적어놓고 보니 독서깨나 하는 것으로 비칠지도 모른다. 그러나 사실은 전혀 그렇지 않다. 현재 가지고 있는 책만으로도 읽은 것보다 못 읽은 책이 훨씬 많다. 그럼에도 아직껏 서점가를 배회하면서 읽지도 못할 책을 이따금씩 사들이는 것은 그렇게 함으로써 나의 삶이 전과 다름없이 무사하게 진행되고 있으며 앞으로도 그럴 것이라는 자기최면적 착각을 조성하기 위해서다. 마침내 다가올 불가피한 시간의 접근을 잊고 외면하자는 무의식의 방책이었던 것이다.―미련하고 슬프게도 얼마 전에야 그것을 깨달았다. 집으로 돌아가는 지하철 노약자석 시렁 밑에 앉아서 홀연 대오 각성한 것이다.

과거라는 이름의 외국

지은이 ｜ 유종호
펴낸이 ｜ 양숙진

초판 1쇄 펴낸날 ｜ 2011년 5월 11일

펴낸곳 ｜ ㈜현대문학
등록번호 ｜ 제1-452호
주소 ｜ 137-905 서울시 서초구 잠원동 41-10
전화 ｜ 2017-0280
팩스 ｜ 516-5433
홈페이지 ｜ www.hdmh.co.kr

ISBN 978-89-7275-500-5 03810